먼 바다의
기억

南風會 菽麥同人

郭光秀(茱丁)　　金璟東(浩山)　　金明烈(白初)　　金相泰(東野)　故 金容稷(向川)

金在恩(丹湖)　故 金昌珍(南汀)　　金學主(二不)　　李相沃(友溪)　　李相日(海史)

李翊燮(茅山)　　鄭鎭弘(素田)　　朱鐘演(北村)　　鄭在書(沃民)

＊ (　　) 속은 자호(自號)

먼 바다의 기억

초판 인쇄 · 2021년 11월 7일
초판 발행 · 2021년 11월 15일

지은이 · 김명렬, 김상태, 김재은, 김학주, 이상옥,
　　　　이상일, 이익섭, 정진홍, 곽광수, 김경동, 정재서
펴낸이 · 한봉숙
펴낸곳 · 푸른사상사

주간 · 맹문재 | 편집 · 지순이 | 교정 · 김수란, 노현정
등록 · 1999년 7월 8일 제2-2876호
주소 · 경기도 파주시 회동길 337-16 푸른사상사
대표전화 · 031) 955-9111~2 | 팩시밀리 · 031) 955-9114
이메일 · prun21c@hanmail.net 홈페이지 · http://www.prun21c.com

김명렬, 김상태, 김재은, 김학주, 이상옥, 이상일,
이익섭, 정진홍, 곽광수, 김경동, 정재서 ⓒ 2021

ISBN 979-11-308-1838-2　03810
값 22,000원

먼 바다의 기억

김명렬 김상태 김재은 김학주 이상옥
이상일 이익섭 정진홍 곽광수 김경동 정재서

다채로운 글쓰기로 누리는 자유

『숙맥』14호 머리말 쓸 차례가 되었다는 편집인 옥민(沃民)의 간곡하고 준엄한 명을 받고 극구 사양했지만 결국 임무를 해야 한다는 중압감으로 이 글을 쓴다. 머리말이래야 자신이 지은 책 말고는 써 본 기억이 없어서 이전의 다른 동인 제위의 서문을 읽어 보니 하나같이 그냥 머리말이 아니라 그 자체가 명문장의 에세이였기 때문에 더 자신이 없어졌다. 서문이란 그야말로 그 책의 '얼굴'인데, 더군다나 나는 지난날 일종의 '머리말 트라우마' 같은 경험이 있음에랴.

그 일화로 말문을 열어 본다. 미국에서 교편 생활을 접고 귀국한 다음해(1978)에 책 두 권이 나왔다. 사회학 개론서와 학술서 단행본 한 권이었다. 그 단행본이 민음사에서 발간한 『인간주의 사회학』인데, 원고를 넘긴 지 얼마 후, 고(故) 박맹호 선배가 의외의 전화를 걸어 왔다. "김 선생, 머리말이 너무 행복하다는 느낌이 드는데 손을 좀 보는 게 어떨까 싶네요"라는 말을 전하기 위해서였다. 정치적으로 암울했던 당시의 상황에 꼭 필요한 신선한 주제라는 자부심으로 쓴 책이었는데, 마흔을 갓 넘긴 시점에 늦깎이로 단행본 학술서를 생전 처음 출간하다 보니 민망하게도 서문의 내용이 좀 들떠 있었다는 것이다. 두말없이 고쳐 쓴 객관적이고 가라앉은 서문으로 책이 나왔다. 출간 후에는 관련 학계와 언론에서 나름대로는 주목을 받은 책이다. 한데, 그 새로 썼다는 서문 역시 다시 읽어 보니 무슨 횡설수설인가 싶은 글이었으니, 이런 트라우마를 안고 『숙맥』처럼 격조 높은 문인 글모음에 머리말 쓰기란 결코 실현할 수 없는 일이라 여겼다.

각설하고, 나는 이 바보들의 모임(남풍회)의 창립 동인은 아니고, 2009년 『숙맥』 제3호부터 글쓰기로 참여했는데, 이 소규모 모임이 이미 스무 돌을 훌쩍 넘기며 존속하고 있으며, 열네 번째 문집을 내고 있다는 현상은 우리나라의 출판계에서는 그냥 모른 체 지날 수 없는 경이로움 그 자체다. 이제는 동인 모두가 교직에서 떠난 백수 노신사들인데 고(故) 향천(向川)의 2009년 제3호의 머리말에 의하면 처음 이 동아리의 예비 모임에서 마음먹었던 두 가지 목표가 있었다. 첫째가 "두어 달에 한 번쯤 자리를 같이하여 학창 시절로 돌아가 흉허물이 없는 이야기를 나누어 보자는 것"과 "적어도 한 해에 한 번 정도는 틈틈이 쓴 수상이나 수기들을 모아 책으로 엮어 보자는 생각"이었다고 한다. 시절이 시절인 만큼 코로나19라는 요상

먼 바다의 기억

한 전염병 탓에 모임은 임시로 중단해야 했지만, 문집 출간은 끈을 놓지 않게 되어서 참으로 다행이며 대견하다. 두 번째 목표에서 향천은 '수상이나 수기'를 써서 책을 내자고 지목하였다. 그런데, 최근 여기에 새로운 제안이 나왔다. 바로 지난 호(13호)의 서문에서 수정(茱丁)이 앞으로는 소설과 희곡도 이 문집에서 읽고 싶다 한 것이다. 일찍이 『숙맥』 동인의 좌장 격인 단호(丹湖) 형님과 향천이 시사한 '자유'를 내세운 주장이기도 하다. 이제 장르의 자유도 누리고 싶다는 뜻이라 했다. 여기에 약간의 토를 달겠다.

실은, 앞에서 언급한 『인간주의 사회학』에는 "사회학의 예술성: 인간주의 사회학의 방법론"이라는 글이 제3장으로 실려 있다. 거기에서 나는 실증주의적 방법론이 표준사회과학의 주종을 이루던 시절에 감히 "예술 형식으로서 사회학"(Sociology as an Art Form)이라든지 "사회학의 시적 은유"(The Poetic Metaphors of Sociology)라는 제하의 글을 인용하였다. 이런 움직임은 사회과학이 기술지향적인 과학성과 예술·철학·문학 등의 인문주의적 성격을 철저히 구분하는 '두 개의 문화론'(C.R. Snow, The Two Cultures, 1963)에 집착하는 학문적 '칸막이 콤플렉스'(compartment complex)를 신랄하게 비판하며 새로운 사회학적 방법론을 탐색하려던 시도를 말한다. 이런 관점에서 사회학의 시적 은유를 제창한 사회학자 스타인(Maurice R. Stein)은 사소한 조사 기법이나 굳은 이념 체계의 틀에만 매여 있지 말고, 상상력과 창의성이 마음껏 날개를 펼 수 있는 열린 마음을 구비한 통찰로 관찰한 사회의 현실을 예리하고 감동적인 생생한 언어와 시적인 은유의 폭

넓고 유연한 형식을 빌려 표현할 때, 읽는 이의 산 경험의 일부로서 지적인 보고에 접할 기회를 누리면서 가슴에 울리는 감동마저 느끼게 할 수 있다고 한다.

군이 이런 이야기를 동인 문집의 머리말에다 길게 밝히는 이유는 『숙맥』도 이제 글쓰기 장르의 칸막이를 과감하게 걷어 버린다면 나이 들어가는 동인들이 열린 마음으로 글 쓰는 자유의 묘미를 한껏 즐기는 탁 트인 공간이 되지 않을까 하는 소망 때문이다. 지금은 인간과 기계가 어울려 살아야 하는 AI 시대다. 모든 것을 융합하고 통섭하는 우뇌 작용의 하이 콘셉트(high concept)의 시대를 살면서 심지어 자연과학과 기술공학 분야의 글 잘 쓰는 문장가도 함께 참여하는 정말 바보 같은 문집이면 더 풍족한 글쓰기가 되지 싶기도 하다. 거기에서 인생의 달관이 은은하게 비쳐 나오는 게 참으로 아름다운 저녁노을의 풍류일 것 같아서다.

이번의 『숙맥』 14호에도 동인 열한 분이 참여하여 각자의 특색이 잘 드러나는 수필, 수기, 수상, 예술평론, 문학평론, 회고록, 시사논평, 그리고 심지어 "잡상" 등 각양각색의 내용으로 흥미로운 제목을 달아서 글을 모을 수 있게 되었다. 역시 이 글쓰기 동호회의 글 모음은 다양성의 향취가 물씬 풍겨나서 누구나 마음 편하게 접근할 수 있고 흥미를 자극하여 어두운 세월 속에서 그나마 힐링을 경험할 수 있을 것 같은 게 특색이라 뽐내도 좋을 것 같다. 끝으로, 진짜 바보들의 바보 같은 글쓰기를 마다 않고 여태까지 꾸준히 책을 정성으로 예쁘게 만들어 주는 푸른사상사의 한봉숙 대표님과 맹문재 주간, 지순이 실장, 김수란 팀장 및 담당 직원 여러분께도 다시 한 번 감사의 뜻을 전한다.

2021년 초가을
김경동

정재서

김 명 렬

건란(建蘭) | 낙화 | 2021년의 대춘부(待春賦)

"사랑합니다" | 장음, 단음 | 화단

건란(建蘭)

　우리 집 베란다에는 난이 십여 분 있다. 상당히 오래 길러 온 것이지만 '기른다'는 말을 하기가 민망한 지경이다. '양란(養蘭)'은 난의 생육에 대한 깊은 지식을 갖고 지극한 정성과 사랑을 기울여 키우는 것을 말할 텐데, 내가 '기른다' 하는 것은 그저 여느 화초를 돌보듯 하는 정도를 말하는 것이라는 변명을 미리 해 둔다.

　난은 생육 조건이 까다롭기로 유명한 식물이다. 햇볕은 아침햇살만 쪼이고 그 이후는 직사광선을 피해야 하며 습도가 적당하고 통풍이 잘 되는 서늘한 곳에 두어야 하는 것이 기본 조건이다. 이런 조건을 맞추려면 작더라도 흙 위에 지은 온실을 가져야 할 것이다. 그러나 아파트 베란다에서 할 수 있는 것은 한낮에 차양을 쳐서 강한 햇빛을 가려 주는 것이 고작이다. 베란다는 온종일 볕이 드니 차양을 쳐도 열기는 높은 데다가 타일 바닥이어서 습도는 있을 리 없다. 게다가 통풍을 하려면 창문을 열어 놔야 하는데, 그러면 밖의 자동차 길에서 올라오는 소음과 먼지에 노출될 수밖에 없다.

본래 청정한 산속에 은거(隱居)하던 유곡군자(幽谷君子)를 이런 홍진과 소음 속에 갖다 놓고 청아한 꽃을 피워 방향을 발해 주기를 바라는 것부터가 당치 않은 바람인 데다가, 나이 들면서 그 알량하게 돌보는 것도 점점 힘에 부쳐 난을 다 치워버릴까도 생각했었다. 단지 처음 기르기 시작했을 때부터 가졌던 옛 선비의 아취(雅趣)를 흠모하는 마음은 아직 남아 있고, 또 20~30년간 곁에 두어 온 정리상 차마 처분 못 하고 있는 것이다. 그러나 해마다 더 쇠잔해 가는 난들을 보면 가책이 든다.

근래에 읽은 어느 양란가의 글에 의하면 난의 기력을 돋우려면 난이 필요로 하는 영양분을 많이 포함한 육류, 식물, 골분(骨粉) 등을 배합하여 장시간 부숙(腐熟)한 뒤 시비해야 한다지만, 나는 시중에서 쉽게 구할 수 있는 화학 액비를 희석해 주거나 고체 비료를 뿌려 줄 뿐이다. 단지 관수를 거르지 않고 때맞춰 해 준 덕분인지 아직도 한 반수는 고사하지 않고 남아 있고 그중의 서너 분은 고맙게도 매해 여름과 초가을에 꽃을 피워 주고 있다. 그것들도 대개 생육 상태가 나빠져서 꽃대도 약하고 꽃도 몇 개 달리지 않을뿐더러 향기도 약해져서 젊은 사람들도 코를 갖다 대야 조금 맡을 수 있을 정도이다.

그중에 하나 예외가 있으니 건란이다. 다른 난들은 뿌리가 숨 쉬기 편하라고 토분에 심었지만 건란은 처음부터 통기가 잘 안 되는 사기분에 심었으나 세력이 다른 난들보다 오히려 양호하다. 잎은 진한 녹색으로 길게 위로 죽죽 뻗은 것이 자못 장쾌하다. 건란은 대엽(大葉), 입엽(立葉)이어서 우리 집 것도 폭이 1센티미터가 넘고 길이가 긴 것은 두 자가 넘는다. 그런 잎이 뿌리에서 한 6~7센티미터 되는 데서 한 번 밖으로 약간 휘고는 거의 일직선으로 뻗어 오른 데다가 그 끝이 매우 날카로워 마치 창검을 세워 놓은 형세이다. 건란은 복건성(福建省)이 본향이라고 해서 건란(建蘭)이라 이름했다지만 나는 이런 강건(剛健)한 기상과 그 건강한 기력으로 보아 건란(健蘭)이라고 했으면 좋겠다.

건란은 이르면 봄에도 꽃대가 올라오지만 대개는 여름에 꽃을 피우는데, 올해는 한여름이 되어도 소식이 없어 걱정하였다. 그러더니 폭염이 시작된 지 며칠 후 갑자기 꽃대가 올라왔다. 일요일에 물을 줄 때는 분명 아무것도 없었는데 수요일에 베란다에 나갔던 아내가 놀라 소리치기에 나가 보았더니 그새 꽃대가 셋이나 나와 20센티미터가량 자라 있는 것이었다. 반갑고 고마운 마음에 가까이 두고 볼 양으로 마루 밖으로 옮겨 놓았더니 사날 후 꽃이 피었다.

약간 붉은 점과 선이 박인 누르스름한 그 모양이 담박(澹泊)은 할망정 요염하지 않고, 이따금 그 향은 가는 바람결에 일어온다.

가람(嘉籃)의 「건란」이란 수필의 일절이다. 가람의 평대로 건란의 꽃과 향기는 꾸밈없고 수수해서 좋다. 한 일주일은 즐길 수 있으려니 했는데 마루 앞에 갖다 놓은 것이 화근이었다. 온종일 차양을 내린 타일 깐 베란다보다 바깥을 볼 수 있게 가끔 차양을 올린 마루 베란다가 더 더웠던 것이다. 이삼 일 만에 꽃이 몇 개 떨어져서 너무 일찍 진다 했더니 나머지는 꽃대에 붙은 채로 꼬시라졌다. 깜짝 놀라 얼른 시원한 마루로 옮겨 놓고 살펴보니 다행히 잎은 해를 입지 않은 것 같았다. 서둘러 찬물을 떠다 속죄하는 마음으로 잎을 하나씩 닦아 주었다.

난은 꽃과 향기만이 아니라 잎도 또한 중요한 완상의 대상이 된다. 건란의 잎은 반문(斑紋)도 복륜(覆輪)도 없지만. 내게는 그 씩씩하고 기개 있는 모습만으로도 충분히 완상할 만하다. 그 힘차게 뻗은 짙푸른 잎은 보기만 해도 속이 탁 트일 정도로 시원한 느낌을 줄 뿐 아니라, 언제나 싱싱한 활력을 내게 전해 주는 것이다.

건란은 꽃이 있을 때나 없을 때나 항시 즐길 수 있어 좋다.

(2021. 7.)

먼 바다의 기억

낙화

　마을버스가 한적한 길에 접어들었을 때였다. 창밖을 내다보던 아내가 작은 소리로 "어머나!" 하며 밖을 가리켰다. 빈 길가에 늘어선 벚나무에 꽃이 만발했는데 바람에 흩날리는 무수한 꽃잎이 눈송이처럼 나부끼는 것이었다. 내 입에서도 탄성이 절로 나왔다. 일상이 갑자기 비일상으로 바뀌고 있었다. 우리의 삶이 가끔 연출하는 어떤 다른 세상 같은 순간이었다. '저렇게 많은 꽃잎으로 가득 찬 공간은 어떤 곳일까?' 분명 우리가 늘 경험하는 일상적인 공간과는 다른 신비한 곳일 것 같았다.　그 꽃비를 맞으며 걸으면 무언가 다른 느낌이 들 것 같았다.

　혼자 돌아오게 된 나는 일부러 차를 안 타고 그 길을 걸어왔다. 산을 깎아 낸 길이기 때문에 차도와 인도만 있고 길가에 건물이 없어서 다니는 사람도 없었다. 좋이 백 미터쯤은 곧게 뻗은 길 위에는 꽃잎이 하얗게 떨어져 있어 밟기가 죄스러웠다. 간간이 바람이 불면 버스 안에서 보았듯이 내 몸 위에, 머리 위에 꽃잎이 무수히 떨어졌다. 그래서 바라던 바대로 내 주위는 온통 꽃잎으로 가득했지만, 꽃이 허무하게 져서 서글픈 마음뿐, 딴 세상에 들어 있다는 느낌은 일지 않았다. 특히 그 많은 꽃들이 영화를 잃고 떨어지면서 낼 것 같은 비탄의 아우성도 들리지 않았다.

그런 비탄의 소리를 기대한 것은 활짝 핀 벚꽃을 쳐다보았을 때 나는 환희의 합창을 듣기 때문이다. 벚꽃의 개화가 절정에 다다랐을 때 나무를 쳐다보면 층층이 꽃구름을 이룬 공간은 비록 지상에서 2~3미터밖에 떨어져 있지 않지만 지상과는 완전히 다른 별천지, 완벽한 열락의 세상을 이루고 있는 것이다. 나는 그 꽃들에서 하얀 얼굴의 무수한 작은 소녀들이 기쁨에 겨워 '하하 하하' 하며 입을 활짝 벌리고 웃는 것을 본다. 그 경쾌한 열락의 소리가 나의 귀를 쟁쟁히 울리는 것이다.

그래서 무수한 꽃이 지는 속에 서 있으면 비탄의 소리가 들리리라고 기대했던 것이다. 그러나 안개같이 자욱이 허공을 메우며 떨어지는 꽃들은 아무 소리 없었다. 그 안을 거니는 나는 저 혼자 안타까움에 겨운데 정작 지는 꽃은 침묵할 뿐이었다.

·　　·　　·

낙화는 이렇게 무리 져 내릴 때보다 오히려 한두 개씩 떨어질 때 더욱 심서(心緒)를 흩트려 놓을 수 있다. 나무에서 땅 위로 내려앉는 작은 새처럼 휙 사선을 그리며 떨어지는 꽃잎, 바람을 타고 나비처

먼 바다의 기억

럼 옆으로 팔랑팔랑 날아가는 꽃잎, 줄 끊어진 연처럼 이리저리 일 렁이며 마치 지상으로의 낙하(落下)를 거부하는 듯한 몸짓으로 내려 앉는 꽃잎 — 아직 꽃이 한창이려니 여기고 있는 터에 문득 눈에 띄 는 이런 낙화들은 섬쩟한 충격을 준다. '아, 벌써 가는가?' 하며 흠 칫 놀라는 순간, 아름다운 것의 단명함, 세월의 덧없음, 무섭도록 어김없이 돌아가는 자연의 운행 — 이런 상념들이 일시에 엄습해 오 기 때문이다. 그러면 모든 것은 성주이멸(成住異滅)을 따라 스러지고 만다는 사실에 새삼 숙연해지면서, 천지간에 나 혼자 서 있는 것 같 은 외로움에 휩싸이는 것이다.

왕유(王維)는 낙화가 자아내는 이런 쓸쓸하고 서글픈 심정을 표현 한 절창을 남겼다. 「한식사상작(寒食汜上作)」이라는 시의 전구(轉句) 와 결구(結句)에서 다음과 같이 읊고 있는 것이다.

落花寂寂啼山鳥　꽃은 쓸쓸이 지는데 산새는 지저귀고
楊柳靑靑渡水人　버들잎 푸르른데 강 건너는 사람

'적적'을 자전에 찾아보면 '외롭고 쓸쓸하다'로 되어 있다. 그러니 까 산속에 아무도 보는 사람이 없는 데에서 꽃은 쓸쓸히 혼자 지고 있는 것이다. 그러나 '적'이 '고요할 적' 자이니까 꽃이 소리 없이 지 고 있다는 뜻도 물론 깔려 있다. 이에 대해 산새의 지저귐이 대조되 면서 낙화의 적적함을 한층 부각시킨다.

결구는 강가 나루터의 광경이다. 백거이(白居易)의 '장조절진감춘 풍(長條折盡減春風)'이라는 명구에도 나오듯이 버드나무(楊柳)의 하나인 수양버들의 가지를 꺾어 주는 것은 중국에서 송별의 징표이다. 그러므로 사수(泗水)를 건너는 사람은 필경 사랑하는 사람과 헤어져 먼 유랑의 길을 떠나는 나그네이다. 그런 이별 중에서도 강을 건너가 버리는 이별을 다시 돌아오기 어려운 이별을 암시한다. 이 구에는 그만큼 깊은 이별의 슬픔이 배어 있다.

그러나 이 시구들이 울려 주는 특별한 효과는 그 내용의 어긋남에서 비롯한다. 낙화의 유일한 목격자는 산새이다. 그러나 낙화를 의식할 리 없는 산새는 저 나름으로 지저귈 뿐이다. 여기서의 어긋남은 낙화의 애처로움에 대한 산새의 무심함이다. 또 떠나가는 자의 슬픔에 동조하려면 수양버들이 슬픈 모습이어야 할 터인데 오히려 싱싱하게 푸르른 것이 두 번째 어긋남이다.

만약 낙화가 지는데 산새가 슬피 운다든지, 머리 푼 수양버들이 길손을 보낸다든지 하였으면 시가 주는 감동은 그것으로 끝났을 것이다. 그렇게 완결된 이미지에는 더 이상의 울림이 있을 수 없기 때문이다. 산새가 무심해야 낙화의 적적함이 더해지고 수양버들이 이별과 무관하게 저 나름으로 봄을 구가해야 이별의 슬픔은 온전히 길손의 것이 됨으로써 배가되는 것이다. 또 이런 어긋남이 그것을 연결해 보려는 여러 가지 해석을 모색하게 할 뿐 아니라, 두 개의 서로 다른 소리가 맥놀이를 이루듯이, 끝없이 감동의 울림을 이어나가는 것이다.

•　　•　　•

먼 바다의 기억

이처럼 낙화는 감상적 정서를 유발하는 것으로만 알았던 이 시구가 전혀 다른 문맥에 인용된 것을 발견하였다. 『한암일발록(漢巖一鉢錄)』을 뒤적이다가 한암의 법문 중에서 이 시구를 보게 된 것이다. 좌탈입망(坐脫立亡) 하였다는 전설의 고승들처럼 참선하다가 앉은 채 입적한 방한암(方漢巖) 대종사(大宗師), 6 · 25 때 오대산 상원사를 전화(戰火)에서 구해낸 법명 그대로 큰 바위같이 굳센 불심의 대선사가 이 여린 정서를 노래한 서정시를 읊었다니 놀라지 않을 수 없었다.

한암이 설한 법문은 길이가 한 페이지도 채 안 되는 짧은 것으로 제목은 「무설무문(無說無聞)이 진설진문(眞說眞聞)」이라는 것인데 그 법문을 요약하면 다음과 같다. 즉, '모든 법문은 불조(佛祖) 이전에 이미 설해 마쳤고 그 이후로도 지금까지 계속 설해 마쳐 왔으니 무설무문이 진설진문이 되는 것이다. 불교의 본지(本旨)가 이러하거늘 무슨 법문을 따로 설할 것이 있으며 무슨 법문을 따로 들을 것이 있겠는가? 그러니 이제 무설무문의 진리를 알겠는가? 모르는 사람이 있으면 주각(註脚)을 내리겠다' 하며 주장자로 선상(禪床)을 세 번 쳤고, 한참 후 '그래도 모르겠다면 주각에 주각을 내리겠다'며 왕유의 시 두 줄을 읊었다는 것이다.

여기서 한 가지 분명해진 것은 왕유의 시구가 지금까지 우리가 논한 서정적 표현에 그치는 것이 아니라는 것이다. 그것은 이제 심오한 불교의 본지를 밝혀 주는 의미 구조를 내포하고 있는 것이다. 이 시구들 안에서 불교와의 관계를 암시하는 것을 찾는다면 '도수인'을 들 수 있다. 그가 차안에서 피안으로 건너가는 구도자일 수 있기 때문이다. 그렇다면 필경 불교의 요체는 첫 행에 들어 있을 법한데 첫 행의 주제가 낙화이니 그것이 낙화와 직결되어 있을 공산이 크다. 그러나 그것은 필경 언어도단(言語道斷)의 경지일 터인데 언어의 감옥에서 한 치를 벗어나지 못하는 우리네 범부가 어찌 촌탁(忖度)할 수 있겠는가? 낙화의 소리 없음이 단순한 침묵이 아님을 짐작하면서도 거기서 한 발자국도 더 나아가지 못함을 한할 뿐이다.

(2021. 6.)

2021년의 대춘부(待春賦)

　1월의 하순에 접어들자 햇볕이 꽤 도타워졌다. 아침이면 안방의 서쪽 벽 중턱까지 들던 햇빛이 이제는 굽도리까지 내려왔으니 그만큼 해가 높아진 것이다. 아직도 영하 10도를 넘나드는 추위가 더 있다는 예보가 있지만 햇볕은 어느새 정 붙게 따스하다. 하긴 소한, 대한을 지나 입춘을 바라보는 때이다. 얼마 안 있어 입춘방을 써 붙이면 아무리 추워도 양지 쪽에 서서 해바라기를 하며 봄이라고 우길 터이니 바야흐로 대춘의 절기 아닌가.

　오늘은 날씨가 유난히 화창하다. 겨울날 같지 않게 잔풍하고 하늘 또한 쾌청한 데다 햇볕마저 따사롭다. 오랜만에 머리를 깎고 가뜬한 기분으로 이발소를 나오니 옆집 꽃집에서 화초들을 내다 길거리에 벌려 놓았다. 만인이 인정하는 봄의 전령 프리지아, 노랑, 빨강, 파랑 등 색색의 제라늄, 분홍색과 빨간색의 시클라멘, 아직 잎이 제대로 나지 않은 양파 모양의 히아신스 등이 즐비한 한 옆에 연분홍

색 작은 꽃망울을 터뜨리기 시작하는 천리향과 진홍색의 봉오리가
반쯤 벌어진 사이로 노란 꽃술을 살짝 내보이는 고혹적인 동백 등
― 꽃이 난만하게 핀 봄 동산의 한 자락을 떠다 놓은 것 같이 화사
하다. 겨우내 어둡고 칙칙한 색으로 우리의 시야를 가리던 검은 장
막이 확 걷히고 찬란하고 광휘로운 새 세상이 눈앞에 전개된 듯하
였다. 갑자기 마스크를 벗어 던지고 봄이 왔다고 환호하거나, 아니
면 하다못해 심호흡이라도 하고 싶은 충동이 인다. 그러나 그런 자
유는 아직 허용되지 않는 상황 ― 하릴없이 한숨으로 그런 욕망을
덮어 버리고 꽃이나 한 분 사 갈 마음을 먹는다. 아직 베란다에도
마루에도 꽃이 없는 우리 집에 어서 꽃을 갖다 놓아 봄을 재촉하고
싶은 것이다.

어느 것을 고를까 두리번거리는 중, 온실에 박혀 있던 팻말을 쌓
아 놓은 것 중에서 '치자꽃'이라고 쓰인 것이 보인다. 나는 문득 치
자꽃이 그리워졌다.

"아, 치자꽃이 있나요?"

"치자꽃은 이제 겨우 싹이 나오는 중이지요."

'참, 그렇지. 치자꽃은 여름꽃이지.' 하고 속으로 멋쩍어하며 분홍
색 시클라멘 한 분을 사가지고 돌아왔다.

오면서 돌이켜 생각해 보았다. 왜 철도 아닌 치자꽃을 찾았을까?
음울했던 지난겨울과는 너무나 다른 느낌을 주는 그 다디단 향기
때문이었을까? 나는 실은 그때 그 향기와 더불어 물 위에 떠내려가
는 치자꽃을 잡으려고 안간힘을 쓰는 한 여배우의 모습을 떠올렸던
것이다. 캐서린 헵번과 로사노 브라지 주연의 1950년대 영화 〈서머

먼 바다의 기억

타임〉의 한 장면이었다.

　미국서 직장 생활을 하던 노처녀 제인이 벼르고 별러 햇빛 쏟아지는 여름날 베니스로 여행을 온다. 모든 베니스 여행객이 한번은 들르는 산 마르코 광장의 노천 카페에서 그녀는 중년의 미남 레나토를 만나 사랑에 빠진다. 그런데 레나토는 커다란 아이까지 있는 별거 중인 기혼남이다. 그럼에도 불구하고 이들은 감정의 자연스러운 발전에 스스로를 내맡긴다. 그리하여 이들은 베니스와 그 주위의 명소를 함께 찾아다니며 불꽃같은 사랑을 만끽한다. 그러나 그런 관계는 지속될 수도 없고 지속되어서도 안 되는 것임을 아는 제인은 결별을 알리고 베니스를 떠난다. 기차가 떠나기 시작한 뒤 베니스역으로 달려온 레나토가 창밖으로 손을 흔들며 멀어져 가는 제인을 향해 하얀 치자꽃을 쳐들어 보이는 것으로 영화는 끝난다. 치자꽃은 이처럼 이 영화에서 감미롭지만 일탈적인 사랑의 상징이 되고 있다.

　지난 일 년은 참으로 암울한 한해였다. 연초부터 시작된 코비드-19라는 괴질로 인해 신체적 접촉, 대화, 회식 등 가장 기본적인 사교 활동이 통제되었고, 특히 감염이 극성에 달했던 겨울 동안은 외출마저 자제할 것이 요청되어 나는 거의 겨울 내내 집 안에 칩거하여 지냈다. 끝날 기약이 없이 지속된 이 제약들은 나의 인내심을 고갈시키기 시작했고, 이제는 그것들에 대한 반발로 속박이라면 그것이 설혹 규범을 위한 것일지라도 거부하고 파기해 버리고 싶게 되었다. 그런 반발 심리가 〈서머타임〉에서와 같은 일탈적이기까지 한 자유를 그리게 했던 모양이다. 사회 통념에 구애 받지 않고 자연스러운 감정에 몰입하는 두 연인의 사랑은 속박을 벗어 버린 해방감과 제약 없는 자유의 쾌감을 내게 각인시켜 주었던 것이며, 나는 필경 이제 그것들이 그리워 철도 아닌 치자꽃을 찾았던 것이다. 나는 그토록 자유에 목말라 있었던 것이다.

그러므로 2021년 내가 기다리는 봄은 단순히 꽃 피고 새 우는 절기가 아니다. 이번에는 지난 한해 동안 우리를 억눌러 온 모든 제약을 홀홀 떨쳐 버리고 활기가 충만한 천지간에 산 자로서의 기쁨을 마음껏 누릴 수 있는 자유, 심지어 때론 어느 정도의 일탈까지도 허용될 수 있는, 그런 분방한 자유를 구가할 수 있는 계절을 고대하는 것이다.

(2021. 1.)

먼 바다의 기억

"사랑합니다"

　"따르릉, 따르릉," 전화벨이 울린다. 수화기를 들자 느닷없이 "사랑합니다, 고객님. 지금 사용하고 계시는 집 전화 기본료를……" 하는 젊은 여성의 낭랑한 말소리가 쏟아져 나온다. 깜짝 놀라서 반사적으로 수화기를 귀에서 떼어 들고 들여다본다. 수화기를 본들 목소리의 주인공이 보일 리 없지만, 하도 뜻밖이고 놀라워서 취한 동작이다. 목소리로 보아 20대인 젊은 여성이 생면부지인 이 늙은이를 "사랑한다"니! 어이가 없어 "허, 참." 하고 수화기를 내려놓는다.

　'사랑'은 아마도 세상에서 가장 좋은 말일 것이다. 대부분의 종교가 거룩한 절대적 사랑을 설하고 있고, 모든 집단이나 단체가 구성원 간의 사랑을 촉구하고 있으며, 모든 남녀가 사랑을 추구하고 있으니 말이다. 이러니 사랑은 당연히 깊은 사유의 대상이 될 만하다.

　이런 경향은 특히 서양에서 두드러진다. 희랍에서는 일찍이 아가페(Agape), 필리아(Philia), 에로스(Eros) 등, 사랑을 여러 가지 종류로 구분하여 그 각각의 속성을 설명하려고 하였다. 한걸음 더 나아가 플라톤은 『향연(Symposium)』에서 사랑을 아예 철학적 논구의 대상으로 삼아 그 궁극적인 본질을 선(善)에 대한 욕망이라고 규명하고 있다. 그런가 하면 로마 시대의 오비드(Ovid)는 『사랑의 기예(Ars Amatoria)』를 써서 큰 인기를 얻었고, 근래에는 에리히 프롬(Erich Fromm)이 『사랑하기의 기술(The Art of Loving)』을 써서 많은 독자를 얻은 바 있다. 전자는 남녀 간의 사랑만을 다루면서 남녀가 상대방의 마음을 사로잡는 방법을 알려 주는 일종의 연애 교본이라면 후자는 여러 종류의 사랑을 다루면서 그 각각의 실천 방안을 논하고 있기 때문에 내용상 차이가 있긴 하지만, 어떻든 사랑하는 방법에 대한 책들이 그렇게 인기를 모으는 것을 보면 사랑에 대한 서양인들의 관심의 정도를 짐작할 수 있다.

어디 그뿐이랴! 서양의 고전에는 남녀의 사랑이 직간접으로 연관되어 있고, 중세 기사도 문학에는 소위 "궁중 사랑(courtly love)"이 필수 요건으로 되어 있었다. 또 르네상스 이후 지금까지 거의 모든 문학작품이 사랑을 주제로 삼고 있지 않은가? 문학뿐만 아니라 미술, 음악에서도 그것을 주제로 한 것이 부지기수이다.

이처럼 서양 문화에서 사랑이 중요한 위치를 누릴 수 있는 것은 그것이 남녀의 애정에서부터 시작하여 형제애, 인류애, 심지어 신의 절대적 사랑까지도 포함할 수 있게 포괄적 개념으로 발전했기 때문일 것이다. 여기서 주목할 점은 남녀의 사랑을 다른 큰 사랑들과 같은 반열의 미덕으로 보았다는 것이다. 서양 사람들은 남녀의 사랑에도 모든 사랑의 속성인 타자를 위한 헌신이 있음을 인정하여 그것을 미덕으로 보았던 것이다.

이에 비해 우리나라에서는, 과문한 탓인지, 사랑에 대한 본격적인 담론이 있었다는 말은 듣지 못했다. 우선 옛날의 우리나라에서는 사랑이란 말이 서양에서처럼 그렇게 널리, 그리고 많이 쓰인 것 같지 않다. 특히 남녀의 애정이라는 의미로서의 사랑이란 말은 금기시되었지 않나 할 정도로 드물다.

우리나라에서 고등교육을 받은 사람에게 조선시대에서 남녀의 사랑을 주제로 하고 '사랑'이란 말을 쓴 작품을 들어보라고 하면 『춘향전』의 「사랑가」와 『청구영언』에 실린 "사랑이 어떻더냐, 둥글더냐, 모나더냐?" 하는 고시조와 정철(鄭澈)의 「사미인곡」을 꼽을 정도일 것이다. 이것은 한글 창제로 한글 문학이 시작된 이후 조선조 400여 년의 긴 세월을 고려하면 대단히 희소한 것이다. 그러나 여요(麗謠)에는 남녀의 애정에 관한 것이 많았다 하니 이는 조선조의 특수한 현상일 것이다. 아마도 고려조에서는 사랑이란 말이 조선조 때보다 훨씬 자주, 그리고 더 자유롭게 쓰이고 그 가치 또한 더 높게 평가되었을 것으로 추측된다.

조선조가 들어서면서 유교를 통치 이념으로 삼은 위정자들이 성애를 비하하는 도학자적 윤리관을 강조하였고 그로 인해 남녀의 사랑은 은폐되거나 표현이 억제될 수밖에 없었을 것이다. 실제로 이 유교 신봉자들은 여요에 나오는 남녀의 사랑 이야기를 '남녀상열지사(男女相悅之詞)'라고 폄하하여 점잖은 사람은 입에 올리지 못할 것으로 여겼던 것이다. 이에 따라 남녀 간의 애정이란 뜻의 사랑이란 말도 평가절하되어 반가(班家)에서는 물론, 여염집에서조차 쓰이지 않게 된 것이다. 우리 부모님 세대만 해도 평생을 금슬 좋게 해로한 부부 사이라도 서로에게 "사랑한다"는 말을 한 번 해 본 적이 없는 분들이었다. 그런 말을 한다는 것은 '망측한' 짓이었던 것이다.

유교와 더불어 우리 선인들의 정신세계를 지배했던 다른 한 축이 불교였다. 조선조에서는 불교를 억압했다 하지만 초기에는 왕가에서도 믿을 정도로 세력이 강했고 일반 백성들에게는 조선조 내내 커다란 영향력을 끼쳤다. 불교에서는 남녀의 사랑을 소위 오욕(五欲)의 하나인 색욕(色欲)으로 규정하였는데, 이것은 지혜를 가려 미망에 빠지게 하므로 극복해야 할 번뇌였던 것이다.

남녀의 애정으로서의 사랑은 이렇듯 유교나 불교에서 공히 수준이 낮은 정감으로 여겨졌고, 서양의 아가페나 필리아에 비견될 품성은 인(仁), 자비, 보시같이 사랑과 구별하였을 뿐만 아니라 사랑과는 차원이 다른 고귀한 덕목으로 숭상했던 것이다. 이처럼 사랑이 중요한 가치가 아니었으니 진지하게 연구할 대상으로 삼거나 문학작품에서 중요하게 다루었을 리가 없었다.

우리나라에서 사랑이 남녀 관계의 좁은 테두리를 벗어나 넓은 의미로 쓰이게 된 것은 서양 문물이 유입되면서부터이다. 특히 기독교의 전래와 성경 보급이 그 결정적인 요인이었을 것이다. 기독교는 '사랑의 종교'임을 자임하면서 이웃을 이롭게 해 주는 마음부터 심지어 인간을 돕고 보살피는 신의 배려까지를 다 사랑이라 할 정도로 사랑의 의미를 극대화하였다. 그러자 모든 우호적 관계는 다 사랑이라고 부르는 경향이 생겼고 또 사랑은 모든 문제를 해결해 주는 영약(靈藥)처럼 여겨지게 되었다. 그래서 요즘은 어른, 아이 할

먼 바다의 기억

것 없이 모두 양팔을 머리에 올려 애정 표시를 하고 '사랑합니다'를 입에 달고 사는 세상이 됐다.

그러나 사랑이 그렇게 쉽게 할 수 있는 말일까? 사랑은 내가 어떤 대상을 좋아하고 그와의 관계를 즐기는 것만으로 이루어질 수 있는 것이 아니다. 그것은 나의 즐거움을 충족하기 위한 이기적 욕망을 나타낼 뿐이다. 진정한 사랑은 섬기는 것이어야 할 것이다. 즉, 나의 즐거움을 위해 내가 바라는 대로 행동하는 것이 아니라, 상대방이 좋아하고 바라는 바를 우선하는 것이다. 그래서 사랑에는 자기희생이 따르며, 그 자기희생 때문에 사랑이 숭고한 미덕이 되는 것이다.

오늘날 우리는 사랑이란 말이 넘쳐 나는 세상에 살고 있다. 그러나 그중의 얼마가 정말 사랑에 값하는 말일까? 가령 오늘 아침 내게 전화한 아가씨는 나를 위해 얼마만큼 자기를 희생할 마음을 가졌을까? 사람들이 사랑을 그렇게 빈말로 쓰면 그것은 단순히 말의 타락으로 그치는 것이 아닐 것이다. 사랑이 내실이 없는 말이 된다는 것은 세상에서 사랑이 없어지는 것이기 때문이다.

소중한 말일수록 소중히 다뤄야 하는 까닭이 여기에 있는 것이다.

(2021. 7.)

장음, 단음

　우이령 길이 열렸다 하여 갔다 오는 길이었다. 우이동에서 교현리로 빠지는 도정을 택했기 때문에 트레킹을 마치고는 구파발을 거쳐 시내로 들어오는 버스를 탔다. 오랜만에 서울의 서북부를 지나면서 그간 몰라보게 변한 모습에 내심 적잖이 놀랐다. 옛날에 시골 같던 곳이 전부 새로운 시가지로 변한 것이었다. 어떤 새로운 동네가 생겼는지 알기 위해 안내 방송에 특별히 귀를 기울이고 있었는데, 녹번동 고개에 가까이 이르렀을 때 나온 안내 방송에 이상한 점이 있었다.

　"이번 정거장은 녹번동입니다. 다음 정거장은 '산꼴마을'입니다." 하는 것이었다. 노선지도를 보니까 '산골마을'로 되어 있는데 "산"은 짧게, "골"의 초성을 경음으로 발음하니까 "산꼴마을"이 된 것이다. "아니, 이 번화한 지역에 웬 '산골짜기 마을'이 있지? 내가 잘못 들었나?" 하고 다음번에 유심히 들었지만, "이번 정거장은 산꼴마을

　　　　　　　　　　　　　　　　　　　　　　먼 바다의 기억

입니다"하며 분명히 "산꼴"이라고 하는 것이 아닌가. 그러나 주위를 암만 둘러보아도 번듯한 시가지만 보이고 산골짜기 같은 곳은 찾아볼 수 없다.

어째 이리 얼토당토않은 이름이 생겼을까 가만히 생각해 보니 옛날에 녹번동 고개에 산골을 캐던 곳이 있었던 것이 생각났다. 어머니가 늘 신경통으로 고생하셨는데 산골이 신경통에 좋다는 말을 듣고 내가 그곳을 찾아가서 사다 드린 적이 있다. 그때 보니까 토굴 바닥에서 까만 줄이 있는 부분을 호미로 긁어다가 물에 씻으니까 흙은 씻겨 나가고 직육면체의 검은 물체만 남는데 그 성냥개비 굵기의 정체불명의 물질이 산골이라는 것이었다. 값도 얼마 안 하는 것이었지만 고개 밑에서 버스를 내려 물어 가며 찾아가 사 드린 것이기에 나로서는 어머니께 작은 효도를 한 흐뭇한 기억으로 남아 있다.

그런데 그 발음이 좀 특이한 것이었다. 첫음절 "산"의 모음은 긴데 받침 "ㄴ"은 뒤의 "ㄱ"과 접변하여 "ㅇ"으로 발음되었다. 또 둘째 음절 "골"의 초성 "ㄱ"도 경음화하지 않아서 전체의 발음은 "사앙골"이었다. 자음접변까지는 모르더라도 첫음절만 길게 발음하여 '사안골'이라고만 발음했어도 아는 사람은 알 것이고, 모르는 사람도 의심나면 사전을 찾아볼 것이다. 그런데 그것을 짧게 발음하여 '산꼴'이라고 하니 의미도 틀리고 실제와도 다른 동네 이름이 된 것이다.

우리말에는 동철이음어(同綴異音語)가 많은데, 동철이라도 이음이면 뜻이 달라지게 마련이다. 그런데 이 이음은 주로 모음의 장단 때문에 생긴다. 그리고 이때 문제가 되는 것은 주로 길게 발음해야 할 것을 짧게 발음해서 생긴다. 이런 경향은 나이가 어릴수록 많은데, 이는 말을 글로써 익힌 경험이 많기 때문인 것 같다. 의성어, 의태어 경우는 "뚜우 하고 기적이 울었다"에서처럼 같은 모음을 두 개 중복해 써서 장음(長音)을 표시할 수 있지만, 일반 단어는 그럴 수 없으니까, 형태로는 장음도 모두 한 글자, 즉 단음(短音)같이 표기되어 있는 것이다. 이것이 장모음을 단모음으로 발음하는 한 원인일 것이다.

여기서 여담 한 가지를 해야겠다. 일반 단어에서 같은 모음을 중복해 써서 장모음을 표기하는 것은 틀린 것이라는 관념이 절대 금기로 발전되었는지 외국어를 한글로 표기할 때에도 그 위력을 발휘하여 황당한 오류를 일으키고 있다. 얼마 전서부터 우리 사회에 유행하기 시작한 '웰빙'이라는 말이 그것이다. 원래는 '웰비잉'인데 이때 '비잉'을 잘못된 장음 표기로 생각했는지 앞의 '이'음을 잘라 버리어 '웰빙'이라는 영어에 없는 해괴한 단어를 만들어 놓은 것이다. '비(be)'와 '잉(ing)'은 각기 독립된 형태소로서 그 나름의 음을 갖고 있는데, 그 모음들이 우연히 같은 것이지 장음을 표시하기 위해서 같은 모음을 중복한 것이 아니다. '웰빙'식으로 표기하자면 '시잉(seeing)'도 '싱'으로 표기하는 우스운 결과가 나올 것이다.

'웰빙'은 이처럼 세상 어디에도 없는 잘못된 말인데 그것이 고쳐지지 않고 대중매체에서 계속 쓰이고 있는 이유를 알 수 없다. 이러다가는 그대로 외래어로 확정되어 우리말 사전에 오르지 않을까 걱정된다.

각설하고, 산골이라는 실물은 이제 찾는 사람이 없어 사라지고 그 이름만 남았었는데, 그 이름마저 장·단음 구별을 잘못하여 없어지게 되었다. 어느 연구자의 조사에 따르면 우리말에는 사전의 표제어에서만도 동철이음어가 7천여 쌍에 이른다 한다. 그러나 따지고 보면 동철이음어만이 문제가 아니다. 모든 모음에는 모두 장단의 차이가 있으니 장단의 문제는 한글 표기 전체의 문제인 것이다. 훈민정음에서는 방점으로 장음을 표기했듯이 무슨 표기 방법을 강구해야지 그 차이를 기억에만 의존할 수는 없는 문제이다. 한글이 정말 세계 최고의 표음문자라고 자랑하려면 어떤 방식으로라도 장단음을 표기할 수 있어야 하지 않을까?

(2021. 6.)

화단

내가 결혼하여 처음 살림을 차린 집은 소위 단독주택이었다. 사십이 다 되어 장가들면서 셋방살이로 시작하기는 면구스러웠던 차에 마침 목돈을 받고 출판사와 계약을 할 일이 생겨서 변두리에 작은 집을 장만하였던 것이다. 대지 34평에 건평 17평인 헌 집이었지만 좌향(坐向)은 좋아서 소위 '남향에 동향 대문 집'이었다. 그러나 누가 살려고 지은 집이 아니라 지어 팔려고 한 소위 집장수 집이어서 건물이 허술하기 짝이 없었다. 누워서 바깥쪽 천장 구석을 쳐다보면 반자가 갈라진 틈으로 별이 보이는 집이었다.

이런 허술한 집이건만 좁은 집터에 비해 화단은 제법 큰 것이 있었다. 건물 앞의 공간에서 대문으로 나가는 좁은 통로를 제하고는 거의 전부가 화단이었으니까 좋이 두세 평은 됐을 것이다. 우리가 처음 이사 갔을 때는 벽돌을 모로 빗겨 뉘어 통로와 경계를 지은 것으로 보아 그것이 화단인 줄 알았지 거기에 화초가 심겨 있었던 기

먼 바다의 기억

억은 없다. 그러니까 우리가 그 빈터에 나무와 화초를 심어 명실상
부한 화단을 만든 것이다.

　신접살림을 와서 본 지인들 중에 어떤 분은 작은 편백나무도 주었
고 또 어떤 분은 목련도 주어 담 가까이에 심었다. 그리고 나머지는
대개 어머니가 심으신 것이었다. 늦게 장가간 막내의 자식들을 특
히 귀여워하신 어머니는 애들을 보러 큰댁에서 자주 오셨고, 한 번
오시면 열흘 보름간 계셨다. 그동안 동네 노인들과 친해지셔서 이
집 저집서 얻은 화초로 화단을 채우셨다. 경계석 바로 다음에는 채
송화, 그 다음에는 한련, 그리고 분꽃, 과꽃 등이었다.

　그 화단을 꾸미는 데에는 나도 한몫하였다. 나는 늘 모란을 심고
싶었다. 그래서 화원에 가서 자주색 모란 묘목을 사다 대문 가까운
곳에 심었다. 그런데 봄 동안 착근이 되었으면 여름에는 벌벌하게 자
라야 할 터인데 그렇지 못했다. 흙이 마사토라 보수력도 없고 영양도
별로 없어 그런가 해서 다시 캐어 내고 구덩이를 넓힌 다음 원 흙에
다 황토와 부엽토를 섞어 넣고 다시 심었다. 그리고 계분을 얻어다가
주위에 조금 뿌려 주었더니 다음 해에는 잎이 무성하고 튼실하게 자
랐다. 그러더니 5월에는 아기 주먹만 한 꽃망울들이 맺혔다.

　꽃 필 때가 가까워 오자 어떤 색이 나올지 자못 궁금해졌다. 화원
주인은 자주색이라고 장담했지만, 분홍이나 흰색이 나올지도 모를
일이고, 자주색이라도 내가 원하는 자주색, 즉 붉은 기가 주조인 자
주색이 아니라 푸른 기가 도는 자주색이 나올지 모르기 때문이었다.

　드디어 꽃이 피자 모두가 탄성을 올렸다. 색깔을 바로 내가 원하
던 검은 자주였는데 영양이 좋은 탓인지 꽃이 사발만큼 크고 겹잎

인 데다가 꽃술은 황금색이라 화려하고 호사스럽기 그지없었다. 또한 그 싱싱하고 청아한 향기가 온 마당에 퍼졌다. 그때 그 동네에는 사람들이 대문을 열어 놓고 골목에 나와 앉아 담소하는 경우가 많았다. 우리도 이때에 대문을 열어 놓으면 동네 사람들이 지나다 보고 "거 꽃 참 장하게 피었네!" 하며 모두 감탄을 하였다.

모란은 이처럼 허술한 우리 화단에 격을 높여 주었지만 며칠 피었다 지기 때문에 잠시 왔다 가는 귀한 손님 같았다. 그 대신 우리 화단의 주인 노릇을 한 것은 색깔도 다양하고 봄부터 가을 서리 내릴 때까지 피고 피고 또 피는 채송화, 한련, 팬지, 분꽃 같은 것들이었다. 특히 어린아이들은 모란같이 거창하고 큰 꽃보다는 화단 앞에 쪼그리고 앉아 들여다볼 수 있는 그런 작고 예쁜 꽃들을 좋아했다.

그렇게 화초를 가꾸면서 아이들을 낳아 기르며 그 집에서 7년을 살았다. 큰애가 학교 갈 때가 되자 결국 학군 좋다는 동네의 아파트로 옮겼는데, 이사 갈 때 아내나 내가 제일 아쉬워했던 것은 그 화단을 두고 떠나는 것이었다.

아파트로 와 보니 편리하기는 한데 사람 사는 맛이 단독주택만은 영 못했다. 그래서 모 일간지의 작은 칼럼에 아파트에서 사는 소감을 쓰면서 '폐쇄된 공간은 폐쇄된 마음을 낳으며, 그래서 당분간만 살겠다고 한 기간을 되도록 짧게 하고 싶다'고 하였다. 실제로 그때는 집 지을 터도 마련해 놓고 있었다.

그러나 그 집은 끝내 짓지 못했고, 이제는 단독주택에서 살고 있더라도 관리가 편한 아파트로 옮겨야 할 나이이니까 화단이 있는 집에서 살 가망성은 없어지고 말았다. 결국 그 작은 집의 화단이 내 평생에 가져 본 유일한 화단이 된 것이다.

  며칠 전에 모처럼 아이들과 함께 저녁을 먹으면서 옛날 집 이야기를 하게 되었다. 그랬더니 아이들이 모두 그 집 화단에 꽃이 많았었다고 회고하는 것이었다. 내가 몇 개의 꽃 이름을 대니까 둘째가 "팬지와 사르비아도 있었어요." 하고 보태기까지 했다. 문득 내 어렸을 때에 어머니가 가꾸시는 정원에서 보고 느낀 것들이 떠올랐다. 나는 씨앗이 움 트고 자라 꽃을 피우는 것을 보면서 생명의 신비와 자연의 조화(造化)에 처음 눈뜨게 되었고, 꽃을 보면서 아름다운 것을 소중히 여기게 되었던 것이다. 내 아이들도 어려서 그런 경험을 하였으리라 생각하니 화단이 있는 집에서 산 것이 여간 다행하고 고마운 일이 아니었다. 그 헌 집에 고칠 것이 생기면 늘 그 지은 사람에게 험구를 하였지만 그래도 그는 사람 사는 데에 화단이 얼마나 중요한 것인가를 아는 사람이었던 것이다. 그래서 이제는 그의 혜안(慧眼)에 뒤늦게 감사하게 되었다. 그가 만들어 준 화단이 우리 아이들의 마음에 언제나 시들지 않고 영롱하게 피어 있는 꽃을 심어 주었기 때문이다.

(2021. 7.)

김 상 태

나의 얼굴 | 내 인생의 길동무들

나의 얼굴

30대 이후에는 자기 얼굴에 책임을 져야 한다는 말이 있다. 그러니까 부모로부터 받은 얼굴 그대로 사는 것이 아니라, 그 이후부터는 자신의 얼굴을 자신이 만들어 가야 한다는 것이다. 공자도 "나이 서른이 되면 자신의 갈 길은 자기가 찾아야 한다(三十而立)."라고 했다. 같은 뜻이 담겼다고 생각된다. 얼굴이라고 했지만 얼굴만이 아니라, 차라리 그 사람 전체의 이미지를 말하는 것이라고 보는 것이 옳다.

이제 서른 살을 지난 지도 예순 해, 내 얼굴은 부모로부터 받은 바탕에다 내가 그린 얼굴이 너무나 두껍게 내려앉아 있어 지하에 계신 부모님이 다시 살아 오신대도 나의 얼굴을 알아보실지 의문이다. 사람들이란 성장하면서 아니, 철이 들면서부터 얼굴 모습을 개선해 보려고 노력하고 있다. 남자들이 머리를 깎고 면도를 하는 것도 그렇지만 옷을 골라 입는 것도 그 때문이다. 여자들은 이 점에 있어서는 가히 필사적이다. 화장을 하는 것이 바로 그것이다.

그러나 이렇게 외면에 나타나는 얼굴뿐 아니라, 그의 심성으로부터 나타나는 얼굴이 더 중요하다. 서른 이후 자기 얼굴에 책임진다는 말도 사실은 이 내면에서 우러나오는 것을 중시해서 하는 말일 것이다. 그가 살아온 인생 역정이 얼굴 속에 담긴다는 뜻이다. 그것은 받은 교육에 의해서, 오랫동안 종사해 온 직업에 의하여, 스스로 닦는 수양에 의해 만들어지는 것이다.

범죄인이 아니고서는 자기 얼굴을 망치고 싶은 사람은 없다. 남에게 겁을 주려고, 혹은 범죄가 탄로 날까 얼굴을 바꾸는 수도 있는 모양이다. 그러나 대개는 남에게 좋게 보이도록 하기 성형 수술을 한다. 바탕이 나빠서 수양으로는 도저히 안 되겠다고 생각하는 사람, 미인 대회에 나가 수상하려고 바꾸는 사람도 있을 것이다. 그러나 마음에서 우러나는 얼굴만큼 아름다운 것은 없다.

구순에 가까운 나이로 살면서 의식적이든 무의식이든 나의 얼굴을 개선해 보려고 노력해 온 것은 사실이다. 이제 더 이상 내 얼굴이 개선될 것이라는 기대는 접어야 할 것이다. 주름살이 너무 많아 마음의 얼굴이 아무리 고와도 개선의 여지가 별로 없다. 또 직업도 이제 끝났으니 그것으로 개선될 처지도 아니다. 젊은 때와는 달리 스스로의 수양도 별로 하지 못하고 있으니 그것도 가망이 없다. 그럼에도 불구하고 나이에 맞게 남에게 가히 싫지 않은 얼굴로 남았으면 하는 것이 나의 바람이다. 사십 년을 넘게 교직에 몸담아 왔으니 나의 얼굴을 만드는 데 가장 결정적인 요인은 바로 나의 직업일

게다.

　좋은 얼굴을 만드는 데는 오랜 세월이 걸리지만 얼굴을 망치는 데는 한순간이다. 도둑질을 했거나, 성 추문을 일으켰거나, 공금을 유용했거나 이런 큰 실수를 하고 나면 한순간에 얼굴은 망가지게 된다. 다행히도 나는 그런 불행한 경험은 갖지 않아 한순간에 좌우된 얼굴은 아니다. 훌륭한 교수로 지내 왔다고는 말할 수 없지만 그렇다고 얼굴을 망치는 실수를 범한 적이 없으므로 평범한 교직 생활을 보냈다.

　뒤돌아보면 아쉬운 일이 참 많다. 차분하지 못해 덜렁대는 편이고 만사에 신중함이 부족하다. 웃음이 헤퍼서 진실하지 못하다. 사물을 냉소적으로 보는 경향이 있어 일을 맡기기엔 신뢰성이 떨어진다. 나이답게 살지 못하고 젊은이 흉내를 자주 낸다. 한곳을 깊이 파지 못하고 이것저것 손을 댄다. 이런 단점을 내 몰랐던 것이 아니라 고치지 못하고 이 나이로 늙어 버린 것이다. 죽기까지 나의 얼굴을 개선해야겠지만 살아야 할 삶이 살아온 삶에 비해 너무나 짧기에 더 이상 기대하기가 어렵다.

　남이 나의 얼굴에 관해 말하는 것을 단편적으로는 많이 듣는다. 면전에서는 대체로 좋게 말하는 편이지만, 뒤돌아서면 자기들끼리 뭐라 말하는지 알 수 없다. 실은 내가 없을 때 말하는 것이 나의 진짜 얼굴인지 모른다. 특히 나이 들어서는 면전에서 말하는 얼굴이 진짜라고 믿을 때도 종종 있다. 착각인 줄 알면서도 듣기 좋다.

오래전에 가졌던 정년퇴임식 때 인문대의 젊은 정덕애 학장이 한 축사를 기억하고 훌륭한 축사였다고 내게 말하는 사람들이 많았다. 대체로 퇴임식장에서 하는 축사는 칭찬 일변도로 즉흥적으로 하는 경우가 많은데 정 학장은 나를 그동안 찬찬히 지켜본 것을 미리 적어 왔다. 자리가 자리인 만큼 좋은 점만 말했겠지만 내 얼굴의 일면이 담겨 있는 내용도 있었을 것이다. 그 축사를 수입해서 어디에다 올려야겠다는 사람들이 있어 여기 소개해 둔다.(사실은 나의 친우 이익섭 교수가 그의 저술 어디에 쓸 요량으로 이 축사의 초고를 정 학장으로부터 받은 것을 내가 다시 얻은 것이다.)

오늘 동야 김상태 선생님의 정년퇴임을 기념하는 자리에 인사 말씀을 드리게 된 것을 영광으로 생각합니다. 흔히 정년퇴임 인사를 어떻게 해야 하는지 걱정을 합니다. 너무 축하드린다고 하면 혹 석별의 아쉬움이 전혀 없는 듯이 보여 떠나시는 분이 섭섭지 않을까 조심스럽습니다마는 동야 선생님처럼 행복하신 분께, 더구나 일생을 바치신 교직을 훌륭하게 마무리하시는 자리는 당연히 기쁨을 나누고 축하의 자리가 되어야 한다고 생각합니다.

동야 선생님은 1985년에 이화여대에 부임하신 이래로 현대소설을 강의하시면서 후학들을 지도하셨고 이광수, 나도향, 박태원 등 한국 현대소설에 관한 많은 연구 업적을 남기셨습니다. 또한 현대소설학회와 비교문학회의 회장직을 역임하시면서 학회 발전에도 크게 기여하였습니다. 그럼에도 은퇴하시는 선생님이 부러운 이유는 이런 공적인 업적 때문만은 아닙니다.

먼 바다의 기억

저희가 옆에서 뵐 때 부러운 점이 한두 가지가 아니지만 우선 선생님을 뵈면 연세를 전혀 가늠할 수가 없습니다. 올 초에 선생님께서 이번 학기가 마지막이라고 하셨을 때 저는 농담하시는 줄 알았습니다. 제가 아는 한 지난 십여 년 동안 선생님의 외모에 전혀 변화가 없었습니다. 무엇이 선생님을 저렇게 건강하게 젊음을 유지시켜 주는 것일까 곰곰이 생각해 보았습니다.

　선생님은 무엇보다 매사에 편견이 없으시고 넉넉한 마음을 갖고 계십니다. 흔히 나이가 들면 까다로워지고 못마땅한 것이 많아진다고 합니다. 나이가 들면서 자신과 다른 사람을 점차 받아들이기 힘들어하면서 고립되는 경우를 봅니다. 머리 색깔이 노랗거나 빨간 사람도 안 되고 가령 옷도 개량한복 입은 사람은 어떻고, 이외수 작품을 좋아하는 사람, 피카소 좋아하는 사람 생각하면서 우리는 젊은이들과 거리감이 커지게 됩니다. 그런데 선생님께서는 나와 다른 모든 것에 대해 지적 호기심으로 대하시며 편안하게 받아들이십니다. 그래서 선생님은 젊은 사람들과 늘 스스럼없이 어울리며 젊게 사십니다. 지난 월드컵 때 저희 인문대 교수님들과 회식할 기회가 있었는데 어떤 분이 대한민국 응원 박수가 다섯 박자 엇박자라서 연세가 많은 분은 따라 하기 힘들다는 이야기를 하셨습니다. 마침 회식 자리에서 제일 연세가 많으신 분이 선생님이셨고 저희는 실험 정신에 불타서 선생님께 엇박자 박수를 부탁드렸습니다. 아니나 다를까 선생님은 다섯 박자 대신에 여섯 박자를 치셨습니다. 그분의 주장이 맞는 것처럼 보였습니다. 그런데 선생님께서 우리가 고기를 몇 번 먹는 동안 혼자서 연습을 하시더니 드디어 엇박자를 그 자리에서 훌륭히 소화해 내셨습니다.

선생님의 이런 넉넉함을 유지하는 비결은 서예와 테니스라고 알고 있습니다. 선생님의 붓글씨는 경지에 도달하셔서 3층의 연구실에는 묵향이 항상 은은하다고 제가 들었습니다. 제가 서예에 조예가 없어 선생님의 작품을 받을 기회가 없었습니다만 선생님 테니스 치는 모습은 한두 번 뵌 적이 있습니다.

선생님은 테니스를 이기겠다고 치는 것이 아니라 즐기려고 치는 것이 확실합니다. 아직 교내 테니스 대회에서 우승했다는 소식을 접한 적이 없습니다만 그래도 선생님이 테니스에 전력을 다하시는 것은 확실합니다. 왜냐하면 우리 테니스장은 아시다시피 뒷산 언덕에 있어서 건강을 위해 테니스를 치신다면 사실 걸어 올라가시면 좋은 운동이 됩니다. 그러나 선생님은 테니스를 잘 치기 위해 그 언덕길을 걸어 올라갈 수는 없다고 생각하셔서 연구실에서 테니스장까지 가는 전용 오토바이를 갖고 계신 유일한 교수님입니다. 오토바이라고 하니까 혹시 폭주족이 타는 굉음이 나는 커다란 모터사이클을 연상하시면 선생님의 인상과는 너무나 어긋나고요, 선생님은 안전하게 소위 피자집에서 쓰는 스쿠터를 타십니다. 햇살이 좋은 오후에 인문관 지하 주차장에서 스쿠터를 타시고 언덕 위로 올라가시는 선생님을 뵈면 옛날 선비가 당나귀를 타고 강변 누각에 가서 경치를 감상하며 시 한 수 써내는 여유로움이 느껴집니다.

지난 월드컵 때 저희가 선생님께 제안을 했습니다. 우리가 우승하면 선생님의 오토바이를 앞세우고 태극기를 흔들며 적어도 교내를 한 바퀴 돌자고 말씀드렸더니 너무도 좋아하셨습니다. 선생님, 다음 월드컵 때는 꼭 오셔서 저희를 오토바이에 태워 주시기 부탁합니다.

점차 교직도 여러 가지 부담이 많은 요즈음 여유로운 선생님의 빈자리가 저희에게 벌써 크게 느껴지기 시작합니다. 부디 앞으로 오랫동안 건강하시고 행복하시길 기원합니다. 그리고 오늘 이런 자리를 마련하기 위해 애쓰신 국문과 재학생과 동창님, 교수님들의 노고를 치하 드리며 바쁘신 가운데서도 이 자리에 참석해 주신 모든 분께 감사드립니다.

내 인생의 길동무들

　인생의 행로를 꽤 먼 곳까지 오고 보니, 이전에는 우연한 길동무에 지나지 않는다고 생각했던 많은 사람들이 지금에서야 카로사가 한 말처럼 성실한 맹우(盟友)였다는 것을 깨닫는다. 나도 고희가 되었으니 인생의 행로를 꽤나 먼 곳까지 온 셈이다. 그동안 많은 길동무들이 있었다. 어찌 보면 그들과 사귀면서 사랑하고 미워하며 다투고 화해했던 것이 내 삶의 역정인지 모른다. 아무리 길게 계산해 보아도 앞으로의 삶이 얼마 남지 않았다는 생각이 드는 것은 어쩔 수 없는 일이다. 지난날의 길동무들을 돌이켜 보며 나의 삶을 음미해 보는 것이 내게 주어진 기쁨이다.

　친구를 흔히 선택하는 것처럼 말한다. 그 선택의 범위는 지극히 작다. 그러기에 운명적으로 만난다고 하는 것이 옳은지도 모를 일이다. 이 세상 그 많은 사람 중에서 그 친구를 만나게 된 것은 나의 운명이고 그의 운명이다. 물론 좋아서 자주 만나게 되고 싫어서 만나지 않게 되는 경우도 있다. 그러나 그것은 자기 의지로 결정하는 작은 부분에 지나지 않는다. 만난다는 것 자체가 운명이라는 것이다. 하필이면 대한민국에서 태어나고 그것도 아무 지방, 아무 동네에 태어나는 것부터 그렇다. 그 동네에서 태어나 자라지 않았다면 어릴 때의 그 친구들은 달랐을 것이기 때문이다. 어디 그뿐인가 초등학교, 중학교, 고등학교, 대학에 이르기까지 그 학교에 들어가지 않았다면 그 친구들을 만나지 못했을 것이다.

친구라는 말과 비슷한 말로 동무라는 말이 있다. 앞의 말이 소년 이후 성장해서 쓰는 말이라면, 뒤에 말은 어릴 때 쓰는 말이다. 그러나 6·25 이후 이북에서 내려온 사람들이 동무라는 말을 쓴 이후부터는 이 말에 특별한 뜻이 붙어 성큼 쓰기가 어려울 때가 있었다. 그 말에 치열한 이념성이 내포되어 있는 듯해서 그렇다. '김동무', '이동무' 하면 친해지기는커녕 오히려 옭아 넣지 않을까 겁부터 났던 것이다.

친구를 영어로는 'friend'라고 한다. 이 말은 좀 더 넓은 의미로 쓰일 때가 많다. 우리말에 '친구'라고 하면 같은 또래끼리의 우정을 나누는 사람쯤으로 생각되나 'friend'라고 하면 나이 개념이 별로 포함되어 있지 않다. 동양과 서양 문화의 차이라 할 수 있다. 한국에서는 잘 지내다가도 젊은 사람에게 언짢은 일을 당하면 '내가 네 친구야?' 하고 해대는 일이 종종 있다. 이와는 달리 서양에서는 할아버지도 손자와 친해지려고 '너는 나의 친구야.'라고 하며 손자의 환심을 사려고 한다. 동양에서는 연령에 따라 예의가 중요하지만 서양에서는 애증(愛憎)의 감정이 중요한 것이다.

공군에서는 '우군기'와 '적기'의 판별이 매우 중요하다. 영어로는 'friendly'와 'foe'로 나타낸다. 이 결정은 신속하게 이루어져야 하고 그 결과에 따라 엄청난 일이 벌어진다. 그도 그럴 것이 순간의 결정이 죽음과 삶을 갈라놓기 때문이다. 가끔 섣불리 판단하여 아군에게 막대한 피해를 입히는 수도 있고, 우군기인지 적기인지 판별이 이뤄지지 않는 비행기도 있다. 그것은 미식별기(unknown)라고 해 대부분 적기 취급을 받는다. 군 문화 때문인지 서양 문화 속에 그런 감정이 내포되어 있는 것인지 친구가 아니면 적이라는 감정이 은연중에 작용한다고 보인다. 수렵 문화와 농경 문화의 전통에서 비롯된 것이라는 생각도 든다. 한국에서는 '친구' 아니면 '그냥 아는 사람' 그리고 '낯선 사람'쯤으로 구분할 수 있을 것 같다. 친구이기는 하나 지독히 미운 사람도 있을 수 있다. 그렇다 하여 친구가 아닌 것은 결코 아니다. '그저 아는 사람'보다 못할 수도 있는 것이다.

요즈음 한미 간의 FTA 회담이 서울에서 열렸다. 회담을 저지하려는 격렬 시위가 연일 계속되고 있다. 시위자도 다치고 경찰도 많이 다친 모양이다. 사실 시위자와 경찰이 충돌을 거듭하고 있지만 이 양자가 적대 감정을 가질 하등 이유가 없다. 막상 시위가 극에 달하고 그것을 저지하는 과정에서 적과 아군의 모습으로 변한다. 한미 FTA는 웃는 얼굴로 회담을 진행하지만, 한미 대표단들은 분명히 서로 적인 입장에서 있는 것이다. 우리 속담에 웃으면서 뺨 친다는 말이 있듯이 양측 대표단들은 한 치의 이익도 잃지 않으려고 치열한 싸움을 벌이고 있다. 이들이 웃고 이야기하는 동안 회담장 밖의 시위 군중과 경찰 사이에서 욕설이 오가며, 물대포가 쏘아지고, 주모자를

먼 바다의 기억

검거하기 위해 병력이 투입되기도 한다. 말하자면 우군끼리의 싸움이다. 미래의 일은 아무도 모른다. 현재의 시점에서 그들이 생각하고 있는 것이 옳다고 믿기 때문에 적이 되어 싸우고 있는 것이다.

인간은 생존을 영위하는 그 순간부터 친구와 적으로 나누어졌다고 볼 수 있다. 살기 위해 먹을 것을 차지하기 위한 싸움에서 적과 아군이 될 수밖에 없다. 우선 제 배를 채우는 것을 방해하는 무리는 적인 셈이다. 동물이 먹이를 먹는 것을 보면 제 배가 덜 찼을 때는 저보다 약한 무리가 근처에 알씬할 수 없도록 한다. 제 배가 차고 나서야 물러나는 것을 볼 수 있다. 어미가 새끼에게 먹을 것을 물어 주는 것은 본능인 모양이다. 형제만 되어도 그 본능이 적용되지 않는 것을 보면 자연의 섭리가 놀랍다. 그 먹이를 잡기 위해 협동하며 친구가 되었을 것이다. 그러나 노획한 것을 나눌 때는 적이 될 수밖에 없다.

이 본능은 그대로 지니고 있으면서 인간 지능의 발달로 적과 아군의 개념이 발전해 간 것을 볼 수 있다. 우선 지역의 부족끼리 단합해서 다른 부족을 약탈하는 일을 한다. 또 약탈당하지 않기 위하여 단합하고 무장한다. 몇 년 전에 본 영화 중, 아라비아의 어떤 나그네가 오아시스를 발견하고 샘에서 물 한 모금을 마시다가 우물 주인이 쏜 총에 맞아서 죽는 장면이 생각난다. 그곳에서는 물이 생명수 같은 것이라서 허락 없이 물을 마셨다가는 사살당해도 옳다는 묵계가 성립되는 것이다.

친구의 개념을 이해하기 위하여 우리는 '적'의 개념이 어떻게 성립되는지 생각해 볼 필요가 있다. 동물 단계에서는 자기 자신 외에는 적일 수 있는 것이다. 자기 먹이를 뺏어갈 수 있기 때문이다. 안전을 도모하기 위해서는 무리를 지어야만 살 수밖에 없다. 즉, 무리는 적이면서도 친구인 것이다. 무리를 이루기 전에는 가족이 있었다. 개인이 가족의 일원이 됨으로써 보다 나은 안전을 보장받을 수 있기 때문이다. 가족 개념은 일부 동물에게서도 발견할 수 있기 때문에 인간만이 갖는 특성이라고는 할 수 없다. 다음은 지역 단위로 만들어진 우군과 적군의 개념이다. 부족국가에서 연일 이웃 부족과 전쟁을 치르는 것도 그 때문일 것이다. 더 나아가서는 국가 단위의 적과 우군이다. 내 나라 국민이 아니면 적이라고 간주하는 방식이다. 이 개념은 오랫동안 지속되었고 20세기 초까지 선진국들에 의해 극성스럽게 진행되었다. 기계문명에 뒤처진 미개발국들을 침략하고 그 원자재를 착취해서 본국의 부를 채우는 일이 유행이던 적이 있었다. 피지배국의 국민들은 안중에도 없었던 것이다.

다행히 교통 통신의 발달로 세계는 이전보다도 많이 투명해졌다. 자본주의의 생리로 총칼 대신에 돈을 뺏어가는 경제학이 많이 발달했다. 후진국들도 그 생리를 파악해서 대처는 하고 있지만 역부족이다. 이전의 적과 우군의 개념과는 너무나 복잡해서 쉽게 이해하기조차 어렵다.

지금도 세계 곳곳에서 적과 아군이 갈라져 잔혹한 실상이 진행되고 있다. 특히 요즈음 이스라엘과 팔레스타인의 공격과 테러가 뉴스를 타고 연일 날아들고 있다. 이 지방의 약사를 잘 아는 사람도 누가 옳고 그른지 판단하기가 어렵다고 한다. 양측의 말을 들어 보면 다 자기 측의 말이 옳다는 것이다. 생존의 터를 잃은 팔레스타인 사람

먼 바다의 기억

들은 끝까지 항전할 태세이고, 이스라엘은 유대인들을 향해 무차별 공격하는 테러 단체를 그냥 두지 않겠다는 태도다. 이 갈등과 알력의 원인은 수천 년의 역사를 올라가야 하니 결코 어제와 오늘의 일은 아니다. 쉽게 해결될 수 없는 문제들이 난마처럼 얽혀 있다고 생각된다. 그렇다 하여 언제까지나 잔혹한 살육을 계속해야 하는 것인가? 먼저 서로를 향해 갖고 있는 적의와 분노를 줄여야 할 것이다.

신이 인간에게 무기를 쥐어 준 것은 축복인 동시에 재앙이라는 생각이 든다. 자연을 정복하고 지구상의 다른 동물들을 지배하게 한 것은 축복이라고 할 수도 있겠지만, 무기로 서로를 살상하는 것은 큰 재앙이다. 원자탄이나 수소탄 같은 대량살상 무기로 인류가 공멸할지도 모른다는 우려도 있지 않은가! 싸움도 두 가지 방향으로 발달해 온 것으로 생각한다. 싸움이 끝나고 나면 서로가 다치지 않고 화해하는 경우와 한 번 시작한 싸움으로 상대가 잔혹하게 죽음을 맞이하는 싸움도 있다. 전자는 스포츠와 같은 싸움이고 후자는 로마의 투우사와 같은 싸움이다. 무기를 사용하는 기계문명 이후의 전투는 모두 이와 같은 싸움이다.

나는 테니스를 칠 때마다 고대의 전투가 변형되어 왔구나 하는 생각을 해 본다. 칼끝으로 사람을 찌르면 상대가 다치게 마련이다. 그러나 라켓으로 아무리 휘둘러도 상대가 다칠 리 없다. 테니스도 상대방의 약점을 향해 공을 보내야 한다. 이기기 위해서는 빠른 공의 속도로 상대가 힘을 쓸 수 없는 틈으로 공격해야 한다. 그러나 경기가 끝나고 나면 승자와 패자의 결과만 있을 뿐 육체적 외상은 없다. 스포츠는 시합하는 동안에는 적이 되지만 끝나고 나면 다시 옛날의 친구가 되는 것이다. 운동 경기 때의 적과 아군처럼 매사를 그리 산다면 재미있는 세상이 될 것 같다.

선거 때마다 영·호남이 갈라져 이념이나 정강과는 아무 관련 없이 지역주의에 편향한 투표를 한다. 이것이야말로 한국의 민주주의를 망치는 일이지만 쉽게 고쳐지지 않는다. 어찌 보면 더 고착되어 가는 감이 있다. 이 좁은 땅에서 이런 지역주의 정치 풍도가 생겼는지 모를 일이다. 내 지역은 우군, 타 지역은 적으로 은연중에 마음속으로 분류해 놓은 결과일 것이다. 우군과 적을 이런 식으로 분류하는 발상법을 갖고 있는 한국의 민주주의는 빛 좋은 개살구다. 정치 게임도 스포츠와 같은 마음가짐이 필요한 것이다. 최선을 다해서 게임에 임하지만 끝나고 나면 다시 다정한 친구로 돌아가는 것이다.

장담할 수는 없지만 나는 비교적 적을 많이 만들지 않고 이 세상을 살아왔다. 나를 보고 줏대가 없는 친구라고 비웃는 친구도 더러 있다. 불필요한 갈등을 만들어 서로가 기분 나쁠 이유가 어디 있느냐는 생각을 가지고 있기 때문이다. 살다 보면 가끔은 나의 신념과 맞지 않는 친구가 있다. 그럴 때는 그와 대면하지 않는다. 그러면 더 이상의 알력을 갖지 않게 된다. 따라서 친구의 관계를 유지하지 못하고 그저 아는 사람으로 머물 뿐이다.

토플러는 현대인의 친구를 '월요일에서 금요일까지의 친구'라고 말한 바 있다. 일 때문에 만나는 친구들이고 그 일이 끝나면 친구 관계도 끝난다는 뜻이다. 나는 그런 비즈니스에 종사해 본 적이 없기 때문에 토플러가 말하는 친구는 거의 없는 셈이다. 친구를 넓게 사귀지는 못했지만 그래도 내게는 다양한 친구들이 있다. 학교에서 만났던 친구, 직장에서 사귄 친구, 군 생활을 하며 만난 친구, 테니스를 하면서 만난 친구, 기타 등으로 분류가 된다. 직업도 다양하고 생활 태도도 다양해서 만나서 이야기하는 방식도 전혀 다르다.

초등학교 때의 친구들은 지금도 가끔 만난다. 서울서 학교를 다닌 우리 애들은 초등학교 때의 친구를 아빠가 만난다고 하니 상상이 가지 않는 모양이다. 그도 그럴 것이 반이 학년마다 바뀌고 얼굴을 익힐 만하면 상급학교로 진학하게 되니 친구 관계를 유지할 만한 기간이 짧은 탓도 있을 게다. 그러나 나는 육 년 동안 같은 반이었고, 한 동네 살았으니 정이 들 수밖에 없었다. 상급학교에 진학하면서 모두 뿔뿔이 헤어졌지만 어릴 때의 아름다운 기억을 잊지 못한다. 나이 여든 넘고 보니 모두들 건강이 그렇게 좋지는 않다. 그중에서도 세 명은 거동이 불편해서 모임에 참석도 못 하고 있다. 아무리 사회적으로 출세를 했다고 해도 우리들의 눈에는 어린 그 시절이 눈앞에 선히 떠올라서 시쳇말로 폼을 잡을 수 없다. 사실 체면 차리지 않고 어릴 때 그 모습대로 만나는 것이 재미있어 만나는지도 모른다. 앞으로 얼마나 더 만날 수 있을까 가늠할 수 없다. 치매에 걸려 누워 있는 친구를 만나고 와서 더 절실히 느꼈지만 이렇게 만나는 것도 그리 오래 남지 않았다는 생각이다. 모이는 사람 중에 여자들이 더 건강하고 활력이 있는 것을 보면 한국에는 여자가 훨씬 더 오래 산다는 것이 우리 초등학교 동창생들에게서도 틀림없이 증명이 되는 셈이다.

중학 동창생 중에는 보사부 장관까지 나왔지만 모임이 활발하지는 않은 것 같다. 아니 서울에 올라온 친구는 적은 반면에 부산에 거주하는 친구들이 많아 그쪽에서는 모임이 활발하다. 어느새 55년

전의 일이고 보니 길가에서 만난다고 해도 알아볼 도리가 없다. 오래전에 장관까지 한 친구가 딸의 결혼식이 있다고 해서 갔더니 시골에서 올라온 친구들을 도대체 알아볼 도리가 없었다. 자기는 아무개고 주로 어떤 자리에 앉았다든지, 어느 동네 살았다는 말을 듣고서야 옛날의 기억을 더듬으며 겨우 알아볼 수 있었다. 오래전이지만 내 동창이 교장으로 있는 중학교에 방문했더니 마침 서무과장으로 있던 동창이 나를 알아보고 반갑게 맞아주었다. 그때만 해도 박사가 귀한 시절이라 누구에겐가 내가 박사라는 말을 들었다면서 자기로서는 자랑스러운 동창을 두었다고 생각한다는 것이다. 박사라는 것을 추켜세우는 것이 다소 쑥스러웠지만 반갑게 맞아 주는 친구가 고향에 있다는 것이 기뻤다.

고등학교 친구들은 출세한 친구들도 많고, 돈을 많이 번 친구들도 많다. 고등학교 동창회에 몇 번 나가보았지만, 계속 서먹서먹한 기분이 가시지 않았다. 내가 마산에 거주한 것이 아니라, 하숙이나 자취를 했기 때문에 그렇지 않았나 하는 생각이 든다. 방과 후에 만나서 어디를 가거나 무슨 일을 했더라면 그 기억이 오래 남는 법인데 그런 기억을 나눈 친구가 별로 없다. 고등학교 3년 동안 오동동에서 신마산까지 늘 함께 다녔던 서정우 군과 김종태 군이 생각난다. 서정우 군은 입학시험 임박해서 폐결핵으로 학업을 중단하고 요양했다가, 다음 해 연세대학에 입학해서 졸업, 유학에서 돌아와 대학교수가 되었고, 대학원장도 했고 한국 신문학계에서는 그를 모르는 사람이 없을 정도의 유명한 사람이 되었다. 내가 미국 유학에서 돌아왔을 때 광화문 근처의 일식집에서 비싼 저녁을 산 적이 있다. 자주 만나기로 둘이 약속을 했지만 서로 바빠서 그렇게 하지 못했다. 연락하면 언제든지 만날 수 있겠거니 생각하고 있지만 그것이 잘 안 된다.

대학 동창들은 지금도 몇 달에 한 번씩 만난다. 아무리 바쁜 일이 있어도 이날만은 만사 제치고 나간다. 일흔을 전부 넘긴 나이지만 만나면 대학을 갓 들어왔을 때의 그 말버릇이다. 국문학과 출신들이니 대부분 교직에서 종사하다가 퇴직한 사람들이다. 대체로 연금을 받고 생활하고 있으니 생활에는 큰 걱정이 없는 셈이다. 퇴직 후에도 연찬을 쉬지 않고 계속해서 간행된 저서를 우리들에게 나누어 주는 친구도 있었다. 입학할 때는 스물다섯 명이었는데 지금 자주 만나는 사람은 열대여섯에 불과하다. 여학생은 세 명이었는데, 한 사람은 과내 커플이 되어 우리 모임에도 부부가 함께 자주 참석한다. 한 사람은 미주로 이민을 갔고, 또 한 사람은 우리 모두가 잘 아는 모교 철학 교수의 부인이 되었다. 여자들이 나오면 농담을 잘하는 C가 우스개를 잘해서 한결 분위기가 살아난다. "P 여사! 맨날 보는 영감보다 내 옆에 앉으니까 한결 기분이 더 좋지요?" 이렇게 말을 던지면 "그럼은요. 기분이 썩 좋은데요."라고 받아넘긴다. 언제 만나도 이들과 만나면 마음이 푸근해진다.

대학을 졸업하고 1년쯤 교직에 있다가 공군 장교 후보생으로 지원하였다. 엄동설한 후보생 교육을 받으면서 짧은 기간에도 돈독한 전우애가 생긴 모양이다. 제대를 하고 나서도 모임이 계속되었다. 원래 대학의 엘리트들이 모여 들어서 그런지 제대 후 한참 지나고 나서 만나 보니 모두 사회의 지도급 인사들이 되어 있었다. 국회의원, 국·민영 대기업 사장, 대사, 공사, 차관, 교수 등을 역임했다. 지금은 모두 현직에서 물러나 자기 생활에 충실한 듯이 보인다. 얼마 전까지만 해도 모임에 나오는 친구들이 그렇게 많지 않더니 근래에는 거의 빠짐없이 참석하고 있다. 여유가 있는 친구들이 고급 음식점으로 초대해서 우리에게 맛있는 음식을 대접하기도 한다. 골프 모임도 갖기도 하고, 등산 모임도 갖고 매달 16일이면 시간 나는 친구들이 점심을 같이하면서 담소를 나누기도 한다. 나는 정년퇴임 후에도 시내 몇 대학의 대학원 수업을 맡아 공교롭게도 겹치는 일이 많아 자주 나가지 못했다. 그러나 그날 친구들이 어디에서 모여 점심을 먹으며 재미있는 얘기를 하고 있겠거니 하는 상상만 해도 마음이 든든하다. 마음만 먹으면 친구들을 만날 수 있다는 그 생각 때문이다.

공군에 같이 근무했던 친구로 특별히 생각나는 사람이 둘 있다. 고 권숙득 군과 문대탄 군이다. 권 군은 나와 채 1년을 같이 있지 못하고 저세상으로 간 무정한 친구다. 50년이 더 지났건만 그는 내 마음속에 생생하게 살아 있다. 같은 내무반 생활 4개월, 임관 후 특기 교육을 받으면서 한방에서 하숙을 한 것 4개월, 그리고 실무 교육을 받는 동안 버스 사고로 이 세상을 떠난 친구다. 그 짧은 기간에 어쩌면 그렇게 뜻이 맞을 수 있었는지 지금 생각해도 신통하다. 채 1년도 안 되는 그 사귐이 내 마음속에 이렇게 오래 남을 줄 몰랐다. 권 군의 얘기는 다른 곳에서 간단히 썼기 때문에 이 정도로 해 둔다.

문대탄 군은 레이더 관제사 특기로 제주도 모슬포 기지에서 나와 1년 반 동안 같이 근무하면서 친해진 친구다. 제대 후에는 수백 대 일의 경쟁을 뚫고 동아일보에 입사했다가 당시 군사정권의 횡포와 신문사의 미지근한 대응이 마음에 들지 않는다고 과감히 사표를

던지고 제주로 내려갔다. 문 군을 특별히 기억하는 것은 내가 중매를 섰기 때문이다. 내가 예술고등학교에 근무할 때인데 문 군이 자주 와서 색싯감을 구해 달라고 성화를 댔다. 마침 내 책상 앞에 앉아 있던 가정과 선생을 소개한 것이 성사가 된 것이다. 결혼 후 한참 지나 그가 살고 있는 제주도 집으로 찾아갔더니 겉으로 보아도 부부 금슬이 좋은 행복한 가정이었다. 대탄 군의 중매 이야기는 다른 곳에 썼기 때문에 여기서는 줄인다. 자식들은 모두 좋은 학교를 나오고 사법고시, 행정고시를 합격해서 그가 못 이룬 꿈을 이룬 것 같아 기세가 등등한 것같이 보였다. 문 군은 나와 제주도의 장교 숙소에서 1년 반 동안 같이 지내면서 그의 사람됨을 잘 알지만, 솔직하고 부지런하고 명석하고 친구에게는 끝까지 성실하다는 말을 한다면 그에게 너무 칭찬이 되나? 하지만 그것이 사실이다. 문 군 같은 친구가 1할만 사회에 건재하다면 지금보다 훨씬 좋은 나라가 되지 않았을까 하는 생각을 한다. 자주 만나지 않아도 돈독한 우정은 지속된다는 말은 그와 나 사이를 두고 하는 말이다.

2000년부터 나는 이화대학의 평생교육원에서 '생활수필쓰기' 과목을 담당하기로 자원했다. 정년퇴임 2년 앞서의 일이다. 특별한 목적을 가지고 있었다기보다 퇴임 후 아무 일도 하지 않으면 무료할 것 같아서이다. '생활수필'이라고 가제목을 붙인 것은 수필 쓰는 것을 너무 어렵게 생각하지 말라는 뜻이 담겨 있다. 처음 생각한 것은 학교 다닐 때 문학소녀였던 분들이 등록할 것이고, 대략 40대 연령층이 아닐까 하는 생각이었다. 그런데 막상 교실에 들어가 보니 30, 40대도 두어 분 있었지만 50대가 대부분이었고, 70대도 몇 분이 있었다. 이전에 글을 써 본 사람도 거의 없었다.

나는 느끼고 생각하고 경험한 것을 아무 선입관 없이 써 보라고 했다. 그중에는 글 쓰는 요령을 조금 터득하면 좋은 글을 얼마든지 쓸 수 있을 것이라는 터무니없는 생각을 가지고 있는 사람도 있었다. 문맥도 맞지 않은 글을 쓰는 사람이 대부분이었지만 맞춤법을 제대로 맞게 쓰는 사람도 드물었다. 그래도 나는 자꾸 무엇인가 쓰게 되면 스스로 글을 쓰는 요령을 터득할 수 있다는 신념을 갖고 있다. 한 학기 동안 열심히 쓰게 했더니 문장이 좀 어색하긴 해도 자기 할 말은 쓸 수 있는 정도는 되었다. 때때로 좋은 수필이 있으면 읽어 주기도 하면서 왜 그 수필이 잘 되었는지 설명해 주기도 했다.

처음 나는 한 학기 수강이 끝나면 다른 등록생이 들어올 줄만 생각했다. 그러나 다음 학기도 지난 학기에 수강한 사람들 대부분이 그대로 수강했다. 나는 이들에게 충고보다는 격려를 앞세웠다. 잘못 써도 칭찬해 주면 쓸 마음이 생기지만 질책하면 그나마 쓰고 싶은 마음조차 가셔 버린다는 것을 알기 때문이다. 충고를 하면 여러 개를 하지 않고 꼭 하나만 집어서 말했다. 많이 말해 보아야 귀에 들어오지도 않기 때문이다.

그렇게 해서 이제 6년의 세월이 흘러갔다. 수필반원들이 쓴 작품을 모아 2002년 제1집 『원석을 캐는 마음으로』를 출간하였고, 2003년에는 『내 마음의 보석』을, 2005년에는 『새로운 지평을 향하여』를 출간하였다. 내가 이 과목을 설강할 때 등록한 분이 매년 등록해서 지금도 그분들이 내 반의 학생 대부분이다. 제1집 출간 때는 출판기념회도 열어서 가족 분들도 많이 참석했다. 성황을 이룬 것을 보고 아주 기뻐했다.

마음속에 숨겨져 있는 재능을 캐서 글을 쓰게 하는 것을 '원석을 캐는 마음'이라고 나는 표현했다. 그 원석을 가공해서 보석이 되게 하는 과정이 필요하다. 갈고 닦아서 보석이 되게 하고 그 보석을 우리는 소중하게 가슴에 묻어 두고는 이따금 꺼내 보는 것이 '내 마음의 보석'이다. 3집에서 우리 안에서만 머물지 말고 '새로운 지평'을 열어서 바라보는 눈이 필요하다는 뜻이 담겨 있다. 다른 수필 문학 회원들과도 이제 교류를 시작했다.

그사이 『수필과 비평』에서 다섯 사람이나 신인상을 받았다. 곧 몇 사람 더 신인상을 받을 예정으로 되어 있다. 그러니까 꾸준히 몇 년간 수필 쓰기에 전념해 온 분들은 거의 문단에 등단하게 된다. 다른 문예지를 통해 등단한 사람도 두 사람이나 있다. 이제 우리 수필반에서 근 30명이나 문단에 데뷔를 하는 셈이다.

나는 수강생들에게 항상 이렇게 말한다. 문단에 데뷔하는 것이 우리 수필반의 목표가 아니라고. 문학을 좋아하는 사람끼리 만나서 문학에 관한 이야기를 나누는 곳이라고, 좋은 글을 썼으면 서로 돌려 가며 읽고 즐기고, 잘못된 대목이 있으면 서로 강평해서 고칠 것이 있으면 고치고, 요컨대 우리의 수필 쓰는 안목을 높이자는 것이 우리 반이 지향하는 목표라는 것, 그러다가 신인상으로 추천되면 굳이 마다할 필요는 없다는 것, 다른 문학인들과 교류하는 것도 우리의 즐거움이 될 수 있다는 뜻이다.

수필반의 사람들은 다른 반과는 달리 서로 빠르게 친해진다. 그 이유는 수필은 대개 자기 체험을 기술하는 것이기 때문에 쉽게 자기를 드러낼 수밖에 없다. 자기의 장점이든 약점이든 다 드러내고 나면 그 사람을 깊게 이해하게 된다. 항상 자기의 약점을 감추고, 자기의 겉만 보여 주는 사람과 친해질 수 없다. 게다가 '다음넷'에서 카페를 만들어서 좋은 글을 퍼 와서 회원들에게 알리기도 하고 자기의 글도 싣기도 한다. 그 글에 댓글을 달아 의견을 말하고 있으니 항상 만나서 이야기하는 기분이다.

나는 이 수필반원들과 정이 깊이 들었다. 대학에 있을 때는 가까운 제자들과 머리를 맞대고 좋은 논문 쓰기를 추구했지만 역시 그들과 나는 차이가 많이 난다. 그런데 수필반원들은 전부 인생의 한 고비를 넘은 이순의 나이에 있는 분들이다. 대학생들이 나를 이해하는 폭과는 또 다르다. 그들에게 할 수 없는 말을 안심하고 이들에게 할 수 있다.

가끔 나는 이들에게 이렇게 말한다. 내 만년의 즐거운 동행자들이라고. 비록 선생이라고 이들을 지도하고 있지만 인생 문제에 있어서는 나보다 훨씬 현명할 때가 많다. 우선 어린 학생들에게처럼 실수할까 봐 조마조마한 심정을 갖지 않는다. 편안하게 내 모습 있는 그대로 보여 주어도 탓하지 않는다. 이들은 글 쓰는 기술이 조금 더 필요할 뿐 인생에 있어서는 나보다 더 풍부한 경험을 가지고 있다. 이들의 글을 보면서 많이 배운다. 나도 인간이기 때문에 실수를 하게 마련이다. 그 실수까지도 사랑해 주었으면 한다. 이들은 내 만년의 진정한 벗이다. 애들 모양 머리 위에 큰 하트 모양을 그리면서 이들을 사랑하고 있다는 표현을 하고 싶다. 이들은 모두 나의 친구들이니까.

김 재 은

선생님 오래 사셔야지요 | "최고"라는 것

선생님 오래 사셔야지요

1

2016년 5월, 스승의 날을 끼고 앞뒤로 제자들이 밥 먹자고 제의해 와서 몇 개 팀과 같이 점심을 했다. 밥만 먹은 것이 아니고 빵도 먹고, 국수도 먹었다. "밥 먹자"는 말은 꼭 밥을 먹자는 것이 아니라 만나자는 말이고, 만나서 안부나 확인하고 정담이라도 나누자는 가벼운 인사말이다. 외국인이 가끔 이 말 때문에 혼란을 겪는 일이 있다고 한다. 그럴 때 제자들의 취향과 내 취향을 타협해서 뭘 먹을까를 결정하다 보니 밥만 먹게 안 된 것이다. '밥을 먹자'는 말은 결국 만나자는 말이 아닌가? 그래서 여러 팀과 만나서 밥을 먹었다.

밥을 같이 먹은 한 팀 중에는 이화여대 사회학과 교수로 있었던 이동원 교수가 들어 있었다. 그는 서울대 사회학과를 나오고 이화여대 심리학과 대학원에서 공부해서 나와 사제 간의 인연을 갖게 된 사람이다. 이 교수가 점심을 먹으면서 "선생님 오래 사셔야 돼요, 일찍 돌아가시면 안 돼요." "왜?" "선생님은 후학들을 위해서 남겨 놓으실 일이 아직 남아 있잖아요?" 그도 나와 똑같이 이화여대 명예교수로 있고, 나이 80대에 들어선 사람이다. "왜 하필 나만 오래 살아야 하나? 이동원 선생도, 이근후 선생(이동원 교수의 남편, 전 이화여대 정신과 교수)도 오래 살아야지."

'좀 더 오래 사세요' 하는 말은 의례적이기는 하지만 싫지 않은 말이다. 나도 가능하면 오래 살고 싶다. 그러나 당혹스럽기도 하다. 문제는 건강이다. 불건강하게 오래 살고 싶지는 않다. 가족과 주위 사람들한테 얼마나 큰 짐이 되겠는가? 또 오래 살고는 싶지만 그냥 시간만 끌면서 오래 살 생각은 없다. 그건 어떻게 보면 욕된 일이기도 하기 때문이다. 『장자(莊子)』에 보면 "壽則辱多(수즉욕다)"란 말이 있다. 이 말은 실은 성천자(聖天子)인 요(堯) 임금이 한 말로 되어 있는데, 어쨌든 오래 살수록 욕된 일이 많아지는 것은 진리인 것 같다. 내 주변의 여러 사례들을 보아도 그렇다.

나의 손위 친척 한 분은 97세까지 사셨는데, 본인 생존 시에 딸 하나와 큰아들의 색시를 잃었고, 작은딸의 남편인 사위를 잃었다. 그래서 그 집안은 과부와 홀아비가 생겨났고, 물론 본인도 혼자된 지 오래 되었으니 독신자투성이가 되었다. 오래 살라는 말이 듣기는 좋아도 부담스럽다. 나만 특별히 오래 살라는 말을 되새겨 보면, 내가 오래 살도록 특별히 선별된 사람이란 말이다. 선민이란 말이다. 그러나 나는 결코 그런 범주에 들 수 있는 사람이 못 된다. 그러니 내 수(壽)대로 살다가 가는 것이다. 내 수가 어떻게 되는지 알 수는 없지만 분명히 내 DNA 속에 프로그램이 새겨져 있을 것이다. 그냥

먼 바다의 기억

기다리고 받아들이면 된다.

한 노선사의 일화가 생각났다. 이런 얘기가 있다. 어떤 절에서 고승이 수행 중인 제자들을 불러 놓고 "나 몇날 몇 시에 갈란다." 하고 자기가 열반에 들 시간을 공표했다. 그러니까 한 종자(從者)가 "스님 그전에 절에 행사가 있어서 미리 가시면 안 됩니다."라고 하니까 "그래? 그때까지 연기하지." 하고 그 약속한 날에 세상을 떠났다는 이야기가 있다. 과연 이렇게 자기 죽음을 자의로 정할 수 있는 사람이 있을까? 인생행로에는 한 치 앞을 볼 수 없는 일들이 계속 일어나니까 언제 죽을지를 알 수가 없는 일이다.

그다음의 말을 들어 보자. "후학을 위해서도 오래 사셔야지요." 그런데 "내가 후학들을 위해 남겨 놓을 게 뭐가 있나?" 하고 짚어 보니까 별로 잡히는 것이 없다. 이 말도 듣기는 좋아도 실속 있는 말이 아니다. 어떤 이는 99세에 가서도 계속 저술을 한 분도 계시고, 나의 스승인 한림대학 총장을 지내신 정범모 선생님은 우리 나이로 92세일 때도 무게 있는 저술을 내놓고 계시니 그런 분은 그야말로 특별한 분이시다. 후학들에게 영향을 계속 끼치고 계시니 이동원 교수의 말은 효력이 있다. 이 교수가 나한테 한 말은 격려의 말로 한 것으로 알아 두겠다. 그래서 이동원 교수보고 "나 특별한 사람 아니야. 나라고 특별히 오래 살아야 될 이유가 없어."라고 대답해 주었다.

나도 항간의 장삼이사(張三李四, 영어식으로 말하면 Mr. Johns and Smith 이다.) 중의 한 사람일 뿐이지 내가 옛날 선지자들처럼 신의 계시를 받고 태어난 것도 아니고, 특별히 선택받은 종자도 아니고, 내 DNA

속에는 남이 가지고 있지 않은 특별한 무슨 장수 인자가 있을 턱도 없고, 별다른 우수한 인자가 있는 것도 아닐 터이니 나라고 특별히 오래 살아야 할 이유가 없다.

내게 뭐가 있다면 그건 '시간의 여유'이다. 우리 나이가 되니까(내가 이 원고를 쓰고 있을 때 내 나이가 세는나이로 91세다.) 시간을 어떻게 보내야 할지가 최대의 고민이다. 시간이란 절대자의 규칙이다. 모든 생명체와 우주의 모든 질서는 이 시간에 묶여서 생성(生成)하고 소멸(消滅)한다. 시간은 신의 영역이니까 우리가 불평을 할 수가 없다. 다만 귀하게 주어진 이 시간을 죽이는 것, 영어로는 'time killing'이란 말이 있는데, 아주 잘못된 표현이다. 시간을 죽인다는 것은 절대자를 모독하는 일이다. 왜냐하면 시간은 전적으로 내 것이 아니기 때문이다.

도연명(陶淵明)의 시에 「잡시(雜詩)」라는 시가 있다.

> 인생은 뿌리도 꼭지도 없이, 길 위의 먼지처럼 날린다
> 흩어져 바람 따라 굴러가니, 이제 벌써 영원한 존재 아니지
> (…)
> 젊은 시절 다시 아니 오고, 하루에 새벽은 한 번뿐
> 시간에 맞추어 힘써야 하지, 세월은 사람을 안 기다리니

여기서 "뿌리도 꼭지도 없이"는 '나무에 뿌리가 없으면 그 나무는 이내 쓰러지고, 과일의 꼭지가 확고하게 가지에 붙어 있지 못하면 이내 떨어지듯이'라는 뜻이다. 우리 삶의 근거는 과연 무엇인가라는 질문을 던지고 있다. 도연명은 그것이 시간이라고 답한다. 이

먼 바다의 기억

시가 던져 주는 교훈은, 인생이 한 번뿐인데 어찌 길 위의 먼지처럼 휘날리다가 사라질 수가 있을까라는 질문이다. '그러면 안 되지' 하는 생각에 시간을 살리는 궁리를 하게 된다.

그래서 몇 가지 장난질을 해 보았다. 역사상의 저명인사들, 그중에는 제왕, 대통령, 장군, 정치가, 기업가, 예술가, 학자 등이 들어 있는데, 이들에 관한 일화를 모아서 책으로 냈다. 내 고등학교 후배 한 사람이 내가 그런 것을 모으고 있다는 정보를 어느 출판사 대표에게 제보를 한 모양이었다. 이미 1,000명 인사들의 자료를 수집해 둔 터였다.

일화를 통해서 그들의 삶을 살펴보니, 공적인 면과 사적인 면이 뒤엉켜 한 편의 드라마를 만들고 있고, 명암이 교차하는 삶이 허다했다. 질시와 암투, 명예와 치욕, 성공과 실패, 승리와 패배, 명분과 허울, 환희와 회한, 거짓과 진실이 뒤얽혀 있음을 본다. 그 속에는 보통 사람들의 면모와 삶의 단면이 그대로 다 있다. '그들도 사람일 뿐이다'라는 결론을 갖게 한다. 위인들의 위대함과 범속함이 그대로 다 있고, 천재들의 삶에도 영특함과 바보스러움이 같이 간다. 이런 것들을 엮어서 『역사를 만들고 일화로 남은 사람들』이라는 책으로 냈다.

그들의 일화 속에는 인류의 역사의 뒤안길, 전쟁과 평화, 죽음과 삶, 흥망과 성쇠, 해학과 수사…… 이런 것들이 있어서 흥미진진하다. 여기에 몇 가지 유형으로 나누어 일화를 소개하겠다.

2

이사도라 덩컨은 미국의 무용수로서 화려한 인생을 살았지만 49세에 비명으로 세상을 떠났다. 1927년 9월, 당시 덩컨은 프랑스의 니스에 살고 있었는데, 브랜드뉴 레이싱 카인 부가티(Bugatti)를 구입해서 딜러가 데리고 온 기계공이 운전을 하고 시승 드라이브에 들어갔다. 그녀는 자기가 좋아한 길고 붉은 스카프를 목에 감았다. 스카프의 끝은 바람에 힘차게 휘날렸다. 그녀는 친구들에게 손을 흔들어 유쾌하게 인사를 하면서 외치기를 "Adieu, mes amis, Je vais a la gloire"라고 했다. 차는 굉음을 내면서 속도를 내기 시작했다. 그 순간 그녀의 긴 스카프가 자동차 큰 뒷바퀴의 살에 감겼다. 그것이 그녀의 목을 낚아챘다. 그녀는 순식간에 질식해서 사망했다. 그녀의 마지막 인사처럼, '안녕! 친구들이여, 하늘의 영광을 위해서' 그녀는 그렇게 갔다. 몇 분 앞을 못 챙기는 것이 인생이다. 즐거움의 극치에서 그녀는 나락으로 떨어졌다.

에이브러햄 링컨이 대통령으로 당선이 되고 난 후, 인디언 문제를 총괄할 책임자를 임명하기 위하여 각료들에게 어떤 자격 요건을 가진 사람이 그 자리에 알맞겠느냐고 물었다. 그들이 의논해서 제출한 자격 요건으로, "사심이 없고, 도덕적이고, 종교심이 강하고, 검소하며, 희생적인 사람"이라고 적어왔다. 이를 본 링컨 대통령은 "여보세요, 이런 자격을 가진 분은 1900년 전에 이미 십자가에 달려 죽었습니다!"라고 했다.

먼 바다의 기억

세상에 사람은 많지만 쓸 만한 사람은 없다고 하지 않는가? 1900
년 전에 십자가에 못 박혀 죽은 예수 같으면 모를까, 그런 이상적인
사람은 찾기가 쉽지 않을 것이다. 링컨의 명답이다.

윈스턴 처칠이 하루는 하원 의사당의 화장실에 볼일 보러 들어가
는데 클레멘트 애틀리 노동당 당수가 용변을 보고 있는 것을 발견
하였다. 윈스턴은 클레멘트와는 반대로 저 끝 쪽으로 들어가서 볼
일을 보려고 그를 비껴 지나갔다. "윈스턴, 오늘 날씨가 좀 쌀쌀하
지 않소?" 애틀리가 물었다. "맞어." 처칠이 대답했다. "언제나 당신
은 뭔가 큰 것을 보기만 하면 국유화하려 들지 않소?"

이 얼마나 재미있는 해학인가? 처칠이 화장실 저 끝에 가서 용변
을 보려는 것은 처칠의 거시기가 크니까 그 큰 거시기를 보기만 하
면 사회주의 정책을 펴는 노동당 당수가 국유화하려고 해서, 그를
피해서 여기서 볼일을 본다는 말, 이런 해학은 고도의 여유와 정치
적 감각을 가지고 있어야 나오는 말이다. 노동당은 철도나 석유, 석
탄, 항공, 육상 교통망 등의 인프라를 국유화하는 것이 그들의 전통
적인 정책이다. 개인의 거시기도 크면 국유화할 것 아니냐는 것이
처칠의 가십(gossip)이다. 얼마나 재미있는 유머인가? 우리 정가에게
는 유머는 전혀 없고 욕지거리와 폭력만 난무한다.

나폴레옹에 관한 이야기를 좀 하자. 나폴레옹이 1815년 4월 엘바
전투에서 승리하고 돌아왔을 때, 복원된 왕조의 부르봉 왕가 루이
18세는 은행가인 자크 라피트에게 거금을 맡기고 도망가고 없었다.

나폴레옹이 황제가 된 것이다. 한 공무원이 황제가 된 나폴레옹의 비위를 맞추기 위해서 그에게 루이 18세의 예금이 누구에게 맡겨져 있다는 정보를 알려 주었다. 그러자 나폴레옹은 그 예금을 영국으로 이전해 갔다. 거기서 루이 18세가 그 예금에 접근할 수 있도록 하기 위해서였다. 나폴레옹의 통 큰 전략이었다.

워털루 전투에서 패배한 후 나폴레옹이 파리를 떠나려고 할 때, 그는 라피트와 약속을 해서 만났다. 자기도 루이 18세와 비슷하게 거액을 예금해 놓은 것이 있다고 했다. 라피트가 자기 테이블 앞에 앉아서 그 예금에 대한 영수증을 나폴레옹에게 써 주려고 했다. 나폴레옹이 그걸 말렸다. "내가 만일 붙잡히게 되고 내 몸에서 영수증이 나온다면 그것으로 그들은 당신과 협상을 하게 될 것이오."라면서 나폴레옹은 절대적으로 영수증 받기를 거절했다.

이것으로 왕실 내막의 일부도 알 수 있고, 왕도 급하니까 도망갈 때 돈을 못 챙기고 간다는 사실, 나폴레옹도 국왕의 재산을 잘 보호해 주었다는 이야기, 자기도 워털루 전투에서 패하고 나니까 잘못하면 포로가 될 수도 있다는 것을 염두에 두고 있었다는 점을 느끼게 한다.

나폴레옹이 세인트헬레나섬에서 죽었다는 소식이 파리지엥들로 붐비는 한 살롱 등에 전해졌다. 그 살롱에는 웰링턴(웰링턴은 워털루 전투에서 나폴레옹 1세를 패배시킨 영국 장군이다.)과 탈레랑(프랑스의 정치가로서 제1제국 건설에 이바지했으며, 부르봉 왕가를 복귀시키는 데도 이바지한 사람이다)이 그 살롱에 앉아 있었다. 부고가 전해지자 한동안 조용하더니 누군가가 외쳤다. "이 무슨 사건이야!"라고. 탈레랑이 있다

먼 바다의 기억

가 "그건 사건이 아니라 뉴스의 한 토막일 뿐이오."라면서 끼어들었다.

10년간 스스로 황제가 되어 프랑스를 통치했지만 결국 섬에서 외로이 죽었다는 뉴스는, '황제의 죽음조차도 한갓 뉴스에 불과한 것이고, 만백성의 애도를 받기가 어렵다'는 점을 보여 주는 일화이다. 궁극적으로 인생이 어떠해야 하는지를 다시 생각해 보게 하는 일화로 끝났음을 보여 주었다. 인간은 누구에게나 삶의 기복이 있게 마련이고 영욕이 뒤엉켜 있음을 보여 준 이야기다.

오래 사는 것이 대수가 아니고 하루라도 행복하게 사는 것이 중요하지 않은가? 교황 요한 바오로 2세가 세상을 떠날 때 주위에 둘러선 추기경들더러 "여러분들 행복하세요."라고 했다. 김수환 추기경도 성모병원에서 선종하시기 전에 주위에 둘러선 의료진과 성직자들에게 "여러분들 행복하세요."라는 말을 남기고 운명하셨다. 2021년 4월 27일 정진석 추기경이 성모병원에서 선종하셨다. 나는 바로 그 시간 같은 병동에서 폐렴으로 입원 중이었고, 병원 의료진에게서 그 소식을 전해 들었다. 정진석 추기경과는 같은 대학 입학 동기였고, 동갑내기여서 그의 선종이 특별히 내게 정서적으로 다가왔다. 그도 똑같이 "여러분들 행복하세요."라는 유언을 남기고 운명하셨다.

최고의 종교 지도자도 신도들에게 바라는 것이 "행복하게 살라는 것"이었다. 우리 같은 평신도들은 그런 고위 성직자들이 운명 시 꿍장히 철학적이고 고답적인 언어를 토해 낼 것 같은데 그렇지 않았다. 극히 평범하지만 인간의 삶에서 근본적으로 중요한 메시지를 남긴다. 유명한 고승들 중에도 운명 시 "나 간다"라든가, "산은 산이요, 물은 물이로다"라고 했단다.

나는 나의 스승님 정범모 박사의 회갑 때를 비롯해서 70세 생신, 80세 생신, 88세 미수(米壽), 90세 생신 때, 다섯 차례에 걸쳐 제자들이 마련한 생신 축하 잔치에서 건배사를 올렸다. 그때마다 나는 예컨대 "선생님께서 오늘 미수를 맞이하신 것을 축하드리며, 100세까지 후학들의 학문적 성장과 한국의 교육 발전을 위해서 현역으로 남아 계시기를 기원합니다."라고 했다. 그런데 2020년에 선생님의 95회 생신 축하 모임에는 내가 참여하지 못한 것이 두고두고 미안스럽다. 당시 나는 이석증으로 어지러워서 바깥출입을 할 수가 없었던 것이다. 올해 선생님은 세는나이로 97세이시다. 100세까지 사실 것 같다는 생각이고, 나의 건배사처럼 100세까지 또 그 이상 사실 것을 소망한다.

요즘은 선배나 스승이나 친지에게 "100세까지 사셔야지요."라고 인사를 하면 상대방에게 도리어 욕이 되지 않을까도 생각하게 된다. 왜냐하면 내 경우, 제자들한테 그런 인사말을 들으면 "이런 꼴(늙어빠져서 얼굴에는 더덕더덕 검버섯이 끼고, 눈꺼풀은 처져 눈을 잘 못 뜨고, 기운이 달려 말의 템포가 느려지고, 걸음걸이가 불안정해서 누군가의 부축을 받아야 하고, 귀는 어두워 보청기를 끼고 있어서 보통 불편한 것이 아니다)로 계속 사세요."라고 들리기까지 하니, 그런 입에 발린 말 같은 것이 도리어 부담스럽다.

고향 인사들 모임이 몇 개가 있다. 회원 명부를 펼치고 훑어보다가 전화 걸고 "밥 먹자" 할 수 있는 얼굴이 잘 떠오르지 않는다. 이제 내게는 주어진 시간이 얼마 남아 있지 않다. 이 시간은 매우 소중한 시간이다. 매일 나는 침상에 들 때와 아침에 일어나기 전에 신에게 기도를 한다. 밤에 잠들기 전에는 "하나님, 오늘 저에게 귀중한 하루를 주셔서 감사합니다. 오늘 밤, 저를 데려가 주시면 더욱 감사하겠습니다", 아침에 눈을 뜨면 일어나서 침상에 걸터앉아서 "하나님 오늘도 귀한 하루를 허락해 주셔서 감사합니다. 언제나처럼 주신 시간을 귀하게 사용하겠습니다. 아멘"이라고 한다. 오래 살고 말고는 내가 결정할 문제가 아니다. 다만 지금 이 시간만이 내 것일 뿐이다.

(2021. 5.)

"최고"라는 것

1

"최고"란 그 위에 다른 것이 없는 상태이다. 산으로 말하면 세계 최고봉이 히말라야 산맥에 있는 에베레스트인데 8,448미터 높이다. 여기를 올라간 사람이 전 세계에 약 200명이나 된다. 그 최고봉이 눈사태로 산악인들을 많이 삼켰다. 최고가 재앙이 되기도 한 것이다.

'최고'가 우리 주변에 쓰이는 대상이 무수히 많다. 그중에서 뭐니 뭐니 해도 '최고의 자리'는 정치 지도자일 것이다. 그가 행사할 수 있는 힘으로 보나 인간으로서 영욕 간에 누리는 기회로 보나 으뜸이 아닌가 싶다. 왜냐하면 최고 정치 지도자에게는 엄청난 권력이 부여되기 때문이다. 인간의 생사여탈 권한을 가지고 있기 때문이다. 사형수를 사면할 수도 있고, 형을 집행할 수도 있는 권한이 있다. 로마 황제는 가끔 콜로세움에서 노예나 적의 포로들을 광장에 풀어 놓게 하고 격투를 시켰다. 이때 격투에서 이긴 죄수나 노예를

먼 바다의 기억

다시 살려 줄 것인지 아니면 죽일 것인지를 엄지손가락의 향방으로 결정한다. 곧추세우면 살린다는 신호이고, 내리꽂으면 죽이라는 신호가 된다. 로마 시민들은 이때 황제에게 자비를 베풀도록 함성으로 요구한다. 이것이 영화 〈글래디에이터〉나 〈벤허〉에 나오는 장면이다. 최고 통치자에게는 대개 전쟁을 일으키는 권한이 주어진다. 이때 전쟁에서 이기면 권위는 유지되고 패하면 권좌에서 물러나야 된다.

권력? 그게 좋은 것인지 나쁜 것인지 단언하기는 어렵지만, 그런 권력을 차지하기 위해서 사람들은 피도 엄청나게 흘리고 인명도 희생시킨다. 2021년 봄의 미얀마를 보면 그 사실을 쉽게 알 수 있다. 총칼로 차지한 권력은 쉽게 내놓기 어렵다. 왜냐하면 보복이 두렵기 때문이다. 또 그런 권력을 차지하기 위해서 경쟁자를 죽이기도 하고, 재화도 많이 투입해서 소비하고, 사람을 돈과 자리로 매수하고, 권모술수도 쓰고, 모함과 유언비어를 만들어 백성들을 현혹케 한다.

인류의 역사를 보면, 아주 좋은 예로, 구약성서의 창세기에는 아담과 이브의 아들 카인이 동생 아벨을 죽이는 사건이 기록되어 있다. 그래서 이런 형제 갈등을 정신분석학에서는 "카인 콤플렉스"라고 명명하고 인간의 원초적 공격 본능으로 간주한다.

권력을 차지하기 위해서 형제를 죽인 일은 비일비재하고, 애비를 죽이고, 자식을 죽이기까지 한다. 중국 당나라 3대 황제 고종 때, 어머니인 측천무후(則天武后)는 아들 이홍(李弘)이 너무 똑똑해서 자기가 권력(수렴청정)을 행사하는 데 방해가 된다고 생각해서 아들을 독살했고, 6대 황제 현종 때는 "안사(安史)의 난(亂)"이란 사건이 있었는데, 장군인 안녹산(安祿山)이 쿠데타를 일으켜 장안을 점령했으나 그의 아들 안경서(安慶緒)가 아버지를 죽였고, 아버지의 부하였던 사사명(史思明)이 권력을 잡자 사사명이 안녹산의 아들 안경서를 죽였다. 결국에 가서는 사사명의 아들 사조의(史朝義)도 아버지를 죽이고 자기는 자살하는 것으로 막을 내렸다. 우리나라 조선조 3대 왕 태종이 두 차례에 걸쳐 "왕자의 난"을 일으켜 왕위계승 투쟁에서 승리해서 임금이 되었는데 이때 배다른 형제를 여럿을 죽였다. 북한의 김정은도 같은 구조 속에 있다. 그런데 최고 권력도 영원한 것이 아니다.

왜 사람들은 권력에 매혹되는가? 한마디로 말하면 "세상을 자기 뜻대로 움직여 보겠다"는 것이다. 진시황이 그랬고, 루이 14세가 그랬고, 히틀러가 그랬고, 마오쩌둥이 그랬고, 스탈린이 그랬고, 차우셰스쿠가 그랬고, 김일성-김정일이 그랬고 김정은도 그렇게 하고 있다. 키신저가 말하기를 "권력이란 최대의 흥분제다"라고. 그런 흥분제에 취해서 권좌에 있는 동안 늘 흥분되어 있다. 세상이 온통 자기 것으로 여겨지니까.

프랑스의 이른바 "태양왕"이라고 한 루이 14세는 "짐이 국가다"라고 선언했고, 세계 역사상 가장 아름답고 큰 궁전 베르사유를 짓고, 호화 생활을 누렸다. 다섯 살에 왕위에 올라 72년 동안 왕 노릇을 했으니 그야말로 태양왕이었다. 그가 왼쪽 다리에 회저병(살이 썩는 병)으로 인해 죽음에 임해서 심한 고통을 느끼고 있을 때, 두 시종이 그의 침대 곁에서 울고 있었다. 루이 14세가 "너희들은 왜 우느냐? 내가 영원히 살 것으로 생각했느냐?" 이 말을 남기고 그는 눈을 감았다.

　스탈린은 1929년부터 24년간 소비에트 러시아의 잔혹한 독재자였고, 엄청난 권력을 행사했다. 그의 재임 시 수천만 명이 정치적 이유로 목숨을 잃었다. 그는 1953년 집무실에서 주치의와 비서실장이 지켜보는 가운데 운명했다. 비서실장이 서기장실을 나오면서 대기 중에 있던 각료들에게 "드디어 서기장께서 운명하셨습니다."라고 전하자 그 소식을 들은 보좌진들이 "만세! 우리는 해방되었다."를 외쳤다고 한다. 어떤 측근은 "우린 이제 시베리아에 안 가도 돼."라고 했단다. 그의 최후가 비통한 일이 아니라 백성들에게는 축복이었다니 아이러니가 아닌가? 루마니아의 독재자 차우셰스쿠는 1989년 12월 22일 정권이 무너지자 도망가다가 시민군에 의해 총살되었다. 마오쩌둥이 죽은 후 그의 네 번째 부인 장칭(江淸)이 남편에 이어 정권을 잡으려고 획책하다가 잡혀 사형 선고를 받고 감옥에서 복역하다가 자살했다.

　북한은 '김일성 장수연구소'까지 만들어 연구했지만 김일성이 아들 정일과 말다툼을 하다가 82세로 죽었다고 하고, 김정일은 70세밖에 못 살았다. 김정은이 80세까지 산다고 치면 앞으로 40년을 버텨야 되는데, 그가 그렇게 버틸지는 아무도 모를 일이다. 김정은 암살 미수 사건이 일본 언론에 보도된 기사를 읽은 적이 있다.

　프랑스 황제 나폴레옹은 1815년 워털루 전투에서 영국의 웰링턴에게 패배 당하자 황제 자리에서 쫓겨나 세인트헬레나섬에 유배 가서 거기서 독살되었다고 한다. 히틀러는 어떤가? 1933년 나치당이 선거에서 승리하여 수상이 되자 당 독재를 시작해서 2차 세계대전을 일으켜 결국 전쟁에서 패배하고 12년 집권 끝에 1945년 자살했다. 이 밖에도 독재자의 최후가 비참했다는 이야기는 무수히 많다. 이탈리아의 무솔리니, 리비아의 카다피, 이라크의 후세인이 있고, 일본의 육군대장이고 내각 총리대신인 도조 히데키는 태평양전쟁을 일으킨 장본인인데, 일본이 패전하자 자살을 기도했으니 실패하고 결국 전범재판에서 사형선고를 받고 처형되었다.

미국의 역대 대통령 중 세 명이 암살되었고, 40대 대통령 로널드 레이건은 저격범이 쏜 총알을 맞고 응급실로 실려 가면서 주변의 의사들을 둘러보면서 "여러분들은 공화당원이란 것을 확인시켜 주시오!"라고 농담을 걸었다. 그가 수술을 담당했던 의료진에게 감사의 말을 전하면서 "내가 할리우드에 있을 때 이렇게 주목을 받았으면 거기 머물고 있었을 터인데……." 하고 우스갯소리를 했다. 그는 자기가 할리우드에 있었을 때에는 별로 인기 있는 배우가 아니었음을 실토한 것이다. 그의 뛰어난 유머 감각은 유명하다. 세계적으로 가장 오래되고 큰 종교 집단의 수장인 로마 교황 중에서도 여섯 명이 암살되었고, 한 명이 미수에 그친 역사가 있다.

이렇게 최고 권력의 자리는 언제나 생명의 위협을 느끼게 한다. 그것은 동서고금, 어느 나라 역사나 왕조에서도 있어 왔다. 우리나라 역사에도 적지 않은 사례들이 있지 않은가?

비단 정치권력뿐 아니라 세계적인 부자들 중에도 하루아침에 빈털터리가 된 예가 많다. 2008년에 있었던 세계적 금융 위기에 도산한 기업이 무수히 많다. 이 위기를 불러온 장본인은 설립된 지 150년이나 된 미국의 4대 투자은행인 '리먼 브라더스'인데, 그 은행이

'파산보호신청'을 내면서 전 세계 금융시장에 엄청난 파문을 일으켰다. 그리고 자신들은 역사의 뒤안길로 사라지고 말았다. 이 사건을 "서브프라임 모기지 사태"라고도 하는데, 저금리의 비우량주택 담보대출로 경제가 버티어 오다가 부동산 가격 하락으로 결국 투자은행이 문을 닫게 된 사태이다. 150년의 역사를 가진 기업도 하루아침에 넘어진다.

우리나라에도 유명한 일화가 있다. 설립된 지 40년, '왕자표' 고무신을 만들어 팔기 시작한 기업, 40년 만에 21개 계열사에다 종업원 38,000명을 거느리고 있던 재계 7위의 회사가 2007년 9월 9일, 회장 양정모 씨가 아침에 눈을 떠 보니 자신이 거느리던 '국제그룹'이 해체되었다는 보도를 뉴스로 보게 되었다. 그래서 "자고 나니 회사가 없어졌더라."라고 비통한 한마디를 남기고 재계에서 사라졌다. 용산역 앞에 지어진 멋진 디자인의 국제그룹 사옥도 영원히 간판을 내려야 했다. 뒷이야기로는 정권과 관련이 있었다는 것이다. 재계 3위였던 대우그룹도 하루아침에 무너졌고, 한보그룹도 그렇게 되었다.

이런 현상은 비단 정계나 기업에서만 일어나는 현상이 아니고 문화계에서도 일어난다. 2017년, 한 중견 여류시인이 한 거물 시인에게 성추행을 당했다고 "미투"를 날렸다. 이 "미투" 운동은 실은 미국 할리우드의 유명 영화 제작자인 하비 와인스틴의 성추행 사실을 한 여배우가 소셜미디어에서 폭로함으로써 터지기 시작한 일종의 성문화 정화 운동인데, 이를 계기로 전 세계에서 성 추문 폭로가 이어지고, 영화계뿐 아니라 대학, 대기업, 군대 등에서까지 미투 물결이 일어났다. 그 운동은 지금도 이어지고 있다. 노벨 문학상의 후보로 수차례 추천되었던 90대 노시인은 이 미투 폭로로 명성은 하루아침에 땅에 떨어지고 아무도 그의 시를 읽지 않게 되었다. 그는 재판을 통해서 면죄부를 받으려고 애썼으나 허사가 되고, 그가 그동안 쌓아온 애독자의 신뢰와 존경은 물거품이 되고 말았다. 최고는 영원한 것이 아니다.

최고란 올라가기는 어렵지만 내려오기는 쉽다. 더 올라갈 데가 없으니 한동안 안주하기 쉽고, 교만해지기 쉽고, 그 자리를 유지하기 위한 비용도 만만치 않게 지출한다. 우리나라 전직 대통령 열한 분 중 아무도 퇴임 후 행복하게 편안히 여생을 보낸 분이 없다. 모두가 힘겹게 여생을 보냈거나 보내고 있다. 왜 그럴까? 최고라는 지위 자체가 불안정한 것이다.

윤여정 씨가 2021년 4월 25일 미국에서 영화 〈미나리〉로 여우조연상을 수상하면서 소감을 밝힐 때 한 유명한 말 중 "나는 경쟁을 믿지 않는다. 다른 영화에서 다른 역할을 맡았는데, 어떻게 경쟁할 수 있는가? 우리는 각자의 영화에서 최고였다." 다른 경쟁 후보자를 배려한 명언이었다. "1등, 최고, 그런 것 말고, '최중(最中)' 하면 안 돼요?"라고도 했다.

"최고"니 "1등"이란 것은 예술 분야에서는 사실 따지기 불가능한 평가 방식이다. 가끔 "1등 없는 2등"이라는 식의 심사결과를 발표하는 경우도 있는데, 그것 참 애매모호한 일이다. 최고 자리는 천장 밑에까지 바짝 올라간 꼴이 되어서 영어로 "ceiling effect"라고 한다. 우리말로 하면 "천장 효과"라고나 할까? 꼭대기까지 올라간 사람은 더 올라갈 기회가 없고, 다만 내려갈 일만 남아 있을 뿐이다. 그런데 더 올라가려면 천장을 깨야 한다. 그것을 창조적 파괴라고 한다. 혁신을 하려면 깨고 나가게 된다. 최고 자리에서 다시 내려가는 데는, 그 내려가는 방법 내지 양태에 따라 우리는 긴장감을 느끼게 된다. "하루아침에 나락에 떨어졌다"거나 "하루아침에 몰락했다"라는 표현을 쓰기도 한다. 허망하다.

중국을 처음으로 통일하고 15년 집권한 후 49세로 세상을 떠난 진시황(秦始皇)을 보면 권력이란 얼마나 허망한 것인가? 그는 영원히 살 것처럼 어마어마한 무덤을 만들어서 남겼으나 그에 관한 행적은 아직도 많이 수수께끼로 남아 있다. 그가 세우기 시작한 만리장성은 지금 인공위성으로 볼 수 있는 가장 큰 인공 건조물이라고 한다. 그것이 인류 역사에 끼친 그의 역사적 흔적인가? 만리장성을 건조하는 과정에서 엄청난 인명의 피해를 보았고, 엄청난 재화도 소비되었다.

2

인간사나 물리적 이치는 똑같다. 높이 올라갈수록 내려오기가 힘들다. 높이 올라갈수록 아랫것들은 작게 보인다. 안하무인(眼下無人)이란 말은 여기에도 해당된다. 높이 올라갈수록 중력의 중심도 높아진다. 그러면 버티는 힘도 약해진다. 균형 잡기가 힘들다. 역사학자들이, 구소련이 왜 무너졌느냐는 문제로 토론을 해서 일본 역사학 잡지에 실은 기사를 읽은 적이 있는데 그 원인을 세 가지로 요약했다.

하나는 통치자의 생각과 백성의 생각 사이에 엄청난 괴리(불균형)가 있었다는 것이고, 둘째로는 통치 이념이 역사적 흐름이나 시대정신 (esprit)과 괴리가 너무 컸다는 것이고, 셋째로는 다른 행성에 우주선을 보낼 만큼 최첨단, 최고의 기술력을 가지고 있음에도 신발과 같은, 백성들이 일상적으로 필요로 하는 생필품의 생산 기술이나 가공 기술 같은 것에는 신경을 안 썼다는 것이다. 즉 기술력의 불균형을 들었다.

미국과 소련이 지금도 우주 기술 전쟁을 하고 있고, 중국도 미국과 군사-우주 경쟁으로 제2의 냉전기를 맞고 있지 않은가? 그런데 세계 역사의 흐름을 주도할 국가는 모든 분야에서 불균형과 불평등을 극복할 수 있는 국가여야 할 것이다. 불균형이 심화되면 그 시스템은 불원 무너질 위험성이 커진다. 즉 빈부의 격차, 권력의 독과점, 인권 보장의 격차, 남녀 간의 격심한 성차별, 인종 차별, 종교 간의 차별, 지역 간의 차별, 정보력의 격차, 세대 간의 이념적 격차 등등이 사회(국가)를 불안하게 하고, 계속 분쟁의 소용돌이를 만들어 그 사회의 시스템을 위태롭게 한다. 그 대표적 예가 북한이다. 핵탄두를 실은 대륙 간 탄도 미사일(ICBM)을 가지고 있는 나라의 백성들이 경제위기를 겪으면서 몇백만 명이 아사했다니 믿어지지 않는 현실이다. 그리고 몇십만 명이 국경을 이탈해서 중국과 한국 등지로 넘어왔다. 또 남미의 몇몇 나라들이 그렇다. 몇몇 나라는 이미 무정부 상태가 되어 있지 않은가? 대통령이 둘이 있는 나라도 있다. 시리아나 미얀마는 곧 체제가 무너지게 되어 있다.

최고는 최고로서의 가치를 창조하거나 지켜야 한다. 과학계의 최고의 학자는 노벨상 수상자들인데, 그들은 우주의 비밀을 캐내고 그 속에 감추어져 있는 질서를 찾아냄으로써 과학의 발전을 도모해서 개인의 영달보다 인류의 복지를 증진하는 데 이바지할 사람들이다. 최고 권력자가 지켜야 할 가치는 백성들이 위임한 권력을 백성의 복지와 행복을 위해 행사하는 일이다. 최고 경제 조직의 가치는 무엇인가? 백성의 의식주 문제를 해결해 주고, 교육의 기회를 보장해 주어서 백성들이 더 행복해지게 하는 일이다. 예술가의 최고 가치는 사람들로 하여금 감정적으로나 이성적으로 아름다움을 경험하게 해서 정신적으로 더 행복해지게 하는 일이다.

정치가가 되었든 경제인이 되었든 예술가가 되었든 최고에 오른 사람들은 그들이 견지하고 지켜 가야 할 가치를 저버리면 그는 최고의 자리에서 내려와야 한다. 최고의 권력자가 경쟁자를 물리치거나 죽이고 그 자리를 차지하는 데만 골몰하고 백성의 존재를 외면하면 그는 감옥에 가야 한다. 예술가가 백성들을 기쁘게 해 주고 그들의 정신생활을 풍요롭고 또 윤택하게 해 주는 일을 외면하고 돈에만 탐닉한다면 그는 사기꾼에 불과한 존재인 것이다.

히말라야 산맥에 자리 잡고 있는 작은 왕국 부탄은 젊은 왕(지금의 카사르 남그옐 왕축왕)의 통치 목표를 '백성들을 행복하게 하는 데' 두어서, 국가의 모든 정책을 거기에 맞추어서 집중하기 때문에 이 세계에서 백성들이 가장 행복하다고 느끼는 왕국을 만들었다. 부탄은 왕도 65세가 되면 퇴임하도록 헌법을 만들었다. 그래서 백성들의 신망이 매우 두텁다. 작가 박범신 씨가 부탄에 가서 취재를 한 TV 방송 프로그램을 보았는데, 길을 가는 시민이나 학교 선생이나 농부, 모두가 미소 짓는 얼굴로 행복하다고 대답했다. 부를 독점할 수 없는 분위기가 있어서 가난한 사람이 없고, 이 지구상에서 환경이 제일 깨끗한 나라이다.

요즘 기업 쪽에서 ESG 열풍이 불고 있다. E는 환경, S는 사회, G는 지배 구조를 의미하는 약자인데, 미래의 기업은 환경을 살피고, 사회적 관심을 고취해야 하고, 권위주의적 지배 구조를 소통이 원활한 구조로 바꾸어야 하는 것을 목표로 한다는 것이다. 그래야 그 기업이나 조직이 오랫동안 생존할 수 있고, 명성을 유지할 수 있다고 한다.

최고의 자리란 언젠가는 내놓게 될 위험성이 항상 존재한다. 그래서 그 자리를 오랫동안 지키기 위해서는 개인이든 조직이든 피나는 창의적 노력과 자기 혁신을 해 가야 한다. 독재 정권하에서는 2인자를 두지 않는다. 왜냐하면 언제 자기 자리를 빼앗길지 모르니까.

세상은 개인이나 조직이 한때 누렸던 최고의 자리를 계속 지켜 주지 않는다. 기다려 주지 않는다. 소비자나 대중은 끊임없이 경쟁을 부추기고 평가한다. 박정희 대통령의 통치 방식 중에 중요한 것이 한 가지 있었는데 유비무환(有備無患)이었다. 개인이나 조직 다 같이 위기에 대비해서 철저한 준비를 해야 겨우 현상 유지를 하거나 최고 자리를 지킬 수가 있다. 개인은 계속 자기를 연마하고 조직은 계속 자기 혁신을 해 가야 존립할 수 있다. 최고나 1등이란 영원하지 않다. 1등이 아니어도 행복해질 수 있다면 더욱 편하게 살 수 있지 않겠는가?

최고의 자리는 언제나 정 맞기가 쉬운 자리이다. 그 아름답던 파리의 노트르담 성당의 첨탑도 화재로 무너졌고, 뉴욕의 쌍둥이 세계무역센터도 적의 공격 표적이 되어 사라졌다. 세계 최고 부자였던 빌 게이츠도 이혼 문제가 불거지자 불륜 문제가 동시에 터져서 망신을 당하고 있고, 세계의 최고 존엄의 영국 왕실에서도 왕손이 반란을 일으켜 왕궁을 나와서 독립 선언을 했다. 삼성의 이건희 회장이 "마누라와 자식만 빼고 다 바꿔라"라는 유명한 경구를 날린 적이 있다. 세계 최고의 골퍼 타이거 우즈도 섹스 스캔들로 한때 나락에 빠졌다가 재등장했지만 성적이 옛날만 못하다. 왜냐하면 골프란 정신이 크게 개입되는 게임이어서 정신의 불안정은 좋은 성적을 내는 데 크게 영향을 준다. 우리나라 최고의 미술 작가인 천경자 씨나 이우환 씨는 너무 유명하다 보니 위작 스캔들로 한때 곤욕을 치렀다. 높은 자리 차지하려고 아등바등하는 세상에서 안전하게 내려오는 지혜도 터득해 두어야 할 것 같다.

(2021. 5.)

김 학 주

나의 마음

『묵자』 책을 펼쳐 보면 첫머리 「친사(親土)」 편 앞쪽 두 번째 대목에 이런 말이 보인다.

　　편안한 집이 없어서 편치 않은 게 아니라 내게 편안한 마음이 없기 때문이며, 충분한 재물이 없어서 만족치 못하는 게 아니라 내게 만족하는 마음이 없기 때문이다.

　　非無安居也, 我無安心也. 非無足財也, 我無足心也.

　참 좋은 말이라고 생각된다. 실은 "편안한 집"이나 "충분한 재물" 뿐만이 아니라 사람들이 세상에서 살아가면서 지니게 되는 모든 욕구가 다 그의 마음을 통해서 채워진다고 할 수 있다.
　"편안한 집"의 "집"은 내 몸을 담고 있는 세상의 모든 것을 대표한다. 곧 내가 살고 있는 동리, 내가 다니고 있는 직장, 내가 속해 있는 나라, 더 크게는 내가 살고 있는 세상도 같은 성격의 것이다. 따라서 "편안한 집"의 뜻을 확대시키면 "살아가기 좋은 동리", "즐거운 직장", "훌륭한 나라", "안온한 세상"도 모두 같은 성격의 것이 된다. 따라서 "편안한 집"이 내 마음에 달렸다는 말을 확대시켜 보면, 내가 살아가기 좋은 동리, 일하기 즐거운 직장, 사랑하게 되는 훌륭한 나라, 모든 사람들이 안온하게 지내는 좋은 세상도 모두 나의 마음 여하에 따라서 결정된다는 것이다. 따라서 묵자의 "편안한 집이 없어서 편치 않은 게 아니라 내게 편안한 마음이 없기 때문이다."라는 말은 다음과 같이 확대시켜 표현할 수도 있다. 살아가기 좋은 동리가 없어서 잘 살아가지 못하는 것이 아니라 내게 이 동리에서 잘 살아간다는 마음이 없기 때문이다. 즐겁게 일하는 직장이 없는 것이 아니라 내게 이 직장에서 즐겁게 일한다는 마음이 없기 때문이다. 사랑스러운 훌륭한 나라가 없는 것이 아니라 내게 이 나라가 사랑스럽고 훌륭하다는 마음이 없기 때문이다. 이 세상이 안온한 세상 못 되는 것이 아니라 내게 이 세상이 안온한 곳이라는 마음이 없기 때문이다.

집에는 부모, 형제, 처자 등의 가족이 있고, 동리에는 함께 살아가는 늙고 젊은 남녀의 사람들이 있으며, 직장에는 위아래 동료들이 있고, 나라에는 여러 사람들의 국민이 있고, 세상에는 친구를 비롯하여 여러 종족의 사람들이 살고 있다. 그러니 이러한 가족이나 동료 또는 국민이나 종족들이 어떤 사람인가 하는 것도 모두 나의 마음가짐에 달려 있게 되는 것이다. 나의 마음으로 사랑스러운 가족이라야 그의 가족은 사랑스러운 가족이 될 수가 있다. 나의 마음으로 좋은 동리 사람들이어야만 그 동리 사람들은 좋은 사람들이 될 수가 있다. 나의 마음으로 친밀한 동료들이어야만 그 동료들은 친밀한 동료들이 될 수가 있다. 나의 마음으로 사랑스러운 나라 사람들이어야만 그 국민은 사랑스러운 국민이 될 수가 있다. 나의 마음으로 훌륭한 세상 사람들이어야만 이 세상 사람들은 훌륭한 사람들이 될 수가 있다. 심지어 산과 들에 자라고 있는 나무와 풀, 그리고 그 속에서 살고 있는 여러 종류의 동물들도 모두 그러하다. 내 마음속에서 아름답고 좋아야만 그 식물이나 동물들은 물론 모든 것들이 아름답고 좋은 것들이 된다.

그리고 "충분한 재물"의 "재물"은 내가 갖고 있는 모든 것들을 대표한다. 따라서 그 뜻을 확대시켜 보면 사람들이 살아가면서 먹고 쓰고 있는 모든 물건이 여기에 속하는 것이다. 내가 일상적으로 먹는 음식이나 쓰는 물건은 이루 헤아릴 수도 없이 무척 많다. 집에서 늘 먹는 밥이나 밖에 나와서 사 먹는 음식 중에 맛이 없는 것이 있다면 그것은 내게 맛이 있다고 여겨지는 마음이 없기 때문이다. 자기가 입는 옷이나 책상 위의 연필이나 종이 같은 물건들 중에 쓰기에 불편한 것이 있다면 그것은 내게 쓰기에 불편하다는 마음이 있기 때문이다. 집을 나가서 타게 되는 자동차나 지하철 중에 그것을 타면 기분이 좋지 않다고 생각되는 것들이 있다면 그것은 내게 그것을 타면 기분이 좋지 않다고 생각되는 마음이 있기 때문이다. 어떤 물건이든 그것이 자기에게 적합하지 못한 물건일 적에는 그것은 내 마음에 적합하지 못한 물건이라는 생각이 있기 때문이다.

그리고 보면 자기가 처하고 있는 주변의 모든 것이 어떤 것이냐고 하는 것은 모두 내 마음에 달려 있게 된다. 내 집 내 가족에서 시작하여 자기가 살고 있는 동리며 자기의 나라나 이 세상 모든 사람, 모든 물건의 성격이 완전히 내 마음에 달려 있는 것이다. 내 마음에 의하여 자기가 사는 동리나 나라와 세상의 성격이 결정된다. 보기로 지하철을 타고 있을 적에, 이 지하철 정말 잘 만들었다, 그래서 내가 매일 잘 이용하고 있다고 생각하며 즐거운 마음을 가지고 앉아 있을 수도 있다. 그런 사람은 지하철을 만든 사람이나 열차를 만든 수많은 사람들과 지하철을 운영하고 있는 사람들 모두가 고맙게 느껴질 것이다. 그러나 지하에 습기도 많고 고약한 냄새도 나고 소리도 요란한 이런 교통수단을 이용해야만 하는 내가 한심스럽다고 얼굴을 찌푸리고 앉아 있을 수도 있다. 똑같은 지하철을 타면서도 타고 가는 사람들의 마음가짐은 똑같지 않다. 그리고 그 지하철이 어떤 것이냐고 하는 결정은 그 지하철을 타고 가는 사람들의 마음가짐 여하에 따라서 이루어진다.

밖의 물건이나 일뿐만이 아니라 나 자신의 성질도 내 마음이 결정한다. 내가 부유한 사람인가 가난한 사람인가 하는 것도 내 마음에 따라서 결정된다. 내가 행복한 사람인가 불행한 사람인가 하는 것도 내 마음에 의하여 결정된다. 그러니 심지어 내가 살고 있는 이 세상은 내 마음으로 생각하기에 따라서 천당 같은 세상이 될 수도 있고 지옥 같은 세상이 될 수도 있다. 결국 내 마음으로 이 세상과 이 세상에 사는 모든 사람들을 사랑한다면 곧 이 세상은 천당이 되고 이 세상 사람들은 모두가 사랑스러운 멋진 사람들이 되는 것이다.

먼 바다의 기억

그래서 묵자(BC 469?~BC 381?)는 "모든 사람들이 다 같이 서로 사랑하여야 한다."는 뜻의 겸애(兼愛)를 주장하였다. 그는 "세상의 모든 혼란은 사람들이 서로 사랑하지 않는 데서 일어난다."라고 하면서, "남을 사랑하면 상대방도 반드시 따라서 그를 사랑하고, 남에게 이롭게 한다면 그 사람도 반드시 따라서 그를 이롭게 해 준다."고 주장하고 있다. 결국 묵자의 '겸애' 사상은 모든 세상 사람들을 사랑하라는 말이 된다. 모든 세상 사람들이 서로 사랑하게 된다면 이 세상은 정말로 평화롭고 살기 좋은 천당 같은 세상이 될 것이다. 이처럼 중요한 남을 사랑하는 일도 단순히 내 마음 갖기에 달려 있다.

이 세상의 물건이나 일 중에는 나에게 불편하거나 좋지 않은 것들은 누구에게나 적지 않을 것이다. 그런데 이런 것들이 모두 내 마음에 따라서 편하고 좋은 것이 될 수 있다는 것이다. 어찌 보면 내 마음을 바꾸는 일은 내 뜻대로 간단히 되는 일이다. 그런데도 우리는 내 마음을 자기 마음대로 바꾸어 지니지를 못한다. 왜 그럴까? 우리는 묵자의 "편안한 집이 없어서 편치 않은 게 아니라 내게 편한 마음이 없기 때문이며, 충분한 재물이 없어서 만족치 못하는 게 아니라 내게 만족하는 마음이 없기 때문이다."고 한 말을 되새겨 보며 내 마음을 잘 다스려야 하겠다. 그리고 묵자의 '겸애'의 가르침 뜻도 마음속에 잘 새겨 두고 현대 사회에 그 사랑을 잘 살려 가야 할 것이다.

그러니 이 세상 모든 것들의 성격 여하는 바로 내 마음에 달려 있는 것이다. 사람들에게 내 마음처럼 간단히 움직일 수 있는 물건이란 있을 수가 없다. 그처럼 간단히 움직일 수 있는 내 마음으로 이

세상 모든 것을 바로잡을 수가 있는 것이다. 온 세상 사람들이 이
사실을 깨닫고 모두가 이 세상을 바르고 아름다운 세상으로 만들어
가기를 간절히 바란다.

(2019. 5.)

먼 바다의 기억

당시 「모란(牡丹)」을 읽고

중국 당(唐)대(618~907)의 시인 왕예(王睿)에게 모란꽃을 읊은 시가 있다. 아래와 같은 칠언절구(七言絕句)의 간단한 시이다.

> 모란은 예쁘고 아름다워 사람들 마음을 어지럽히어
> 온 나라 사람들이 여기에 미친 듯이 돈도 아끼지 않네.
> 동쪽 뜰의 복숭아나무와 자두나무는 어떠한가?
> 과일을 맺고도 말없이 스스로 그늘을 이루네.

> 牡丹妖艶亂人心, 一國如狂不惜金.
> 曷若東園桃與李? 果成無語自成陰.
>
> ― 「모란」

모란은 꽃 중에서도 사람들이 가장 아름답다고 느끼는 꽃이어서 옛날부터 화왕(花王) 곧 '꽃 중의 왕'이라고 사람들이 칭송하며 좋아

하였다. 시인 유우석(劉禹錫, 772~842)도 "오직 모란이란 온 나라 사
람들이 진실로 좋아하는 꽃이 있어, 꽃이 피는 시절에는 온 장안 사
람들을 움직이게 하네(唯有牡丹眞國色, 花開時節動京城)."「賞牡丹」 하
고 읊고 있다. 모란은 당나라 시대부터 세상 사람들의 눈을 끌기 시
작한 것 같다. 우리나라에까지도 영향을 미치어 현대 시인 김영랑
(金永郞, 1903~1950)에게도 「모란이 피기까지는」이란 좋은 시가 있다.
당나라 때 도읍인 장안과 동쪽 도읍인 낙양에서는 늦은 봄 모란꽃
이 피는 계절이 되면 부귀를 누리는 사람들은 미친 듯이 말이 끄는
수레를 몰고 나와 앞 다투어 모란꽃을 즐기려고 돌아다녔다 한다.
그래서 왕예는 "온 나라 사람들이 여기에 미친 듯이 돈도 아끼지 않
네." 하고 읊고 있고, 유우석도 "꽃이 피는 시절에는 온 장안 사람들
을 움직이게 하네." 하고 읊고 있는 것이다. 당나라 이후 지금에 이
르기까지 온 세상 사람들이 아마도 세상에서 가장 아름다운 꽃이라
며 이 꽃을 감상하고 있을 것이다.

이에 비하여 복숭아와 자두는 꽃도 아름답지만 꽃이 지고 난 다음
에는 나뭇가지가 휠 정도로 많은 열매를 맺는다. 복숭아와 자두는
열매가 꽃 못지않게 아름다울 뿐만이 아니라 먹으면 맛이 있어 사
람들의 입맛도 돋우어 준다. 맛있는 열매는 맺어 주지 않고 아름다
운 꽃만을 보여 주는 모란보다는 훨씬 실질적이고 사람들에게 유익
하다.

시인 왕예는 호를 자곡자(炙轂子)라 하였고, 당나라 문종(文宗)의
태화(太和) 연간(827~835) 전후에 살았던 사람이다. 그가 모란은 "사
람들 마음을 어지럽히고(亂人心)" "온 나라 사람들이 여기에 미친 듯

(一國如狂)"하다고 읊고 있으니 모란의 "예쁘고 아름다움(妖艶)"은 그다지 좋지 않은 것이라고 생각하고 있는 것이다. 그는 기본적으로 아름답기만 한 모란은 "과일을 맺고도 말없이 스스로 그늘을 이루는(果成無語自成陰)" 복숭아나 자두만 못한 것이라 생각하고 있는 것이다.

시인이 이런 생각을 하고 있으니 놀라운 일이다. 그러나 이 시는 시만을 놓고 본다면 별로 좋은 시라고 할 수는 없다. 그러한 시인의 성격 때문에 이 시인은 좋은 시를 별로 남기지 못하고 있는 것 같다. 아름다움의 가치는 돈으로는 헤아릴 수 없을 정도로 위대한 것이다. 심지어 아름다움을 추구하기 위하여 자기 일생을 바치는 사람들도 무수하다. 수많은 사람들이 미술을 통해서 또는 음악을 통해서 아름다움을 추구하고 있다. 실제로 잘 익은 복숭아나 자두보다도 전혀 입에는 댈 수도 없는 복숭아나 자두의 그림이 값으로 따지면 몇십 배 몇백 배가 되기도 하고 수천수만 배의 값이 나갈 수도 있다. 그리고 사람들은 아름다운 고장이라면 산이나 바다를 가리지 않고 천 리 길을 멀다 하지 않고 달려가 둘러보고 온다.

사람은 아름다운 것을 좋아하기 때문에 행복하다. 모란을 좋아하는 사람은 행복할 뿐만이 아니라 그의 마음도 아름답다. 사람의 마음속에는 진정한 사랑과 아름다움이 담기어 있어야 사람답게 살아갈 수가 있다. 모란의 아름다움은 사람의 마음을 어지럽히는 것이 아니라 사람의 마음을 깨끗하게 하여 준다. 그리고 그 아름다움의 값은 전혀 돈으로 따질 수가 없는 것이다.

(2020. 9.)

쓰러진 내 친구 참나무

내가 거의 매일 산책을 하는 분당의 중앙공원 야산의 샘터 위 나무 숲속에는 거대한 참나무가 한 그루 서 있었다. 나는 산책을 할 적마다 샘터를 따라 그 야산을 올라가며 가장 먼저 숲속의 신선한 공기를 듬뿍 들이마시면서 그 참나무를 바라보고 서서 몸을 풀었다. 그 참나무는 우리 집으로부터 1킬로미터도 더 될 거리에 자라 있지만, 우리 집 식탁에 앉아서 바라보이는 산의 중턱에 자리 잡고 있는지라 매일 그 산을 자세히 살펴보고 울창하게 우거져 있는 산 숲속에서 그 참나무의 모습을 찾았다. 멀리 떨어진 거리에서 숲속에 자라 있는 한 그루 나무의 모습을 찾아낸다는 것은 쉽지 않은 일이다. 공원 속의 푸른 소나무가 우거진 야산 숲에는 간간이 산기슭을 중심으로 하여 잡목들도 섞인 참나무 숲이 우거져 있다. 특히 참나무 숲은 녹음이 우거진 한여름 또는 나뭇잎이 다 떨어진 한겨울 등 계절에 따라 숲의 모습이 달라진다. 그렇지만 결국은 나무들 사

먼 바다의 기억

이에 드러나 있는 내 친구 참나무의 모습을 찾아낼 수가 있었다. 다행히도 참나무 앞의 샘터로 올라가는 길 초입에 특별히 높이 자란 두 그루의 양버즘나무가 있는데, 색깔이 다른 나무들과 다르게 약간 희게 드러나 내 친구 참나무를 찾는 표적이 되어 주었다. 그 표적 덕분에 샘터 자리와 함께 내 친구일 거라고 여겨지는 참나무의 모습을 찾아낼 수가 있었다. 다만 숲속에 다른 나무들과 함께 자라 있는지라 많은 나무들의 모양이 서로 비슷하여 처음에는 찾아낸 그 나무가 내 친구라는 확신을 갖기가 어려웠다. 그러나 집을 나가서도 먼 곳 가까운 곳에 서서 그 나무의 모습을 거듭거듭 확인하여 결국은 우리 집 식탁에 앉아 바라보고 있는 그 나무가 내 친구 참나무라는 확신을 갖게 되었다.

나는 식탁에 앉아 내 친구를 확인한 뒤로는 수시로 창밖으로 멀리 있는 친구를 바라보며 즐기었다. 그래서 나는 「내 친구 참나무」와 「식탁에 앉아 멀리 참나무를 바라보며」라는 두 편의 글을 쓴 일이 있다. 그 정도로 나는 그 참나무를 친구처럼 또는 스승처럼 생각하며 좋아하였다. 우리 집 식탁에 앉아 창밖을 내다보면 우리 아파트 옆의 당골공원이 분당천을 경계로 중앙공원과 이어지면서 중앙공원의 샘물터를 중심으로 한 푸른 야산이 펼쳐져 있는 아름다운 풍경이 눈에 들어온다. 그러니 창밖은 내다보기만 해도 즐겁다. 더구나 아름다운 야산의 중심을 이루는 자리에 내 친구 참나무가 자리 잡고 있으니 식탁 근처에 오면 무엇보다도 먼저 창밖을 내다보고 내 친구와 인사를 나눈 뒤 자리를 찾아가 앉는다.

그런데 열흘 전에 무척 드문 사나운 가을 폭풍이 불어와 다 지어 놓은 농사를 크게 망친 일이 있었다. 텔레비전을 통해서 과수원 나무 밑에 과일이 수북이 떨어져 있는 것과 넓은 논의 잘 익은 벼가 다 쓰러져 있는 광경 등을 보고 마음이 아팠지만 폭풍이 분 다음 날 아침에도 산책을 나갔다. 정해진 코스대로 집을 나가 당골공원을 통하여 중앙공원에 이르러 야산으로 올라가려고 샘터 옆길을 올라가다가 내 앞에 펼쳐져 있는 광경을 보고 주저앉을 정도로 크게 놀랐다. 내 친구 참나무가 쓰러져 내가 올라가는 길을 가로막고 있는 것이 아닌가! 폭풍이 불었기로 이곳에서 제일 둥치가 굵고 크고 튼튼한 내 친구가 쓰러지다니! 옆의 다른 나무들은 모두 아무렇지도 않은 듯이 서 있는데! 나는 쓰러져 있는 내 친구의 가지를 피하여 길을 벗어나 옆의 계곡 비탈을 통하여 돌아 올라가 쓰러져 있는 내 친구의 밑둥치를 살펴보았다. 나무가 쓰러지면서 굵은 여러 줄기의 뿌리가 약간 뽑혀 올라오다 부러져 있었고 길 쪽으로 서 있던 큰 두 개의 참나무와 작은 잡목들이 내 친구 밑에 자취도 알아보기 어려운 모습으로 쓰러져 깔려 있었다. 전혀 뿌리가 약해서 쓰러진 것도 아니라고 생각되었다. 쓰러진 내 친구의 밑둥치를 보면서 내 충격은 더욱 커졌다. 무엇 때문에 이 근처에서 가장 오랜 세월 동안 자라면서 가장 멋지고 크고 강한 모습으로 서 있던 내 친구가 쓰러졌는가? 전혀 알 수가 없는 일이었다. 친구를 잃은 서러운 마음을 안고 그날은 산으로 더 올라가지 못하고 발길을 돌렸다.

집으로 돌아와 창밖 산 숲을 자세히 살펴보고, 숲 가운데 약간 비어 있는 내 친구 자리를 찾아내었다. 이로부터 나는 밥을 먹거나 차를 마시기 위하여 식탁 가까이로 가면 여전히 먼저 창밖의 내 친구

먼 바다의 기억

자리를 찾아 그 친구를 생각하며 산 숲의 아름다운 풍경을 즐겼다. 여러 번 쓰러진 친구를 애도하는 글을 쓰려고 생각해 보았으나 귀찮게 여기고 친구의 자리를 중심으로 하는 산 숲을 감상하면서 그 참나무의 이전 모습을 그대로 내 가슴속에 담아 두기로 마음먹었다.

  그렇게 지내던 중 지난 주 수요일, 오전에는 날씨가 나빠서 산책을 못 하고 있다가 오후 늦게야 산책을 나가게 되었다. 내가 집을 나서려고 하자 집사람이 오늘은 날씨가 좋지 않으니 등산 스틱을 들고 나가라는 충고를 하였다. 그러나 나는 날씨가 나빠 산에 올라가지 않고 평지만 걷고 올 것이니 스틱은 필요 없다고 생각하고 맨손으로 집을 나섰다. 정해져 있는 산책 코스를 빨리 돌고 귀가하려고 집을 나서서 공원으로 나가는 길로 발걸음을 재촉하다가 평평한 길에서 약간 솟아 있는 바닥에 깐 벽돌에 왼발이 걸리면서 정면으로 넘어졌다. 나는 정신을 거의 잃고 한동안 꼼짝을 못 하였다. 바닥에 부딪힌 두 무릎과 두 팔이 무척 아팠고 이마에서도 피가 흐르고 안경은 벗겨져 튕겨 나가 있었다. 다행히도 근처에는 아무도 없었다. 한참 만에 정신을 차리고 흐르는 피를 닦으며 집으로 돌아가려다가 집사람을 볼 체면이 서지 않아 바로 옆 공원의 화장실로 가 세면대의 물로 얼굴을 씻고 몸을 바르게 추스른 뒤 집으로 발길을 돌렸다. 넘어지면서 안경테에 부딪히어 눈가에도 멍이 길게 보였다. 왼쪽 팔은 틀림없이 뼈에 이상이 생긴 듯이 아팠다. 자고 일어나 내일 병원을 가 보아야겠다고 생각하였다.

  그때 쓰러진 내 친구 참나무가 생각났다. 내 친구가 쓰러지면서 나에게 몸조심하라고 충고한 것이 아니었던가? 내 친구처럼 가장 튼튼하고 크게 잘 자란 나무도 경우에 따라서는 다른 어떤 나무보다도 먼저 처참한 모습으로 넘어질 수가 있지 않은가? 내 친구 참나무가 쓰러져 내가 산으로 올라가는 길을 막고 있을 때 친구는 내게 너도 잘 걷는다고 멋대로 돌아다니고 있지만 언제 어디에서나 몸조심해야 한다, 너도 쓰러질지 모른다고 일러 주고 있었던 것이다. 나는 쓰러져 버린 친구를 무시하고 그의 말은 잘 듣지 않고 구경만 하고 지나갔던 것이다. 쓰러진 친구를 보고도 진심으로 애도할 줄도 몰랐다.

친구야! 이 매정한 녀석을 용서해 다오! 너는 쓰러져 네 몸통은 지금 모두 잘리어 옆에 쌓여 있지만 네가 해마다 땅에 떨어뜨린 많은 열매는 네 주위뿐만이 아니라 세상 여러 곳에 뿌려져 땅 위에 솟아나 든든한 참나무로 자라고 있을 것이다. 너는 이제 네 많은 후손들을 뒷받침하여 이 세상을 더욱 아름답고 깨끗하게 하고 사람들이 그들의 모습과 열매를 즐기도록 하여야 한다. 친구야! 너의 훌륭한 업적을 칭송한다. 너는 쓰러졌지만 죽어 없어져 버린 것은 아니다!

(2019. 12.)

먼 바다의 기억

예(禮)와 악(樂)

1

공자(孔子, BC 551~BC 479)는 예(禮)와 악(樂)을 매우 중시하였다. 『예기(禮記)』 악기(樂記)편을 보면 이런 말들이 보인다.

위대한 음악은 하늘과 땅이나 같은 조화를 이루며, 위대한 예는 하늘과 땅이나 같은 절조를 이룬다.(大樂與天地同和, 大禮與天地同節.)

음악이란 하늘과 땅의 조화이며, 예란 하늘과 땅의 질서이다.(樂者, 天地之和也, 禮者, 天地之序也.)

예와 악을 모두 터득한 것을 덕이 있다고 말하는 것이다.(禮樂皆得, 謂之有德.)

악은 하늘과 땅과 조화를 이루는 것이고, 예는 하늘과 땅과 같은 절조를 이루는 질서이다. 따라서 예와 악은 하늘과 땅의 원리라고 도 할 수 있다. 때문에 공자는 이 하늘의 원리인 악으로는 사람들의 성격과 감정을 깨끗하게 하고, 예로는 사람들의 관계와 행동을 바로잡으려 하였다. 그것은 "음악은 안으로부터 나오고, 예는 밖에서 이루어지는 것"이기 때문이다. 그래서 『논어』를 보면 공자는 이렇게 말하고 있다.

> 사람은 예의를 통하여 올바로 행동하게 되고, 음악을 통하여 올바른 사람이 된다.

『논어』를 보면 이 밖에도 악과 예는 함께 짝지어 여러 가지로 논의되고 있다. 이것들은 공자 윤리의 안팎을 이루고 있는 것이기에 당연한 일이다.

> 사람으로 어질지 못하다면 예는 무엇에 쓸 것이며, 사람으로서 어질지 못하다면 음악은 무엇에 쓰겠느냐?

> 예의와 음악으로 몸가짐을 다스린다면 매우 완전한 사람이 될 수 있을 것이다.

> 예이다 예이다 하고 말하지만 옥이나 비단을 뜻하겠느냐? 악이다 악이다 하고 말하지만 종이나 북을 뜻하겠느냐?

이 밖에도 더 많은 보기를 찾을 수가 있을 것이다. 때문에 "왕자는 나라를 이룩하는 일을 이루면 악을 만들고 다스림이 안정되면 예를 제정한다."고도 말한 것이다. 예와 악은 덕으로 세상을 다스리는 정치의 바탕도 되기 때문이다. 보통 얘기를 할 적에는 예악이라 하여 예를 앞세우지만, 예악에 대한 이론을 전개할 적에는 대체로 예보다 악을 먼저 내세운다. 이는 사람의 외부에서 이루어지는 예보다도 사람의 내부에서 이루어지는 악을 더 존중한 탓일 것이다.

공자는 윤리 문제에 있어서, 외면적인 것은 예로서 해결하고 내면적인 것은 악으로 해결하려 하였다. 곧 예와 악은 인간의 외부와 내부의 문제를 총괄하는 것이어서 공자 윤리사상의 바탕이 되는 것이다. 말하자면 인(仁)·의(義)·지(知)·용(勇)·성(誠)·신(信)·효(孝)·공(恭)·경(敬)·양(讓) 등의 실천은 예를 통하여 바르게 가르치고 이끌어 주며, 이러한 윤리의 내면적인 함양(涵養)은 악을 통하여 길러 준다는 것이다. 『논어』를 보면 공자의 제자인 자로(子路)가 스승에게 "완성된 사람(成人)"에 대하여 물었을 때 공자는 다음과 같이 대답하고 있다.

> 자로가 완성된 사람에 대하여 물으니, 공자께서 말씀하셨다. "장무중과 같은 지혜와, 공작과 같은 무욕(無慾)과, 변장자와 같은 용기와, 염구와 같은 재주를 갖춘 위에, 예와 악으로써 문채(文彩)를 더 보태면 인간 완성이 될 수 있을 것이다."

"장무중의 지혜"와 "공작의 무욕"과 "변장자의 용기" 및 "염구의 재주"는 바로 지와 인과 용과 의 같은 것이다. 이것들을 갖춘 위에 "예와 악으로써 문채를 더 보탠다."는 것은 곧 이러한 것들의 실천을 예를 통하여 바르게 가르치고 이끌어 주며, 다시 악을 통하여 이러한 윤리의 내면적인 함양을 길러 준다는 것이다.

다시 제자인 안회(顔回)가 공자에게 나라를 다스리는 방법에 대하여 질문했을 적에도 공자는 다음과 같은 답변을 하고 있다.

> "하(夏)나라의 역법(曆法)을 쓰고, 은나라의 수레를 타고, 주(周)나라의 예관(禮冠)을 쓸 것이며, 음악은 순(舜)임금의 소무(韶舞)를 쓰되 음란한 정(鄭)나라의 음악 같은 것은 몰아내고 간사한 자들은 멀리 해야 한다."

곧 나라는 올바른 예를 바탕으로 사람들의 행동을 올바로 이끌고, 전통적인 "순임금의 소무" 같은 음악으로 사람들의 마음과 감정을 순화시켜 주어야만 제대로 다스려진다는 것이다. "음란한 정나라의 음악" 같은 것이 유행하면 그 나라는 어지러워져서 제대로 다스려질 수가 없게 된다.

공자가 음악을 좋아한 일은 매우 유명하다. 공자는 이웃 제(齊)나라로 가서 순임금의 음악인 소(韶)의 연주를 듣고는 감동한 나머지 "석 달 동안 고기 맛을 몰랐다(三月不知肉味)."고 할 정도로 음악을 좋아하였다. 이 밖에 『논어』만 보더라도 공자가 음악을 논한 대목이 여러 곳에 보인다. 보기를 든다.

> 공자께서 말씀하시기를 "순임금의 음악 소는 아름다움도 다했고 또 훌륭함도 다했다." 그러나 무왕의 음악 무에 대하여는 말씀하시기를 "아름다움은 다했으나 훌륭함은 다하지 못하였다"고 하셨다.

먼 바다의 기억

그 밖에 「태백(泰伯)」편에서는 노나라의 악관 지(摯)의 음악 연주를 들은 감상을 얘기한 곳도 있고, 「팔일(八佾)」편 같은 데에서는 태사악(太師樂)과 음악을 논하는 대목도 있다. 공자가 음악을 중시하고 좋아하였음을 알려 주는 기록은 무수히 많다. 공자는 사람의 내면적인 함양을 외면적인 문제보다도 중시하였기 때문일 것이다.

2

그러나 세상의 어지러움이 계속 이어져 가면서 유학자들도 악보다도 예가 더 중시되는 경향을 보여 준다. 육경(六經)에는 본시 '악'도 들어 있었지만 실제로 음악에 관한 경전은 전하지 않는 반면 '예'에 관한 경전으로는 『예기(禮記)』『의례(儀禮)』『주례(周禮)』의 이른바 삼례(三禮)가 전한다. 그리고 『예기』 곡례(曲禮)의 기록을 보면 이런 말을 하고 있다.

　　도와 덕과 어짊과 의로움도 예가 아니면 이루어지지 않고, 가르침을 펴고 풍속을 바로잡는 일도 예가 아니면 갖추어지지 않고, 다투는 것을 갈라놓고 소송을 해결하는 것도 예가 아니면 결행할 수가 없고, 임금과 신하와 위아래 사람들 및 아버지와 아들과 형과 아우도 예가 아니면 안정되지 않고, 벼슬살이와 배우는 일과 스승을 섬기는 일도 예가 아니면 친히 할 수가 없고, 조정에서 관원들이 일하고 군사를 다스리는 일과 관청을 다스리고 법을 집행하는 일도 예가 아니면 위엄이 있게 행하여지지 않고, 신에게 제사지내고 조상을 받들며 귀신을 모시는 일도 예가 아니면 정성스럽게 되지 않고 장엄하게 되지도 않는다.

道德仁義, 非禮不成; 敎訓正俗, 非禮不備; 分爭辨訟, 非禮不決;
君臣上下, 父子兄弟, 非禮不定; 宦學事師, 非禮不親; 班朝治軍, 涖
官行法, 非禮威嚴不行; 禱祠祭祀, 供給鬼神, 非禮不誠不莊.

때문에 "예는 나라의 줄기이다.", "예는 나라의 기강이다.", "예는
왕의 대 원칙이다.", "예는 정치의 수레이다." 등의 말도 나오게 된
것이다.

공자보다 200여 년 뒤의 순자(荀子, BC 313?~BC 238?)를 보면 공자
의 예악 사상으로부터 적지 않은 변질을 보여 준다. 『순자』 가운데
에는 제19편의 「예론(禮論)」과 제20편의 「악론(樂論)」 두 편이 들어 있
다. 그러나 그의 예와 악에 대한 이해는 공자와는 크게 달라져 있다.
그는 「예론」 첫머리에서 예의 기원에 대하여 이렇게 논하고 있다.

예는 어디서 생겨났는가? 사람은 나면서부터 욕망이 있는데, 바라
면서도 얻지 못하면 곧 추구하지 않을 수 없고, 추구함에 일정한 기
준과 한계가 없다면 곧 다투지 않을 수 없게 된다. 다투면 어지러워
지고 어지러워지면 궁해진다. 옛 임금들께서는 그 어지러움을 싫어
하셨기 때문에 예의를 제정해 이들의 분계를 정함으로써, 사람들의
욕망을 충족시켜 주고 사람들이 원하는 것을 공급케 하였던 것이다.
그리하여 욕망은 반드시 물건에 궁해지지 않도록 하고, 물건은 반드
시 욕망에 부족함이 없도록 해, 이 두 가지가 서로 균형 있게 발전하
도록 하였는데, 이것이 예가 생겨난 이유이다.

먼 바다의 기억

사람들은 모두 욕망(慾望)이라는 것을 갖고 태어나는데 이 욕망을 잘 조절해 주지 않으면 사람들 사이에는 한없는 다툼이 일어나게 된다. 이에 옛날 성인께서는 올바른 예를 제정하여 이로 말미암은 어지러움과 다툼을 방지하게 되었다는 것이다. 곧 예를 바탕으로 하여 서로 싸우지 않고 사람들이 잘 살려는 여러 가지 욕망을 추구할 수 있도록 하고 각자 멋진 인생을 추구할 수 있게 하였다는 것이다.

　예는 곧 사람들이 살아가는 일정한 기준이나 어떤 일을 추구하는 한계 같은 것을 정한 것을 뜻함으로, 이 예의 개념은 법과 크게 다를 바가 없다. 그는 "예는 법의 근본이며, 여러 가지 일에 관한 기강(紀綱)이다.", "예와 악은 법을 보여 줌에 빠지는 것이 없다."는 등의 말도 하고 있다. 예를 어기는 행위에 대하여 권력으로 규제를 가하면 바로 법이 된다. 순자의 문하에서 이사(李斯, BC 284?~BC 210)와 한비자(韓非子, BC 280?~BC 233?) 같은 대표적인 법가(法家)가 배출된 것도 우연이 아니다.

　순자의 「악론」에 있어서는 첫머리에 "악은 즐기는 것"이란 정의를 하고 있고, 주로 묵자(墨子)의 음악을 반대하는 주장을 반박하는 데 힘을 쏟고 있다. 공자가 생각했던 사람들의 덕을 이루는 윤리의 바탕으로서의 예와 악은 순자에게서 성격이 다르게 이해되기 시작했다. 『순자』는 「악론」에서 이렇게 논하고 있다.

　　음악이란 즐기는 것[樂]이다. 사람의 감정으로서는 없을 수가 없다. 그러므로 사람에게서는 음악이 없을 수가 없다. 즐거우면 곧 그것이 목소리에 나타나고 행동으로 표현된다. 그래서 사람의 도인 목소리와 행동과 본성의 작용 변화가 모두 여기에서 발휘되는 것이다.

그러므로 사람에게는 즐김이 없을 수가 없으며, 즐기면 곧 겉으로 표현되지 않을 수가 없고, 겉으로 표현되어 올바른 도리에 맞지 않으면 곧 혼란이 없을 수가 없다.

옛 임금들께서는 그러한 혼란을 싫어하셨다. 그러므로 우아한 아(雅)·송(頌)의 음악을 제정하고 이끌어 주어 그 음악을 충분히 즐기면서도 어지러움으로 흐르지 않게 하고, 그 형식은 충분히 분별되면서도 없어지지 않게 하고, 그 소리의 복잡하고 단순한 가락과 뾰족하고 둥그스름한 장단은 충분히 사람의 착한 마음을 감동시켜 저 사악하고 더러운 기운이 가까이할 수 없도록 한 것이다. 이것이 옛 임금들께서 음악을 제정하신 이유이다. 그러나 묵자는 이를 부정하였으니 어찌 된 일인가?

순자에 의하면 악은 사람들이 소리와 춤을 이용하여 즐기는 것이다. 옛날의 성왕들이 아(雅)·송(頌)을 제정하여 사람들에게 올바른 악의 길을 이끌어 준 것은, 사람들이 욕망에 따라서 즐기다가 보면 어지러운 형태에 이르게 되는 것을 막기 위해서였다. 묵자도 악을 그런 바탕에서 이해하고 있어서, 사람들은 즐기다 보면 결국 어지러운 상태로 빠지게 된다고 생각했던 것이다. 『묵자』의 「비악」편을 보면 앞머리에서 이렇게 논하고 있다.

어진 사람이 하는 일은 반드시 천하의 이익을 일으키고 천하의 해를 없애기에 힘쓰는 것이다. 이렇게 하는 것을 천하의 법도로 삼아서 사람들에게 이익이 되지 않으면 곧 그만두는 것이다. 또한 어진 사람이 천하를 위하여 헤아릴 적에는 그의 눈에 아름다운 것이나 귀에 즐

먼 바다의 기억

거운 것이나 입에 단 것이나 몸에 편안한 것을 위하여 일하지 않는
다. 이런 것으로써 백성들이 입고 먹을 재물을 축내고 뺏게 되기 때
문에 어진 사람은 하지 않는 것이다.

그러므로 묵자가 음악을 비난하는 원인은 큰 종이나 울리는 북 또
는 금(琴)과 슬(瑟)과 우(竽)와 생(笙) 같은 악기의 소리가 즐겁지 않다고
여기기 때문이 아니다. 조각한 무늬와 색깔이 아름답지 않다고 여기
기 때문이 아니다. 짐승 고기를 볶고 군 맛이 달지 않다고 여기기 때
문이 아니다. 높은 누대나 큰 별장이나 넓은 집에서 사는 것이 편안
하지 않다고 여기기 때문이 아니다. 비록 몸은 그 편안함을 알고 입
은 그 단것을 알고 눈은 그 아름다운 것을 알고 귀는 그 즐거운 것을
알지만, 그러나 위로 상고하여 볼 때 성왕들의 일과 부합되지 아니하
고 아래로 헤아려 볼 때 만백성들의 이익과 부합되지 않기 때문이다.

악의 기본 개념이 같은데도 순자는 악을 존중하고 있고 묵자는 악
을 반대하고 있다. 때문에 순자는 묵자의 비악론을 부정하는 데 크
게 힘을 쏟고 있는 것이다. 어떻든 이들은 오히려 예를 돕기 위하여
악이 필요한 것처럼 여기고 있었던 것이다.

한나라 무제(武帝)가 동중서(董仲舒, BC 179~BC 104)의 제의를 바탕
으로 유학을 봉건 전제의 통치 이념으로 확정 지은 뒤로 청나라가
망할 때까지 유학은 중국 정치와 사회를 지배하는 윤리로 군림하여
왔다. 동중서는 절대적인 하늘의 뜻에 의하여 사람들 세상이 다스
려짐으로 하늘이 정해 준 황제를 중심으로 하여 천하는 통일을 이
루는 것이 기본 원칙임을 내세웠다. 그리고 정치 윤리의 기본 원칙
으로 '삼강(三綱)'을 내세웠는데, '삼강'이란 임금과 신하, 부모와 자
식, 남편과 아내의 세 가지 관계란 하늘이 마련한 절대적인 관계라

고 하였다. 그리고 이 '삼강'을 바탕으로 하여 모든 사람들의 관계는 이루어지고 있다고 하였다. 그리고 봉건 통치를 옹호하고 그 속의 사람들이 살아가는 원칙을 마련하기 위하여 '오륜(五倫)'을 내세웠는데, '오륜'이란 사람의 어짊(仁)·의로움(義)·예의(禮)·지혜(知)·신의(信)의 다섯 가지 품성을 말한다. 그는 세상이 올바로 다스려지려면 이 다섯 가지 품성이 완전무결하게 행해져야 한다고 하였다.

이 뒤로 이른바 '삼강오륜(三綱五倫)'은 중국 사회의 절대적인 윤리로 발전하고, 부드러운 것 같은 예의는 실상 법보다도 더 무서운 절대적인 하늘이 정해 준 윤리로 중국 사람들에게 군림한다. 본시 법이란 '법칙' 또는 '본받다' 정도의 뜻을 지닌 글자여서, 중국의 옛 전적에는 많이 보이지 않는 글자이다. 『논어』에는 두어 번, 『맹자』에는 일곱 번 정도가 책 전체에 보이는 횟수이다. 이 예의를 바탕으로 한 통치윤리 덕분에 한나라 이후 중국은 왕조가 바뀌고 심지어 이민족이 쳐들어와 온 중국을 통치하여도 2,000여 년의 역사를 통하여 봉건전제정치는 요동도 하지 않고 지속될 수가 있었던 것이다.

그러다가 송(宋)대의 도학자(道學者)들에 이르러는 예는 그대로 봉건 질서의 유지를 위하여 없어서는 안 될 법이나 비슷한 윤리로 존중되지만, '악'은 특히 학문을 위하여 아무런 도움도 안 되는 불필요한 것으로 여겨지기 시작하였다. 남송 주희(朱熹, 1130~1200)에 의하여 주자학이 완성되면서 그러한 생각은 더욱 굳어진다. 주희는 이렇게 말하고 있다.

나는 시란 뜻(志)에서 나온 것이고, '악'은 시를 근본으로 하고 있는 것이라고 생각한다. 그러니 뜻은 시의 근본이 되는 것이고, '악'이란 그 말단적인 것이다. 말단적인 것은 비록 없어진다 하더라도 근본적인 것의 존재에는 해가 되지 않는다.

곧 음악이란 없어도 상관없는 것이라는 말이 된다. 이것은 문학이란 공부를 하는 데 해가 되는 것이라 단정하며, 완물상지(玩物喪志)란 말로 글 짓는 행위를 경계한 정이(程頤, 1033~1107)의 사상을 계승한 것이다. 대체로 사람의 감정을 하늘의 이치에 반하는 것이라 생각한 도학자들의 이론의 결집인 것이다. '정'을 부정하는 사람들에게 음악이 존중될 수는 없는 것이다.

3

음악의 경시는 사람들의 성격과 감정의 함양을 소홀히 하는 결과를 가져온다. 사람의 내면이 거칠어져 남에 대한 배려를 못 하게 되고, 따스한 마음이나 사랑이 결핍되게 된다. 옛날의 양반들은 심지어 가정조차도 사랑을 바탕으로 하여 이루어지는 것이 아니라 형식적인 예를 따라서 이루어지고 유지되는 것으로 생각하였다. 그러니 모든 인간관계에서 사랑 같은 정은 찾아보기 힘들게 되었던 것이다. 곧 악의 교화를 통하여 이루어지던 따스한 마음이나 사랑의 정 또는 남에 대한 배려 같은 것은 사라지고, 모든 일을 자기 또는 자기 집단 위주로 생각하는 경향이 굳어지게 되었다.

본시 '예'는 사람들이 살아가면서 자기 몸가짐이나 남과의 관계를 통하여 지켜야만 할 법도여서 원칙적으로 법과 다를 바가 없는 것이었다. 옛날에 삼강오륜 같은 큰 예를 위반하는 사람은 사람도 아니라고 여겨졌다. 법을 어긴 죄인보다도 더 못된 인간 취급을 받은 것이다. 그러나 '악'으로부터 '예'가 따로 떨어진 뒤 점점 더 사회의 지배 집단이 정하는 '법'이 보편적인 윤리인 '예'보다도 중시되는 경향을 보이게 된다. 결국 지금 와서는 '예' 정도는 어겨도 되고 '법'에만 걸리지 않으면 된다는 생각이 사람들 사이에 일반화 되고 있는 것 같다.

특히 민주주의는 법치주의라는 생각이 보편화하면서 그 경향은 더해지고 있다. 사회 지도층의 인사들이 거짓말을 밥 먹듯이 하고 한 말을 바꾸는 것을 옷 갈아입듯이 하면서도 얼굴 하나 붉히지 않는 세상이 되어 가고 있다. 고위층 인사가 엄청나게 많은 돈을 남에게서 받고도 그 대가성만 증명되지 않으면 괜찮다면서 큰소리치고 있는 세상이다. '예'를 모르는 염치도 없는 사람들이 많아지고 있기 때문이다.

'예'를 바탕으로 하는 윤리가 '법'의 근원임을 알고, 법 못지않게 예를 존중할 줄 알아야 한다. 우리는 '예'의 형식뿐만이 아니라 옛날 '악'의 효용을 살려 우리의 성격과 감정을 순화함으로써, 따스한 마음과 사랑의 정을 갖고 남을 먼저 배려할 줄 아는 사람이 되어야 한다. 공자의 예와 악의 기본 정신은 현대에도 다시 살릴 만한 사상이다. 그래야만 사람들의 마음이 깨끗해지고 행실이 올바르게 되어 남과 사회를 배려할 줄 아는 올바른 사회의 시민이 될 수 있을 것이다.

(2011)

이 상 옥

자하연우회 시절

케케묵은 잡동사니를 보관하던 상자들을 정리하는데 내 오래전 휘호(揮毫) 족자 하나가 눈에 띄었다. "與善人居如入芝蘭之室 久而 不聞其香卽與之化矣(착한 사람과 함께함은 난초가 있는 방에 들어가는 것과 같아서 오래되면 그 향내를 맡지 못하게 되는 바 이미 그 사람과 동화되었기 때문이다"라는 조금은 따분한 구절인데 낙관을 하며 갑술(甲戌)년 상강(霜降)이라고 써 넣은 것을 보니 1994년에 썼던 모양이다. 그해는 대학 동료 예닐곱 명이 모여 붓을 잡기 시작한 지 7년째가 되므로 왕희지(王羲之)의 행초(行草) 서체쯤은 이미 흉내 내어 보았을 텐데 내 글씨가 참으로 한심하기 짝이 없다. 한 자씩 뜯어보니 제대로 그어진 획이 보이지 않고 스무남은 개의 글자가 이루는 전체적 짜임새도 영 엉성하기만 하다.

더러 자하연우회(紫霞硯友會)라고 지칭되기도 했던 그 서예 모임에서는 이따금 전시회를 한 번 열 때가 되지 않았느냐는 의견이 나오곤 했지만 매번 다수 의견은 그까짓 행사를 무엇 때문에 하느냐는 쪽으로 기울고 말았다. 그래서 우리가 소위 작품이랍시고 써서 표구점을 찾아가야 할 일이 별로 없었다. 고작 대학 문화관에서 해마다 열리던 학생들의 전시회 때 찬조 출품을 한다며 두어 차례 작품 표구를 했을 뿐이다. 내 경우 그때 만든 족자 중의 하나를 한 사범대학 교수가 가져갔고 또 하나는 처음부터 영미문학연구회라는 후배들의 사무실에 보내기 위해 만들었었다. 그러고는 표구를 했던 기억이 없는데, 아니, 그『명심보감』구절은 무엇 때문에 썼으며 어쩌자고 족자로 만들기까지 했는지 기억나는 것이 전혀 없다.

그 무렵 함께 먹을 갈던 동료 향천(向川) 김용직 교수는 우리가 '곡구인체(曲蚯蚓體)'라고 농칭(弄稱)하던 개성 있는 필체로 곧잘 작품을 만들어 여기저기 나눠 주는 눈치였는데 글자 하나하나보다도 전체적 짜임새가 원만하고 '작품'으로 늘 번듯해 보여 주변의 칭송을 받았다. 그의 영향이었든지 나도 한때 객기를 부려 보았다. 속리산에서 어느 암자를 지키는 비구니에게 반야심경 병풍을 만들어 드리겠다고 약속한 후, 심경을 백여 차례나 써 보기까지 했으니까. 그리고 동료 교수나 고향 친구들이 써 달라는 구절들을 받아 놓기도 했다. 하지만 그 약속들을 이행하기는커녕 까맣게 잊은 지 이미 오래다. 그런데도 요즘은 걸핏하면 그 먹 갈던 그 시절이 떠오르니 웬일인지 모르겠다.

돌이켜 생각하니 아득한 옛날같이 느껴진다. 1975년에 서울대학교가 관악캠퍼스로 이전해 온 후 개설된 인문대학 '합동연구실'은 늘 담배 연기가 자욱했다. 여기저기서 교수들이 바둑이나 장기를

먼 바다의 기억

두거나 한담을 나누고 있었다. 한 주일에 두세 차례씩 중문학과의 창석(蒼石) 이병한 교수가 당송(唐宋) 혹은 명청(明淸) 시대의 명시들을 한 편씩 골라 화이트보드에 써 놓으면 교수들은 그 시를 공들여 품평했고, 매일같이 출근하다시피 들르던 사범대학의 섬인(暹人) 이동승 교수가 호기를 부리며 좌중을 휘어잡는 통에 그 방은 늘 시끌벅적했다.

어느 날 나는 국문학과의 모산(茅山) 이익섭 교수에게 우리가 휴게실에 모여 시시닥거리기만 할 게 아니라 함께 서예를 익혀 보는 게 어떻겠느냐고 제안했더니 모산은 즉석에서 동의했다. 그 얼마 후에 모산은 훌륭한 서예 선생을 소개받았다며 송은(松隱) 심우식(沈禹植) 선생을 모시고 왔다. 그분을 처음 만나던 날 우리는 인사동으로 몰려나가 지필묵을 갖추었고, 그때부터 우리는 교수 회의실에서 매주 한 차례씩 먹을 갈기 시작했다.

그게 1988년 무진(戊辰)년이었는데 그 두 해쯤 뒤였던가? 그러니까 우리나라가 중국 본토의 공산당 정권과 수교를 하기도 전에 우리들 중의 몇 사람은 귀양(貴陽)에서 열린 한 국제학술대회 참가를 빙자하고 중국 여행을 했다. 약 2주일간 중국 대륙의 여기저기를 누비며 다니다가 마지막으로 북경에 들렀을 때 우리는 가이드에게 특별히 부탁하여 유리창(琉璃廠)을 찾아갔다. 거기서 우리는 영보재(榮寶齋)니 뭐니 하는 노포들을 기웃거리며 단계연(丹溪硯) 같은 명품 벼루나 계혈석(鷄血石)이니 전황석(田黃石)이니 하는 인재(印材)에 관심을 보이기도 했다.

하지만 그 중국 여행에서 가장 특기할 만한 곳은 우리가 항주(杭

州)에 머물고 있을 때 하루 일정으로 찾아간 소흥(紹興)이라는 아담한 소도시였다. 중국 여행사 측에서 대학교수 여행단을 위해 특별히 짰다는 그 일정표에 소흥이 들어 있는 것을 보고 나는 고작 본바닥 청요리를 안주로 그 유명하다는 소흥주 맛을 보게 되었다며 기대하고 있었을 뿐이다. 한데 가 보니 그게 모두가 아니었다. 그곳은 20세기 중국 최고의 작가 노신(魯迅)의 고향이어서 그의 기념관이 있었고, 주은래(周恩來)의 연고지라며 그의 기념관도 우람하게 지어져 있었다. 그 두 곳을 둘러보는 재미도 쏠쏠했지만, 그보다 더 놀라웠던 것은 그날 오찬 후에 가이드가 우리를 난정(蘭亭)으로 데리고 간다는 말을 했을 때였다. 그 무렵에는 우리가 이미 왕희지의 필체를 알고 있었기에 나는 소흥에 앞서 들렀던 서안(西安)의 비림(碑林)에서 난정집서(蘭亭集序)라는 금석문의 진품 탁본까지 한 장 구입해 두고 있었다. 그런데 그날 오후에 뜻밖에 난정을 찾아간다는 말을 들었으니 내가 얼마나 반색했을까 싶다.

소흥 교외에 자리 잡고 있는 왕희지의 옛 연고지에서 느낀 바는 오전에 노신과 주은래의 기념관에서 받은 소감과는 전혀 달랐다. "永和九年歲在癸丑暮春于會稽山陰之蘭亭修禊事也(영화 9년 계축년 늦봄 회계군 산음현의 난정에서 수계 행사를 하다)"로 시작되는 명문(銘文)의 대형 비석을 비롯한 많은 기념물이 축조되거나 전시되어 있었기 때문이다. 하지만 지금 나에게 그곳에 대한 깊은 감회는 남아 있지 않다. 아마도 왕희지의 진품 글씨가 모두 산실된 탓에 그곳에 단 한 점도 전시되어 있지 않았기 때문일 것이다. 다만 여행을 마치고 돌아온 후 연우회 동료들에게 서안의 비림 및 북경의 유리창 같은 명소들 이

외에 소흥의 난정까지 탐방했었다고 으스대던 기억만 새롭다.

근자에 내가 친구들에게 내 족자 이야기를 하며 왕희지의 난정을 언급했더니 한 친구는 조선시대에 인왕산 옥류동에서 시인 묵객들이 난정시사(蘭亭詩社)의 본을 따라 만들었다는 옥계시사(玉溪詩社) 이야기를 들려주었다. 우리나라에서도 옛 선비들이 계 모임을 하며 시를 짓곤 하던 전통은 오래된 듯하다. 근년에는 고병익 서울대 총장, 조순 부총리, 이헌조 LG전자 사장, 이용태 삼보컴퓨터 사장, 국문학자 김용직 교수 같은 당대의 내로라하는 명사들이 성균관대학 한문학과의 이우성 선생을 지도사범(!)으로 모시고 한 달에 한 차례씩 모여 자작 한시 품평회를 한 것이 시사의 한 사례라고 할 수 있겠다. 그분들은 자기네 모임의 명칭을 따로 가지지 않고 아예 난사(蘭社)라고 하지 않았던가 싶지만 확인해 보지는 못했다.

우리 연우회 멤버들의 '습자 연습'은 약 16여 년이나 계속되었으니 꽤 오랫동안 진득이 모였던 셈이다. 올해 신축(辛丑)년 입춘방을 쓰려고 오랜만에 먹을 갈며 돌이켜 보니 내가 붓을 놓은 지도 다시 16년이나 된다. 그 모임을 함께 시작했던 멤버 중에서 서애(西艾) 이병찬, 은천(隱泉) 송낙헌, 산여(山如) 천승걸, 향천(向川) 김용직 회원은 이미 이 세상 사람들이 아니니 덧없이 흐르는 세월이 가져온 불가피한 결손을 애절하게 느낄 뿐이다.

우리 자하연우회의 모임이 중단되었을 때 나는 이미 디지털 카메라를 사 들고 있었고, 이내 시작된 들꽃 찾아다니기에 열중하다 보니 필묵과의 인연이 부지불식간에 완전히 끊어지고 말았다. 생각하면 손에서 붓을 놓아 버리고 카메라를 들고 다니기 시작한 것은 참

잘못된 결정이었던 것 같다. 손재주가 없어 그림 한 폭 그려 보지 못했고 글재주가 없어 시 한 줄 쓰지 못했으니 그런 것 대신에 반반하게 쓴 글씨라도 몇 폭 써서 남길 수 있다면 얼마나 좋을까 싶다. 하지만 이제 와서 후회한들 무슨 소용이 있겠는가.

(2021)

먼 바다의 기억

"That's up to you!"

중등교원 취업기 (1)

참으로 어수룩하던 시절이 다 있었다. 1958년에 문리대 영어영문학과를 졸업하니 나에게는 중등학교 영어 준교사 자격증이 자동적으로 발급되었다. 그래서 교직 과목이라고는 한 과목도 이수하지 않은 내가 교원 취직을 하겠다고 나설 수 있었다.

군 복무를 마치고 대학원 과정까지 끝내자 1961년 4월부터는 나도 밥벌이를 해야겠다고 마음먹었다. 그때는 공사립 구분 없이, 알음알음으로 학교에 직접 이력서를 내던 시절이었다. 맨 먼저 알아본 곳은 휘문중학교였다. 3월 어느 날 학교로부터 면접 통보를 받고 종로구 재동에 있던 학교 교장실을 찾아갔다. 박술음(朴術音) 교장은 약 5분간 영어로 인터뷰를 하더니, "당신의 영어 발음이 나빠서 고용할 수 없다."고 말했다. 박 교장은 훗날 외국어대학 총장까지 했는데 함자에 섞인 '音' 때문인지 나에게는 늘 고명한 영어 음성학자로 기억되고 있다. 그런 분에게 나 같은 촌놈이 박대받은 것은 당연했다. 그렇게 첫 취직 시도에서 실패한 나는 꽤 큰 심리적 충격을 받았으나, 그날 이후 오늘에 이르도록 박 교장을 존경만 했을 뿐 단 한 번도 원망하지 않았다.

그 후 친구들과 내 고교 시절 은사를 통해 사립 덕성여자중고등학교와 공립 경동중학교에도 각각 이력서를 내 봤다. 먼저 전갈이 온 곳은 덕성 쪽이었는데 필기시험을 통해 채용 여부를 결정하겠다고 했다. 왠지 모욕을 당한다는 생각이 들어 시험을 보지 않겠다고 학교 측에 전했더니 다시 연락이 오기를 "당신은 대학원 과정까지 마쳤으므로 시험은 면제하겠다."는 거였다. 그래서 부랴부랴 학교로 찾아가니 그 당시 베스트셀러 월간지 『사상계(思想界)』를 통해 크게 명성을 떨치고 있던 당대 최고의 지성인 지명관(池明觀) 교장이 맞아 주었다. 한두 마디 의례적 면담 후에 지 교장은 나를 학교 재단 이사장실로 데리고 갔다. 이사장 송금선(宋今璇) 여사는 "아직 총각이냐."고 묻더니 덕성은 여자중고등학교니까 처신에 조심하라는 주의를 주었을 뿐 별다른 말씀이 없었다.

첫 출근을 한 날 교무실에서 인사를 하고 한 교실에 들어갔다가 나오니까 경동중학교에 재직 중이던 은사가 교무실로 전화를 걸어 왔다. 경동 쪽에서 채용 결정이 났으니 당장에 뛰어오라는 거였다. 참으로 난감했다. 이미 학기는 시작되었고 첫 출근을 한 날인데 그만둔다는 것은 도의적으로 천부당만부당한 일이었다. 하지만 그 순간 나는 직감적으로 경동중학교로 가야 한다는 강한 충동을 받았다. 그래서 교장실로 찾아가서 자초지종을 고한 후 "경동으로 가도 괜찮겠습니까?"고 여쭈니, 지 교장은 얼굴에 노기를 숨기지 않은 채 영어로

"That's up to you!(당신 마음대로 하시오!)"라고 퉁명스럽게 말하는 게 아닌가! 그때 그 자리에서 내가 "죄송합니다."라고 했는지 "용서해 주십시오."라고 했는지 지금은 아무 기억도 없다. 하지만 허리를 90도로 꺾어 절을 하며 하직을 고했던 일만은 선명히 떠오른다.

지 교장은 십중팔구 처음부터 나라는 인간을 탐탁지 않게 여겼거나, 아니면 나 같은 인간은 붙잡아 보아야 오래 남아 있지 않을 것이니 일찍 놓아 버리는 것이 낫겠다고 여겼을 것이다. 어쨌든 만약 그날 그분이 나에게 "절대로 안 된다."고 단호히 말했더라면 심약한 내가 그리 쉽게 덕성여중을 떠날 수는 없었을 것이다.

경동중학교에서는 1학년 신입생 영어를 담당했는데 작은 회초리를 들고 다니며 참으로 열심히 가르쳤다. 그러던 중 5월 16일에 군사혁명이 났고 군부에서 서울시 교육위원회를 장악하더니, 학기 도중인데도 불구하고 병역 미필 교원들을 모조리 그만두게 했다. 그 통에 나는 6월부터 한 달 남짓 한 1학년 반의 담임까지 했다. 하지만 그 첫 취직 자리를 나도 그만두어야만 했다. 왜냐하면 7월에 여름방학이 되자 "부정부패 일소"를 부르짖던 혁명정부에서는 아직 발령 대기 중이던 나에게 '부정으로' 채용되었을 거라는 근거 없는 이유로 정식 채용 시험을 거치라는 통보를 해 왔기 때문이다. 그래서 덕성여중을 무례하게 그만둔 죄로 그 대가를 단단히 치르게 되었나 보다고 한동안 자책도 했지만, 그런 후회는 오래가지 않았다. 왜냐하면 이내 시작된 방학 중에 나는 교원 채용 시험에 합격해서 서울고등학교로 배치받아 쉽게 취직했기 때문이다.

훗날 알게 된 일이거니와 내가 경동중학교에 채용된 것은 순전히 이양하(李敭河) 선생의 추천서 덕택이었다. 경동에서 중학교와 고등학교의 교장 자리를 겸하고 있던 김영기(金永起) 교장은 몇 년 후 서울고등학교로 옮겨 왔다. 내가 인사를 드리니까, 그분은 "어! 당신, 안면이 있는데?"라고 했다. 내가 경동중학교 이야기를 끄집어 냈더니, 김 교장은 "아, 그래, 맞아. 그때 이력서가 산더미같이 들어왔었지. 그런데 이양하 선생의 추천서가 눈에 띄더군. 그래서 더 생각하지 않고 당신을 뽑았던 거야."라고 말했다. 그제야 나는 김 교장이 한 차례 면접도 하지 않고 나를 채용해 준 경위를 알게 되었다. 일제 시대에 경성제국대학을 졸업한 후 평생 교직에 있었던 김 교장이 지금은 고인이 되셨겠지만, 그 멋있는 분에 대한 존경을 나는 이날까지도 마음속에 소중히 간직하고 있다. 어찌 그런 좋은 시절이 다 있었을까 싶다.

지금 돌이켜 생각하건대 1961년 4월 초에 내가 덕성여고의 교장실에서 지명관 교장으로부터 "That's up to you"라는 책망 섞인 대꾸를 듣고 있던 그 순간이 내 생애에서는 한 결정적인 전환점이 되지 않았을까 싶다. 아마도 그날 내가 지 교장 앞에 서지 않았더라면 일개 교원으로서의 내 행로가 전혀 다른 방향으로 전개되었을 것임이 분명하기 때문이다.

(2013)

먼 바다의 기억

"그렇게는 못합니다!"
중등교원 취업기 (2)

서무주임의 안내를 받아 교장실로 들어가니 초로의 신사 두 분이 시커먼 색안경을 낀 채 앉아 있었다. 서울특별시 교육위원회의 명으로 부임 신고를 하러 왔다고 아뢰었더니 그중의 한 사람 — 나중에 보니 교장이었다 — 이 그렇잖아도 기다리고 있었다는 듯이 말했다.

"당신이 이상옥 선생이오?"

"네, 그렇습니다."

"당신, 청운중학교로 가야겠어."

"……?"

나는 도무지 무슨 말인지 짐작이 되지 않아서 한동안 멍하게 서 있었다.

"지난 학기에 이 학교에서 가르치던 사람이 이번에 청운중학교로 배치되었는데, 그 사람은 우리 서울고등학교로 꼭 와야 할 사람이야. 그러니 당신이 청운중학교로 가 주면 좋겠어."

"그렇게는 못 합니다!"

"왜 못 해?"

"저는 시 교육위원회의 발령을 받고 이 학교로 왔습니다."

그러자 그 곁에 앉아 있던 사람 ─ 교감이었다 ─ 이 나서서 청운중학교로 발령 받았다는 사람이 왜 서울고등학교로 와야 하는지 뭐라 설명했지만 지금 그 내용이 별로 기억나지 않는다. 내가 거듭 거절하자 두 사람은 서로 쳐다보며 눈빛만으로 뭐라 상의하더니 한쪽에서 "그럼 할 수 없군."이라고 했다.

1961년 8월 중순 어느 날 종로구 신문로에 있던 서울고등학교의 교장실에서 있었던 일이다. 그 후 1964년 8월에 사임하기까지 3년간 나는 오늘날 경희궁이 복원되어 있는 신문로 교정에서 가르쳤다. 발령받은 직위는 전임강사였는데 퇴임할 때까지 정식 교사 발령을 받지 못했다. 나는 교장실에 가서 왜 교사 발령을 내주지 않느냐고 따지고 싶었지만 그렇게 한 적도 없다. 정식 교사와 전임강사 사이에는 봉급 격차가 엄청나게 컸고, 전임강사 봉급은 연공에 따른 승급도 없었다. 내가 받은 월정 봉급액은 60,000환(圜)이었는데 제2차 통화 개혁 이후의 6,000원에 해당하는 액수였다. 지금 돌이켜보건대, 그 얄팍한 월급봉투를 받을 때마다 이걸로 또 한 달을 어떻게 산담? 하며 탄식하던 기억이 새롭다.

처음에 청운중학교로 배치받았던 사람은 교장이 어떻게 힘을 썼는지 다음 학기에 서울고등학교로 옮겨왔다. 아니나 다를까, 그는 늘 모범 교사로 인정받아 교육위원회의 장학사들이 시범수업 참관을 하러 오는 날이면 영어 수업은 으레 그가 맡아서 했다. 그는 물론 이내 정규 교사 발령도 받았다. 그 여름날 교장실에서 있었던 일을 알고 있는지 없는지 그가 나를 특별히 의식하는 눈치는 아니었다. 그때 시작된 그와의 교분은 50여 년간 계속되었는데 우리 두 사람의 관계를 내 쪽에서 한마디로 요약해 본다면, 글쎄, "정중한 불가근불가원의 사이"쯤 되지 않았을까 싶다.

서울고등학교로 가게 된 데에는 곡절이 없지 않았다. 1961년 4월에 나는 평생 처음으로 경동중학교에서 선생 노릇을 시작했지만, 바로 그 학기 말까지 정식 발령을 받지도 못한 채 학교를 떠나야 했다. 5월에 군사 쿠데타가 나고 부정부패를 일소하겠다던 군부에서 시교육위원회까지 장악하더니 나처럼 정식 발령을 기다리고 있던 사람들에게 부정 채용 혐의를 씌워 학교를 그만두게 했던 것이다. 여름 방학이 되어 교장실로 퇴임 인사를 하러 갔더니 김영기 교장은 나에게 교육위원회에서 곧 교원 채용 시험을 시행한다니 꼭 합격해서 돌아오라고 했다.

나는 공립학교 채용 시험을 보느냐 아니면 사립학교의 교원 자리를 찾아보느냐를 두고 얼마 동안 고민하다가 결국은 시험을 보기로 했다. 마음은 그렇게 먹었지만 정작 시험을 보려고 하니 막막했다. 공통 과목인 교육학과 개별 전공 과목인 영어, 이렇게 두 분야의 시험을 치러야 했는데 교육학이 도무지 감을 잡을 수 없는 분야였기 때문이다. 학부 시절에 주변 친구들이 교직 과목들을 선택 이수하는 것을 보면서도, 그리고 장차 학교 선생이나 해야겠다고 은근히 다짐했으면서도, 나는 무슨 배짱에서였는지 교직 과목을 단 하나도 이수하지 않았다. 아마도 졸업과 동시에 중등학교 준교사 자격증이 자동으로 발급되던 시절이라 그랬을 것이다. 그래서 채용 시험을 치르기 위해 교육학 개론서라도 한 권 구입해 볼까 하다가, 무슨 오기에서였는지, "에라, 모르겠다. 그냥 시험을 보는 거다. 까짓것, 떨어지면 사립학교 선생을 하면 되지, 뭐." 이런 심산으로 아무 준비 없이 시험장에 나갔다. 교육학 시험은 대체로 간단한 설명이나 논술을 요구하는 문제들로 되어 있었고 그 덕에 상식을 활용해서 이럭저럭 뭐라고 썼던 것 같다.

합격자 소집이 있던 날 나는 종로구 신문로 옛 경기여고 강당을 찾아갔다. 카키색 하정복 차림의 육군 준장이 서울시 교육위원회의 교육감이라며 나타나더니 서양의 유명한 교육사상가들의 학설까지 들먹이며 장광설을 늘어놓았다. 이어 과목별 학교 배치를 발표했는데, 나는 내심 경동중학교를 바랐지만 뜻밖에 서울고등학교로 배치받았다. 그날 교육감이 미리 밝힌 학교 배치 원칙은 "우리 혁명정부에서는 학교 차(差)를 인정하지 않는다. 그러므로 일류니 삼류니 하는 구분은 없다. 다만 시설이 좋은 학교와 그렇지 못한 학교는 구별한다. 합격자의 시험 성적에서 상위권이면 고등학교로, 하위권이면 중학교로 배치하되, 성적순으로 시설이 좋은 학교에 우선 배치한다."는 것이었다. 그러므로 나는 약간 어리둥절했으나 물론 속으로는 쾌재를 불렀다.

서울서는 경기, 서울, 경복, 뭐 이런 순으로 공립고등학교 랭킹이 매겨져 있던 시절이었으니 아무리 평등주의를 지향하겠다던 혁명정부라지만 학교 시설의 좋고 나쁨을 가릴 때 바로 그 랭킹을 참고

먼 바다의 기억

하지 않았을까 싶다. 그런데 그때 경기고등학교에는 빈자리가 없었고 서울고등학교에도 한 사람만 배치되었으니 바로 그 사람이 영어 교사 채용 시험에서 가장 좋은 성적을 거두었단 말일까? 그렇다면 내가 혹시 그 합격자? 설마, 그럴 리야! 교육학 과목을 이수한 적이 없을뿐더러 겨우 페스탈로치의 『은자의 황혼』이나 루소의 『에밀』을 조금 짐작할 수 있을 뿐이었던 내가? 기적적으로 합격은 되었다 하더라도 수석 자리는 차지하지 못했을 것 아닌가? 이런 자문자답 끝에 내가 내린 당돌한 결론은 "교육학은 있어도 좋고 없어도 좋은 학문 분야인가 보다."였다. 그 후부터 오늘날까지 나는 건방지게도 교육학을 존중하지 않으며 살아왔다. 그뿐만 아니라 몇몇 가까운 교육학자들에게는 눈치 없이 그런 취지의 밉살스러운 소리를 하곤 했는데 그들은 아마도 내 진심 섞인 농담을 용서하지 않고 괘씸하게 여겼을 것이다.

서울고등학교에서는 학도호국단 도서반을 지도하느라 교장실 출입을 빈번히 했다. 나를 쫓아내려고 하던 그 서정권(徐廷權) 교장으로부터는 "이 선생은 '아싸리'한 데가 있어서 좋아. '예스'와 '노'가 분명하단 말이야."라는 찬사(!)까지 두세 차례나 들었다. 아마도 매번 그는 처음 나를 만나던 날 나에게 들었던 "그렇게는 못 합니다!"라는 퉁명스러운 대꾸를 떠올리고 있었을 것이다.

(2013)

소설 쓰지 말라니!

근자에 시사 뉴스에서는 걸핏하면 "소설을 쓰지 말라"며 상대를 꾸짖거나, 심지어는 "소설을 쓰시네!"라며 빈정대는 소리가 들립니다. 그 문맥에 비춰 보건대 이런 말은 상대를 거짓말쟁이로 몰아세우기 위해 사용되고 있음이 분명합니다. 소설은 진실에서 벗어난 것이요, 아주 간악한 것이므로 쓰지도 말고 읽어서도 안 되는 것으로 여겨지고 있습니다. 이런 소리가 무척 듣기 거북했던지 한 소설가 단체에서는 그런 발언에 대한 공식적 항의까지 했다고 합니다. 소설 쓰기와 관련된 이 무분별한 발언의 근저에는 물론 소설이 본질적으로 허구(虛構), 즉 픽션(fiction)이며 픽션은 팩트(fact)와 관계없이 꾸며낸 것이라는 안이한 인식이 깔려 있습니다. 흔히 소설의 대명사 격으로 쓰이기도 하는 픽션이 대체 무엇을 의미하기에 이런 막말이 등장하게 되었을까요?

산문으로 된 문헌은 편의상 더러 픽션과 논픽션(nonfiction)으로 단순하게 양분되기도 합니다. 이 경우 논픽션은 역사, 르포르타주 또는 전기처럼 실제로 있었던 일이나 실존했던 인물에 대한 기록 또는 서술을 가리키고, 픽션은 지어낸 이야기, 즉 허구를 표방하는 것으로 간주됩니다. 따라서 논픽션에는 팩트가 있고 팩트가 아닌 것은 거짓입니다. 하지만 픽션에는 거짓이 있을 수 없습니다. 거짓이 되려면 팩트에서 벗어난 것이라야겠는데, 픽션은 처음부터 참조할 팩트를 두지 않습니다. 예를 들어 사학자나 전기 작가가 나폴레옹은 세인트헬레나섬에서 병사한 것이 아니고 워털루에서 전사했다고 기술한다면 그것은 새빨간 거짓말이 됩니다. 하지만 소설『테스』에서 여주인공은 교수형을 당하지 않았으며 전 남편을 다시 만나 여생을 행복하게 살았다는 식으로 소설을 끝맺었다고 하더라도 우리가 작가 토머스 하디를 거짓말쟁이라고 할 수는 없습니다.

한편, 역사적 사건이나 인물을 기반으로 쓰인 역사소설에는 팩트뿐만 아니라 팩트가 아닌 허구도 많이 섞일 수가 있습니다. 말하자면 역사소설은 '역사'를 들먹이되 '소설'을 표방하므로 순수한 논픽션이 아니며 그렇다고 순전한 픽션도 아닙니다. 따라서 한 역사소설이 사실(史實)에 얽매지 않고 자유로이 쓰였다고 하더라도, '역사'가 아닌 '소설'로 자처하는 한, 그런 작품을 두고 거짓 문학이라 지탄할 수 없습니다. 거짓 여부는 소설 같은 픽션에서가 아니라 역사, 르포르타주 및 전기 같은 순전한 논픽션에서나 따질 수 있을 뿐입니다. 그러므로 "거짓"이라는 욕설을 미화하기 위한 수사(修辭) 삼아 "소설을 쓴다"고 한다면 그것은 무식한 소리가 됩니다.

바로 여기서 한 의문이 떠오릅니다. 무엇 때문에 소설가들이 이야기를 지어내야 하는가 하는 물음입니다. 그 답은, 다른 장르의 문학 작품처럼, 소설도 삶의 진실을 밝히고 인간의 삶에서 이상(理想)적인 것으로 간주되는 보편적 가치를 구현하려는 창작적 노력의 소산이라는 데 있습니다. 시인이나 극작가들처럼 소설가도 인간의 삶에서 중요시되는 가치들을 추궁하되, 소설가는 그것을 자기 나름으로 얽어 낸 픽션의 틀 속에 담아 독자들에게 제시합니다. 그러므로 소설에서 독자들은 단순한 흥미뿐만 아니라 도덕적 · 교양적 가르침까지 기대할 수 있습니다. 많은 소설이 본질적으로 지니고 있는 성장소설 혹은 교양소설(Bildungsroman)의 성격도 바로 이런 소설 본연의 성격에서 연유합니다.

한편, 소설가가 하는 일은 허구의 창작이기 때문에 언제나 자기의 작품에 대한 독자의 믿음을 사야 한다는 기법상의 어려움에 부닥치게 됩니다. 그가 내세우고자 하는 이상이나 가치가 아무리 고귀한 것이라 하더라도 그것이 설득력 있게 독자들에게 와닿지 않는다면 무의미해집니다. 그는 지어낸 이야기를 독자에게 들려주어야 하므로, 무엇보다 앞서, 그 이야기가 실제로 있었던 이야기만큼, 아니, 그보다 더 그럴듯한 이야기로 비치게 해야 합니다. 그러지 않고는 독자들이 그 지어낸 이야기를 믿으려 하지 않을 것입니다. 그러므로 소설 기법이 갖추어야 할 덕목 중에서 가장 앞서는 것은 핍진성(逼眞性, verisimilitude)의 확보이고 그것을 성취하기 위해 소설가는 창작 과정 내내 삶의 진실을 박진감 있게 구현하는 일에 집착합니다. 소설 문학의 이런 본질적 특성을 외면한 채 단순한 거짓말을 "소설 쓰기"라는 용어로 낙인찍는다면 그야말로 진실의 추구라는 소설의

먼 바다의 기억

높은 이상을 훼손하는 몰지각한 처사가 될 것입니다.

픽션과 진실의 상관관계를 두고 생각해 보자니 자연스럽게 한 속담이 떠오릅니다. 영어권에서 관용어처럼 쓰이기도 하는 "진실이 픽션보다 더 기이하다(Truth is stranger than fiction)."는 말이 바로 그것입니다. 그 뜻은 실체 혹은 현실이 상상되거나 지어낸 것보다도 더 기이하거나 수상해 보일 경우가 있다는 것입니다. 이 말이 의미를 띨 수 있는 것은 일반적으로 픽션은 '지어낸' 것이므로 진실 혹은 실체보다도 더 기이하고 수상해 보일 수도 있을 것이라는 전제가 있기 때문입니다. 뒤집어 생각하면 지어낸 픽션과는 달리 실상은 수상하지 않아야 하는데 실제로는 수상해 보이니 웬일이냐는 의문이 이 속담에 넌지시 담길 수도 있습니다.

오늘날 우리 사회에서 특히 정계에서 걸핏하면 "소설 쓰기"라는 말이 남발되고 있는 것도 혹시 그런 수사를 원용하는 측에서 내세우는 '진실'이 소설 쓰기를 하고 있다고 지목되는 상대방 측 '허구'보다 더 수상쩍기 때문이 아니냐는 생각을 하게 합니다. 이런 생각은 물론 "진실이 픽션보다 더 기이하다."는 속담 본연의 의미를 조금은 훼손하고 있습니다. 하지만 우리가 처해 있는 정치적·사회적 상황이 정상적이라기보다 비정상에 더 가깝기 때문에 전래의 속담 하나를 들먹이며 그 본연의 뜻을 이렇게 비틀어 보고 싶은 생각까지 하게 됩니다.

이래저래 한 가지 분명한 것은 갈등하는 두 진영의 한쪽에서 상대편의 허위성을 공박한답시고 함부로 "소설 쓰기"라는 낙인 찍기를 하지 말아야 한다는 것입니다. 그런 식의 공박은 실제로 진실 게임에서 큰 효과가 없고 자칫하면 누워 침 뱉기 식의 우를 범하는 꼴이 될 수도 있습니다. 그뿐만 아니라 그런 수사는 엉뚱하게도 소설 문학 고유의 품격이나 떨어뜨리게 될지도 모릅니다. 그러므로 "소설 쓰지 말라"는 식의 몰상식한 공박만은 좀 삼갔으면 좋겠습니다.

(2021)

먼 바다의 기억

코드, 코드 그리고 코드

21세기에 들어서면서 우리나라에서는 '코드'라는 외래어가 심심 찮게 쓰이기 시작했습니다. 가령 정부의 인사나 정책과 관련해서 "코드가 맞는 사람" 또는 "코드 맞추기" 운운하는 말이 빈번히 들리 지만 이 외래어가 정확히 무슨 뜻으로 쓰이는지 아직도 나는 잘 모 릅니다. 다만 내 영어 낱말 밑천을 뒤져 그 뜻을 짐작할 수 있을 뿐 입니다.

한글로 '코드'라고 표기될 수 있는 영어 낱말로는 세 개가 생각납 니다. cord와 code 그리고 chord입니다. 우선, cord는 노끈, 새끼 같 은 것을 가리키며 몇 가닥의 줄을 꼬아서 만든 것입니다. 또 이 낱 말은 굴레나 속박을 가리키는 추상명사로도 쓰이고 드물게는 교수 형에 쓰이는 밧줄을 뜻하기도 하는 모양입니다.

한편 code는 무엇보다 앞서 법전(法典)을 뜻하고 좀 좁게는 사회생 활이나 개별 행동에 있어서의 준칙이나 예의범절을 의미합니다. 그리고 각종 통신 체계에 있어서의 기호나 부호 또는 약호를 뜻하기도 합니다.

그리고 chord — 이 낱말에는 여러 가지 뜻이 있지만 여기서 특별히 짚어 내고자 하는 의미는 하프 등의 악기에 쓰이는 현입니다. 이 현과 관련된 것으로 짐작되는 화음 그리고 인간의 심금(心琴) 혹은 심정이라는 뜻도 있습니다. 이제 이 세 가지 낱말의 의미를 염두에 두고 항간에 떠도는 '코드'라는 말의 뜻을 짐작해 보기로 하겠습니다.

우선 cord입니다. 사람들은 흔히 "줄을 잘 서야 출세한다"는 말을 하는데, 왠지 내 귀에는 코드가 무엇보다 이 '줄'을 가리킬 것처럼 들립니다. 해방 후 우리나라에서 가장 유행한 속어 중의 하나인 '백'이란 말은 일종의 외래어로 그 근원은 영어의 '백그라운드' 즉 '배경'쯤 되지 않나 싶습니다. 그런데 이 cord가 바로 그런 의미의 줄을 의미할 듯한, 조금은 엉뚱하고 분명히 틀린, 생각이 자꾸만 드니 웬일인지 모르겠습니다.

그런데 이 줄을 이용해서 어떤 직책을 맡기거나 맡는 경우 그 일이 제대로 수행될 수 있을지 모르겠습니다. 왜냐하면 이런 의미의 cord를 생각할 때면 으레 그것과 유사한 뜻을 가진 다른 하나의 영어 낱말 string과 string-pulling이 떠오르기 때문입니다. string은 줄을 의미하고 string-pulling은 줄에 매달린 꼭두각시들을 조종한다는 뜻입니다. 정치에서 이런 줄을 조종하는 사람이 참으로 양식 있고 또 그 줄에 매인 사람이 유능하기만 하다면 그런대로 성과를 올릴 수도 있겠습니다. 하지만 매달린 꼭두각시들은 허수아비 노릇만 할 가능성이 높습니다. 그 결과 한 정부의 장관으로 기용된 전문가

먼 바다의 기억

가 자기의 개인적 소신이나 자기 부처의 기본 정책을 제쳐 둔 채 소위 윗선에서 시키는 대로만 일한다면 그것은 그 정부나 그 나라를 위해서 크게 불행한 일입니다. 우리는 그리 멀지 않은 과거사에서 그런 불미스러운 사례들을 찾아볼 수 있습니다. 그래서 그런지 이 cord라는 말은 어쩐지 "끼리끼리 한다"는 부정적 뉘앙스를 띠고 있고 또 파탄적인 결과를 예약하는 발단처럼 보이기도 합니다. 최악의 경우 그 줄은 끝내 조종자와 피조종자를 구속하는 포승줄로 바뀔 수도 있고 드물게는 그들의 목을 죄는 밧줄로 화할 수도 있겠습니다.

다음으로 code입니다. 인사 문제를 논의함에 있어서 당사자의 준법정신이나 예의범절을 중시해야 한다는 것은 너무나 자명하므로 그런 뜻으로서의 code를 새삼스럽게 강조할 필요는 없습니다. 그러므로 사람을 기용할 때 코드 맞추기에 중점을 둔다는 말은 무엇보다 어떤 체계의 운용이나 호환성을 가능하게 하는 코드, 즉 통신 체계에서 쓰는 코드를 의미하지 않나 싶습니다. 이를테면 한 정부의 수반이 자기의 정치적 신념을 국정 운영에 반영하기 위해 되도록 자기와 이념적 코드가 맞는 인사들에게 국정을 분담케 할 수도 있겠는데, 이것만 가지고 잘못됐다고 하기는 어렵습니다. 다만 명색이 민주주의를 신봉하는 국가의 원수가 특정 이데올로기나 개인적 소신의 절대적 정당성을 맹신한 나머지 일방적 상의하달의 방식으로 국정을 운영하고 아무런 피드백도 허용하지 않는다면, 또는 코드 맞추기에만 집착한 나머지 다른 색깔의 이념을 가진 쪽을 국정에서 철저히 배제한다면, 그것은 이미 민주주의가 아니고 기껏해야 민주주의의 탈을 쓴 독재입니다. 이럴 경우 코드 맞추기는 꼭두각시 줄의 조작을 정당화하고 용이하게 하는 방편은 될 수 있겠으나 바람직한 방향으로 국정의 효율성을 제고하는 길이 될 수는 없습니다.

그러므로 우리가 우려하는 것은 코드를 맞추는 일, 즉 코드의 공유 자체가 아니고, 그것을 활용하는 측의 이념이 교조적 경직성을 띠고 있을 때 그 코드가 전제주의의 도구로도 악용될 수 있다는 점입니다. 더욱이 특정 이념을 표방하는 집단이 자기네 이념의 도덕적 우월성을 내세우거나 심지어는 그것을 빌미로 사리사욕 추구를 위한 야합까지 할 경우에는, 그들의 배타적 자세로 인해 다른 집단과의 소통은 어려워질 것이고 그런 자기 폐쇄적 성향은 끝내 크고 작은 정치적 파국을 초래할 것입니다.

마지막으로 chord — 현이 올바로 조율된 하프를 숙달된 솜씨로 뜯으면 그 가락은 청중의 심금을 울릴 수 있습니다. 이때 이 심금이라는 마음속 거문고는 인간의 이성보다 감성 영역에 속합니다. 이렇게 볼 때 심금이라는 의미의 코드는 마땅히 이성의 영역에 머물러야 할 정치와 아무 관련이 없거나 없어야 할 것처럼 보이기도 합니다. 하지만 정치는 그 실행 과정에 인간의 감성과 심상찮은 관계에 있었고 정치가들은 늘 인간의 감수성을 넘보며 심금 울리기에 열을 올리고 있었습니다.

문제는 권력을 탐하는 사람들이 정치의 이런 정서적 측면을 악용하는 데 있습니다. 특히 디지털 방식의 미디어를 통한 선전 및 선동이 기술적으로 용이해진 오늘날 정서적 호소의 즉각적 파급 효과는 막대하고 그 결과 또한 당장은 돌이키기 어렵습니다. 그러므로 선정적(煽情)적 메시지의 대량 살포를 방편으로 유권자들의 심금을 건드리거나 눈물샘을 자극하고 분노를 촉발하는 등의 선동 행위는 자칫 한 국민의 운명까지도 쉽게 좌우할 수 있습니다. 근년에 있었던 몇 차례 대통령 선거에서처럼 극히 근소한 차이로 당락이 결정될 경우, 악의적 거짓 선동을 이용한 정서적 호소가 일종의 캐스팅 보트 역할을 했을지도 모른다고 생각하면 참으로 아찔합니다. 앞으로도 정치가들 특히 포퓰리즘을 지향하는 정객들은 민주주의 제도의 이런 맹점을 악이용하여 유권자들의 마음속 코드 울리기에 집착하려 들 것이고 그것으로 인해 한 민족의 운명이 나쁜 쪽으로 기울 수도 있다고 생각하면 우리는 절망할 수밖에 없습니다.

지금까지 세 가지의 코드가 의미하는 바를 하나씩 짚어 보았습니다만, 물론 이 세 가지 코드에의 집착 자체를 두고 나쁘다고만 할 수는 없습니다. 권력을 잡게 된 사람이 자기와 줄이 닿아 있고 그래서 신임할 수 있는 사람들 중에서 유능한 사람을 골라 쓴다면 그것만을 가지고 나무랄 수는 없습니다. 그리고 나랏일을 책임진 사람이 자기의 정치적 비전을 실현하기 위해 같은 코드의 신념을 공유하는 사람들을 선호하는 것을 두고도 탈 잡을 수는 없습니다. 또 국가의 수반이 중요 정책을 두고 국민을 설득해야 할 경우 국민의 정서적 감응력에 호소하는 것을 언제나 떳떳하지 못한 짓이라고 할 수도 없습니다. 그러므로 이 세 가지 코드의 활용을 언제나 부정적으로만 볼 수는 없습니다.

하지만 정치는 괴물이어서 그것에 관여하는 사람들이 이 세 가지 코드의 긍정적 측면만 좇도록 버려 두지 않습니다. 집권자는 으레 자기와 줄이 닿아 있는 사람들, 그래서 그 범위가 필연적으로 제한되어 있을 수밖에 없는 인재 풀에서만 국정 분담의 적임자를 골라 쓰려고 하겠지만 이는 집권자 자신이나 나라의 운명을 끝내 파탄으로 이끄는 첩경이 될 수도 있습니다. 그리고 집권자가 자기와 코드를 공유하는 사람들과 함께 특정 이데올로기의 정당성만 신봉하며 배타적 독선을 자행한다면 그것 또한 결국은 자기네와 국민을 궁지로 모는 길이 될 것입니다. 그리고 위정자가 스마트해 보이는 연출가를 앞세워 자기 무리의 이념적 정당성을 연극하듯이 연출케 함으로써 국민을 정서적으로 현혹하고 국민이 그 연출에 휘둘린다면, 언젠가 그 허위성과 사기성이 판명되는 날 필연적으로 파국이 초래될 것입니다. 이처럼 cord를 빌미로 모인 패거리가 code 맞추기로 작당하고 chord 울리기를 수단으로 국민을 기만한다면, 그리고 이 세 가지 코드를 그럴듯하게 얽어서 하나의 질긴 코드를 만들고 그것을 장기 집권의 도구로 쓴다면, 그야말로 국민을 위해서는 최악의 시나리오가 되겠습니다.

물론 국민이 현명하게 사리 판단을 할 수 있을 때는 위정자들의 이런 꼼수에 넘어가지 않을 수도 있습니다. 하지만 해방 후에 소위 민주주의랍시고 도입해서 그것을 국정의 기본으로 삼은 지 70년이 넘도록 헌법을 여러 번 고치고 대통령 선거를 여남은 차례나 치르면서 민주주의를 흉내 내어 온 우리의 현대사와 어제 오늘 우리 정치의 현실을 살펴볼 때, 앞으로도 우리 국민의 역량이 그런 꼼수에 좌우되지 않기는 어려워 보입니다. 이를 잘 알고 있는 정객들은 걸핏하면 "나라를 위해서"를 외치고 "국민을 하늘처럼 받들겠다"며 떠벌이겠지만 내심 국민을 우중(愚衆)으로 보고 이 세 가지 코드의 이기적 활용에 열중할 것입니다. 그러므로 국민이 정신을 차리고 자기네가 그리 어리석거나 만만치 않다는 것을 보여주어야 합니다. 이 점에 소홀한 국민이라면 결국 정치가들이 집권과 통치의 수단으로 악용하는 이 세 가지 코드에 옭매여 영영 헤어나지 못할 것입니다.

(2020)

이상일

'민족'과 민족주의에 대한 회의 | 정치 과잉과 음모론 전성기
공연평론의 낙수(落穗)들(2020~2021)

두리춤터의 〈오랜 인연—서로를 마주하다〉·유미크댄스의 〈틈〉·사포의 〈기억 저편〉·유니버설 발레단
〈트리플 빌〉·국립현대무용단의 〈빨래〉·천격(賤格, kitsch)의 예술이 타당한가·중진 무용수들의 유연한
학습 교류·최현의 〈군자무〉를 확대한 패션쇼·크리스마스 시즌의 창작발레·창작산실의 현대무용 우수작

'민족'과 민족주의에 대한 회의

　나는 한걸음 더딘 생리라서 지금도 '민족주의'라 하면 없는 애국심을 긁어모아 피가 끓고 살이 떨린다. 일제의 식민통치를 견디어 낸 선열들이 그 지독한 핍박과 착취를 견디어 내게 한 원동력이 바로 '민족주의'라고 믿고 있다. 민족을 내세운 이데올로기가 사상이 되면 그보다 더한 애국이 없다. 그래서 일제 치하에서 애국을 사상화(思想化)하는 데 민족을 내세우고 민족주의를 고취(鼓吹)하면 그저 평범한 젊은이가 적진에 폭탄을 안고 뛰어들 수 있었다.

　역사학자 단재 신채호(申采浩)의 동도서기(東道西器)적 개화사상과 진보적 민족주의는 어쩌면 『대한매일신보』 주필이라는 경력 뒤에 한민족 역사 연구가 결실을 맺은 것인지 모른다. 상해임시정부 요인들도 이데올로기적 민족주의자가 아니면 그 어려운 간난(艱難)을 이겨 내기 어려웠을 것이다. 배달민족을 내세운 백범 김구의 열정이 스스로 죽음을 마다하지 않은 많은 애국지사와 열사들을 죽음과 맞서게 했을 것이다. 당연히 민족주의에는 한반도의 역사와 겨레에 대한 지독한 애국심이 결부되지 않으면 민족주의가 성립될 수 없겠거니 지금도 생각한다. 죽음을 마다하지 않은 애국지사와 열사들은 모두 일편단심 민족주의자가 아니었을까.

우리의 민족주의는 일제에 대한 반일(反日) 감정과 사상을 반영한다. 그런 경향은 유럽 같은 선진국도 마찬가지다. 히틀러 나치스의 민족주의가 주변 선진국 프랑스나 영국에 대항하는 심리적 반동이었고, 그렇게 게르만 민족 우월 사상으로 치달았듯 동양의 일본 제국주의와 현대문명 자체도 서양 문화에 뒤처졌던 일본 민족의 개화기(開化期) 열등의식에서 나온 모방 형식이다.

한국과 중국의 뒤처진 개화운동 자체도 민족주의를 자극하는 애국사상과 직결된 낭만주의로 자라 자국의 민족 우월주의로 덧칠되는 데 일본이 모델 노릇을 해 주었다.

우리의 민족주의는 일본 제국주의를 타깃으로 삼는다. 반일이 곧 민족주의의 표적인 것처럼 ─. 젊은 나도 민족주의적 열정이 다분해서 애국선열들을 존경하며 그들을 위한 묵념에는 경건하기만 했다. 지금도 그 여덕이 남아 애국가를 부르면 옷깃을 바로 여민다.

민족이라든지 민족주의를 내세우는 자리에서 농담하는 것 자체를 금기시했던 내가 쇼비니스틱한 교수 몇몇이 쓴 저서 『반일 종족주의』로 크게 놀란 것은 당연하다. 반일이 민족주의라고 믿었던 신념이 그들의 논리대로 한다면 민족주의가 아니라 그보다 못한 저차원의 종족(種族)·부족(部族) 수준, 더 낮추어 표현하면 가족이나 혈연

중심의 씨족(氏族)들 감정 차원에 빠지고 만다. 민족주의는 그래도 사회과학적인 이성의 이데올로기라고 믿었던 내 지성의 근거가 크게 충격을 받은 것이 사실이다.

그리고 보면 작년에 『친일과 반일의 문화인류학』(타임라인, 2020) 증보판을 내면서 저자 최길성 교수가 부제(副題)로 붙인 '유사종교 반일 민족주의를 말한다'라는 홍보 문구도 나를 놀라게 했다. 민족주의가 유사종교 수준까지 나가면 안 되지, 나는 '친절하게' 그가 일본에 살아서 한국 사정을 모른다고, 그런 말 하면 친일파 된다고 너스레를 폈다.

민족주의가 유사종교 수준까지 갔는가. 그것은 아닐 것이다. '반일'이라고 하는 특정 분야 민족주의 생태가 그럴지도 모른다는 우려는 일본 우파(右派)들의 작태로 봐서 전혀 그러지 않으리라는 보장이 없다는 사실을 나도 부정하지는 않는다. 그렇다 하더라도 '이즘이, 이데올로기가 종교까지야 나아가겠는가' 하는 나의 낙관주의는 나치스의 게르만 민족 우월사상, 러시아 공산주의, 일본 극우사상의 지속 등으로 무너질 수밖에 없다.

그러니까 민족주의도 많이 허드레 땟물을 뒤집어쓰게 되어 당연히 그 자리를 지키고 있어야 할 자리에 엉터리 같은 낱말이나 격이 낮은 용어가 들어오고 어울리지 않는 조어(造語)가 행세를 한다. 그렇게 민족주의 자리에 종족주의, 더 나아가면 부족, 씨족, 혈연, 가족주의가 들어가 '반일 민족주의'가 어느 날 '반일 종족주의'조차 못 되고 씨족주의, 가족주의쯤으로 격하될지 모를 일이다.

그렇게 나는 민족주의자였다. 민족주의를 내세운 애국심으로 가득하여 일제에 항거한 선열들을 우러러 받들고 민족주의를 있게 한 일본에 대해서는 앰비밸런스의 감정에 시달려 왔다.

일본에 좋은 친구들도 많이 산다. 스위스에서 공부할 때는 일본에서 공부한 스위스 친구들과 특별히 친했다. 대학에 다닐 때는 일본문헌이 전공인 독문학보다 더 읽혔다. 감정은 일제(日帝)를 거부하고 이성은 일본을 받아들이는 모순을 앰비밸런스의 감정이라 한다는 사실도 체득했다.

그런 유치한 정신 상태에서는 다른 나라로 이민을 가거나 귀화를 하는 백의민족의 심리를 헤아릴 수가 없다. 미국으로 이민 가는 친구들 봐 주지 못하는데, 하물며 일본 귀화(歸化)는 더 이해를 못 한다. 어쩌면 배신감, 배반감까지 느끼려는 감정을 참는다 — 자기 민족을 버리고 남의 나라, 다른 민족 가운데서 잘 사나 보자! 하는 비뚤어진 심보 자체가 속 좁은 소견머리다.

민족주의 소갈머리를 확 열어젖힐 수는 없을까. 이 좁은 지구촌 시대를 살면서 자기 마을, 자기 동네, 우리 공동체, 자기 커뮤니티만 찾아서 어떻게 하겠다는 것인가. 우리 동네, 우리 마을 사람들끼리만 살 수 없는 세상이 되었고, 백인들끼리, 황인종끼리만 살 수도 없다. 흑인들도 섞이고 혼혈도 섞여 살 수밖에 없는 열린 지구촌 시대에는 민족민족 타령만 하고 살 수가 없다. 다문화시대는 다민족 세대가 될 수밖에 없지 않은가.

그런데, 그러다 보니까 그 민족주의의 핵심인 '민족'이라는 개념과 관념이 제마다 자기 민족만 가리키고 있어서 어느 특정 민족을 가리키는 것인지 헷갈릴 수 있다. 우리 민족까지는 알겠는데 우리 이웃 민족들만 해도 독립국이면 모두 우리 민족 우리 민족 해 댄다. 해방구(解放區) 관념이 도입되면서 지역 자치가 독립하기 시작하면 이른바 커뮤니티, 공동구역, 동네 마을도 우리 마을, 우리 혈족·친척, 우리 가족·씨족으로 독립을 선언하게 될지 모른다.

우선 반일의 표본이 된 일본이 '우리 민족' 할 때는 근본적으로 「위지동이전(魏志東夷傳)」의 왜놈(倭奴)을 지칭할 것이다. 그 일본 민족도 왕조를 이룩한 야마토(大和)족과 원주민들, 그리고 소수민족, 나아가 북해도의 아이누족, 명치유신 뒤 일본에 흡수되어버린 오키나와 현민(縣民)들까지 모두 하나같이 일본 민족일까. 조선시대만 하더라도 우리 민족의 이웃 민족이었던 독립국 류큐 왕조의 오키나와 현민들은 독립국가로 유지되었다면 그들도 우리 민족 우리 민족 할 것이 틀림없다 ― 이 부문에 이르면 한일 간의 민족주의가 꼿꼿이 머리를 치켜든다.

일본 제국주의가 한국을 강점했던 지난 세기의 36년 식민 통치 결과, 우리 민족이 총독부 홍보 전단 내용대로 동조동근(同祖同根)인 양 일본 민족의 일부가 되어 있을 상상은 뼈가 씹힌다. 해방과 더불어 광복이 이루어지지 않았으면 우리라고 해서 원래 독립국가였던 류큐 왕국의 유민들 신세가 되지 말라는 법이 없는 것이다. 역사의 이런 교착점에 이르면 민족주의가 얼마나 국가 유지에 필수적인지 깨닫게 된다.

그러면서 한편 '민족'이라는 편협한 한정된 카테고리의 좁은 울타리에 갇히게 되면 열린 지구촌 시대의 글로벌한 국제 감각에 비추어 '민족주의'가 균형 잡힌 사고(思考)를 지탱시켜 주는 근거가 될 수 있는지 회의를 금하기 어렵다.

민족주의와 세계화, 혹은 국제주의의 갈등과 알력은 필수적인 과정이 아닌지 모르겠다.

정복 민족이나 식민지 민족들은 독립국가 형태라면 민족적으로는 어디에 속할까.

세계 식민지 공략의 종주국인 스페인이나 영국은 그 넓은 식민지를 직접 지배 통치하지 않고 분할 지배하는 전략으로 저개발 · 미개 민족의 노동력을 착취하는 가운데 이웃 부족, 가까운 마을 사람들마저 서로 떼어 놓고 불신하고 대립해서 싸우게 만들었다. 그것이 산업혁명기의 남아도는 대량생산 제품의 시장 확보 전략이었다고 한다.

스페인 해군력을 무너뜨린 영국 왕가나 노예시장의 확대로 아프리카와 남미로 눈을 돌린 아메리카 공화국, 시베리아를 거쳐 동양으로 모피 획득의 영역을 넓힌 러시아 차르 제국(帝國)도 백인 민족 외 다른 이(異)민족들은 모두 다른 종족, 부족, 씨족으로 취급했다.

중국은 한족(漢族)을 중심으로 한 몽골, 티베트, 만주족 등 다민족 세대다. 그런 중국도 내부적으로는 황실 중심의 지배족 외는 모두 민족 단위로 간주하지 않는 만족(蠻族)에 불과하다.

이슬람 민족도 나누기 시작하면 끝이 없고 현대 아프리카를 보면 말할 나위도 없이 민족민족투성이인데 그럴 때 편리한 호칭이 종족·부족이다. 그럴 때 편리한 학술용어가 낯선 종족학 — 이른바 Voelkerkunde, ethnology(-graphy)라는 민족지(民族誌) 영역이다.

민족과 종족(혹은 부족)은 다르게 보인다. 민족 위 개념과 종족 아래 관념이 존재하는 것일까.

종·부족의 하위개념은 씨족·혈족·가족쯤으로 좁혀질 것이다. 그래서 국가 단위로 말할 때는 종·부족 이하는 빠지고 '민족'으로 통칭되는 모양새 같다. 세계적으로 미개발 지역은 종·부족으로, 유럽 인종들은 민족으로, 동양 문화권은 민족 단위라 하더라도 씨족과 혈연과 가족주의가 두드러져 보인다는 일반론이 있다.

그런 '민족' 개념과 관념이 헝클어지기 시작한다. 국가와 공동체 조직 등 사회과학적 용어가 정착되면서 '국민', '시민'이라는 개념이 위세를 떨치기 시작한 것이다. 그렇게 되니까 민족주의에 따라다니던 애국심이 혈연 가족에 어울리지 않게 되고 시민과 국민 범주에도 어울리지 않는다. 애국심은 민족주의에 걸맞은 단어가 아닐 수 없다.

서로 어울리는 단어와 관념끼리의 궁합이 민족주의와 애국심 같은 조합이다. 같은 용어와 어휘끼리 서로 어긋나는 낱말도 있다. 그러니까 사회과학의 세례를 받지 않은 전통사회식 교육을 받은 동양권의 인문학 세대들은 이른바 문사철(文史哲) 위주의 공부를 한 사람들이라 양학(洋學)의 인문학(Humanitics) 연구 방법이나 논리와 다른 인문학을 문사철로 착각하는 경우가 많다. 서양식 논리와 방법론을 가지고 동양식 유교의 문사철과 인문학이 같은 계열의 학문이라고 생각하는 것 자체가 잘못되어 있지 않을까.

나는 학문(Wissenschaft)은 과학이라고 배워 왔다. 더 구체화해서 과학을 자연과학(Naturwissenschaft)으로 부르는 근간에도 학문이 실험과 분석과 종합이라는 과학적 논리로 구성되어야 한다는 신념이 쌓여 있다. 동양의 학문이라는 유학(儒學)은 서양 인문학의 과학과 논리 구성과 용어 개념의 성립 근거부터 다른 학문(과학) 체계로 보인다. 유학을 공부한다는 것은 극단적으로 간단히 말하면 성현(聖賢) 교훈 말씀의 암기 능력이고 그리스 철학이나 기독교 신학은 논리 전개의 방식 쌓기 같다. 그러니까 과학은 드라이하고 비정스러운 것이다. 실험과 분석이 유학 영역의 '관념론'에는 없다.

그 다른 두 체계를 개화기(開化期) 신문화 도입 때 용어 개념을 억지 번역으로 꿰맞추었다. 그러다 보니까 동양 사상에 서양 실학 같은, 서양 형식에 동양 내용, 서양 내용에 동양 형식을 입힌 기형적인 교육제도가 탄생했다. 그렇게 얼버무려졌기 때문에 그 후유증이 지금도 영향을 끼치고 있는 부분이 의학 부문이고 그것이 한의학과 현대 의학 분야의 갈등 원인(遠因)이 아닐까 생각한다. 나는 이 시대에 지금도 2백 년, 3백 년 전의 『본초강령(本草綱領)』이나 『동의보감(東醫寶鑑)』의 낡은 문장과 지침과 지식을 금과옥조(金科玉條)처럼 인용하고 있는 한의사를 믿기가 어렵다.

민족을 중심으로 하는 민족주의가 되면 '-이즘'이 되어 이데올로기가 되기 때문에 주장, 신념과 관련되어 비합리적인 신앙 종교 문제로 비화(飛火)한다. 종교 문제가 되면 민족주의가 신흥종교로 간주되기도 한 걸음이다.

먼 바다의 기억

친일과 반일을 주제로 한 책을 낸 친구가 표지 홍보문에 실은 '유사종교인 민족주의를 거부한다'는 그의 선언은 나로 봐서는 너무 과격하다. 그러나 그가 국적을 일본으로 바꾼 경력 때문에 그럴 수도 있겠다고 양해한다. 국적을 바꾼다는 사실은 이 나라에서 저 나라로 옮겨 간다는 것이고 민족이라는 딱딱한 껍질에 갇히면 두 나라에 걸쳐 가족이나 혈연을 전파시키기가 어려워진다. 그런 까닭에 민족이라는 껍질을 깨고 더 유연한 집단 개념, 그것이 국민이건, 시민이든, 새로운 조어(造語)가 되든, 낡은 관념어에서 벗어나고 싶어 할 것이다.

그렇게 되니까 그가 거부했던 반일 종족주의자 — 좁은 카테고리에서 반일만 주장하는 소견머리 없는 국수주의자의 두뇌가 번거로울 수도 있었을 것이다. 나라를 뺏긴 상태에서 저항과 독립을 요구하는 민족주의자는 애국심에 호소하며 국수주의를 찬양할 것이다. 그러나 국수주의적 단견에 사로잡혀 멀리 넓게 세계를 보지 못하면 글로벌한 국제사회를 요리하기 어렵다.

그렇다고 민족주의를 멀리하는 친구를 비애국자라고 핀잔할 수도 없고 반일을 신념으로 내세우는 학자들을 민족주의자보다 더 옹졸하고 좁은 식견의 종족주의자로 몰아가는 세태도 똑같이 옹졸하고 좁은 식견이라는 사실만 지적하고 싶다.

정치 과잉과 음모론 전성기

우리 시대는 넘쳐 나는 것투성이다. 쓰레기가 차고 넘치더니, 택배 배송이 차고 넘쳐 배송회사 건물 하나 타는 데 사흘간 연기가 멎지 않는다니 도무지 이해할 수 없는 것투성이다. 하다못해 먼지조차 차고 넘쳐서 목이 꽉 잠긴다. 그렇게 먼지도 북극의 얼음을 녹일 정도 ─ 여기서는 모자람이 더해서 바닷물로 되돌린다 ─ 면 지구는 산소 결핍으로 목숨이 모자랄 지경이다.

정치 과잉을 꼬집고 싶었는데 ─ 정치가 넘쳐 나니, 넘쳐 나는 것이 먼지까지 간다. 그렇게 넘치면, 특히 정치 분야에서 넘치는 것이 많으면 음모가 많아지고, 음모가 많아지면 정치가 세세해져 정치가 더욱 넘쳐 나고 그에 따라서 음모론도 늘어나 음모 전성기를 살지 않을 수 없다.

거기에 먼지까지 끼어든다. 먼지가 매스컴의 폭주에 어울리게 하늘을 덮는다. 한때는 종이짝 지라시 신문 때문에 언론 통합법이 말을 못 하게 했다. 그러나 먼지가 심해지니까 유튜브 기반 유사 언론이 마구잡이식 폭로를 통해 정치먼지가 하늘을 덮는다. 언론이면 언론이지 유사언론이라는 말이 다 있다. 말하자면 언론이라 할 수 없는 사이비 언론에서 제기하는 근거 없는 악의적 루머가 X파일을 띄우고, 근거 없이 제기된 의혹은 누구도 '공개적으로 거론하지 못하는 상황'으로 봐서 '실체가 없는 정치공작'으로 반론 받기 알맞다.

우리가 어렸을 때는 불이 나도 불을 끌 수돗물이 모자라 불을 끄지 못했다. 요새는 건물을 헐 때도 물을 뿌려 먼지를 잡는다. 먼지를 잡자면 물을 뿌려 먼지바람을 잡아야 하고 정치 과잉을 잡자면 먼지 같은 음모론부터 차단해야 할 것인가, 아니면 정치라는 과잉 먼지를 잡아야 세상을 어지럽히는 음모론이 사라질 것인가.

정치는 음모가 아닐 것이다. 그런데 정치 같지 않은 정치가 넘치니까 음모론이 전성기를 맞는다니 무언지 논리가 맞지 않는다. 정치는 정정당당하게 국민을 잘 살게 하겠다고 말한다. 그런 정치가 넘쳐 나다 보니까 서로 국민 잘 살게 하겠다고 열을 올리고, 열이 오르다 보면 허튼 말이 나오기도 할 것이다.

그러나 거짓말이 나오면 안 된다. 거짓말이 나오기 시작하면 거짓말이 부풀어져 거짓을 꾸미고, 없던 일이 생겨나고 실제로 '망상(妄想)' 같은 거짓말이 사실인 양 버젓이 횡행하기 시작한다.

파라노이아·망상이 짝을 이루어 음모·컨스피러시(conspiracy)를 키운다. 정치 과잉이 없으면 없었을 음모 가운데 상대를 적수(敵手)로 보는 망상이 가장 심각하다. 거기에는 음모가 꾸며지고 있다는 망상이 들어 음모의 논리가 펼쳐진다. 그리하여 상대를 병역 비리로 몰고, 여색(女色)으로 몰고, 뇌물로 몰아 함정에서 헤어나지 못하게 한다.

이런 나의 억지망상을 세계적 베스트셀러『총, 균, 쇠』의 저자 다이아몬드(J. Diamond)는 다른 책에서 '건설적 파라노이아'라는 표현으로 뒤집어 놓는다. 망상이 음모론과 결탁하여 정치를 시꺼먼 먼지 덩어리로 만들어 버릴지 모른다는 우려는 건설적 파라노이아가 되면 위험을 회피하는 현명한 조치가 된다.

뉴기니 원시림 탐험에서 고목 아래 베이스캠프를 설치하려던 조사팀 일행에 대해서 펄쩍 뛰는 현지 보조원들의 공포는 대단해서 거의 피해망상 수준이었다고 한다.

뉴기니인들은 숲속에서 야영하는 경우가 종종 있다. 그들은 나무가 쓰러져 깔려 죽었다는 이야기를 종종 듣는다. 일 년 가운데 1백일 정도 숲속에서 야영을 한다면 40년을 사는 일생 동안에 4천 일정도는 야영하는 셈이다. 그렇게 되면 1천 회에 한번 죽는다 해도 일 년에 1백 회 같은 짓을 반복하는 생활을 하면 10년 이내에 죽을 확률도 높아진다. 뉴기니의 평균 수명 40세를 넘기지 못하는 수도 생긴다.

물론 그런 위험이 있다고 해서 뉴기니인들이 숲속을 들어가는 짓을 그만두지는 않겠지만 세심한 주의를 기울여 마른 거목 뿌리 근처에서는 자지 않음으로써 깔려 죽을 위험을 사전에 회피한다, 그런 뜻에서 다이아몬드의 조교였던 뉴기니인들의 피해망상은 이치에 맞다. 따라서 그런 류의 파라노이아는 건설적이다. 부정적인(네거티브한) 파라노이아를 긍정적인(포지티브한) 행동을 표현하기 위해

수식하는 가운데 과장되고 근거 없어 보이는 공포나 부정이나 부패의 근거를 미리 차단한다는 뜻에서 이런 망상은 정치를 떠나서, 아니 정치적 차원에서 어쩌면 부정을 막는 방파제 구실을 할 수 있을 것이다.

선거철이 되면 정치는 더욱 차고 넘쳐 먼지 같은 음모론의 전성기가 된다. 거짓이 진실을 덮고 진실은 먼지에 둘러싸여 숨 쉬기도 어렵다. 없는 사실이 만들어지고 만들어진 거짓이 진실인 양 활개를 치는 세상이다. 아무도 사실과 진실을 알아볼 겨를이 없고 쫓기듯 거짓의 그늘에 몸을 숨겨 가쁜 숨결을 고르기만 한다. 그리하여 뇌물을 준 음모자가 청렴결백한 청백리 행세를 하고 여색을 제공한 음모자가 기름진 몸을 뉘어 살을 뺀다. 증명서를 위조하여 나이를 속이고 없는 병명을 기입하고 보이는 시력을 안 보이게 하고 혈압이나 당 수치를 올려 건강한 청년을 병신으로 만들고서야 음모론은 그다음 제물을 찾아 나서서 적수를 시장직에서 물러나게 하고 국회의원 배치를 반납하게 만들고 대통령직을 한걸음 앞에서 막아선다 ─ 그런 선거판을 우리는 몇 차례나 겪으며 살았다. 그래도 달라지는 것은 아무 것도 없이 먼지만 뽀얗다. 매스컴만 많아지고 지라시 신문에서 이제는 유튜브 채널이라는 유사언론의 마구잡이식 폭로전의 검은 먼지만 날이 갈수록 가관이다.

보수 기득권 세력들이 하다하다 먹고 남은 자리에 혁신 진보 세력들이 들어왔나 했더니 어느 사이에 늙고 노회한 정치와 젊고 식욕 왕성한 정치가 다 함께 기득권층이 되어 정치는 기승을 부리며 넘쳐 나서 음모론 전성시대가 선량한 국민들만 바보로 만든다.

시끄럽고 먼지가 자욱하다 싶었더니 대통령 선거가 가까워졌나 보다. 민도가 높아졌다고 안심하고 있었더니 정치 과잉은 국민들을 바보로 알고 음모론은 하늘과 땅을 덮어 정론(正論)을 헤매게 만든 다. 그 정론이라는 것이 정치 과잉의 해독을 입어 망상의 음모망(網) 에 갇히게 되면 보수와 진보의 기득권 빛깔로 물들어 버린다는 사 실이 괴이하다.

정치는 원래 조용한 것 아닌가. 선택의 여론은 물밑에서 이루어 진다. 시끄럽고 먼지투성이의 과잉 현상은 망상만 자극하고 절대로 좋은 예감을 들게 하지 않는다.

먼 바다의 기억

공연평론의 낙수(落穗)들(2020~2021)

두리춤터의 〈오랜 인연 — 서로를 마주하다〉

오랜 인연으로 다져진 세 사람의 전통무용수와 또 한 명의 거문고 연주자가 그들의 오랜 인연을 합주(合奏)로 다진다. 인연은 맑은 주정(酒精)으로 정선되어 아름다운 전통예술로 거듭난다.

나는 오래 임학선의 춤을 보지 못했다. 이 10여 년 동안 그는 일무(佾舞) 연구와 저서 발간, 그 복원 및 창작화에 매진하느라고 그의 춤사위 보기를 목말라했던 팬들을 아쉬워하게 만들었고, 특히 임학선, 임현선 자매의 연작들(〈우리 둘〉, 〈민들레 왕국〉, 〈마음 꽃등〉)의 후속 작품을 기대하던 팬들은 오랜 기다림 끝에 조금도 달라지지 않은, 어쩌면 더 세련되고 유연해진 그들을 보게 된다. 나는 세월을 뛰어넘어 창무회 초창기를 주재하던 한국무용연구회 대표 시절의 아주 젊은 20대의 그들을 회상한다.

임학선, 임현선 두 태평무 이수자에, 임관규 이수자 셋이 한갑득

류 거문고 산조의 신혜영 가락에 맞추어 서로가 마주했다 — 〈오랜 인연〉(2021.6.21, 두리춤터 블랙박스)의 장면 장면들은 그들의 40년에 걸친 오랜 인연만큼 특별하였다. 마주 보는 시선, 마주하며 대응하는 몸의 움직임, 옷자락의 바스락 소리에 휘어 감기는 거문고 소리마저 특별했다. 그들도 60대가 되어 전통의 보금자리에 편안하게 몸을 맡긴다. 그들은 벌써 다섯 번째 우리 춤과 우리 음악의 품격에 그들대로의 인생의 멋을 부려 부대를 꾸며 냈다. 오늘 밤의 두리춤터 블랙박스에는 두리춤터의 오랜 친구들이 모였고, 오랜 인연의 네 사람이 그들의 전통예술을 뽐내고 블랙박스의 강낙현이 몽상적인 조명을 밝힌다.

　이매방류 정명숙 입춤과 황무봉류 산조 춤에 호흡을 맞춘 그들 넷은 1980년대 초부터 창작무용 필드에서부터 호흡을 함께한 오랜 인연들이다. 현대와 전통의 경계를 넘나들며 전통의 현대화를 실험해 나온 사이여서 장단과 끼와 호흡의 일치가 과거의 물길로 담길 때마다 여간 살갑지 않다. 한성준류 강선영 즉흥무의 재현에서는 눈에 익은 강선영 춤사위를 선대(先代)로 끌어올려 한성준의 품위 있는 손수건 떼춤의 연혁을 더듬을 수도 있었다. 최근 들어 한류의 떼창, 떼춤 기원에 영고, 무천, 동맹 같은 고조선 축제의 황홀도취의 신들림 흔적을 읽게 되는 나는 손수건 떼춤의 열광까지 그려 본다. 작은 손수건 군무(群舞)팀의 확대를 통해 커다란 현대 떼춤의 도취와 떼창의 재창(齋唱)이 이루어지지 말라는 법도 없을 것이다.

유미크댄스의 〈틈〉

제11회 대한민국발레축제에 참가한 〈해외무용스타 스페셜 갈라〉(2021.6.24~25, 예술의전당 토월극장)의 유미크댄스의 〈틈〉(안무 김유미)을 우연찮게 보고 우연찮게 이 글을 다듬는 것은 작품과 그것을 보는 사람이 우연찮게 인연이 닿으면 소통을 이룰 수 있다는 실례를 하나 남기기 위함이다.

작품 〈틈〉에 대한 사전 정보는 아무것도 없었다. 안무가 김유미는 '다시 만나고 싶은 해외스타', 전 미국 애틀랜타 발레단원이었고, 현재 유미크댄스 대표라는 것이며, 프로그램에 적힌 작품 해설이라고 하는 것 또한 — '시간, 관계, 사고를 규정하는 테두리, 그 인식 체계의 프레임에 발생되는 균열은 자신의 존재 가치와 세상을 바라보는 비전을 변화시키고 새로운 시작의 가능성을 열어 준다(음악—이승민, 〈Ezio Bosso〉)'는 모호한 관념론투성이다.

20분이 채 될락 말락 한 작품 〈틈〉을 보면서 〈틈〉의 주제의식이나 구성에 관심이 가기보다 유미크댄스 팀원들에게서 발휘되는 몸의 활력에 오래간만에 도취된 기분이었던 나는 몸이 테크닉에 치여 에너지를 발산시키지 못해도 그것을 당연한 것처럼 받아들이고 마는 한국 춤판에서는 좀 드문 케이스라고 판단했다. 함께 보던 동행자가 작년 그의 작품 〈트라이 앵글〉도 그런대로 괜찮았다는 반응이어서 내가 전혀 엉뚱한 것을 헛짚은 것은 아니었구나 싶기도 했다.

'틈'은 관계이기도 했고 균열이기도 해서 사실은 사전적으로 말하면 틈과 균열은 연계될 수 없다. 그러나 '관계'라는 추상관념으로 돌려 중간중간 2인무, 솔로, 3인무 등에서 형성된 여러 가지 관계 가운데 동질감을 느끼거나 곧바로 나를 찾아가는 몸부림을 느끼거나하는 것은 수용자의 자유다. 안일함과 편안함에서 벗어나 삶의 본질을 되찾아 나가는 강력한 에너지의 몸짓이 잔영으로 남는 맨 마지막 수평적 관계에서도 인식의 균열은 진행된다. 그 순간, 또 다른 시작이 반짝이는 이미지로 떠오르는 순간이 바로 테크닉을 넘어서는 아주 강력한 에너지의 확산이 아닐 수 없다고 받아들일 만했고 그 점에서 작품 〈틈〉이 나를 사로잡은 것이다.

사실은 해외스타 스페셜 갈라를 주재한 장광열 대표에게 〈틈〉의 주제의식이나 작품 구성 요지, 여기서는 이미지 구성이나 대본 노트 같은 것이 있으면 글 쓰는 데 도움이 되겠다고 전언한 것이 뜻밖에 송부되어 온 것은 안무가 김유미의 사적(私的) 안무 노트 단편(斷片) 그림 몇 점이었다. 그사이 작품 〈틈〉에 얽힌 나의 기억은 몇 가닥 남은 형상(形象)뿐, 논리적 분석 체계는 희미한 상태가 되어버린 다음이다. 내가 글쓰기를 거의 포기했을 때 송부되어 온 것이 김유미의 〈틈〉 시놉시스였다.

내가 재구성한 작품은 먼저 세 파트로 구성된다. 파트 1, 틈이 생기다. 그것은 관계로부터 이루어진다. 관계는 확장되어 또 다른 사회의 존재로 다가와 관계의 틈새에서 나의 사유 공간에 대한 의심이 생긴다. 파트 2, 공간을 사이에 둔 움직임이 시간의 틈을 만든다. 두 사람 사이의 경계를 허물면 하나가 된다. 흡수는 수용이고 완전이고 편안함이다. 그러나 나는 거기에서 틈을 만들어 비집고 떨쳐 나온다. 편안이 우둔함을 만들어 내기 때문이다. 파트 3, 깨어난 사

먼 바다의 기억

람들은 사유의 자유를 얻는다. 관념으로부터의 자유가 그들의 틀을, 관계를, 사회를 허물어 스스로를 해방시켜 — 틀 안에서 만든 균열을 만들어 내고 틈이 가져다주는 에너지를 발산하며 새로운 창조를 거듭한다.

이 세 파트의 연계는 안무자의 망쳐 버린 관계 설정의 자기 이야기다. 다른 생존경쟁의 라이프워크를 그리는 안무자는 삶에서, 인간관계에서 틈을 만들어 균열을 통해 자기 세계의 확충을 노린다. 그러나 의도적인 틈이나 균열에 대한 인식은 아직 철저하지 않다. 한 삶에서 실수와 실패가 한 체험에서 결정 나는 것이 아니다. 첫 출산이 어떤 삶에서는 긍정이고 희망인데 또 어떤 사람에게서는 절망이고 좌절일 수도 있다. 삶에 어떤 빈틈도 만들지 않으려는 이성적 사고보다 직관적 판단이 삶을 편안케 할 수도 있다. 그런 인식의 굴레를 거치는 동안 흔들림과 회의의 시간을 거치며 인간은 성장하고 성숙해지고 노련해지는 한편 때 묻고 쇠잔해진다.

틈 하나에서, 균열을 통해 인간관계를 알고 사회를 알고 지구와 우주에 대한 인식의 시간과 공간까지 다 헤아릴 수 있게 하기는 여간 어렵지 않다. 그런데 도인(道人)이나 선인(仙人), 그리고 예술가들이 작품 하나를 통해 통째로 삶을, 인생을, 우주를 다 제시하려고 몸부림친다. 삶을 살다 보면 그럴 수 없다는 한계를 알고 어느 한 포인트에 힘을 집약시킨다. 그런 지혜를 조절의 지혜라 한다. 허지만 젊은 열정은 넘쳐 나는 에너지로 쉽사리 결론을 서둘러 낸다.

안무자는 틈과 균열과 관계의 보편성을 자기 체험의 테두리 속에 각인시키기 위하여 '철학'으로 무용적·구체적 형상들을 관념화시키는 아슬아슬한 경계를 오르락내리락한다. 그리고 그의 결론은 직관적 판단에 의존하고 나도 그의 가는 길을 편든다.

직관적 판단이 예술이고 예술적 열정이고 감정적 주관론인 반면, 이성적 사고는 형이상학적이고 관념론이며 이데올로기이자 과학적 객관론이 아닐까.

사포의 〈기억 저편〉

오래 무용 공연을 보지 못했다. 기껏 눈길을 스쳐간 것은 카메라에 잡힌 빈 무대 위의 공허한 움직임의 증거자료들 — 받은 지원금 때문에 관객은 없어도 빈 카메라의 셔터 소리는 돌아가야 한다. — 그런 정황에서 제대로 된 극장 무대 위의 작품 하나 못 보고 몇 개월이 흘러갔고 정서와 정신은 고비사막처럼 말라갈 수밖에 없었다.

사포의 〈기억 저편〉(2020.9.26. 5시, 문화공간 산속등대)은 그런 가뭄 끝에 온 단비였다. 그러니 그 무용을 받아들이는 수용의 생리가 이미 촉촉이 젖어 있었던 것이 사실이다. 사포무용단과의 인연은 오래되어서 지금 중견의 대표 안무자들(김옥, 박진경, 김남선, 조다수지)을 처음 봤을 때만 하더라도 그들은 팔팔한 20대들이었다. 예술감독 김화숙 교수와 대본을 통해 항상 그들을 지켜보던 한혜리 교수, 그리고 지금은 고인이 된 신용숙 전 대표는 당연히, 필연적으로 떠올리지 않을 수 없는 무용예술가들이다.

사포무용단은 극장 무대만이 아니라 야외 공연장과 연계시켜 전시장, 미술관, 전통 가옥의 공간을 훑고 사찰의 문화 공간을 개발하는 동시에 그런 공간에 맞는 사포의 창작 작품들을 계발해 나간다. 이번 사포의 33번 정기공연 〈기억 저편〉은 전북 완주 시골의 문화 복합 시설 '산속등대', 폐쇄된 옛 제지공장에서 이루어졌다. 자연 속에 있는 문화 공간, 〈산속등대〉는 공장 굴뚝이었고 빨간 등대 옆에는 고래 한 마리가 누워 먼 바다의 기억, 고래의 추억을 반추하고 있다.

주변 환경과 경치의 여러 가지 빛깔과 주변에 귀 기울여 듣는 새나 벌레의 날개 소리 음색을 먼저 선별해서 소리의 지도를 그려 보면서 그 문화 공간의 건물들 배치라든지, 그 속에서 움직이고 있을 사람들의 흔적들까지 소리의 영상 가운데서 건져 올려 보는 것도 관무(觀舞)의 재미다.

그 산속의 등대에서 들리는 소리는 바흐도 있고 파가니니, 비발디도 있고 파도 소리도 있고 가을을 전하는 고추잠자리의 날개 소리까지 있다. 그렇게 처음 기억 속으로, 추억 속으로 빨려든 이미지들은 시작할 때 '낯선 시간'이었다가 '설렘과 두려움'으로 '마주한다'. 어쩌면 '기억의 편린'이 추억이었다가 우리의 의식에서 사라진다. 그렇게 삶을 보는 사포무용단의 서정성은 그것이 인생의 에필로그로 사라지게 만든 무용적 구조로 봐서 작품 〈기억 저편〉은 추억이고 회상의 안개 짙은 밤바다 가운데 떠 있는 문화 공간의 섬 같은 존재로 각광받는다.

이미지들이 기억 속으로 물결 져 들어갔다가 사포무용단의 역사로 되돌아 나온다. 사포의 장편 연작 〈말을 걸다〉의 어느 단편 — 군산 낡은 시청 계단을 오르내리던 조다수지의 이미지가 산속등대의 리뉴얼된 2층 발코니에 선 과거와 현재와 미래를 잇는 역사로 조명

된 장면은 인상적이었다.

공연은 먼 기억의 장을 펼치며 시멘트 다리처럼 남은 과거의 역사를 딛고 김옥과 김남선의 몸에 새겨진 사포의 리듬으로 잔잔하게 남고, 특히 박진경의 몸이 신구 건물의 조화 속에 융합되어 지난 정서와 감정을 제지공장의 생산성과 문화 공간의 재생산성으로 종결되는 순환 구조가 되어 단순화를 거쳐 순화(醇化)가 뚜렷하게 감지되는 지점이기도 했다.

유니버설 발레단 〈트리플 빌〉

제11회 대한민국발레축제(6.15~6.30, 예술의전당)에 초청 공연된 유니버설 발레단의 〈트리플 빌〉(6.18~6.20, 토월극장)은 한국인, 내지 동양인의 보편적인 감정 — 분노와 사랑과 정을 정점으로 삼아 유니버설 발레단의 모던발레(안무 유병헌) 한 편을 만들어 내려고 한다. 왜 하필 분노와 사랑과 정의 감정만일까. 〈분노〉는 보편적이고 〈사랑〉은 중국 모티브가 들어가고 〈정〉은 한국적 특성이 있다고 보아서일 것이다.

각각의 소재는 그대로 독립되어 있어서 세 편의 작품이 옴니버스 스타일로 감정의 흐름에 물결친다. 그래서 그런지 공연을 보는 1시간 40분 내내 나는 시선은 무대에 두면서 머리는 엉뚱하게 나대로 현대발레의 소품들을 한 시간짜리 작품으로 키우는 그림만 그렸다. 관무(觀舞)도 좋지만 아마추어 작품 구상은 더 즐겁다.

소품 1 〈분(憤)〉 — 해설에서 문 단장은 몸소 신고전주의적 발레

양식의 두드러지는 특징을 강조하면서 분노의 폭발을 가두고 절제하는 발레 양식의 억제미(抑制美)에 주목하도록 해 주었다. 신고전주의적 사조적 테크닉을 구별해 낼 수는 없어도 듀엣의 묘미를 만끽시켜 준 남녀, 남남, 여여, 그리고 전체 듀엣의 합주는 파가니니 랩소디에 의해 분노의 감정을 더 적극적으로 조절하지 않고 너무 서정적으로 다룬 점이 아쉬웠다.

소품 2 〈사랑〉 ─ 사실 사랑의 소재는 너무 흔하다. 그래서 예술 감독 유병헌은 특이하게 고향 중국의 설화에서 모티브를 따왔나 보다 했다. 사랑은 죽어서 나비가 되거나 새가 되어 다른 세상으로 날아간다. 셰익스피어는 피비린내 나는 두 젊은 연인들의 죽음으로 맺지 못할 사랑을 비극화했지만 설화의 세계는 신비의 꽃가루를 뿌려 비극의 요인을 다른 세상에서의 재회로 미화시키기 일쑤다.

젊은 두 청춘남녀의 사랑 이야기가 중국 설화에서는 〈축영대와 양산백〉 이야기로 미화되어 있는 모양이다. 두 남녀 사이에는 온갖 시련이 기다리고 있다. 시련을 극복하고, 혹은 시련의 과정에서 둘은 죽고 넋은 나비가 되어 결합되는 이야기는 발레 소재로 알맞다.

한국의 사랑 이야기는 〈이 도령과 춘향〉이다. 촉석루에서 눈이 맞아 사랑에 빠진 연인들은 부모 따라 서울 가고 시골에 홀로 남아서 춘향이는 악질 권력 깡패의 손아귀에 빠지고 이 도령은 시험에 낙방만 하다가 집에서도 쫓겨나 홈리스가 된다 ─ 면 비극〈춘향전〉의 탄생도 어렵지 않다. 춘향이 억울하게 옥중에서 죽고 이 도령이 굶어 죽어 둘이 나비가 되어, 혹은 파랑새가 되어 도원경(桃源境)에서 웃으며 사는 발레 동화(童話) 한 편 만들어질 수 없을까. 비극 〈춘향전)은 얼마든지 가능하다고 나는 생각한다.

소품 3 〈정〉— 한국인의 정(情) 감정은 외국어로 표현하기가 쉽지 않다. 그런 한국적 정서를 국악 크로스오버로 살려 낸 아이디어는 현대판 한류 떼창, 떼춤의 가능성을 확대한다. 특히 떼춤 조성(造成)에 발레 테크닉과 한국무용의 컬래버가 어떤 무용적 색감을 불러일으켜 젊은 세대의 도취와 황홀감을 자극할는지 — 나는 아리랑 가락의 알앤비가 이미 음악적 공감대를 마련해 놓고 무용적 감각과 생리의 공감대를 기다리고 있는 것 같은 인상을 받았다.

새 밀레니엄 연대에 들어 팝이나 록, 일렉트로닉, 포크(Folk), 펑크 등 다양한 장르들과 컨템포러리 알앤비가 완전히 결합된 얼터너티브 알앤비도 일상화되어 간다. 코로나19로 변화의 움직임이 가속화된 이 마당에 듣기 편한 '이지 리스닝(easy listening)' 형태의 스트리밍 위주의 시대에는 음악 장르의 크로스오버나 예술 장르의 경계 넘나들기는 어려운 작업도 아닐 것이다. 따라서 아리랑 떼창(합창)에 발레 테크닉과 한국무용 혼용의 떼춤(군무)이 한국인의 정(情)의 세계화를 형상화하기도 쉬워진다. 그것이 가능할 것 같은 예감이 들면 그런 예감은 공감의 재창(齋唱, 떼창)과 어울려 춤추는 군무(群舞, 떼춤)의 도취와 황홀한 축제의 눈부신 아리랑 랩소디 정경을 눈앞에 그려 내게 만든다.

국립현대무용단의 〈빨래〉

한갓지게 노는 것처럼 보이기도 하는 빨래터 풍경 — 그 가운데 노동의 철학이 살며시 덮씌워진다. 일의 고된 순환 사이로 떠들고 놀던 옛 공동체의 떼춤 형식이 도입되면 빨래 통이 북으로 바뀌어 떼창과 더불어 작업의 현장은 놀이터가 될 수 있다. 웬 빨래 통이 북으로 바뀌느냐. 빨래터에 웬 미얄할미인가 — 물음은 사라지고 그런 설정은 남정호니까 가능하다는 결론이 나온다.

1993년 예술의전당 개관 기념 공연작이었던 〈우물가의 여인들〉에 대한 나의 공연평은 이번 작품을 통해 연계될 수밖에 없다 — '남정호 특유한 색채의 패셔너블한 의상이 하얀색으로 통일되어 흰 천의 패션쇼를 개최하듯 그의 장난스런 놀이정신이 우물가에 만개한다'고 적었던 기록이 〈풍요의 띠〉라는 물, 여성, 나무와 달이라는 상장으로 순화되어 노동 현장이 서정적이고 세련되게 그려진다. 여인들은 조선조 여인들보다는 섹시했으면 하는 것이 나의 본심이다.

오리지널인 〈우물가의 여인들〉이 한 폭의 풍경화처럼 보였다면 〈빨래〉의 담채화(淡彩畵) 시감(詩感)은 주제의식부터 정화(淨化) 과정 — 때 묻은 오예(汚穢)에서 더러움을 씻어 내는 순화(醇化) 과정으로 시간이 정지되어 보인다. 그래서 안무자가 기다림을 읊는 심정이 이해될 법하다. 시간의 경과는 하나의 과정이므로 빨래의 세탁 과정이 물에 부비고 씻고 털고 말리는 시간에 맡겨져야 한다. 그래서 기다리는 시간 가운데 일 자체가 놀이가 되어야 시간의 중압을 이길 수 있고 그 중간에 미얄할미 같은 토속놀이가 끼어들어 노동의 힘든 무거움과 지루함을 달래는 시간의 낭비가 요청될 수밖에 없다.

남정호의 현대무용적 주제 탐구는 동서를 아우르는 보편적인 것이 되어 탈춤이 들어가고 현대무용에 옛 천지창조의 신화적 풍년제의 흔적이 재현되어 나온다. 여인들은 풍년을 기약하는 물·여인이고 달이자 나무다. 빨래하는 작업·노동 현장이 순백의 놀이터가 되고 햇빛 바른 광목 건조장, 그리고 탈춤 광장이 되면서 빨래터의 주체들인 여성들 자체가 풍요의 상징이 된다. 구은혜, 박유라, 정서윤, 홍지현 등 노련한 국립현대무용단원들이 성장하는 나무가 되고 물통에 담기는 달이 된다.

빨랫거리를 다루는 그들의 유연한 몸 움직임은 말끔하게 세련되어 있다. 솔로 춤을 출 때보다 그들이 어울려 빨래 통과 북을 들고 조화를 이루는 총체가 될 때 국립현대무용단의 진면목이 예리하게 부각된다. 물통의 물방울을 튀기며 장난하는 그들은 여인을 초월하였다. 그저 아름다운 춤의 상반신만이 거기에 빛나고 있다.

현대무용에 전통 민속 소재는 조화될 리 없다. 그렇지만 놀려고 들면 무슨 장난기가 끼지 못할까. 빨래터의 잠깐 휴식에 집 나간 영감 찾아다니는 미얄할미는 자기가 '놀려지고 있는' 정황도 모른 채 젊은 무용수들을 즐겁게 놀게 해 주기 위해서 안무가 만들어 낸 아바타로 등장한다. 그 아바타가 우리의 전통적인 가사(家事)일을 가벼운 놀이로 탈바꿈시킨다.

〈빨래〉의 주제는 계속 살아서 움직임이 적은 소극장 작품에 임팩트를 가한다. 현대사회 한가운데서 전통문화의 중심에서 놀다 가라는 여유의 메시지만 전달한 채 빨래하는 여인들, 정화의 매체들인 그들은 기다리는 모습을 〈풍요의 띠〉로 묶어 놓고 미얄할미의 흔적은 안개처럼 사라진다. 그러고 보면 미얄할미의 울긋불긋한 의상

먼 바다의 기억

색깔만이 어린이용 풍선 빛깔처럼 우리 뇌리에 남는다.

　사족(蛇足) — 오래간만에 무용 한 편 보고 그동안 잊고 있었던 무용평론 글쓰기 의욕이 새삼스러워진다. 무용작품 잘하고 못하고의 평가가 아니라 언제나 불만스러운 평론 작업은 할 짓이 아니다. — 코로나19 사태로 지원금 수령 증거용 온라인 촬영 현장에서 크게 실망한 까닭에 무대가 아니면 안 보겠다는 작심과 함께 아주 멀어져 버린 논평 글쓰기 작업도 잊혀 가는데 새삼 공연작품 보면 쓰고 싶어지는 생리는 무슨 타고난 업(業)인지.

　내 인상에 남아 있는 남정호 무용작품들은 각종 패셔너블한 의상 색깔과 공중에 떠다니는 고무풍선과 어린이들의 천진한 함성이 혼재된 것이다. 그런 요소들이 서로 어울릴 까닭이 없는데 이번 작품 〈빨래〉(3.19~21, 예술의전당 자유소극장)를 보면서 그가 프랑스 유학에서 돌아와 서경대학 무용과 전임으로 자리 잡고 Zoom무용단을 데리고 장난스럽고 아기자기하고 다채로운 무용영상으로 관객들의 서정성(抒情性)을 풀어 주던 신선한 충격이 회상되었다. 그 싱싱했던 30대 남정호 교수가 예종 교수직을 정년퇴임하고 국립현대무용단 예술감독으로 부임한 첫 작품이 〈빨래〉다. 그만큼 소설도 아닌데 기지가 번뜩이고 반전이 있는 문장, 아닌 무맥(舞脈)에 홀렸던 팬들은 놀이처럼 경쾌하고 발랄한 작품들을 기다렸다. 그의 〈풍선 심장〉이 알록달록한 고무풍선을 연상시킨다면 〈빨래〉의 오리지널은 〈우물가의 여인들〉 풍경이다. 거기에서는 장난기, 놀이정신이 그만큼 가셔지고 안무자의 연령적 성숙이 드러나는 만큼 보는 재미와 즐거움이 덜해져 한국 현대무용 장르에서 독특한 남정호식 스타일이 사라지는 것을 아쉬워할 즈음에 '늦게' '젊은' 그가 다시 한번 우리를 찾아와 주었다.

천격(賤格, kitsch)의 예술이 타당한가
— 국립현대무용단의 〈증발〉

국립현대무용단의 신작 〈증발 — Into Thin Air〉(11.22~24, 예술의전당 토월극장)는 전임단장 홍승엽 때 확정되었던 해외 안무가 초청 프로그램의 일환에 속한다고 한다. 따라서 신임 단장 안애순도 자유롭지 못하다. 전작 〈11분〉도 그렇고 이번 작품도 그의 안무 의지가 살아 있지 못하기 때문이다. 그러나 〈11분〉은 텍스트만 코엘료 원작일 뿐 단장의 입김이 서려 있으나 〈증발〉은 이스라엘의 이디트 헤르만의 개성적 안무작이라서 새 국립현대무용단의 위상을 더듬기는 시기상조 같다.

엷은 공기나 바람으로 사라지는 into thin Air의 분위기는 주제 〈증발〉에 알맞다. 그러나 'trash art(쓰레기 예술)'를 내세운 헤르만 안무자가 속물근성과 천격의 '키치' 작품을 들고 나올 이유는 없다고 나는 생각한다. 그런 경향, 곧 스스로를 B급으로 낮추는 자학증 증세가 문화예술 사조 안에 없지 않다 해도 그런 기층 문화권의 저변에 서린 조야(粗野)한 저항적 요소는 거칠고 길들여지지 않아서 반드시 순화(醇化) 과정을 겪어 한 단계 다듬게 되어 있다. 헤르만은 순화라는 예술 과정을 오디션으로 뽑은 젊은 현대무용가 9명의 열정으로 대체한다. 그런 기조(基調) 위에 안무가의 트래시 이론이 들어서 카오스의 양상을 드러낸다.

그 카오스의 첫째 원인은 주제에 아홉 개의 캐릭터가 다 담기기 어렵다는 사실에서 지적될 수 있다. 캐릭터들 — 영웅(김호영), 스님(김동현), 마술사(조현배), 기다림의 아이콘(지경민), 행운의 여인(최민선), 나쁜 여자(박성현), 진실(이혜상), 사랑하는 남자(박명훈), 결혼한 여자(이소진) 등등 제마다의 개성들은 까닭 없이 등장해서 거칠게 부닥친다. 개개가 모여 순화를 모색하는 과정에는 토론도 있었을 것이며 육체적 표현의 제시라든지 아이디어들의 모색도 있었을 것이다. 아홉 개의 개성을 묶는 포인트가 캐릭터라든지 단편적인 문명현상의 일상(日常)이라 하더라도 굳이 키치(천격, 속물근성)여야 할 까닭은 없고 천격이나 속물근성으로 예술성을 폄하시킬 이유도 없다.

카오스 양상의 둘째 원인은 안무력에 의해(후반으로 갈수록 결속이 이루어지기는 하지만) 키치적인 요소들이 흩트려 놓은 깨어진 석고조각이라든지 광물성 물질의 파편들과 위험한 칼부림 짓거리 등이 심적 불안감으로 남는 데도 있다.

오디션에서 뽑힌 아홉 명의 젊은 현대무용가들은 천격으로 무장되어 있다. 이미 과장된 메이크업은 그들 개성에 맞는 맵시를 드러낸다. 캐릭터를 표방하는 메이크업과 튀는 의상들이 그들의 개성을 만들어 내는 경력, 곧 그들의 개인사(個人史)를 밝혀 주지는 못한다. 제마다 캐릭터들의 개인적 경력(개인사) 아홉 개가 모여서 작품 〈증발〉이라는 주제, 곧 공적인 역사를 만들어 내기 위해서는 아홉 개의 개수가 안무가의 능력이 커버할 수 없이 너무 많아 보인다. 애는 많이 쓰고 공은 별로 없는 인상을 주는 까닭은 'trash art(쓰레기 예술론)'

라는 깃발에 있다.

말하자면 위선에 치여 위악을 강조하는 이 교향무(交響舞)는 연극적 퍼포먼스를 통해 부화뇌동(附和雷同)하는 키치의 천격과 속물근성을 '제시하는 형식'으로 비판한다. 그러나 '제시의 비판'은 언론 져널리즘의 감각적 자극 이상이 못 된다.

안무력보다 연출력으로 만들어 내는 에피소드들의 연극적 군상들의 지향점은 '되풀이'와 '기다림'이다. 그 반복의 개인사(個人史)들은 지쳐 있고 기다림의 움직임들은 깊이감 짙은 무대로 시선을 집중시키며 곡예성(曲藝性) 짙은 육체적 극대화와 심화를 이루어 키치의 예능을 아슬아슬하게 비켜나간다. 영웅을 기다리는 심사, 싸움, 사랑, 죽임 등 되풀이되는 늘어뜨리기는 인생의 코믹 요소와 다를 바 없다. 쓰레기만 많고 아무런 결론이 없는 '열린 무대'는 폭발하지 못하는 잠재적 본능의 표출 한계 안에 머문다.

일상에 지쳐 있는 우리의 감성이 극장을 찾는 이유 가운데는 고전미학이 말하듯 감정이입과 마음의 카타르시스[淨化作用]를 기대하는 측면이 없지 않을 것이다. 일상생활에 쫓겨 살기 바빠서 천격으로 낙하하고 속물근성의 이기심과 이해타산에 젖어 있는 경우, 예술을 통한 영적 정신적 본질적 정화와 순화를 도모하는 시공이 극장이라는 현대적 제단뿐일 때, 하필이면 쓰레기 예술들이며 천격이며 속물근성의 키치 강조 외는 다른 방도가 없다는 선언은 심각한 병리현상이 아닐 수 없다.

천격과 속물근성을 통한 조야한 자극을 활용하는 방법은 '미추(美醜)'에 대한 극단적 시현 효과와 비견될 수도 있다. 예술에서 추악함

먼 바다의 기억

과 더러움을 내세우는 진정한 목적은 추나 천격이 반영된 미적 품위의 확립, 예술적 정화와 그 공명도(共鳴度)에 있을 것이다.

그런데 추악의 강조나 키치의 제시가 목적처럼 되어 버린 대중문화의 발호(跋扈)는 아름다움의 극점에 이르지 못하는 B급의 자기비하와 다르지 않다.

예술 수준에 이르지 못한 예능 수준에서 박수를 받는 B급 예능인이 꿈꾸는 것은 B급 이상이 존재하지 않는 A급의 부정이고 그렇게 해서 대중문화 시대는 B급이 대중의 다수결 판정에 의해 A급으로 승격하는 함정에 빠진다.

그렇게 키치가 천격과 속물근성으로써 영광스러운 예술의 왕좌를 차지해 버리는 덫에 걸리면 이제는 B급이 아니라 C, D급, 극단적으로는 과락의 F급이 여론몰이의 수적 우세로 예술의 왕위를 차지해 버린 채 예술의 품위와 아우라는 쓰레기통으로 내버려진다.

반드시 〈증발〉이 그렇다는 것이 아니라 그럴 위험에 노출되어 있는 문화 현상을 방관할 수가 없다. 아홉 개의 캐릭터를 형성하는 무용수들은 뛰어난 재질을 보여 주었다. 그러나 주제로 통합되는 아홉 개의 실타래들이 직조(織造)되기 위한 구조의 안무력이 너무 늦게 발동된 점이 유감스럽다 ─ 적어도 바람이 되어 흩어지는 증발의 구체적 징조인 커다란 선풍기기 등장과 안개의 흩어짐, 조명의 침잠, 그리고 바닥에 누운 어지러운 단편 쓰레기들의 회수가 늦었던 것처럼.

중진 무용수들의 유연한 학습 교류

― 김매자, 국수호, 배정혜의 〈내일 ― 춤〉

(사)창무예술원 창립 20년, 무용 전용 소극장 포스트극장 개관 20주년, 그리고 무엇보다 무용전문지 월간『몸』창간 20주년을 기념하는 〈내일을 여는 춤〉(12.2일~21, 포스트극장)의 첫날 공연은 무용계 중진들인 김매자, 국수호, 배정자 세 사람의 보기 드문 작품 상호 교류의 장이었다. 중진들의 작품이 상호 학습으로 어떻게 재현되는지, 그런 시도는 일종의 실험이 아닐 수 없다.

그들은 우리 무용계가 여태까지 기획하지 못했고, 비슷한 세대끼리 학습되리라고 기대하지 않던 개개인의 작품 상호 교류를 유연하게 실현시켰다 ― 예컨대 김매자의 작품 〈숨〉을 국수호가 표현하고, 국수호의 작품 〈입춤〉을 김매자가 자기류로 재현하는 식이다. 그렇게 배정혜는 '황무봉'류 '김매자'식 〈산조〉를 학습 재현한다.

개성 있는 중진들의 창작 작품들을 그들 식으로 배우고 익혀 표현하기란 쉬운 일이 아니다. 실현되기 어려운 예술가들끼리의 긍지와 자존심 대결을 '배우는 일념'으로 접었기 때문에 그런 실험이 가능했다고 평가됨 직하다.

'자기식' '자기류'라 하더라도 원형이 따로 있으므로 아무래도 김매자류 국수호의 〈입춤〉이 되고, 국수호식 김매자의 〈숨〉이 될 수밖에 없다. 전통무용에서 인간문화재가 된 한영숙류 살풀이나 이매방식 승무의 이수자들이 스승의 오리지널을 전수받아 아무개 전수자 칭호를 얻고 어느 날 그 전통무용 무형문화재 기량으로 인간문

먼 바다의 기억

화재가 되는 그런 고식(姑息)적 시스템은 인간문화재 지정 무형기량(無形技倆) 자체가 시간의 흐름에 따라 조금씩 바뀌어 간다는 사실에 눈을 감는다. 그런 블랙홀을 뛰어넘듯 중진 무용수들끼리 그들 상호 간의 창작 명품 고전에 대한 전수가 시도되었다는 사실이 놀라운 것이다.

최현의 〈비상〉 같은 작품을 좋아하는 팬들은 그의 유작이 상연되기를 바란다. 무형문화재보호법의 혜택을 받지 못한 중진 예술가들의 창작 작품에 대한 평가와 예우로서 적어도 개화기 이후 30년 이상이 되어 작품성이 확정된 중진들의 명작 고전, 혹은 신문화재 설정을 권유하는 여론들이 많다.

그러나 낡은 무형문화재 발상에서 벗어나지 못하는 탁상행정은 인간문화재들의 움직이지 못하는 낡은 기량을 버리지 못하는 동시에 새로 돋아나는 신인간문화재 발견과 지정을 굳이 외면한다. 인간문화재들도 언제까지나 인간문화재 급수로 머물지 못한다. 그 기량도 점점 쇠퇴하는 까닭에 전수를 통해 다음 세대로 학습되는 것 아닌가.

무형문화재급 기량은 영원하다는 식 기존 관념에서 벗어나지 못하는 문화 정책은 고인이 되거나 일세를 풍미한 신문화재 선정 같은 새로운 발의(發意)의 전향적 자세에 동참할 엄두를 내지 못하고 있는 것이 우리의 현실이다. 그런 무용계의 정체 현상을 과감하게 실천적으로 타파한 기획이 이번 〈내일을 여는 춤〉이고 중진 무용수들의 시범적인 작품 학습 재현과 교류의 유연한 정신이라 할 것이다.

제1부는 그렇게 김매자의 국수호 〈입춤〉 학습과 재현으로, 국수호의 김매자 〈숨〉 학습과 재현으로, 그리고 배정혜의 황무봉 〈산조〉 재현이 이루어졌던 것이다. 배정혜의 〈산조〉 재현은 김매자류 황무봉 〈산조〉의 2차적 재현이어서 1차적, 2차적 학습과 교류 또한 의의가 없지 않다.

제2부에서는 그 세 사람의 창작무용 ─ 국수호의 〈남무〉, 배정혜의 〈율곡〉, 그리고 김매자의 〈삶〉이 선을 보였다. 새로운 창작무용에 관심이 많은 내 눈에는 국수호의 남성적 활달함, 배정혜의 지나친 심오함보다 김매자의 〈삶〉이 훨씬 가깝게 다가온다. 그 삶은 우리 일상의 삶을 깊고 높게, 그리고 성찰적으로 바라보게 만드는 청결의 무늬가 그려진다.

기획의 일관성으로 봐서는 배정혜의 국수호, 김매자 작품 학습 재현도 실현되었어야 했다. 덧붙여 욕심을 말하면 원형(오리지널)의 시범이 선행되었거나 동시적으로 연행되었으면 그들 중진들 간의 상호 교류와 학습이 어떻게 작품상에서 달리 그려져 나가는지에 대한 구체적인 공부도 되었겠다는 생각이 든다. 김매자나 국수호의 상대방 명품의 학습과 작품 교류 표현의 호흡법이라든지 미세한 움직임의 차이까지 따라가고 짚어 가며 감상할 정도가 아닌 평범한 춤 애호가들은 아무개류식의 중진 예술가들의 작품이 제자들에 의한 전파와 함께 같은 중진 동료에 의해 학습 재해석되어 공연될수록 우리 무용계의 폐쇄적인 분위기를 바꾸는 데 일조하게 될 것이라는 기대를 갖게 된다.

먼 바다의 기억

〈내일을 여는 춤〉 스케줄 전체를 따라갈 형편이 못 되므로 내 스케줄에 맞추어 보게 되는 작품 가운데 윤수미 안무의 〈움 ― Sprout〉(12월 4일)이 특히 눈에 띄었다. 이 창작은 생명의 뿌리와 근원에 대한 질문을 움트는 이끼의 푸르름 한 판에 담고 있다.

빛의 발원지인 어둠 속에 투영된 사각의 광맥을 따라가던 모던한 현대 의식은 언 땅에서 생명의 물줄기를 만난다. 2009년 초연 작품을 압축한 만큼 이미지의 밀도가 아주 높다. 대지의 생명을 보듬고 있는 갈색 의상의 두 여인(임지애, 최윤실), 그리고 푸른 의상의 세 여인(이정은, 서은지, 박현정)에 의해 대지의 생명이 성장하는 과정을 갈등과 대결 양상으로 형상화한다. 그 극적 효과는 무용 형상으로 더 높여진다. 특히 무대를 압도하며 확대되듯 커지는 착시 현상을 일으키는 임지애의 성장이 신기할 지경이다. 그와 맞서 춤추는 푸른 여인들은 춤의 진행에 따라 드라마의 긴장감을 움직임 가운데 끼워 넣는다. 생명으로 돋아나기 위한 준비의 대비와 새 환경에 맞서 커가는 성장이 대결이라면 싹트는 움의 생명력은 바로 생명의 '대결'이 아닐 수 없으므로 이 부분은 키워서 한 시간짜리 작품으로 다듬을 소지가 크다.

대지와 움의 푸른 생명력을 현대 의식으로 풀이하는 안무는 현대 문명의 의식(意識)과 전통의 의식(儀式)으로 양분했던 '의식'을 하나로 묶어 나갈 긍정적 조짐을 보이고 있다.

최현의 〈군자무〉를 확대한 패션쇼 — 국립무용단의 〈묵향〉

묵향(墨香)이란 붓글씨의 먹 향기를 뜻한다. 따라서 서도(書道)의 문인화가 연상되고 조선조의 선비들이 치던 사군자와 함께 선비 춤이 절로 떠오르게 되어 있다. 사군자의 서화와 선비 춤이 어울려졌던 무용작품을 꼽으라면 고(故) 최현의 〈군자무〉와 〈비상〉 이상이 없다. 나야 감상자로서 그렇다 치고 윤성주 예술감독은 같은 무용예술가로서 최현의 〈군자무〉를 모델로 삼아 스승을 추모하는 자기 작품을 얼마든지 새로 만들어 낼 수 있을 것이고, 국립무용단의 〈묵향〉(12.6~8, 국립극장 대극장)도 바로 그런 작품 계열이다. 병풍 화폭에 그려진 사군자(四君子) — 매화, 난초, 국화, 대나무를 최현식으로 무용화했던 〈군자무〉 모티브를 확대시켜 극장 무대를 패션쇼장(場)처럼 이미지화한 〈묵향〉에는 연출 겸 아트디렉터 정구호의 입김이 '세게' 작용한 것으로 보인다.

패션쇼장화(化)는 좋을 수 있고 나쁠 수도 있다. 그런 평가와는 별도로 복식(服飾) 디자인 전문가의 연출은 아무래도 패션 디자이너의 연출이고 무대 디자이너나 조명 디자이너 연출이라면 또 그들대로의 연출 방식이 있을 것이라는 전제 아래 무용 공연에 이런 복식(複式) 융복합 예술 형태가 일상화되어 간다는 감회를 버릴 수 없다.

연출 영역이 어디까지인지는 몰라도 복식(服飾) 디자이너 정구호의 영향력이 안무에까지 미치면 '춤'을 보러 갔던 관객들은 의상 색깔과 봉곳해진 여성 치마 디자인 때문에 안무력의 제한된 후퇴를 눈여겨보지 않을 수 없다. 특히 나처럼 무용예술의 바탕에 잠재적 드라마를 느끼고 싶어 하는 관객이라면 패션쇼장화된 극장 무대에서 감명을 받기가 어렵다.

그래도 막이 오르고 하얀 네 폭의 화면을 바탕으로 한 청백(淸白)의 분위기는 맑은 기운으로 시선을 끌어당긴다. 최근 무용 공연에서는 거의 반드시라 할 정도로 프롤로그(序)가 붙고 에필로그(終)의 마침표를 붙인다. 그럴 당연성이 있을까. 그림으로 치면 제시와 전시로 끝내면 될 것을. 동양적 선비정신인 사군자 그림의 무용 형상화는 그 자체로 완결되기 때문에 서종(序終)은 사족(蛇足)일 수도 있을 것이다.

남무와 여무의 독무, 2인무, 3인무, 5인무와 군무의 코르데 대오(隊伍) 만들기라든지 선비정신의 사군자 같은 핵심적 무용 이미지의 형성이 아트디렉터의 강력한 동영상 색채에 밀리는 까닭은 매화, 난, 국화, 대나무 같은 장(章)의 중추가 아름다운 그림일 뿐 그 정신을 드러내기가 관념적이고 추상적이기 때문일 것이다. 그런 바탕에 국화의 노란색이라든지 대나무의 잿빛 컬러 같은 것이 지나칠 정도로 강력하게 작용해 들 수 있고 그만큼 사군자의 형상 이미지는 영상 색채에 밀린다. 그저 '복식'이 '服飾'이건 '複式'이건 우리 생활 주변에서 일상화되어 가고 있다는 사실만 실감하게 된다.

크리스마스 시즌의 창작발레
— 조윤라의 〈스크루지〉와 문영철의 〈Blue Bird〉

연말이 다가오면 〈호두까기 인형〉 공연이 성행한다. 아기 예수 탄생이 크리스마스의 중심 모티브라면 크리스마스 캐럴 리듬을 타는 구두쇠 스크루지 참회 이야기가 빠질 수 없고 영원한 희망을 찾아 헤매는 「파랑새」 모티브도 발레 공연의 레퍼토리로 손색이 없다. 그 스크루지 참회록의 발레 공연, 「파랑새」 동화의 발레 버전 하나 없다는 게 오히려 이상할 지경이다.

2013 창작산실 지원사업 선정작인 창작발레 조윤라 발레단의 〈스크루지〉(12.13~14, 아르코대극장)와 함께 문영철 창작발레 〈Blue Bird〉(12.21~22, 아르코대극장)를 통해 한국 발레 명작 버전을 생각하는 것은 스크루지 스토리텔링이나 파랑새 이야기가 발레화되고 전세계로 전파되면 한국발 스크루지 버전과 파랑새 버전, 혹은 창작발레니까 첫 안무자인 조윤라 버전이나 문영철 버전쯤으로 예술사에 남을 가능성도 배제할 수 없는, 그런 기대를 가져도 된다. 이미 김선희 안무 〈인어공주〉 창작발레를 두고 그런 전망을 펼쳤던 나는 세계 명작의 발레화를 도모하고 한국 컨템포러리 창작발레를 통해 한국발 창작발레 버전, 그리고 한국 발레 안무가 이름이 붙은 세계적 발레 버전을 꿈꾸는 버릇을 포기하지 못한다.

이번 조윤라 안무 창작발레 〈스크루지〉 버전과 문영철 창작발레 〈파랑새〉 버전은 정부의 창작산실 지원사업으로 선정된 만큼 그만한 지원 요건이 갖추어졌을 것이다. 재정적으로는 과거의 다액 지원 방식이 살아나고 문광부 관료 시스템 운영에서 사무국의 독립을 전제로 한 제3의 기구가 국립발레단, 국립현대무용단으로 옮겨진 처사도 발전적이다. 문제는 이제 한국 발레계의 작품 창작 능력이다. 거기에는 우리 문화 역량이 그대로 반영된 한국발 발레 버전의 발진 청신호가 켜져야 한다.

그런데 창작발레의 현황은 어떤가. 〈스크루지〉는 주인공의 캐릭터라든지 역할, 생활 환경의 조성이 어수선하다. 극화가 치밀하지 않다는 것이다. 마치 서툰 시인의 집중되지 않은 이미지 좇기처럼 안무자의 무용 영상 나열만 있고 스토리텔링적인 장면 승계 없이 시놉시스는 단순히 과거, 현재, 미래로 구분된다. 어머니인지 연인인지 캐릭터가 분명치 않은 김주원은 이원철, 강선구의 고약한 구두쇠 성격의 에피소드들을 축적시키는 모멘트가 되지 못하고 있다. 인물 조형과 상관없는 춤의 서정성만 부각시켜 나가기 때문에 그의 비중이 살아나지 못한다. 오히려 노숙한 조윤라의 실연이 있었으면 어땠을까. 무엇보다 대단원의 개과천선 파티가 발레 잔치 치고 그렇게 허술할 수가 없다.

〈Blue Bird〉의 경우는 더 심했다. 발레예술의 스토리텔링다운 일관성이 구축되어 있지 않아서 1, 2, 3장의 구별도 의미가 없어 보인다. 거기에 크리스마스이브를 내세워 연말을 겨냥한 창작산실 지원 신청자들의 속내를 드러내 보이는, 전혀 압축되지 않은 구성은 대학 발레학과의 아마추어 동문 경연 수준에서 벗어나지 못하고 있다.

어쩌면 호흡이 긴 한국발(發) K발레 한류 버전의 성장을 위해 발레 창작산실의 기능을 대학 동문 수준의 지원보다 전문 민간 발레단체의 집중 육성으로 전환하기를 권하고 싶다.

창작산실의 현대무용 우수작

— ⟨행, 간⟩, ⟨Fake Diamond⟩, ⟨I'm so tired⟩

발레 창작산실과 함께 진행되고 있는 현대무용 '2013 창작산실'의 자화상은 어떨까.

창작 집단 Collective A의 ⟨Fake Diamond⟩(12.19, 대학로예술극장)의 막장은 두루마리 화장지로 범벅이 된 인간 군상의 속내를 펼쳐 보이는 광대의 경고 — 다이아몬드도 돈도 권세도 다 한낱 표피의 황홀일 뿐 찬란한 유리구슬에 홀리는 육체조차 창백한 정신주의 눈으로 보면 흘러가는 가상(假象)의 강물에 지나지 못한다는 개똥철학이다. 차진엽 안무는 그런 광대의 경고조차 볼거리가 풍성한 창작산실의 우수작으로 변모시키는 재치와 성숙이 있다.

⟨적과 흑⟩의 줄리앙 소렐이나 김중배 · 심순애의 다이아 반지 같은, 장식품에 집착하는 여성 심리는 외관(外觀)을 분식시키기에 바쁜 아이들이나 미개인처럼 빛나는 금붙이에 관심이 많다. 결국 외형은 허황하다는 동양사상의 '나비 꿈'(莊子) 같은 이야기를 줄줄이 엮어 내는 무대에는 도시의 흐르는 겉빛 같은 찬란한 동영상도 뜨고 다이아몬드 광산의 으슥한 지하 갱도도 나오고 보석의 정령들(남2, 여5)과 그 의인화(擬人化), 그리고 그 곁에 산문(散文)적인 종자(從者)가 따라다니는 포인트도 시선을 끈다. 다이아몬드 보석 상자를 과대 포장한 함 속에는 광대들의 옷가지들이 들어 있다. 전반부의 철학적 관념론보다 후반부로 갈수록 무용 보는 재미가 더해진다. 가짜 다이아몬드도 아니고 허황된 보석이라 할까. 그 ⟨Fake

먼 바다의 기억

Diamond〉의 진실을 보여주는 창작집단 Collective A의 실력은 믿을 만해 보였다. 앞부분을 못 보고 놓친 또 다른 창작산실의 우수작 〈행, 간(PA, USE)〉(12.17)은 하얀 제복의 문명과 옷을 벗은 원초성(原初性)의 대결처럼 다가오고 때때로 천장에서 무거운 중압의 철근 설치물이 내려와 압박을 더한다. 리케이댄스의 이경은 안무는 스피드의 시대에 행간을 챙기며 '파우제[休止]'에 점을 찍어 그 숨길을 끊어보려 하며 거기에 자기대로의 콘셉트를 띄운다. 그러나 콘셉트는 작품이 창조된 다음에 객관적으로 명명되면 되는 것이기 때문에 안무자가 자신의 주관을 너무 선행시킬 필요가 없다. 과감하게 상의를 벗어던지며 관념과 추상성에 구체적 육체를 더해 주제를 명확히 하려는 열의는 평가하고 싶다.

예효승의 〈I'm so tired〉(12월 21일)는 세상을 사는 우리 모두의 지친 일상이고 그래서 다장르 융복합 예술로 반영시켜 볼 만한 소재로 여겨진다. 그러나 하루 한 번 공연, 그것도 하루 건너 뛰며 공연 시간대도 달리 해서 끝나 버리는 창작산실 기획으로는 아쉽게 놓치기가 쉽다. 그렇게 놓친 대어는 월척일 가능성이 높다.

이익섭

'버덩'과 '내닫다' 그리고 '퇴' | 잃어버린 이름 | 처녀치마

'버덩'과 '내닫다' 그리고 '퇴'

　김유정(金裕貞)의 단편 「동백꽃」에는 그 꽃의 색깔이 노랗다는 묘사가 두 번 나온다. "굵은 바윗돌 틈에 노란 동백꽃이 소보록하니 깔리었다." "그 바람에 나의 몸뚱이도 겹쳐서 쓰러지며 한창 피어 퍼드러진 노란 동백꽃 속으로 폭 파묻혀 버렸다." 이것을 두고 동백꽃의 색깔이 어떻게 노란색일 수 있느냐고 한동안 시비가 일었던 적이 있다. 그러다가 나중 이 소설의 '동백'은 표준어로 생강나무를 가리키는 강원도 사투리라는 것이 밝혀지면서 이 시비는 더 이상 이어지지 않았다.

　생강나무는 도시 사람들은 자칫 산수유와 혼돈한다. 꽃이 피는 시기가 비슷하고 꽃 모양도 전문가 수준이 아니면 구별하기 어려울 정도로 매우 흡사하기 때문이다. 굳이 차이를 찾자면 산수유 쪽이 조금이나마 더 화사한 편이며 생강나무는 거기에 비해 색이 약간 더 짙으며 꽃 모양도 조금 더 다닥다닥 움츠린 모습이다. 촌스럽다면 촌스럽고 순박하다면 순박한 편이다. 산수유는 일단 도시의 꽃이다. 아니 정원의 꽃이다. 반면 생강나무는 그야말로 산유화(山有花)다. 그러나 둘은 늘 묶여 이야기된다. 그만큼 둘은 함께 이른 봄을 대표하는 꽃 이면서 다 같이 노란색 꽃을 상징하는 꽃이기도 하다.

사실 동백꽃이 노란색일 수 있느냐는 시비는 애초부터 잘못된 시 비였는지 모른다. 우리가 흔히 아는 동백(冬栢)은 고창 선운사나 구 례 화엄사, 아니면 제주도 등 남쪽에 많고, 대개는 들판에 있다. 강 원도에서는 자생하지 않는 나무다. 김유정이라 하여 그 소설의 무 대가 반드시 강원도일 것이라고 한정시켜 생각할 수는 없으나 「동 백꽃」의 무대는 어차피 강원도일 수밖에 없다고 보는 게 가장 자연 스러울 것이다. 그 소설의 분위기도 남쪽 지방의 동백나무 숲과는 사뭇 다르다. 여기 '동백꽃'이 그 동백나무의 진홍빛 꽃을 가리키는 것일 수 없다는 것은 소설을 조금만 알뜰히 들여다보면 이내 드러 난다. 얕은 지식으로 시비부터 일으킬 것이 아니라 이런 이름으로 불리는 나무로 노란색의 꽃을 피우는 것이 어떤 것이 있는지를 찾 아 나서는 것이 문학 작품을 대하는 기본적인 자세였을 것이다.

「동백꽃」의 '동백'은 강릉 쪽에서는 '동백'도 아니고 '동박'이다. 이 꽃은 얕은 야산에 필 뿐 아니라 이른 봄 어느 꽃보다 일찍 피기 때문에 시골 사람들에게 더없이 친숙한 꽃이다. 더욱이 그 열매로 짠 기름을 '동박지름'이라 하여 여자들 머릿기름으로 썼기 때문에 일상생활과 밀착되어 있었다. 남자들이 머리가 헐었을 때는 그 기 름을 약으로 썼다고도 하고, 다음과 같은 민요까지 있는 걸 보면 이 꽃이 우리 생활에 깊이 들어와 있었음이 분명하다. "동박 따러 간다고 동박골 동박골 하더니, 동박나무 밑에 가, 시집갈 공론만 하노라."

　이렇게 사람들에게 친숙한 꽃이 특히 토속적인 김유정 소설의 배경으로는 얼마나 잘 어울리는가. 어쩌면 「동백꽃」은 바로 그 꽃 때문에, 그리고 그 '알싸한' 냄새 때문에 오래도록 우리 마음을 사로잡고 있는지도 모른다. 그런데 김유정은 왜 생강나무라는 어엿한 표준어를 두고 사람들에게 혼란을 일으킬지도 모를 '동백꽃'을 택하였을까? 소설가나 시인이 자기 고향 사투리를 작품에 살려 쓰는 일은, 백석(白石)처럼 아예 사투리로 쓰자고 의도한 것처럼 적극적인 경우를 비롯하여 드물지 않게 보는 일인데 왜 그럴까? 왜 굳이 사투리를 동원하는 것일까?

　저마다 다른 계기가 있겠지만 몇 가지는 추리해 볼 수 있을 듯하다. 그중 하나는 마땅한 표준어가 없어서가 아닐까 싶다. 사실 표준어에 그 개념을 가리키는 단어가 아예 없을 수도 있다. 또 있다고 하여도 도무지 마땅치가 않을 때도 있다. '동백꽃'의 경우는 후자였을 것이다. '생강나무'는 앞에서 '어엿한 표준어'라고 하였으나 실은 그리 어엿하지 못하다. 도무지 생소하기만 하여 이런 단어가 있는 일 자체를 잘들 모르고 있다. 작가 스스로도 이 표준어 단어의 존재를 모를 수도 있었을 것이다. 또 알았다 하여도 독자들이 낯설어할 것이 마음에 걸렸을 것이다. 그 낯선 단어로는, 그 생경(生梗)한 표준어로는 시골 처녀 점순이를 중심으로 벌어지는 토속적인 러브 스토리의 분위기를 살릴 수 없겠다는 생각이 들었을 것이다. 만일 내가 이 소설을 썼다면 「동백꽃」도 아니고 「동박꽃」으로 제목을 붙이지 않았을까? 아니 강릉 방언에서는 명사의 받침 'ㅊ'을 전부 'ㅌ'으로 말하니까 아예 「동박끝」으로 하였을지 모르겠다.

　그런데 소설이나 시에 이렇듯 사투리를 섞어 쓰는 일은 비록 드문 일이 아니고, 또 그 정당성을 인정받는 일이라 할지라도 그것이 특별한 일임은 틀림없다. 그 사투리들은 늘 관심의 대상이 되어 누군가 그것을 표준어로 풀어 주어야 하고, 또는 그 사투리가 하는 기능에 어떤 의미를 부여하곤 한다. 특별하기 때문이다. 특별한 만큼 누구나 함부로 못 쓰고 신중을 기하여 최소한으로 줄여 쓴다. 우리는 알게 모르게 글로 쓸 때는 표준어를 써야 한다는 규범에 깊이 젖어 있다. 그 때문에 공간(公刊)된 작품에 쓰인 말은, 그것들이 문학작품이어서 작가의 자유가 얼마간 허용되는 면이 있다는 전제를 감안한다 할지라도 일단 표준어일 것이라는, 또는 표준어야 한다는 생각에 깊이 젖어 있다. '동백꽃'을 색깔과 관련시켜 논란을 일으켰던 것도 소설 제목이야 으레 표준어가 아니겠느냐는 생각에서 비롯되었을 것이다. 국어사전의 예문들을 주로 소설에서 뽑는 것도 같은 생각에서일 것이다.

　좀 맹목적이기까지 한 이 생각이 때로 우리를 좀 혼몽(昏懜)하게 만드는 일이 있는 듯하다. 어형(語形)이 표준어와 같아도 의미와 용법이 다른 사투리가 많은데, 그러니까 동음어(同音語)이긴 하나 동의어(同義語)는 아닌 것들이 많은데 그것을 동음동의어(同音同義語)로 잘못 믿어 버리는 경우가 그 한 예다. 강릉 방언에서는 '여물'이 '쇠죽'을 뜻한다. 표준어로는 '쇠죽'의 자료인 '여물'이 그 완성품인 '쇠죽'의 의미로 쓰이는 것이다. 이 방언으로 쓰인 '여물'을 '쇠죽'의 자료인 짚이나 풀로 풀이한다면 어떻게 되겠는가? 강릉 방언의 '소갈비'는 소나무 낙엽인 '솔가리'를 가리킨다. 외지에서 온 며느리에게 뒤뜰에 가 부엌으로 '소갈비'를 좀 가져오라니 우왕좌왕하였다는 얘기도 있다. 하나의 함정이라 할까, 아예 어형이 다르면 그럴 위험에 빠질 턱이 없는데 겉은 같고 속은 다른 경우 우리는 자칫 함정에 빠질 수가 있다.

『표준국어대사전』(국립국어연구원, 1999)의 '버덩' 항을 보면 김유정의 소설 「총각과 맹꽁이」에서 뽑은 예문이 들어 있다. "바람에 아름거리는 저편 버덩의 파란 벼 잎을 아득히 바라보았다(『金裕貞全集』에는 '아름거리는'과 '아득히'가 각각 '아른거리는'과 '이윽히'로 되어 있다)." 이 예문만으로 보면 '버덩'은 벼가 자라는 논들이 있는 들판쯤으로 떠오른다. 그런데 '버덩'의 뜻풀이를 보면 "높고 평평하며 나무는 없이 풀만 우거진 거친 들"로 되어 있다. 어떤가? 예문의 '버덩'에서 추리되는 뜻과 거의 정반대의 것이 아닌가? '버덩'의 이 뜻풀이는 앞 세대의 우리 국어사전에서 한결같이 이렇게 되어 있다. 그것을 『표준국어대사전』에서도 그대로 이어받은 것이다. 그러면서 앞의 사전들에서 찾아 싣지 못하였던 예문을, 마침 김유정 소설에서 발견하고 옳다구나 하고 반가운 마음으로 실었을 것이다. 김유정 소설에는 앞의 예문 외에도 '버덩'을 쓴 것이 더 있는데 「산골」의 "숭칙스러운 산으로 뺑뺑 둘러싼 이 산골에서 벗어나 넓은 버덩으로 나간다면 기쁘기가 이보다 좀 더하리라."가 그것이다. 여기의 '버덩'도 "풀만 우거진 거친 벌판"과 같은 황야(荒野)이기보다는 오히려 어떤 이상향(理想鄕)으로 다가온다. 사전 편찬자가 이 두 예문을 찬찬히 들여다보았으면 그 사전의 예문으로는 적절치 않다는 것을 이내 발견하였을 것이다.

앞에서 함정이라 하였는데 이것은 바로 함정에 빠진 경우일 것이다. 예문을 찾지 못해 애쓰다가 유명한 소설가의 소설에서 해당 단어가 나오니 앞뒤 가리지 않고 텀벙 빠져 버린 형국이 아닌가. 김유정도 '버덩'을 표준어로 알고 썼을 수도 있을 것이다. 아니면 국어사전을 찾아보고 자신이 쓰는 '버덩'이 표준어의 뜻과 거리가 있다는 것을 알고도 달리 마땅한 단어가 없어 그대로 썼을지도 모른다. 더욱이 표준어에서 '버덩'은 일상어로 쓰이는 단어도 아니어서 사전의 뜻풀이에 매어 아끼는 단어 하나를 포기하기는 쉽지 않았을 것이다. 어떻든 김유정 소설의 '버덩'은 국어사전의 '버덩'과는 같은 '버덩'이 아니다. 그것을 그 겉모습에 홀려 거의 정반대의 뜻으로 정의되어 있는 단어의 예문으로 쓴 것은, 사전 사용자들도 자칫 그냥 넘기고 말기 쉽지만, 사실 '사건'이라면 가볍지만은 않은 사건일 것이다.

강릉 방언에서는 '버덩'(또는 '버당')이란 말을 꽤 활발히 쓴다. 대개 논이 넓게 있는 곳으로 흔히 '산엽(山峽)'과 대립되는 개념으로 쓴다. "거기야 맨 논뿐인데 버덩이구말구지요." "우리 친정 동내는 나무두 하나 읎구 팬한 '버덩인데', 여개르 오니 아주 솔이 충충 세구 산엽 같터라구요." "태국 가니, 그 넓은 버덩에더거 곡식은 안 싱구고 고무나무만 싱궀데요." 이렇게 보면, '버덩'은 다른 지방에서 '평야'라고 할 정도의 들판이다. '금산버덩' '미노리버덩' 등 기름진 대표적인 평야는 '버덩'을 넣은 고유명사로 부르기도 한다. 산골짜기에 있는 천수답(天水畓)을 가리키는 '골개실논'과 대립되는 개념으로 상품(上品)의 논이라는 뜻으로 '버덩논'이라는 말도 있다. "풀만 우거진 거친 벌판"과는 거의 정반대의 개념이다.

김유정 소설의 '버덩'은 바로 이 강릉 방언의 '버덩'으로 읽으면 그대로 들어맞는다. 그것을 국어사전의 '버덩'의 예문으로 쓴 것은 생각이 짧았다고 하지 않을 수 없다. 이참에 아예 국어사전의 뜻풀이를 다시 심의(審議)에 부치는 길도 있지 않을까 하는 엉뚱한 생각도 든다.

비슷한 경우가 하나 더 있다. 『표준국어대사전』의 '내닫다'의 두 가지 뜻풀이 중 하나는 "감히 어떤 일을 하려고 덤벼들다"로 되어 있는데 그 예문으로도 김유정의 소설에서 뽑은 것이 올라 있다. "그 알량한 집을 팔려 해도 단 이삼 원의 작자도 내닫지 않으므로 앞뒤가 꼭 막혔다(「소낙비」-『金裕貞全集』에는 「소나기」로 되어 있다)." 역시 소설에 쓰인 '내닫지'를 너무 쉽게 표준어로 생각하여 소설에 쓰인 상황이 사전에 있는 뜻풀이와 맞지 않는 것을 억지로 짝지어 놓은 경우로 보인다.

강릉 방언에서는 '내닫다'의 '닫-'을 '달-'로 발음하면서 뒤에 오는 '-고'나 '-지' 등의 어미를 된소리로 발음한다. '(길을) 걷다'를 '길을 걸떠니' '큰길은 잘 걸찌만'이라고 할 때와 같은 규칙이다. 이것을 중세국어 때의 'ㅭ'자를 빌려 '겷다' '내닳다'와 같이 표기할 수 있을 것이다. 이 강릉 방언의 '내닳다'는 대개 주체가 어떤 의지로 하

이익섭 '버덩'과 '내닫다' 그리고 '퇴'

205

는 행위이기보다는 저절로 그런 일이 일어났다는 쪽의 뜻으로 쓴다. "집을 못 사서 고상하구 있었는데 재수가 좋을라니 고려 마치맞은 기 내닳더라구." "시집 안 간다구 여저껀 있더니 어대서 신랑짜리가 그러 내달어 올해 간다잔가."

앞의 「소낙비」의 "단 이삼 원의 작자도 내닫지 않으므로"도 바로 이 강릉 방언의 '내닳다'의 뜻으로 읽으면 그대로 자연스럽게 읽힌다. 그 몇 푼 안 되는 집을 사려고 "감히 덤벼들지 않는다"는 것은 마치 성냥개비인 것을 장작개비인 듯이 요란을 떠는 것 같아 너무나 동떨어져 보인다.

춘천은 같은 강원도이지만 강릉과는 방언권(方言圈)이 확연히 다르다. 억양부터 오히려 서울말에 더 가깝다. 그러면서도 김유정의 소설에는 '동백꽃'이라는 제목부터가 그렇지만 표준어와 다른 요소도 꽤 깔려 있다. 앞에서 인용한 예문 중 '이윽히'를 '아득히'로 바꾼 것도, 그 변개(變改)가 어느 단계에서 일어난 것인지 모르겠으나 '이윽히'가 표준어가 아니기 때문이었을 것이다. 등장인물의 대화는 물론 자세히 보면 표준어가 아닌 것이 의외로 많이 섞여 있는데, 그렇다면 어형이 표준어와 같은 것들도 일단 의심을 하고 앞뒤를 면밀히 살펴보아야 하는데 아무 생각 없이 표준어 용법으로 받아들이는 일은 특히 사전 편찬과 같은, 어느 일보다 세심(細心)을 요하는 작업에서는 경계해야 할 일일 것이다.

소설에서 예문을 뽑는 일과 관련해서 다른 방향의 얘기도 하나 덧붙여 두면 좋겠다. 다음 예문은 꽤 오래전에 뽑아 둔 것인데 구체적

먼 바다의 기억

으로 그것이 언제인지, 또 어디서 뽑은 것인지 기억에 없다. 보는 순간 눈이 번쩍 뜨이며 이런 귀한 자료가 어떻게 이렇게 나타나느냐고 탄복하며 귀히 보관해 온 것인데, 그 출처인 염상섭의 「아내의 정애(情愛)」조차 지금 다시 검색해도 잘 찾아지지 않는다.

"흥, 명선이 팔자가 늘어졌구나. 어제는 정준식이 팔에 안기구 오늘은 박정구 가슴에 파묻혀서, 난생처음 호강 막 하는 판이다!"
명선이는 신세타령이나 하듯, 자기를 비웃듯이 깔깔대다가
"가는 님, 오는 님, 님은 그 님이 아니로되, 어디가 이운진 몰라도 중천의 저 달빛은 어제 그 달빛이언마는, 사람의 지향없는 마음만은 가는 구름 같구나."
"흥, 됐어! 명선이 제법야. 하하하."
자동차 안에 혼자 앉았던 한 사나이가, 찻창으로 고개를 내밀고 소리를 쳤다.
"되긴 무에 됐어요? 이 선생님. 그래두 박 선생님은 얼간이 아니니 좋지 뭐야? 명선이 오늘 퇴 냈어요. 호호호."
정구에게 팔을 붙들린 명선이는, 휘청하고 돌처서며 해해거리는 것이었다.

이 예문을 귀히 여겼던 것은 "명선이 오늘 퇴 냈어요."의 '퇴' 내지 '퇴 내다'라는 어휘 때문이었다. 염상섭은 서울 태생으로 그의 소설의 우리말은 그야말로 곧바로 표준어로 간주되어 왔는데 국어사전에 '퇴'가 올라 있지 않다. 나는 강릉 방언의 '퇴'에 유난히 매력을 느껴 표준어에 없는 귀한 목록으로 여겨 오고 있었는데 그것이 뜻하지 않게 염상섭의 소설에 나타났던 것이다. 이제 표준어에 없는

강릉 방언의 귀한 목록으로 여기던 것이 표준어에도 있다는 반가움으로 바뀐 것이다. 앞 예문의 '퇴' 및 '퇴 내다'는 강릉 방언에서의 용법과 그대로 일치한다.

내가 고향에 가면서 친척집 아이에게 조그만 축구공이라도 하나 사 주면 그 부모가 "너 퇴 냈구나. 고맙습니다 그래."라고 한다. 동네 할머니를 차로 모시고 어디에 가 점심 대접을 하면 "아이구, 오늘 이기 무슨 퇴지."라 한다. 뜻하지 않은 '횡재(橫財)'라고 할 수 있는데 횡재 치고는 아주 작은 횡재다. 앞의 예문에서 명선이가 저 앞에서는 "난생처음 호강 막 하는 판이다!"라고 하고 나중 "오늘 퇴 냈어요."라 하는데 남자의 팔에 안긴 것을 두고 하는 말이니 호강이라 해야 작은 호강이요, 퇴라고 해도 작은 횡재다. 그것이 작지만 망외(望外)의 것이어서 기쁘게 받아들여지는, 사람을 행복에 넘치게 하는 선물이 곧 '퇴'인 것이다. 앞 소설의 '퇴'가 서울말이라면 '퇴'는 강릉 방언일 뿐 아니라 표준어이기도 한 것이다.

그런데 이것이 왜 국어사전에 오르지 않았는지는 알 길이 없다. 말뭉치를 만들 때 여기까지 미치지 못하였기 때문인지, 보기는 보았으나 그 의미가 잡히지 않아 넣을 엄두를 못 내었는지 헤아릴 길이 없다. 어떻든 염상섭의 소설에 쓰이긴 하였으나 워낙 자주 쓰이는 말이 아니어서 그 용례가 달리 나타나지 않았던 것이 아닐까 싶다(서울 태생의 지인은, 그 뜻은 같지 않아 '퇴를 냈다'고 하면 무엇을 싫증이 나도록 먹었다는 뜻이긴 하나, '퇴'가 서울에서도 쓰인다고 한다). 귀한 어휘라면 귀한 어휘인데 앞으로 표준어로 대접을 받아 널리 보급되었으면 좋겠다.

먼 바다의 기억

잃어버린 이름

나이가 들면서 나를 '익섭아'라고 불러 주는 사람을 만나기가 무척 어렵게 되었다. 부모가 자식 이름을 부르는 것은 어느 때든 자유로울 듯하나 아버지, 어머니부터 이름 대신 '애비'라 불리기 시작한 지도 오래되었고, 누님 또한 언제부터인가 이름을 부르지 못하고 '동생'이라 부른다.

고등학교 동창들도 전화를 할 때이든 동창회에서 만나서든 으레 '이 박사'요 '이 교수'다. 국민학교 동창들쯤 되면 허물이 없어 이름을 불러 줄 듯하지만 천만의 말씀이다. 오히려 더 격식을 차리려 든다. 국민학교 때 담임선생님을 만나도 마찬가지고 중학교 때 은사님을 만나도 마찬가지다.

사실 우리나라의 호칭은 까다롭기 그지없다. 가령 '최영식'이라는 어느 회사의 과장이 사람들로부터 들을 수 있는 호칭은, 가족이나 친인척으로부터 듣는 '아버지, 오빠, 형부, 외삼촌, 고모부, 당신' 등의 친족 호칭을 제외하고도 거의 스무 개쯤은 될 것이다. '과장님-최 과장님-최 과장-최영식 씨-영식 씨-최 씨-아저씨-선배님-영식 형-최 형-최영식 군-최 군-영식 군-최영식-영식이-영식아' 등. 이 많은 호칭 중 적절히 어느 것을 골라 써야 할지가 결코 쉽지 않은데 그것은 무엇보다 이 호칭들이 얼마씩이든 경어법상의 등급이 다르기 때문일 것이다. 실제로 남한테 어떤 호칭을 들었을 때 적절한 대접을 받지 못한 듯하여 그 어색하고 불쾌한 기분을 삭이느라 애써야 하는 경우가 얼마나 많은가.

교수들은 학생들이 '교수님'이라 부르는 것을 별로 달가워하지 않는다. '선생님'이라 불리기를 원하는 것이다. 그러나 하도 여러 학생들이 '교수님'이라 불러 대니 거기에 길들여진 탓인지 나는 이제 전과 같은 저항감은 느끼지 않게 되었다. 다만 나한테 직접 배운 우리과의 대학원 학생쯤이 나를 '교수님'이라 부른다면 기분이 언짢아질 것이 분명하다. 누가 나를 '익섭아'라고 부를 때와 '익섭이'라고 부를 때에도 전달되는 느낌이 다르다. 후자는 너무 허물없이 부를 수는 없다는 의지가 읽히며, 그만큼 내가 좀 높아지는 듯도 하지만 거리가 느껴지기도 하는 것이다. 나는 누구한테 '이 씨'라 불려 본 기억은 없다. 상황에 따라 '익섭 씨'나 '이익섭 씨'라 불리고 그것은 자연스럽게 받아들여지는데 '이 씨'라 불리면 어떨까. 갑자기 무슨 채소 장수나 아파트 수위쯤 된 기분이 아닐까. 흔히 '당신'이라는 호칭을 두고 "누구 보고 당신이라는 거야"라는 시비를 벌이는데 그야말로 "누구보고 이 씨라는 거야"라고 싸우려 들지도 모른다. 호칭 때문에 겪는 고생은 의외로 큰 바가 있다.

우리가 미국에 가 경험하는 일 중 가장 당혹스러운 일의 하나는 그들의 자유로운 이름 부르기가 아닐까 싶다. 처조카가 다니는 뉴욕의 한 국민학교를 방문한 일이 있는데 학생이나 학부형이나 담임 선생님을 '순자야' 식으로 불렀다. 한 졸업논문 발표 자리에서도 선배이든 후배이든 으레 "영숙아, 그건 말이야" 식으로 질문을 해 댔다. 그런데 나는 1년 가까이 가깝게 지낸 교수를 끝내 이름으로 부르지 못하고 철저히 '해리스 교수' 식으로 일관하였다. 그도 우리 습관을 이해하고 나를 끝까지 '이 교수'라 불러 주었는데 그 교수로서는 큰 고역(苦役)이었을 것이다.

우리나라의 호칭 체계가 복잡하고 까다롭다고 하지만 그중에서도 이름 부르기가 가장 까다로운 듯하다. 미국에서는 통성명(通姓名)하면 대개 하루가 다 가기 전에 서로 이름을 부르는 관계로 바뀐다고 한다. 서로 이름을 부르자고 먼저 제안하는 것은 윗사람 쪽이라고 하지만 그렇게 해서 선배한테든 선생한테든 조금만 가까운 사이가 되면 자유롭게 이름을 불러 댄다. 그러나 우리는 아무리 친해져도, 아무리 별별 농담을 다 하는 허물없는 사이가 되어도 2, 3년 정도의 학교 선배만 되어도 이름을 부를 수는 없다. 형이나 누나를 이름으로 부르는 것도 허용되지 않으며 나이가 자기보다 어려도 항렬이 위이면 '아저씨, 삼촌' 식으로 불러야지 이름을 불러서는 안 된다. 여자들에게는 더욱 제약이 많아 나이가 어리고 항렬도 위가 아닌 시동생이나 시누이까지도 깍듯이 '도련님, 아기씨'라 하고(적어도 '삼촌, 고모'라 불러야 하고) 이름을 부를 수는 없다.

말하자면 우리나라에는 이름을 불러서는 안 되는 성역(聖域)이 엄격하게 구획되어 있는 셈이다. 그런데 우리를 더욱 어렵게 만드는 것은 애초 자유롭게 이름을 부르도록 허용되었던 영역에서도 조건이 달라지면 갑자기 운신(運身)의 폭이 좁아지는 일이 많다는 것이다. 결혼식장에서 오랜만에 만난 친구 여동생에게 "이제 이름도 못 부르고 뭐라 부르지?" 하는 얘기를 우리는 자주 듣는다. 서로 나이가 들면 멀쩡히 부르던 이름도 함부로 부르지 못하게 되는 것이 우리의 한 습관인 것이다. 여자들이 누구의 엄마로 호칭이 바뀌는 것을 비롯하여 자식을 '애비' 또는 '아범'으로, 아우를 이름 대신 '동생'으로 부르게 되는 것이 다 이 때문이다. 사회적 지위도 이름을 빼앗아 가는 주요한 요소다. 대통령이 된 제자를 '영삼아'나 '영삼이'라고 부르는 것은 우리 사회가 허용하지 않을 것이다.

나는 지위도 생길 만큼 생겼고 그야말로 나이도 먹을 만큼 먹었다. 어떤 자리에서 내가 최고의 연장자인 것을 발견하고 소스라치게 놀랄 때가 제법 잦아지고 있다. 이제 내가 이름으로 불리기를 바라는 것은 진정 꿈 못 깬 자의 몽상일지 모른다. 우리가 학생일 때 일석(一石) 선생님이나 심악(心岳) 선생님께서 친구분들과 이름을 부르며 반말로 농담을 하시는 것을 보면 이상하게 보였는데 이제 우리들이 바로 그 나이가 되어 있지 않은가.

그러나 나는 여전히 누가 나를 이름으로 불러 주면 고맙다. 이제 밖에서 '할아버지'라는 소리를 곧잘 듣는데 누가 '아저씨'라고 불러 주면 느끼는 고마움과 비슷한 고마움이라고나 할까. 백영(白影) 선생님은 작고하시기 전까지 같은 과의 일원인 나를 '익섭이'라 불러 주셨다. 다른 은사님들이 죄다 '이 군' 아니면 '이 교수'였기 때문일까 선생님의 '익섭이'는 지금도 그리움으로 내 귓가를 맴돈다. 고향에 가면 작은댁 할머니를 비롯해 몇 분이 아직도 "야, 익섭이잖나" 하신다. 그것은 나를 이내 저 먼 어린 시절로 이끌어 주는 마력(魔力)을 발휘한다. 대학 동창회 자리가 아마 내가 '익섭아'라는 호칭을 가장 풍성하게 듣는 자리일 것이다. 우리는 56학번이어서 5월 6일 정기적으로 옛 문리대 부근에서 만나는데 거기서만큼은 실컷 이름을 듣게 된다. 정말 얼마나 신나는 밤인지.

갑자기 한쪽 눈의 시력이 나빠져 병원에 갔더니 망막에 이상이 있다며 망가진 시력이 다시 좋아질 가망은 없다고 하였다. 잃어버린 이름을 도로 찾을 길도 있을 턱이 없다. 지금 확보하고 있는 내 이름의 영역이나마 좀 오래 지켜 갈 수 있다면 그것만도 큰 복일 것이다.

(1994)

처녀치마

"선생님, 이게 무슨 꽃이에요?"

"그러게, 이게 무슨 꽃이지?"

생전 처음 보는 꽃이다. 그래도 어디선가 본 듯한 꽃이기도 하다.

"이게 무슨 치마 아니야?"

처녀치마와의 첫 만남은 이렇게 이루어졌다.

국문학과 1학년을 데리고 "김유정의 '동백꽃'을 찾아서" 관악산 골짜기를 오르고 있는 길이었다. 4월 10일경이었을 것이다. 관악산을 곁에 두고도 졸업할 때까지 그 정상을 한 번 넘어 보지 못하고 마는 학생들이 많은 것이 안타까워 체육 학점에 이게 포함되어야 한다고 주창하곤 했는데 적어도 국문학과 학생들에게는 나라도 앞장서서 이런 기회를 만들어 보려 했던 것이다. 등산복 차림으로 수업을 끝내고 우리는 저수지가 있는 골짜기로 하여 등산을 시작하였다.

먼 바다의 기억

이 골짜기 코스는 우선 호젓해서 좋다. 학교 구내에서 시작하는 코스이므로, 간혹 저쪽에서 이리로 내려오는 등산객이 없지 않으나, 대개는 사람을 만나기 어려울 정도로 한적하다. 그리고 개울이 좋다. 골짜기 양편으로 솟은 바위들이며 깨끗하고 넓은 암반들이 갑자기 먼 심산(深山)에 들어선 느낌을 주고 개울이 그 암반 위를 졸졸졸 너무도 기분 좋게 흐르고 있는 것이다.

그리고 의외로 수종(樹種)이 풍부하고 귀한 종류의 꽃이 많다. 팥배나무, 때죽나무, 쪽동백나무 같은 것이 있는가 하면 철쭉도 진홍색의 '산철쭉'이 아니라 연분홍색의 그야말로 이름 그대로의 '철쭉'이 고향 같은 분위기를 자아낸다. 애기나리, 산부추, 구절초, 남산제비꽃 등 들꽃도 이 서울 하늘 아래에서 이런 호사를 누리나 싶도록 철 따라 너무도 순수한 모습으로 핀다.

그러나 그날 우리는 생강나무를 찾아 나선 길이었다. 김유정의 '동백꽃'을 피우는 바로 그 나무다. 우리 고향에서도 이 나무는 '동박'이라 하므로 우리는 「동백꽃」을 읽으며 아무런 혼란을 겪지 않았다. 그 꽃은 산수유와 흡사한 꽃으로 당연히 노란색이요 그 냄새가 '알싸하다'는 묘사에도 쉽게 수긍이 갔다. 그런데 많은 사람들은 이 사투리 꽃 이름 때문에 혼란을 겪어 왔다. 국문학도들도 예외일 리 없다. "김유정의 '동백꽃'이 어떻게 생긴 꽃인지 아는 학생?" 하면 손을 드는 학생이 있을 턱이 없다. 그렇게 유도해서 이루어 낸 산행이었던 것이다.

골짜기에는 때마침 '동백꽃'이 흐드러지게 피어 있었다. 전부 코를 갖다 대고 '알싸한' 냄새를 맡느라 바빴다. 강하면서도 특이한 냄새에 새 세계를 접하는 흥분들을 감추지 않았다. 그리고 가지를 꺾어 생강 냄새도 함께 확인하며 '생강나무'의 어원을 알게 됨을 신기해하였다.

이제 길 막바지에 이르러 개울도 끝나고 길도 제대로 없는 가파른 비탈이 시작되었다. 처녀치마를 만난 것은 거기서도 한참 더 올라가 모두들 숨이 차 허덕이며 잠시 쉬던 자리에서였다. 잎은 겨울에도 살아 있었던 듯했다. 그러나 추위에 얼어 후줄근하게 땅바닥에 축 늘어져 있었다. 그 사이로 곧은 꽃대가 하나 올라와 보라색 꽃들이 땅을 향해 옹기종기 모여 귀여운 모습으로 피어 있었다. 글쎄 작은 부채를 반쯤 접어 놓은 모습이라고나 할까 신기하게 생긴 것이 분명 처음 보는 꽃인데 그 이름이 무슨 치마인 것 같은 생각이 들었다. 어디 사진으로라도 보았던 것일까?

다음 날 부랴부랴 인문대 휴게실에서 식물도감을 뒤지다 드디어 그것이 처녀치마임을 확인하였다. 환호작약! 온갖 사물과의 인연이 다 그렇지만 꽃과의 인연도 희한하다는 생각이 들 때가 많다. 인문대 동료들 중에는 고맙게도 들꽃에 관심이 남다른 분이 몇 분 계셔 이쪽 화제가 끊일 날이 없지만 이분들 덕에 휴게실에 식물도감도 여러 종류 갖춰져 있다. 그것을 뒤적이며 처녀치마도 한두 번 스쳤을 것이다. 그런데 그것이 어떻게 머리에 남아 있어 첫 대면에서 이것이 무슨 치마인 것 같은데 하는 생각이 떠올랐을까. '운명적'이라고 하면 과장일까. 그래도 근래에는 '운명적'이라는 사념(思念)에 자주 이끌리곤 한다.

그 후 그 자리의 처녀치마를 몇 번 더 보았다. 나중 대학원생들과

먼 바다의 기억

그 코스를 갔던 길에 바로 그 자리에서 모처럼 반가운 해후를 하였고 다른 제자들과 갔을 때도 다시 만났다. 이름을 알고 이름을 부르며 만나는 만남은 사뭇 다른 만남이었다. 이제 나는 이미 이들의 지기(知己)가 되어 있었던 것이다.

그러면서 나는 한편으로 부담을 느끼기 시작하였다. 그놈들이 나를 기다리고 있으리라는 생각이 들기 시작한 것이다. 누가 그들을 이름을 불러 주며 알은 체를 할 것인가. 오, 그 귀여운 것들. 특히 꽃을 피울 4월이 오면 거기를 가 봐 주어야 할 의무감 같은 것을 느끼며 조바심이 일었다.

그런데 지난해에는 때를 놓치고 말았다. 행여나 하고 뒤늦게나마 갔을 때는 역시 꽃은 다 지고 없었다. 그러나 처녀치마는 전혀 다른 모습으로 나를 반겨 주었다. 꽃은 졌지만 그 꽃자리에 씨를 달고 곧추서 있는 꽃대의 모습이 그렇게 깨끗하고 아름다울 수가 없었다. 더욱이 새로 난 잎은 겨울을 난 잎과는 달리 얼마나 반짝이며 생기발랄하게 윤기가 흐르는지 처녀치마는 전혀 새로운 모습이었던 것이다. 이 새 모습에 대한 내 묘사에 현혹되었던지 하루는 교수회관서 점심을 먹은 후 거기를 가 보자고 하여 영문과 김명렬 교수와 함께 넥타이 차림으로 5월의 처녀치마를 한 번 더 보기까지 하였다.

그러나 역시 지난해는 내 임무를 다한 것이 아니었다. 내내 그 아쉬움이 커서 금년에는 좀 더 일찍 서둘기로 하였다. 3월 23일 오후, 골짜기 여기저기에는 아직 얼음과 눈이 남아 있었다. 생강나무도 아래쪽 것들만 겨우 노랗게 첫눈을 뜨려 할 뿐 위쪽 것들은 봉오리가 도톰해지기는 하였어도 아직은 겨울 모습이었다. 이때의 처녀치마 모습은 어떨까. 유난히 길고 추웠던 지난겨울에 어떻게 된 건 아닐까.

드디어 마음을 설레며 그 자리에 왔다. 그러나 한참은 한 놈도 보이지 않았다. 더 올라가며 분명히 이 부근이었는데 하고 샅샅이 살펴보아도 낙엽만 쌓였을 뿐 처녀치마는 보이지 않았다. 다시 되돌아 내려오며 낙엽을 긁어 보아도 마찬가지였다. 정말 추위에 어떻게 된 것은 아닐까. 갑자기 가슴이 덜컹 내려앉으며 불안해지기 시작하였다. 그때였다. 저쪽 안쪽에서 희끗 한 놈이 눈에 들어왔다. 그러고 보니 저쪽에도 한 놈, 그 위쪽에도 한 놈이 있었다. 역시 추위에 시달린 모습이 역력하였다. 잎이 유난히 더 후줄근하게 퇴색해 있어 눈에 잘 뜨이지 않았던 모양이다. 그래도 얼마나 대견한가. 그 혹한(酷寒)을 이 가냘픈 몸으로 이렇듯 당당히 이겨 냈으니.

무릎을 꿇고 앉아 조심스럽게 주위의 낙엽을 쓸어 주며, 잎을 어루만지며 나는 더할 수 없는 맑은 기쁨에 떨었다. 그리고 잎들을 살포시 헤치며 속을 들여다보았다. 햐! 나도 모르게 탄성이 나왔다. 빼꼼, 맑은 연둣빛 새 눈이 저 안쪽에서 반짝이고 있었다. 이 경건한 모습이라니! 새 우주가 열리는 모습이 아닌가. 이 순간, 이 찰나를 보다니.

올봄은 이렇게 기분 좋게 시작되었다. 사실 나는 올봄은 한 순간도 놓치지 않고 알뜰히 보내려 하고 있고, 2월 하순부터 한 순간 한 순간을 만끽해 가며 보내고 있다. 여기에서 처녀치마를 빠뜨릴 수는 없다. 앞으로 몇 번이라도 더 찾아가 올봄만은 그 고운 자태를 좀 더 알뜰히 살피고 싶다. 누가 거기에 있다는 생각 때문에 별이 그렇게 아름답게 보인다고 했던가. 관악산 그 깊은 골짜기에 처녀 치마가 숨어 나를 기다리고 있다는 것은 생각만으로도 행복하다.

(2001)

정 진 홍

강변 잡상 | 새해 잡상 | 죽음 잡상

강변 잡상

한강을 낀 동네에 이사 와 산 지 어느덧 서른 해 남짓합니다. 마침 강둑을 잘 쌓은 뒤라서 한강 변이 꽤 다듬어진 때였습니다. 지금은 '자연생태계 복원'이라는 명분으로 잡초가 다 사라지고, 마치 아파트 단지 사이의 인조공원같이 말끔하게 치장이 되었습니다만, 그때 처음 만난 강 둔치는 잡목과 잡초가 우거진 자연 그대로의 벌판이었습니다. 거기 사람들이 오가서 만들어진 좁은 길이 강을 따라 길게 뻗어 있었습니다. 저는 그 길이 참 좋았습니다. 그래서 늘 그 길에서 달리고 또 걸었습니다. 그때부터 저는 한강 둔치에서 그렇게 살아오기를 지금껏 이어 오고 있습니다. 무엇보다도 그곳을 걷는 일은 이제 제 일상입니다. 호흡과 다름이 없습니다.

강변 걷기가 제 걷기의 처음은 아닙니다. 그 이전에도 실은 제 일상이었습니다. 탈거가 드물기도 했습니다만 전선(戰線)이 북상(北上)

하고 학교가 다시 문을 열었을 때 저는 읍내에서 하숙이나 자취할 여유가 없어 산기슭 집에서 학교까지 걸었던 적이 있습니다. 새벽 5시에 집을 나서면 8시쯤 학교에 다다랐습니다. 그리고 학교가 파하면 다시 그렇게 걸어 집에 돌아왔습니다. 하루에 여섯 시간 남짓을 걸은 셈이죠. 신작로를 따라 걷는 일은 단조롭고 지루했습니다. 게다가 가끔 차가 지나가거나 자전거를 탄 친구를 만나면 부럽고 창피하고 화나고 헛헛해서 호젓한 산길로 들어서서 혼자 걸었습니다. 하긴 그 길이 지름길이라고들 했습니다만 그리 시간이 단축되진 않았습니다. 언덕을 오르내리거나 모퉁이 돌기를 연거푸 해야 했기 때문입니다. 요즘 차를 타고 내비게이션에 나타나는 거리로 보면 그때 집에서 학교까지의 거리가 대략 12.3킬로미터쯤 됩니다. 그렇게 걷기를 두 달 남짓했으니 오랜 기간은 아닙니다. 하지만 제게는 그 일이 마치 제 초년 시절 모두가 그랬던 것처럼 회상이 되곤 합니다. 걷는다는 것이 마땅한 제 일상으로 각인되어 있는 거죠.

그러나 그때 걷던 일은 걷기라고 할 그런 것이 아니었습니다. 그저 헐레벌떡 학교에 늦지 않기 위해 달리듯 한 것이어서 '이를 악물고 걸었다'고 해야 할 그런 것이었습니다. 그러니 '내가 지금 걷고 있다'는 자의식조차 뚜렷하지 않았습니다. 그러다 대학에 입학하고선 서울에 왔습니다. 시골 아이가 받은 문화충격이 한두 가지가 아니었습니다. 그런데 그중에서 제게 가장 컸던 것은 차를 타고 오가는 일이었습니다. "한 시내 안인데 그 길을 걷지 않고 타다니!" 하는 그야말로 촌스러운 의식에서 한동안 벗어나지를 못했습니다. 그래서 그런 것이 아니라 교통비 때문이었습니다만 대학에 다닐 때도

　　　　　　　　　　　　　　　　먼 바다의 기억

가정교사를 하던 안암동에서 종로 5가까지 늘 걸었습니다. 저는 걷는 것이 조금도 어색하지 않았습니다. 그런 경험 탓이겠죠. 어디 갈 일이 있을 때 그 거리가 걸어서 한 시간 남짓 걸릴 거다 싶으면 그냥 걷습니다. 걷는 것이 편하고 마냥 좋습니다. 그랬었습니다.

'내가 지금 걷고 있다'는 자의식을 가지고 길을 걸은 것은 오랜 뒤의 일입니다. 나이가 예순에 이를 무렵부터 서서히 그렇기 시작했던 것 같습니다. 그러니까 한강 가에 와서 살기 시작했을 즈음입니다. 그러나 이때도 처음에는 제 걷기가 제법 그럴듯한 소요(逍遙)는 아니었습니다. 아니, 아예 걷기가 아니었습니다. 그때 나이가 그랬을 만해서 그랬겠다고 생각합니다만 걷기가 아니라 달리기였습니다. 건강해야 한다는 강박감이 저를 충동했고, 그래서 뜀박질로 강 둔치를 달렸습니다. 저는 한강철교에서 시작해서 한강대교, 동작대교를 지나 반포대교까지, 그리고 그곳에서 되돌아 출발한 곳까지, 온 힘을 다해 그야말로 질주를 했습니다. 때로는 두 왕복조차 했습니다. 겨울에도 온몸이 땀에 흠뻑 젖었습니다. 하지만 몸도 마음도 그렇게 상쾌할 수가 없었습니다.

그러나 세월은 흐르고 몸은 낡아 갑니다. 어쩔 수 없습니다. 그게 자연이니까요. 얼마 뒤부터 저는 달릴 수가 없었습니다. 숨이 차고 다리가 무거웠습니다. 옆으로 젊은이들이 바람을 일으키며 저를 스쳐 지나가면 그 증상은 더했습니다. 이윽고 저는 달리기를 그만두고 팔을 좌우로 흔들며 속보(速步)를 시작했습니다. 그런데 이도 오래가지 않았습니다. 다시 얼마 지나지 않아 저는 그 길을 터벅거리며 걸었습니다. 그 길을 오가는 시간도 족히 두 배쯤으로 늘었습니다. 이전과 다르지 않은 거리인데요. 그리고 마침내 이번에는 아예 어슬렁거립니다. 이제 겨우 걷기를 하는 셈이죠. 어쩌면 바야흐로 소요의 경지에 들어선 것이라고 해도 좋을 것 같습니다. 꽤 '우아하게' 걷기를 즐겼습니다.

그런데, 이 또한 어쩔 수 없는 자연입니다만, 좀 세월이 흐르자 걸음이 성큼성큼 내디뎌지지 않습니다. 걷는 일이 전 같지 않습니다. 자꾸 신발 바닥이 길바닥을 씁니다. 그런데 그때 받는 잠깐의 작은 좌절감은 삶의 곱이곱이 구석구석에서 이렇게 저렇게 겪는 늘그막의 상실감을 새삼 일깨웁니다. 그것은 짐짓 잊으려 했던 느낌인데 발이 자꾸 터걱터걱 무엇에 걸리듯 무겁게 길을 디디니까 그런 느낌이 그만큼 잦아집니다. 그러고 보면, 좀 에두른 생각입니다만, 걸음걸이는 늙음을 드러내 주는 가장 뚜렷한 지표라고 해도 좋을 듯합니다. 자신이 얼마나 늙었는지 확인하려면 걸어 보는 일보다 더 효과적인 측정 도구는 없는 것 같습니다. 그러니 어슬렁거림은 우아한 소요이기보다 두루 상실의 징표와 다르지 않게 되었습니다.

하지만 걸음이 어슬렁거림을 넘어 무거운 지경에 이르렀다 해도 그것이 마냥 잃은 것만 두드러지게 겪게 하는 것은 아니었습니다. 참 다행스러운 일입니다. 이를테면, 달릴 때는 보이는 것이 반포대교와 동작대교와 한강대교와 한강철교밖에 없었습니다. 목표만, 목표에 얼마나 이르렀는지를 확인하는 중간의 표지들만 보였던 거죠. 달리기가 이를 목표만 있었지 그 밖의 것은 아무것도 없었습니다.

먼 바다의 기억

그리고 왕복을 끝내면 그 성취감은 이루 말할 수 없이 뿌듯했습니다. 있는 것은 강을 가로지른 다리와 다리와 다리들, 그리고 성취감에 푹 빠진 저 자신뿐이었습니다. 길조차도 없었습니다.

달리기를 슬그머니 접고 속보를 하면서 저는 처음으로 제가 걷는 길을 보았습니다. 전에 없던 일입니다. 길만이 아닙니다. 길가의 나무들도 마치 실루엣처럼 얼핏얼핏 스치며 부지런히 걷는 제 눈에 들어왔습니다. 그런데 그러한 걷기마저 그만두고 터벅거리게 되자 이번에는 하늘도 강의 물결도 제 호흡과 더불어 제 안에 안겼습니다. 저는 갑작스럽게 펼쳐지는 낯선 세상을 만나면서 놀랍고 황홀했습니다. 달리기에서 이룬 성취감으로는 짐작할 수도 없던 감동이 일었습니다. 그러면서 스스로 무척 부끄러웠습니다. 그 부끄러움은 제가 오만하기 이를 데 없었다는 제 행티에 대한 한 가닥 참회인지도 모르겠습니다. 길은 말할 것도 없고, 나무도 하늘도 강도 모두 제가 달릴 때도 있었던 건데 저는 이를 아랑곳하지 않고 몰라라 스쳐 지났기 때문입니다. 참 한심한 오만입니다. 부끄럽지 않을 수가 없었습니다.

어슬렁거리는 즈음에 이르자 바람의 소리가 들립니다. 햇빛의 흔들림도 보입니다. 물결이 일고 꽃이 피는 모습도 보입니다. 그리고 바람과 하늘과 구름과 꽃과 나무와 그늘과 길이 어우러져 자기네들의 이야기를 때로는 속삭이듯 조용하게, 때로는 뜻밖이듯 시끄럽게 펼쳐 놓는 것도 보이고 들립니다. 그런가 하면 제가 그 대화에 끼어들기조차 합니다. 들리고 보이니까요. 그런데 그 모든 것들이 저를 외면하지 않습니다. 저에게 자기들의 이야기를 합니다. 그들과의 대화가 현실이 됩니다. 그럴 수밖에 없습니다. 제가 걸을 때면, 천천히 걸을 때면, 우리는 늘 함께 있으니까요. 그렇다는 것을 저도 알고 그들도 알고 있으니까요.

낡아 가는 것은 잃어 가는 것만은 아닙니다. 분명히 그렇습니다. 그것은 꿈도 꾸지 못한 많은 새것을 얻어 가는 일이기도 합니다. 걷다 보면 그렇다는 것을 새삼 확인할 수 있습니다. 더욱이 어슬렁거리며 걷다 보면요. 예부터 선인(先人)들이 일컫던 소요(逍遙)가 바로 이런 건지도 모르겠습니다.

그런데 이 걷기를 언제까지 이어갈지 알 수가 없습니다. 몸을 가진 인간이 안 아프기를 바란다면 그것은 망발입니다. 걸음마저 무너지는 낡음을 피해 갈 늙음은 그리 흔하지 않습니다. 얼마 전에 저는 다리가 견딜 수 없을 만큼 힘들어 한강 둔치에 나가 걷는 제 일상을 얼마간 접어야 했습니다. 아쉽다 못해 절망스럽기까지 했습니다. 일상이 구겨지고 찢기는 것은 삶이 온통 그렇게 되는 거와 다르지 않으니까요. 그런데 저는 깜짝 놀랐습니다. 길이, 한강 둔치에 뻗어 있는 긴 길이, 저에게 속삭이는 소리가 들렸기 때문입니다.

"너 기억하니? 네가 서쪽을 향해 내 위를 걸을 적에 만났던 황혼을! 너 그 신비로운 저녁노을 속에 고이 안기고 싶다고 나한테 말하지 않았니? 그렇게 안기듯 거기로 스러지고 싶다고 그러지 않았니? 나는 그것을 기억해! 그런데 내 끝이 거기 닿아 있거든! 네가 내 위를 걸으면서 그런 이야기를 나와 주고받았던 것을 나는 기억해! 너

먼 바다의 기억

도 이를 기억한다면, 나는 너를 그리 데려다 줄 거야! 비록 네가 더 내 위를 걷지 못한다 해도! 그동안 우린 동행했었으니까!"

걷기가 일상이었던 삶이 이리 다행할 수가 없습니다. 달리기를 잃어버린 어슬렁거리는 걸음으로도, 그것조차 멈춘 세월인데도, 길과 더불어 삶을 곱게 마무리할 수 있다는 것이 이렇게 넉넉한 지복(至福)의 경지인 줄은 미처 몰랐습니다.

지난주부터 저는 다시 한강 둔치를 흐느적거리며 걷기 시작했습니다. 저를 황혼의 신비에 이끌어 줄 길 위에서의 걸음이 이리 고마울 수가 없습니다.

* 이 글은 2020년 11월 1일 '대한민국학술원통신'에 실린 것이다.

새해 잡상

바야흐로 새해를 맞는다고 마음이 환하게 번거로웠는데 어느새 한 달하고도 열흘이 지나 새해가 헌 해가 되어 가고 있습니다. 하루하루가 아섭습니다.

요즘은 늙은이들도 카카오 톡으로 새해 인사를 합니다. 아니, 늙어서 더 그런지도 모르겠습니다. 제가 받은 인사 중에 이런 메일이 있었습니다.

새해는 new opportunity로 꽉 차 있지.
그러나 누구에게나 그런 것은 아냐.
늙은이들에게는 new memory로 채워야 겨우 지탱하는 새로운 찰나가 새해인 거야.

또 다른 메일에는 이런 것도 있었습니다. '황혼'이라는 제목조차 달려 있었습니다.

두 개의 낡은 필름이
힘겹게 돌아가는 저녁

흘러간 시간이 참 짧아서
시간으로 셀 수가 없네

사족을 달 겨를도 없네

　그 친구들의 깊은 뜻을 헤아리기에는 제가 너무 모자랍니다. 하지
만 그래도 앞에 친구의 말은 "지난 세월 헤아려 남은 삶을 다듬어야
끝이 흉하지 않다."는 '협박 어린 격려'로, 뒤에 친구의 말은 "쓸데
없는 너저분한 일조차 할 틈도 없으니 하고 싶은 짓 마음대로 하며
살아도 잘못될 것 하나도 없어!'라는 '유쾌한 유혹'으로 받아들였습
니다.

　그렇게 살고 싶어 제가 한 짓이 있습니다. 한국인이 저술한, 대체
로 '종교학개론'이라고 이름 할 책들을 모두 섭렵했습니다. 아주 꼼
꼼하게요. 지난해가 거의 저물 때부터였습니다. 종교학을 공부한다
면서 이제껏 살아온 저를 되살피고 싶었기 때문입니다. 모두 제가
이미 읽은 책입니다만 다시 읽음은 사뭇 새로웠습니다. 문자 그대
로 경탄을 금할 수 없었습니다. 내심 우러르게 됨을 어찌지 못하도
록 그 책들은 모두 엄청난 저작이었습니다. 새삼 터득한 내용도 많
고, 제 게으름이 부끄럽기 그지없기도 했습니다. 그런가 하면 나와
다른 물음의 결을 확인하고는 의아한 책도 있었고, 동료 의식을 갖

기 불편한 책도 있었습니다. 하지만 하나같이 고마웠습니다. 저는 저를 볼 수 있는 거울을 충분히 확보할 수 있었으니까요. 그런데 그 중에서도, 좀 부풀리면, 감동이 전율처럼 저를 휘몰아친 책이 있습니다. 제가 종교학을 하고 있다는 것을 철저하게 되살피게 한 다음과 같은 글귀를 읽었기 때문입니다. 장병길 선생님의 『종교학개론』(서울: 박영사, 1975) 서문 첫 부분입니다.

종교학은 십수 세기 동안 단일 종교권에서 살아오던 구라파인들이 신세계를 발견함에 따라 이교세계를 관찰하게 됨으로써 탄생하게 된 학문이었다. 신학이 호교적 · 규범적인 데에 반해서 종교학은 경험적 · 기술적 학문이며, 일찍이 막스 뮐러가 말하였듯이 "이 종교를 믿을 것이냐? 혹은 참다운 종교란 무엇이냐?" 따위를 취급하는 것이 아니라 종교에 관한 지식을 얻는 데에 주안점을 둔다. 즉 종교를 믿고 있는 인간의 현상을 그 연구대상으로 삼는 학문인 것이다.

종교학이 한국에서 관심의 한 대상이 된 것은 1945년 경성대학이 발족하고, 그 법문학부에 종교학과를 설치한 때부터이었으나, 종교학의 본격적 강좌 개설은 1960년대에 들어와서였다. 즉 이때부터 종교학과는 신학 · 교학 · 경학 등으로 짜였던 종전의 교과과정에서 탈피하여 종교학 고유의 영역에로 능동적 접근을 시도하였던 것이다. 그와 동시에 신학자들이 흔히 쓴 "종교학적 · 신학적 연구"란 애매한 자세로부터 상기의 종교학과는 탈피하게 되었고, 종교학을 전공하는 학생들의 수도 점차로 증대되었다.

종교학은 광의이건 협의이건 간에 신학적 연구일 수 없었다. 종교 일반이 공유하고 있는 종교적인 사상 · 체험 · 행위 · 조직 · 문화 등의 제현상을 구명함, 이것이 곧 종교학인 것이다.(3쪽)

먼 바다의 기억

저는 지금도 다른 사람에게서 '종교학은 무얼 하는 학문이냐?'는 물음을 받곤 합니다. 다른 분들은 어떤지 몰라도 저는 늘 대답이 궁합니다. 그래도 그 물음에 대한 대답은 그나마 얼버무릴 수 있었습니다. 하지만 내 안에서 그 물음이 일 때는 속수무책입니다. 그런 물음이 제게는 간헐적으로 일곤 했습니다. 그런데 저는 이 글을 오랜만에 다시 읽으면서 감탄을 금할 수 없었습니다. 군더더기 하나 없이 종교학이 무언지 이렇게 선명하게 답할 수 있는 것을 나는 왜 잊고 있었나하는 것을 깨달았기 때문입니다. 저는 "종교학은 ······ 종교를 믿고 있는 인간의 현상을 그 연구 대상으로 삼는 학문인 것이다."와 이를 부연한 "종교 일반이 공유하고 있는 종교적인 사상·체험·행위·조직·문화 등의 제현상을 구명함, 이것이 곧 종교학인 것이다."에 진한 밑줄을 긋고 싶습니다. 당연히 한국종교문화연구소에서 편간한 『장병길 교수 논집 : 한국종교와 종교학』(서울:청년사, 2003)에서 편자 윤승용 선생님이 그 '인간'이 선생님의 연구에서는 민중 개념을 함축한 '생민(生民)'으로 구체화 되어 있다는 언급(6쪽)을 유념하면서요.

저는 특정 학문의 계보를 운운하는 것을 잘 견디질 못합니다. 개개 학자의 학문다움의 특성을 자못 간과할 뿐만 아니라 누구나 활보하는 인식의 지평에다 끼리끼리의 벽을 쌓는 일처럼 느껴지기 때문입니다. 그러나 내 호불호 간에 이전 학자의 발언을 때때로 내 거울로 삼아 지금 나를 '판별'해 보는 일은 계보를 짓는 일과 다릅니다. 학문함의 예의, 아니면 윤리라고 할 수 있는 일이니까요. 저는 그 당연한 의무를 얼마나 게을리 하고 살아왔는지를 철저히 느꼈습니다. '새로운 기억'을 소환하는 일은 늘 놓치지 않아야 할 일임이 틀림없습니다.

장병길 선생님께서는 서문 말미에서 다음과 같은 말씀도 하십니다. 학자가 자기의 저술을 내면서 이보다 더 맑은 긍지를 드러내기가 쉽지 않은데 이를 읽으면서 저는 제 가슴이 마냥 탁 트이는 환희를 느꼈습니다.

> ……종교학이 탄생한지 백여 년 만에, 그리고 틸레가 『종교사 강요』를 세계에 물은 지 꼭 일세기 만에, 필자가 졸고로서 한국인에게 종교학을 묻게 된 것을 기쁘게 여긴다.(4쪽)

그런데 장병길 선생님 말씀을 따르면 한국에서 종교학이 펼쳐진 지가 올해로 76년이 되었습니다. 그리고 선생님께서 『종교학개론』을 한국에 물은 지 꼭 46년이 되었습니다. 그렇다면 지금쯤은 이제 선생님의 말씀에 감격하는 저 같은 사람은 고이 입을 다물고, 이 흐름을 한 굽이 틀면서 폭을 활짝 넓힐 때도 되지 않았나 싶습니다. 과연 이제 누가 새로 지은 저술로 한국인에게 종교학을 묻게 되는지요. 설레는 마음으로 기다려집니다.

지금 활약하고 있는 종교학도 누구나가 이미 그러하다고 할 수도 있습니다. 그렇습니다. 이어지는 후학들의 저서나 논문을 읽으면 그렇다는 것이 분명합니다. 나아가 이제는 한국인에게 종교학을 묻는 것이 아니라 세계를 향해 종교학을 묻고 있다고 할 수도 있습니다. 그렇습니다. 해외에서 출판된 우리네 젊은 종교학자들의 논문이나 저술들을 보면 그러합니다. 아니면, 그런 기대 자체가 고루하다고 비판할 수도 있습니다. 그러한 문제의식에 공감한다는 것은 그러한 발언을 하는 당사자의 열등의식에 지나지 않는다고 할 수도 있기 때문입니다. 아마도 그럴 겁니다. 진심으로 그렇기를 바랍니다. 그런데 이러한 발언을 감히 하고 싶습니다. 분명히 '사족'인 줄 알면서요.

한 달이 휙 지났는데도 새해의 여운은 아직 즐겁습니다.

* 이 글은 2021년 2월 9일 한국종교문화연구소 뉴스레터
'종교문화다시읽기'에 실린 것이다.

죽음 잡상

생각 되생각하기

향기를 길쌈하고 싶었는데
출렁이는 파도가 멈추기를 기다리고 싶었는데
바람이 제 먼저 알고 잠잠해지는 저녁을 맞고 싶었는데
바위가 마침내 입을 열고 발언하는 무거운 기억을 듣고 싶었는데

아직 여든이 짧은 흐름이어서일까
강줄기에 별만 돋는 밤이 깊네

사람의 삶은 순탄하지가 않습니다. 늘 이런저런 일에 부닥치고 치이고, 그래서 헤매고 지칩니다. 사람은 두루 모자랍니다. 그런데 그렇게만 살지 않습니다. 사람은 자기의 모자람을 스스로 묻습니다. 왜 이런저런 일에 부닥치는지, 어떻게 하면 그것을 넘어설 수 있는지 묻습니다. 사람은 그러한 물음을 물을 수 있는 능력을 지니고 있

습니다. 느낌을 펼쳐 앎에 이르고, 욕구를 다듬어 의지로 이를 다스려 펍니다. 나아가 상상력을 한껏 발휘하여 없는 것도 있다 하고 있는 것도 없다 하는 믿음을 지니고 살기도 합니다. 이러한 능력을 통해 사람은 자신의 모자람을 채워 우뚝 섭니다. 그러한 능력을 통틀어 우리는 동물인데도 동물에 머물 수 없게 하는, 곧 인간을 인간답게 하는, 표징인 '생각'이라 일컫습니다. 인간은 '생각하는 존재'입니다.

이렇듯 생각은 사람을 사람답게 하는 가장 깊고 귀한 '사람만이 지닌 특성'입니다. 생각하지 않고 본능적인 충동에 반응하면서 살아가는 삶도 없지 않습니다. 그런데 그러한 모습을 우리는 사람다운 것이라고 말하지 않습니다. 사람다움이란 생각하는 삶의 모습에서 비로소 드러나는 것이기 때문입니다.

그러나 사람의 생각도 온전하지는 않습니다. 지식도, 의지(意志)도, 믿음도, 늘 되살피지 않으면 자칫 특정한 때나 곳에만 타당한 좁은 것일 수도 있고, 경우에 따라 융통성 있게 그런 것들이 모습을 달리해 자리를 잡기도 해야 할 텐데 그렇지 못해 생각이 일그러진 것이게 될 수도 있습니다. 그러므로 이러한 잘못을 범하지 않기 위해 생각도 끊임없이 되살펴 다듬어야 합니다. 쉽게 말하면 얕은 생각도 있고, 편리에 매몰된 생각도 있고, 때로는 자기 정당화를 위한 생각도 있게 마련입니다. 사람은 생각의 이러함을 깨달아 생각의 생각다움을 뚜렷하게 세우고 지니려는 노력을 기울여 왔습니다.

이를 달리 말하면 우리는 '생각을 되생각하는 일'이라고 할 수 있습니다. 달리 말하면 내가 알았던 것, 내가 의도했던 것, 내가 믿었던 것들을 되묻는 일, 그래서 내가 지녔던 내 생각의 산물이 제대로 일궈진 것인지를 되살피는 일, 그러니까 동어반복을 한다면 '생각을 생각하는 일'을 해야만 한다는 자리에 이른 것입니다. 이를 성찰이라고도 했고, 반성이라고도 했습니다. 이것은 다만 생각을 고쳐 생각한다는 것 이상의 의미를 갖기도 합니다. 다름이 아니라 자신의 생각을 되생각하면 그 생각이 남의 것을 빌린 건지, 아니면 전승된 권위를 좇아 모방하려 한 건지가 드러나면서 그 생각이 나의 생각이기보다 남의 생각이 내게 채색된 것이 아닌가 하는 사실조차 되살피게 됩니다. 이러한 생각은 내가 분명하게 나를 내 생각의 주체이게 합니다. 달리 말하면 나를 내 생각의 주체이게 한다는 것은 나를 진정으로 내 삶의 주인이게 한다는 것과 다르지 않습니다.

그러므로 철학은 특정한 철학자의 사상이나 가르침을 배우고 따르는 것이 아니라 그들과 마찬가지로 내 생각을 되생각하면서 내가 주인이 되어 내 삶을 구축하려는 진정한 삶의 한 과정이지 않으면 안 됩니다. 그러한 삶의 모습을 잘 다듬은 것이 다름 아닌 '철학하기'입니다. 그러므로 철학은 철학하기로 이해할 때 비로소 내 것이 됩니다.

이러한 자리에서 보면 철학이란, 구체적으로 '철학하기'란 다른 것이 아닙니다. 일련의 사고과정(思考過程)입니다. 더 직접적으로 말하면 이리저리 삶에 치이면서 마침내 도달한 '삶이란 무엇인가?' 하는 물음에 대한 해답을 찾아보려는 일련의 사유 흐름입니다. 좀 더 그 물음을 '나는 왜 사는지?', '나는 어떻게 살아야 하는지?', '무엇이 참다운 삶인지?' 하는 것으로 나누어 볼 수도 있습니다. 예부터

먼 바다의 기억

사람들은 이러한 물음을 '진리를 찾는 일'이라든가 '근원적인 삶의 원리를 터득하는 일'이라든가 하는 말로 표현하기도 했습니다. 아예 '왜 있는 것은 있고, 없는 것은 없을까'를 묻는 일이 곧 철학이라고 요약한 분도 있습니다. 물론 이러한 물음에 대한 해답이 뚜렷하고 환하게 드러나기는 힘듭니다. 그러한 물음을 묻게 된 계기가 한결같지 않기 때문입니다. 그렇지만 이러한 물음을 피해 가기는 쉽지 않습니다. 누가 시키지 않아도 그러한 생각을 하게 마련입니다. 사람은 생각하는 존재, 생각을 생각하는 존재이기 때문입니다.

그러므로 우리가 살면서 겪는 피할 수 없는, 그런데도 피하고 싶은, 우리가 알 수 없는 일 중에서도 가장 알 수 없는, 죽음에 대한 사색, 곧 죽음에 대한 '철학하기'를 사람이 놓칠 까닭이 없습니다. 사람은 죽음에 대한 온갖 생각들을 다 쏟아 냅니다. 아득한 때부터 사람들은 죽음에 대한 생각을 말(설화나 신화)로, 글(문학이나 경전)로, 몸짓(장례를 비롯한 여러 제의)으로, 예술(그림, 조각, 음악, 춤, 건축 등)로 드러냈습니다. 종교는 아예 죽음 때문에 생겨난 것이라고 해도 좋을 만큼 죽음이 주제가 되어 그 신념의 여울을 흐릅니다. 철학이 끊임없이 해답의 공간을 열어 놓는 것과 달리 종교는 단정적으로 해답을 제시하면서 그것을 불변하는 것으로 닫아 놓는 차이는 있어도 그렇게 말할 수 있습니다. 이러한 사실 때문에 죽음에 대하여 철학이 어떤 내용을 담고 있는지를 다듬는 일은 거의 불가능합니다. 왜냐하면 죽음을 축으로 한 여러 주제들에 따라, 시대와 문화권에 따라, 지천으로 쌓여 있는 방대하기 그지없는 것이 죽음에의 철학이기 때문입니다.

그렇다면 우리는 그러한 쌓여 있는 죽음 철학을 두루 살펴 다듬는 일도 중요하지만 오히려 나 자신이 죽음에 대한 사색을 펼쳐보는 일, 곧 나 스스로 죽음에의 철학을 마련해 보는 일, 그래서 그렇게 이루어지는 내 죽음철학이 이미 전해져오는 죽음철학과 만나면서 어떻게 더 온전해질 수 있을까 하는 것을 그야말로 '생각' 해 보는 것이 더 현실적인 과제일 수도 있지 않을까 하는 생각을 하게 됩니다. 우리 나름의, 나 나름의 죽음에 대한 '철학하기'를 감행해 보고 싶은 것입니다.

그래서 이 글에서는 죽음을 생각하는 일, 곧 죽음에 대한 철학하기를 위한 생각의 낌새가 될 만한 것들을 짚어 우리의 죽음에 대한 생각을 다듬어 가는 데 도움이 되리라고 판단되는 내용들을 적어 보려 합니다.

왜?

> 향기는 그림자에 젖고
> 파도가 보이지 않는 골짜기에서
> 아예 바람 없는 하늘을 바라
> 바위 옆 노송처럼 서 있는데
>
> 여든이 너무 긴 엮음이어서일까
> 굽이마다 흐름이 쌓이네

우리는 지금 여기에서 이 글을 읽으며 '살고' 있습니다. 그러나 우리는 그렇다고 하는 사실, 곧 '내가 지금 왜 책을 읽고 있나?' 하는 물음을 일상 속에서는 거의 묻지 않습니다. 당연하기 때문입니다. 그러나 삶에 대한 이러한 태도, 곧 '삶을 감지하지 못하는 일상'이 늘 이어지는 것은 아닙니다. 갑자기 지진이 일어나 폐허가 된 자리에 서게 된다면 새삼 '지진 직전에 나는 어떻게 그렇게 편안하게 글을 읽고 있었을까?' 하는 생각을 하게 됩니다.

삶의 일상은 삶의 단절, 생명의 소멸, 존재의 사라짐을 겪게 합니다. 혈연이, 지인(知人)이, 아니면 알지 못하는 무수한 사람이 죽어가는 것을 보고 듣습니다. 그 순간, 갑자기 나는 내가 살아 있다는 사실이 낯설어집니다. 삶이 새삼 올연(兀然)해지는 것입니다. 사람만이 아닙니다. 꽃이 시들고 나뭇잎이 집니다. 보이는 것이 그 모습을 이어가지 않습니다. 시들고 낡아 가고 사라집니다. 마침내 사람들은 생명이란 생명일 수 없는 한계를 자기 안에 지니고 있고, 사물은 그 나름으로 자신을 지탱하지 못하는 어떤 질서에 묶여 있다는 사실을 짐작하기 시작합니다. 그러한 인식을 우리는 '존재는 비존재의 운명을 자신 안에 담고 있다'는 사실에 대한 터득이라고 해도 좋습니다.

그런데 생명은 스스로 '살아감'을 자신의 존재 원리로 지니고 있습니다. 그래서 생명은 살기를 바라지 결코 죽기를 바라지 않습니다. 끊어지지 않는 이어짐, 사라지지 않는 현존(現存), 없음이지 않는 있음이기를 바랍니다. 그것으로 똘똘 뭉쳐진 것이 생명이고 존재입니다. 그러므로 우리는 우리가 '살아 있는 존재'라는 사실 때문에 우리를 비롯한 모든 존재가 사라지지 않기를 희구(希求)합니다.

그러나 생명을 이렇게 인식하는 것은 생명이란 무릇 이러해야 한다는 우리의 희망이 지닌 '당위'를 이야기하는 것일 뿐 실제는 그렇지 않습니다. 바로 그러한 '살아 있다는 사실' 때문에 우리는 언제나 단절되고 소멸되며 사라지는 길에서 벗어날 수 없습니다. 살아있기 때문에 죽을 수밖에 없는 것입니다. 그렇다면 죽음은 삶과 상반하는 현상이라기보다 아예 생명현상이라고 해야 옳습니다. 소멸은 생존의 모습이며, 사라짐은 존재의 존재다움이라고 이야기하는 것이 오히려 현실적입니다. 사람은 살아가면서 이러한 역설(逆說)을 저리게 느낍니다. 그래서 우리는 살아 있다는 사실을 통해 삶을 확인하는 것이 아니라 오히려 너의 죽음, 그것의 소멸, 모든 것의 비존재화(非存在化)를 겪으면서 내가 살아 있다는 것을 터득합니다. 그러므로 삶은 죽는다는 것을 생각하지 않을 수 없습니다. 이 역설의 설명할 수 없는 현실성 안에서 사람들은 '왜 죽어야 하나?' 하는 물음을 묻습니다. 죽음에 대한 철학하기는 이러한 삶의 경험에서 비롯합니다.

자연스러운……

자기 자신 안에서부터 솟아오른 이러한 죽음에 대한 물음을 물으면서 어떤 사람들은 마침내 그것이 '자연현상'이라는, 또는 자연스러운 일이라는 귀결에 이르렀습니다. 생명이 죽는다는 것은 '저절로 그렇게 되는 일'이라고 이해하는 것입니다. 어쩌면 이러한 해답은 죽음에 대한 물음을 짐짓 회피하는 태도라고 지탄될 수도 있습니다. '살아 있으니 죽는 거지! 아예 살아 있지 않았다면 죽는 일도 없었을 것 아냐?' 하는 말을 아무런 설명 없이 자연스레 하고 있기 때문입니다.

하지만 이러한 발언이 그리 가볍게 이루어진 것은 아닙니다. 존재의 모습이 어떤 것인지를 두루 살펴 마침내 그 개연성(蓋然性)을 그렇게 서술하고 있는 것이기 때문입니다. 그러므로 이러한 생각의 펼침이나 태도를 '살다 죽는 것'은 물을 까닭이 없는 당연한 것이라고 허옇게 웃어 버리는 가벼운 태도라고 할 수는 없습니다. 오히려 자연스러움의 질서에 저항하거나 그로부터 일탈하려는 미성숙한 태도가 아니라 이를 겸허하게 받아들이는 성숙한 태도라고 해야 할지도 모릅니다. 왜냐하면 이러한 죽음 이해는 죽음을 두려워하는 일의 유치함, 오래 길게 살고 싶은 꿈의 무의미함, 죽음을 슬퍼하고 위로하거나 분노하고 경멸하는 따위의 부자연스러움을 범하지 않으려는 의연한 자기 다스림이 푹 익은 모습이기도 하기 때문입니다.

'왜 죽어야 하나?' 하는 물음에 대한 이러한 자리에서의 사색은 삶과 죽음을 굳이 둘로 나누어 이해하려 하지도 않습니다. 삶은 그 시작에서부터 죽음을 안고 있다고 이해하기 때문입니다. 생명의 탄생은 그 순간 죽음을 잉태하는 거고, 그 잉태된 죽음이 마침내 삶의 종국에서 태어난다고 이해하는 것입니다. 그뿐만 아니라 이러한 생각에 근거해서 당연히 그 죽음이 또한 생명을 안고 있다고 여깁니다. 생성과 소멸은 단절된 것이 아니라 이어져 있고, 그 이어짐은 두 다른 실재의 접속(接續)이 아니라 하나의 실재가 드러내는 다른 표상에 지나지 않은 것이라고 생각하는 것입니다. 이러한 사색의 맥락에서 그렇게 생멸(生滅)의 과정 안에 있는 것이 무릇 생명이라고 여기는 것입니다. 그러므로 이러한 자리에 서면 '죽음은 삶의 현실'입니다. 따라서 '왜 죽어야 하나?' 하는 물음은 더 이상 절박하지 않습니다. 참으로 절실한 것은 그 물음을 넘어 '죽음을 어떻게 살아야 하나?' 하는 물음을 묻는 일입니다. 그리고 이 물음을 좇아 지금 여기에서 살아가는 내 삶을 다듬습니다.

이때 우리가 이러한 맥락에서는 예상하지 못한 다른 모습도 나타납니다. 어차피 죽음이 생명의 자연스러운 귀결이라면 죽기 전에 온통 '하고 싶은 것을 다 하고 죽자!'는 어쩌면 적극적인, 그러면서도 퇴폐적인 태도를 낳을 수도 있습니다. 보람도 의미도, 그런가 하면 누림도 즐김도 다 죽기 전에 이루어져야 한다는 이러한 태도도 죽음을 자연이라고 이해하는 죽음에 대한 태도가 담고 있는 죽음에 대한 이해입니다.

아무튼 죽음에 대한 철학하기는 이러한 흐름을 좇아 자기를 펼쳐 나아갑니다.

암울한……

죽음을 자연현상이라고 이해하는 것과는 다른 모습을 보여 주는 죽음에 대한 철학하기의 내용도 있습니다. 살아감의 환희를 근원적으로 파괴하는 죽음이라는 불가항력적인 현상은 예사로운 일이 아니라는 인식에 근거하여 이를 틀림없이 인간을 넘어서는 초월적인 존재가 인간을 저주하여 일어난 일일 거라고 단정하는 경우가 그렇습니다.

그런데 주목할 것은 그 저주의 원인을 제공한 것은 초월적인 존재의 뜻을 거슬러 살아온 인간에게 있다는 주장입니다. 인간의 결함에서 비롯한 비정상적인 사태가 곧 죽음이라고 이해하는 것입니다. 유일신 종교의 문화권에서 지배적인 이러한 주장은 서구 문명사를 거의 지배했다고 해도 지나치지 않습니다. 철학도, 문학도, 예술도 그곳에서 죽음을 사색하는 정서는 이 테두리를 벗어나지 않습니다. 이에 대한 저항 또는 반론이 그 안에 없지 않습니다. 그러나 그러한 '일탈적인 사색'조차 죽음은 인간이 자초(自招)한 신의 저주로부터 비롯했다는 틀 안에서 치고받고 하는 것이지 그 틀 밖에서 이루어지는 것은 아닙니다. 그러므로 이 경우, 죽음은 우울한 현실일 뿐만 아니라 암울하게 채색됩니다. 죽음은 으스스한 그림자처럼 우리 옆을 한시도 떠나지 않습니다. 인간은 죽음을 향한 존재이고, 바로 그렇기 때문에 삶은 불안과 공포, 절망과 소멸의 궤도를 따라가는 비참하고 무의미한 것일 수밖에 없습니다.

그러나 인간은 죽기까지는 여전히 살아가는 주체입니다. 그러므로 살아 있는 이 현실 속에서 어떻게 해서든 죽음의 저주에서 벗어나는 삶을 살아가고자 합니다. 저주에서 벗어나지 못한 삶, 곧 죽음을 향해 나아가는 삶의 무의미를 견딜 수 없기 때문입니다.

이러한 사색은 만약 초월적인 절대자로부터 자신의 과오를 용서받는다면 저주에서, 곧 죽음에서 벗어나리라 생각하는 데 이릅니다. 그리하여 초월자를 대신하여 이를 수행할 이른바 '구세주'가 출현할 것이며, 그를 믿으면 이러한 희구가 이루어질 것이라는 것을 해답의 내용으로 담습니다. 그런데 구세주는 인간이 죽음의 저주에서 벗어나기 위해서는 지금 여기의 삶을 청산하고 불완전한 몸의 현실에서 벗어나는 일을 실행해야 한다는 것을 가르칩니다. 용서로부터 비롯하는 죽음으로부터의 해방은 '죽어야 산다'는 역설의 신비에서 완성되는 것이라고 주장하는 것입니다. 따라서 이 자리에서의 '왜 죽어야 하나?' 하는 물음은 극적(劇的)으로 굴절합니다. '죽어 되살아나야' 비로소 진정한 삶이 현실화되기 때문입니다.

그러므로 죽음은 마침내 절망스러운 두려움이 아니라 영원히 살기 위한, 곧 죽음 없는 삶을 살기 위한 계기가 됩니다. 죽음은 저주가 아니라 살기 위한 죽음, 곧 삶을 삶답게 하기 위하여 삶이 스스로 요청하는 불가피한 과정이 되는 것입니다. 이렇듯 '죽어 되사는 신비'를 통해 죽음의 비롯함의 까닭을 저주에서 축복으로 바꿔 나아가는 것입니다. '왜 죽어야 하나?' 하는 물음에 대한 철학하기는 이러한 생각도 낳습니다.

풀려나는……

이와는 또 다른 사색의 흐름이 있습니다. 삶은 아예 고통이라고 이해하는 태도가 그러합니다. 태어남도 살아감도 병듦도 죽음도 모두 고통의 표상일 뿐입니다. 사람들은 이처럼 일그러진 삶, 고통으로 점철된 현실을 살아가게 마련입니다. 그런데도 그 현실 속에서 어떻게 하면 이 고통에서 벗어날 수 있을까 하는 생각을 하는 것이

먼 바다의 기억

사람의 모습입니다. 그 꿈을 벗어나지 못하는 것이 또한 고통에 고통을 더하는 데도 그것이 삶입니다. 그중에서 죽음을 피하고 싶은 꿈은 다른 어떤 것보다 지극합니다.

그런데 죽음을 포함한 그러한 고통스러운 삶이란 만약 내가 태어나지 않았다면 없을 일입니다. 이러한 생각은 내가 존재이기를 그만두면 죽음도 있지 않으리라는 데 이릅니다. 하지만 자기 생명을 스스로 버리는 것은 어리석은 일입니다. 그보다는 자기가 삶이든 죽음이든 어떤 고통에 의해서도 휘둘리지 않는 '그 너머'에 이르면 된다고 여깁니다. 곧 생사(生死)를 넘어서는, 곧 시공(時空)도 없는, 그래서 존재 자체가 없는 또는 무화(無化)된 그런 경지에 이르면 되는 것입니다. 달리 말하면 삶이란 본디 '텅 빈 것'인데 자꾸 무언지 꽉 차 있는 것이라고 여기며 살아 고통에 시달리게 되는 데 본디 빈 것이라는 터득을 지니면 '거칠 것'이 없게 됩니다. 마침내 삶이 고통스럽지도 않고 죽음이 두렵지도 않습니다. 그렇다면 인간이 추구해야 할 것은 생사를 갈등하는 어리석음을 훌쩍 넘어서는 '자유'입니다. 사람의 온전함이란 이러한 의식(意識)을 지니게 될 때 이루어진다고 이 자리에서는 생각합니다. 죽음을 포함한 삶의 고통을 이렇게 견딘다면 죽음도 삶도 없는데 '왜 죽어야 하나?' 하는 물음에 시달릴 까닭도 없어집니다. 그러한 물음 자체가 솟아나지 않을 것이기 때문입니다.

그러나 삶의 현실은 인간을 그러한 깊은 사색 안에만 머물게 하지 않습니다. 죽음은 여전히 아프고 무섭고 슬프고 절망적인 분명한 '사실'입니다. 그뿐만 아니라 삶이 지닌 그 나름의 흐뭇한 보람과 즐거움이 없는 것도 아닙니다. 다만 충분히 그러한 삶을 누리지 못하는 내 한계가 문제인 것입니다. 그렇다면 넘어서고자 하는 의식만이 아니라 다시 더 온전한 모습으로 태어나고자 하는 간절한 희구를 놓칠 수 없습니다. 그러면서 내 삶이 아예 다시 시작되면 좋겠다는 생각을 합니다. 더 나은 삶의 주체로 환생하기를 바라는 것입니다. 그것도 풀려남이 함축하고 있는 또 다른 결의 내용입니다.

모든 존재는 역류(逆流)할 수 없는 시간 안에 있습니다. 그리고 시간은 그 안에 있는 모든 존재를 퇴색시킵니다. 시간 안에 있는 인간을 비롯한 모든 생명은 소멸의 운명을 지닙니다. 죽음은 바로 그 소멸의 계기입니다. 그런데 신비스럽게도 소멸은 생성의 원천이기도 합니다. 끝 시간은 언제나 처음 시간에 이어집니다. 그렇다면 죽음은 삶의 끝이면서 새로운 삶의 처음입니다. 그것이 바른 이해입니다. 죽음은 되삶을 이룰 수 있는 계기인 것입니다. 그렇다면 나는 죽음에 의해서 '다른 존재'가 됩니다. 거듭남, 점점 온전해지는 거듭남의 과정이 죽음에 의해서 비롯합니다. 그렇게 태어나는 새 삶은 이제까지와는 다른 의미와 가치로 채워질 것이고, 나는 온갖 고난으로 점철된 지금 여기에서의 모자람을 되풀이하지 않는 새 실존의 주체가 될 것입니다.

죽음은 이렇듯 변화된 존재 양태가 전개되는 삶의 극점(極點)으로 수용됩니다. 그러므로 '왜 죽어야 하나?' 하는 물음에 대한 답변은 분명합니다. 새로운 존재로 태어나기 위해서입니다. 풀림의 모습이 이러합니다.

먼 바다의 기억

죽음에의 철학이 갖는 우선하는 물음, 곧 '왜 죽어야 하나?' 하는데 대한 사색은 이렇듯 다양한 귀결에 이릅니다. 하지만 이러한 나눔은 서술하기 위한 편의일 뿐, 실제 삶에서는 이 여러 생각들이 한데 어우러져 있습니다. 죽음을 생각하는 때에 따라, 경우에 따라, 우리는 이 생각에서 저 생각으로 옮겨 가기도 하고, 그 셋을 뒤섞으며 내 죽음 생각을 수놓기도 합니다. 문화적인 일반성을 논의할 수도 있습니다.

하지만 어느 죽음 이해가 옳다든가 그르다든가 하는 것을 판단하거나 자기의 생각을 강요하는 일은 조심스럽습니다. 삶에 대한 생각, 특히 삶을 온통 지워 버린다고 느껴지는 죽음에 대한 생각은 다른 사람이 간섭할 수 없는 개개인의 실존적인 깊이에서 솟아나는 것이기 때문입니다.

그런데 '우리는 왜 죽어야 하나?' 하는 물음은 죽음에 대한 철학하기의 처음일 뿐입니다. 우리는 이보다 더 현실적인 죽음에 대한 문제를 삶 속에서 늘 만납니다. '우리는 어떻게 죽어야 하나?' 하는 물음이 그것입니다.

어떻게?

> 잃음도 잊고
> 잊음도 잃고
> 주먹 쥔 손안에서 깨진 하늘도
> 여는 창마다 갇혔던 풍경도

모래그림 되어 흩어지곤 하는데

여든은 위험한 축적이어서일까
꽃 한 송이 기우뚱 흔들리네

이제까지 우리는 죽음이 어떻게 비롯했는가 하는 데 대한 생각을 '우리는 왜 죽어야 하나?' 하는 물음 틀에 넣어 생각해 보았습니다. 그러나 죽음의 기원, 또는 죽음의 까닭을 묻는 일은 어쩌면 한가한 일일지도 모릅니다. 왜냐하면 우리가 살면서 실제로 부닥치는 것은 죽음이 무어냐가 아니라 죽음에 대한 두려움이기 때문입니다. 죽기 싫은데도 죽어야 하는 절망감, 죽음에 이르기까지 겪어야 하는 몸의 처절한 아픔, 이루지 못한 꿈에 대한 회한, 다시 만날 수 없는 사랑하는 사람들과 헤어져야 하는 저리고 저린 슬픔. 죽음은 마치 우리가 묘사할 수 있는 온갖 부정적인 것의 총체인 듯 우리에게 다가오는 데 대한 공포입니다. 그것이 우리가 직면하는 죽음의 현실입니다.

이때 우리는 죽음에 대한 철학하기를 앞의 경우와 달리 새롭게 시도하지 않을 수 없습니다. 어차피 죽음은 회피할 수 없는 현실인데 그 순간을 어떻게 맞아야 할까 하는 것을 진지하고 그윽하게 '생각'해 볼 필요가 있는 것입니다. 우리는 살아가면서 이런저런 일을 겪습니다. 그때마다 그 일을 미리 살펴 준비를 했더라면 더 좋은 결과를 얻었을 거라는 생각을 하곤 합니다. 그렇다면 '죽음을 맞는 일'도 다를 까닭이 없습니다. 아무리 그것이 존재 자체를 비존재화 하는 절대적인 절망이나 허무라 해도 그것이 내가 맞을 '삶의 현실'이라면 진지하게 이를 준비할 필요가 있는 것입니다.

더구나 예상하지 못한 사고사(事故死)의 확률은 점점 높아 가고 있습니다. 생활이 복잡해졌기 때문입니다. 게다가 기대수명이 길어지고, 의학의 발전이 놀라워 죽음을 맞는 일도 이제는 옛날과 같지 않습니다. 죽음을 어떻게 판정하는가 하는 문제조차 심각합니다. '죽었는데 살아 있다'고도 하고 '살아 있는데 죽었다'고 판정되기도 하는 뇌사(腦死)의 문제가 그 하나의 예입니다. 스스로 자기 목숨을 끊는 사례를 둘러싸고 이른바 죽음의 자기결정권에 대한 논의도 한창입니다. 자살의 문제가 아니더라도 타자가 죽음결정권을 행사하는 안락사, 자기가 그 결정권을 행사하는 존엄사도 일정한 법의 틀 안에서 이미 자리 잡고 있습니다. 장례와 제례도 시대의 변천에 따라 크게 변하고 있습니다. 특정한 종교나 불행하기 그지없는 경우에나 행한다고 여겼던 화장이 전통적인 매장을 압도하고 있습니다. 종교적인 것으로 채색되던 온갖 제례조차 편의성을 기준으로 변모되거나 간소화되고 있습니다. 더구나 코로나로 인한 사회 전체의 구조적 변화는 환자의 죽음을 포함하여 인간의 삶 전체를 되살피게 하는 전대미문의 사태를 빚고 있습니다.

바야흐로 우리는 내 죽음을 '어떻게 죽어야 할까?' 하는 문제를 깊이 생각하지 않을 수 없는 처지에 이르렀습니다. 죽음의 형식에서 의미에 이르기까지 격한 혼란이 일고 있기 때문입니다. 그렇다고 해서 죽음은 내가 마치 어떤 사업을 하듯이 기획하고 설계할 수 있는 것도 아닙니다. 예측 불허의 일이기 때문입니다. 그렇기 때문에 우리는 내가 어떤 경우에 어떻게 죽음을 맞더라도 '사람다움의 존엄'을 잃지 않는 존재이기를 바라면서 죽음에 대해 깊이 사색하고 이를 준비하지 않으면 안 될 것 같습니다. 아니, 그렇게 준비해야 합니다. 그것이 죽음에 대한 철학하기가 우리에게 제공해 주는 지혜일 것입니다. 이를 위해 우리는 우리의 삶을 두 다른 모습으로 나누어 우선 서술해볼 수 있습니다. '삶의 자리에서 죽음을 바라보며 죽음을 맞는 삶'과 '죽음의 자리에서 삶을 바라보며 죽음을 맞는 삶'이 그것입니다. 물론 이도 딱 나뉘는 것은 아닙니다. 서로 시간 따라 경우 따라 뒤섞이는 것이 현실일 것이지만 크게 나눠 본다면 이 둘로 정리할 수가 있습니다.

끝을 향해……

늘 죽음을 염두에 두며 살 수는 없습니다. 그렇지만 분명한 것은 '나도 언제는 죽는다'는 사실입니다. 가까운 혈연의 죽음, 친지의 죽음은 내 죽음도 불가피한 현실임을 뚜렷하게 느끼게 해 줍니다. 몸이 아프면 죽음은 바짝 다가온 검은 그림자처럼 나를 을씨년스럽게 합니다. 나이를 먹어 심신이 쇠약해지면 구체적으로 죽음 그늘에서 벗어나지 못합니다. 그렇다는 사실이 문득 떠오를 때마다 우리는 대체로 침울해집니다. 지금 여기에서 하는 일이 갑자기 무의미해지기 때문입니다.

산다는 것이 이처럼 우울한 것만은 아닙니다. 우리는 살아가면서 여러 모습의 즐거움과 환희를 누립니다. 의미와 보람을 쌓기도 합

먼 바다의 기억

니다. 작고 사소한 일에 만족할 때도 있고, 크고 중요한 성취에 뿌듯할 때도 있습니다. 그러나 그럴수록 우리는 그 의미와 보람을 발전적으로 지속하고 싶은 꿈을 지닙니다. 행복이 영속되기를 바라는 것입니다. 그러나 아직은 멀리 있다고 느껴 지금은 아니라고 스스로 다지지만 죽음과의 직면이 불가피하다는 것을 부정할 수 없는 한 스멀거리며 내 삶 안에 스미는 허무를 막지 못합니다. 지금 여기에서의 보람과 의미가 새삼 처연하게 헛헛해집니다. 자기의 실존이 결국 '죽음을 향해 있다'는 이러한 자각은 거칠지만 두 다른 모습으로 정리할 수 있습니다.

하나는 살아가는 과정이 모두 무의미해지는 삶을 살아가는 태도입니다. '어떻게 살든 죽어 끝나고 사라질 건데!' 하는 태도가 일상이 됩니다. 무기력해지고, 어떤 것도 신뢰할 수 없고, 긍정할 만한 것이 하나도 없게 됩니다. 때로 그러한 태도는 온갖 욕심에서 벗어난 초연한 모습처럼 드러나기도 하지만 그렇기 때문에 삶을 책임지려 하지 않는 허무주의자의 모습으로 보이기도 합니다. 이들은 '어떻게 죽어야 하나?' 하는 물음을 아예 묻지 않습니다. 묻는다 하더라도 '그저 죽으면 죽는 거지 죽음을 사색한다는 것 자체가 무의미한 짓'이라고 여깁니다. 그렇다고 해서 죽음의 문제를 이미 넘어섰거나 나름대로의 사색을 통해 달관한 것도 아닙니다. 여전한 두려움과 절망감을 안고 죽음을 향해 속임 없이 다가가는 자신의 삶을 그런 듯 가리고 있는 것입니다.

그런데 또 하나의 태도는 전혀 다른 모습을 보입니다. 죽음에서 끝날 삶이라는 자의식은 지금 여기를 향유하고자 하는 욕망을 더없이 충동합니다. 절망이나 허무를 극복하기 위해서는 이를 욕망의 성취와 만족의 극대화로 대치하면 되리라고 판단하는 것입니다. 죽음을 향한 존재라는 사실 때문에 '미리 죽을 필요'는 없다고 주장하는 이러한 삶의 태도는 때로 건강한 삶의 전형처럼 보입니다. 삶의 과정에서 자신의 모자람이 노출되고, 부정적인 조건들이 자리를 둘러싸고 있다 할지라도 정열적으로 삶을 누리기 때문입니다. 게다가 한껏 죽음을 지연시키려는 꿈을 지닙니다. 급기야 장수(長壽)만이 삶의 목적으로 뚜렷해집니다. 이러한 태도가 지닌 비극은 삶의 과정이 결과적으로 자기기만으로 점철된다는 사실입니다. 순간순간 자기를 속이는 것과 다르지 않은 삶이기 때문입니다.

　그러나 이 둘의 어떤 모습이든 그것은 자신이 죽음을 향한 존재라는 자의식에서 비롯합니다. 따라서 이러한 태도는 '어떻게 죽어야 하나?' 하는 물음 앞에서 죽음과의 의연한 만남을 놓쳐 버립니다. 죽음에 의해 짓눌려 굴종하거나 아니면 비현실적인 오만한 태도로 죽음을 거부하기 때문입니다. 결국 이러한 삶은 비굴하게 죽거나 오만하게 죽는 데 이릅니다. 이러한 일련의 사색도 우리는 죽음에 대한 철학하기에 담을 수 있습니다. 하지만 다음에 살펴볼 또 다른 태도와 견주어 보면 이를 우리가 선택해도 좋을 철학하기다운 것인지 다시 생각해 보게 됩니다.

끝자리에서……

전근대적인 사고방식이라 할지 모르지만 소박한 농부의 삶을 그려 보십시다. 해가 뜨자마자 그는 들로 나갑니다. 그는 오늘 해가 지고 어둠이 내릴 것을 압니다. 그래서 그는 더 부지런히 해가 지기 전에 할 일을 서둘러 합니다. 먼저 할 일과 나중에 할 일도 가늠하고, 많이 힘들 일과 덜 힘들 일을 나누기도 합니다. 새벽에 할 일이 있고, 해가 기우는 그늘에서 해야 할 일이 있음도 알아 그렇게 합니다. 지금 여기 아직 해가 있을 때 그는 최선을 다합니다. 곧 저녁이 오고 어두워지면 일을 할 수 없기 때문입니다. 그러나 밤이 모든 것의 끝은 아닙니다. 밤은 새로운 활력을 지니게 하는 휴식을 마련해 줄 것이기 때문입니다. 끝은 소멸이나 절망의 계기가 아니라 오히려 처음에서 비롯하여 끝에 이르는 긴 세월을 그윽하게 바라보면서 그 세월이 알차게 영글기를 바라는 조용한 감사와 새 희망의 계기가 됩니다. 해가 지면 그렇게 삶을 추스르며 농부는 잠자리에 듭니다. 밤의 잠자리는 낮의 삶을 새삼 가득히 안는, 그리고 새날의 일들을 즐겁게 하도록 하는 가능성이 응축되는 계기이기도 합니다. 그 잠자리에서 되돌아보는 하루는 사뭇 그윽합니다. 이렇게 농부는 봄도, 여름도. 가을도, 겨울도 보냅니다. 끝에 이르러 지금을 되돌아보는 자세로 그렇게 파종을 하고, 가꾸고, 마침내 거두어들입니다. 삶을 그렇게 일굽니다.

이러한 태도는 '죽음을 향해 나아가는' 삶과 전혀 다릅니다. 오히려 '죽음자리에 미리 이르러' 삶을 살피는 태도, 곧 끝을 예상하고 삶을 다듬어 가는 태도이기 때문입니다. 드러나는 모습에는 전자나 후자나 다름이 없습니다. 매일매일 살아가는 일상이 그들 모두의 삶입니다. 삶이 죽음에 이른다는 '현상 자체'도 조금도 다르지 않습니다. 하지만 삶을 죽음을 향해 가는 과정으로 여기는 태도와 아예 죽음자리에 이른 듯 그곳에서 삶의 과정을 조망하며 이를 다독거리는 태도는 삶의 의미와 보람을 전혀 다르게 지니게 합니다. 전자는 죽음을 절망과 허무가 응집된 종점(終點)으로 여기지만 후자는 죽음을 의미와 보람이 이루어지는 정점(頂点)으로 여기기 때문입니다.

그러므로 죽음의 자리에서 삶을 바라보는 태도는 죽음 앞에서 무릎을 꿇는 굴종의 태도도 아니고 죽음과 대결하면서 짐짓 오만해지는 자기기만적인 태도도 아닙니다. 죽음을 삶과 다르지 않게 귀하게 여기면서 죽음과 더불어 내 삶을 가꾸어 나아가는 태도입니다. 그러므로 죽음을 낯설어 하거나 두려워 하거나 그로부터 도망치려 하지 않습니다. 죽음과의 따뜻하고 환한 만남을 이루면서 죽음도 사랑하며 살아야 한다고 다짐합니다. 죽음도 삶의 현실이기 때문입니다.

죽음을 준비하는 태도는 이러한 삶이 보여주는 가장 두드러지는 현상입니다. 내일의 삶을 미리 마련하듯이 죽음을 맞을 일을 준비합니다. 자기가 생전에 감당할 수 없는 일 욕심은 진작 부리지 않습니다. 신뢰하는 후세들이 든든히 있다고 여기기 때문입니다. 회복할 수 없는 관계의 단절을 범하지 않으려 평소에 진지하게 애씁니다. 혹 그런 일이 생기면 살아 있는 동안 맺힌 것들을 올올이 모두 풀어 상처를 씻고자 합니다. 임박한 자기의 죽음 때문에 폐를 끼칠 일이 생길까 저어하여 자신이 아직 몽롱한 의식에 빠지기 전에 유서도 남기고, 재산도 정리하고, 병원에 사전의향서도 제출합니다. 살아 있는 모든 사람들에게 고맙다는 인사도 합니다. 자기 자신

먼 바다의 기억

에게조차 태어나 죽음에 이르기까지 잘 살아 주어 고맙다는 인사도 빼놓지 않습니다.

문득 이미 죽은 뭇 사람들과의 만남, 자신이 죽으면서 별리(別離)가 이리도 아픈 뭇 사람들과의 재회가 궁금해지기도 합니다. 죽음 이후에 대한 다양한 이야기들이 넘칩니다. 그러나 실증된 사실이라고 단정할 만한 어떤 이야기도 실은 없습니다. 하지만 죽음 이후는 죽음과의 직면에서 일게 되는 절망과 허무에 대한 보상에의 희구, 또는 이미 이전에 내 곁을 떠난 그리운 망자와의 기대에서 말미암은 '꿈의 정경(情景)'입니다. 그러니 이에 대한 담론이 없을 수 없습니다. 그렇다면 천당도, 극락도, 저승도 좋습니다. 살아오면서 자기가 느끼고 생각한 대로 그렇게 죽음 이후를 스스로 그리며 그것이 현실화하도록 지금 여기의 삶을 정갈하고 따뜻하게 하면서 그 꿈이 주는 그윽한 위로를 받으면 됩니다.

'어떻게 죽어야 하나?' 하는 물음에 대한 사색은 이렇게 커다랗게 두 모습으로 나누어 볼 수 있습니다. 분명한 것은 죽음을 향한 존재로서의 삶을 죽음에 이르러 마감하는 것이 아니라 죽음자리에서 삶을 조망하면서 살다 죽는 것이 사람다운 모습이라는 사실입니다. 그러나 뜻밖에도 우리는 죽음을 향한 삶의 태도로 죽음과 직면합니다. 그래서 죽음은 두렵고, 삶은 허무하다고 느낍니다. 하지만 죽음과 삶에 대한 진지한 생각, 그러니까 철학하기의 자세는 우리로 하여금 준비된 죽음을 죽을 수 있도록 하는 '죽음자리에서 삶을 조망하는 자리'에 이르는 데 도움을 줍니다. 우리는 다행히 어느 특정한 자리에 묶여 있는 존재가 아닙니다. 우리는 철학하기의 주체입니다. 우리는 얼마든지 자신의 죽음을 자기 나름으로 의미 있고 의연한 것으로 빚을 수 있습니다. 자신의 생각을 좇아 얼마든지 더 깊고 높은 차원에서 내 삶을 사색할 수 있는 '생각하는 창조적 주체'이기 때문입니다.

사랑하기……

샘을 파야지
물을 길어야지
두레박 드리우고
여든 길 물속을 숨 쉬어야지

빈 밭에 물을 부으면 봄이 심길지도 몰라
서둘러야지

여든도 불꽃 진하면 퇴색한 재를 남길까
모롱이 언덕을
굽은 걸음이 넘네

철학하기는 현상을 되묻는 물음, 생각을 생각하기, 곧 성찰(省察)에서 비롯합니다. 그래서 어떤 사물의 현존(現存)에 대한 '왜'를 묻고 '어떻게'를 묻는 사유(思惟)를 정직하고 진지하게 펼칩니다. 그래야 현존의 온전한 의미가 드러나고, 그것과 더불어 사는 내 삶이 또한 의미와 보람을 지닌 것이 되기 때문입니다. 우리는 이제까지 철학하기에 대한 그러한 이해를 가지고 죽음이라는 현상에 대한 '왜'와 '어떻게'를 살펴보았습니다.

그런데 우리가 죽음에 대하여 철학하기를 시도하는 처음 사람은 아닙니다. 아득한 때부터 사람들은 그러한 생각들을 끊임없이 해왔습니다. 하지만 이를 우리의 논의에 조목조목 담지 않았을 뿐입니다. 그저 두루뭉수리로 훑어보았습니다. 필자의 무지 때문에 그 일을 감당하지 못하는 제약 때문입니다. 그러나 필자의 의도도 없지 않았습니다. 철학하기란 지식을 배워 축적하는 것이 아니라 스스로 주체되어 자신의 생각을 펼치는 일이기 때문입니다. 무엇보다 죽음은 더욱 그러합니다. '왜 죽어야 하나?' 하는 물음에 대한 기존의 여러 해답의 어느 것에 내가 전폭적으로 공감하면서 그것을 나의 해답으로 선택할 수는 있습니다. '어떻게 죽어야 하나?' 하는 물음도 마찬가지입니다. 그러나 그러한 앎은 결국 내 속에서 비롯한 내 발언일 때 비로소 내게 의미 있는 현실이 됩니다. 나의 것이 되는 것입니다. 더구나 죽음은 앞에서도 언급한 바와 같이 그것이 어떻게 서술되고 설명되든 '실증적인 인식'으로 다듬어질 수 있는 현상이 아닙니다. 사유나 논리나 상상만으로도 모자라고, 실험이나 실증이나 그로부터 비롯하는 이론만으로도 모자랍니다. 이 모든 것을 합쳐 넘어서는 어떤 차원에서 마침내 내게 의미 있는 인식의 내용이 되는 그런 것입니다.

이를 우리는 나를 증언하기 위해 하는 발언과 연결하여 다시 다듬어 볼 수 있습니다. 우리는 두 다른 발언을 하며 살아갑니다. 하나는 '인식의 언어'입니다. 실증성과 보편성으로 특징지어지는 우리의 일상용어가 그러합니다. 그런데 또 다른 언어를 사용합니다. 그것은 실증되지도 않고 보편성을 지니지도 않습니다. 그러나 삶의 과정에서 가장 심각한 계기와 직면할 때면 그러한 언어를 발언합니다. 그것은 인식의 언어가 아닌 '고백의 언어'입니다.

'나는 너를 사랑한다!'는 발언은 결코 인식의 언어가 아닙니다. 상대방을 다 알아서 그렇게 말하는 것이 아닙니다. 모른 채 그 모름을 안고, 그 모름의 장애를 다 지우고 발언되는 것입니다. 그것은 실증되지도 않고 보편성도 지니지 못합니다. 그러나 그 발언 주체가 자신의 정직성에 근거하여 발언하는 가장 진실한 언어입니다. 그 정직성만이 그 언어의 진실성 여부를 판단합니다. 그렇기 때문에 '고백된 사랑'은 서로 모자라다는 사실을 전제하면서 마침내 알게 된 모름이 등장해도 이를 서로 채워 가면서 '우리는 모두 모자란 사람이다. 그래서 더불어 사는 거다!' 하는 삶을 살아가게 됩니다. 철학하기의 자리에서 보면 사랑한다는 발언의 기본적인 정서는 이러한 실존적 고백에서 비롯하고, 긴 논리적 우회를 거쳐도 결국 거기에 귀결합니다.

죽음도 다르지 않습니다. 죽음에 대한 철학하기는 배워 지니는 것이 아니라 스스로 자신에게 가장 정직한 사색의 결과로 저절로 고백되는 언어에 죽음을 담는 것입니다. 죽음에 대한 철학하기는 '이것이 죽어야 하는 이유다!'라고 내가 고백하는 그 내용에서, 그리고 '이렇게 죽어야 한다!'라고 내가 고백하는 그 내용에서 완성되는 것입니다.

먼 바다의 기억

이 일이 쉽지는 않습니다. 사랑을 고백하는 일이 그렇듯이 그렇습니다. 그러나 그래서 우리는 죽음에 대한 철학하기를 쉬지 말아야 합니다. 마침내 '나는 내 죽음을 사랑한다!'고 말할 때까지요.

* 이 글은 2021년 3월 22일 각당복지재단, 〈삶과 죽음을 생각하는 회〉, 죽음 준비 교육 프로그램에서 '죽음의 의미와 철학'이라는 주제로 강연한 내용을 다듬은 것이다.

곽광수

프랑스 유감 Ⅳ

프랑스 유감 Ⅳ

　내 유학 시절 내 첫 기숙사 방을 배정받았던 그 기숙사 동으로 가는 길이 울타리로 막혀 있는 것을 보고 나는 발길을 돌려 정문으로 되돌아 나온다.[1] 정문을 나와, 아까 이쪽으로 온 길을 되밟아 가다가, 주르당 공원 철책 모퉁이 네거리 못 미쳐 오른쪽으로 나 있는 길로 접어든다. 그 길을 얼마쯤 가면, 오른쪽으로 남학생 기숙사 뒷문으로 연결되는 길이 나온다. 그 길을 오른쪽으로 지나치고 계속 나아간다. 그렇게 한참 가면, 내 논문 지도교수였던 샤보 선생님의 아파트가 있는 포낭이라는 아파트 건물 두 채가 왼쪽으로 나타난다: 포낭 A동, B동인데, 샤보 선생님은 A동에 살았다. 이 지역은 전

1　나는 지금(2010년 여름) 내가 유학했던 엑상프로방스를 방문하여, 시내를 돌아다니며 옛 추억들을 떠올리고 있다. 앞 호까지의 이야기들은 내 첫 기숙사 방이 있었던 건물에서 연상된, 조엘, 장피에르, 드 라 프라델 교수 등에 관한 것들이었다.

형적인 프랑스 지방 소도시 변두리 지역의, 인적이 드물기까지 한 조용함에 잠겨, 평온함과 아늑함이 느껴진다. 샤보 선생님은 하기야 학교가 멀지 않기도 하니, 늘 자전거로 학교에 오가곤 했다. 아까 지나쳤던, 남학생 기숙사 뒷문으로 연결되는 길을 거쳐 기숙사 경내를 그가 자전거를 타고 지나가는 것을 나는 몇 번 본 적이 있었다. 기숙사 정문을 빠져나가 왼쪽으로 돌아 조금만 가면 문과대학 건물이 나오는 것이다.

내가 어떤 우여곡절 끝에 샤보 선생님의 지도를 받게 되었는지는 생략하기로 하고, 무엇보다도 그가 그 당시 불문과 학부 학사과정 (학부 마지막 해)에서 '바슐라르 비평 입문'이라는 강의와 석·박사과정에서 '베르나노스 세미나'를 맡고 있었다는 사실이, 내가 그에게 인도되었다는 것은 지당한 것임을 말해 준다. 나는 그 두 강의에 나갔지만, 내 논문을 위한 개인적인 연구에 대한 지도를 받는 데에 있어서는 선생님은 흔히 포낭의 자기 아파트로 만남의 약속을 정해 주곤 했다.

「프랑스인들의 추억」에서 나는 독자들에게 샤보 선생님의 인품을 간략하게 상상케 했는데, 만약 내가 샤보 선생님처럼 따뜻하게 나를 대해 준 분을 만나지 못했다면, 내 공부를 잘 끝내기가 쉽지 않았을지 모른다. 물론 그가 나만 특별히 그렇게 대해 주었던 것은 아닐 것이다. 그는 그가 좋아한 페기[2]나 베르나노스의, 진리에 대한

---

2 페기는 지드 세대에 속하는 기독교 시인인데, 우리나라에서는 같은 세대의 기독교 시인인 폴 클로델이 다소간 알려져 있는 데에 비하면 거의 전혀 알려져 있지 않은

열정뿐만 아니라, 교육자로서의 소명도 가지고 있었던 것 같다. 프랑스 국내외 여기저기로 여러 심포지엄에 불려 나가 발표한 논문들을 모아 낸 책 『이해하기와 논평하기』의 「머리말」의 첫 문장에서 그는 이렇게 말하고 있다: "교직자로서의 나의 직분은 나를 우선 훌륭한 교육으로 인도했다. 선생님들 중 어떤 이들의 학식에, 또 그보다 더하지는 않더라도 그에 못지않게 그들의 친절에, 찬탄으로 응답한 좋은 학생이었던 나는, 생각건대 그들과 마찬가지로 좋은 선생님이 되었다." 선생님들에 대한 찬탄이 품고 있던 교직에의 꿈과 그 꿈의 훌륭한 실현이 함축하는 노력을 잘 짐작케 하는 말이지 않은가? 한 발 뒤로 물러서듯이 들어간 "생각건대"라는 삽입구는, 이 정도의 자랑은 독자들도 허용해 주기를 바란다는 암시처럼 들린다…….

과연, 정녕 그는 좋은 교수였다. 나는 「엑상프로방스 이야기」에서 강의실 풍경을 한 장면 이야기한 바 있는데, 그것이 바로 샤보 선생님 학부 강의실에서 본 것이었다. 오월혁명의 여파가 만든 에피소드이지만, 강의 중 이데올로기 문제에 가닿는 어떤 사항이 언급되자 공산주의자라는 한 학생이 그의 가톨리시즘을 의도적으로 비아냥거리며 이의를 제기하고, 두 사람 사이에 논쟁이 시작되었는데, 그는 끝

것 같다. 베르나노스는 말로 세대의 작가이므로, 페기와 베르나노스는 앞뒤 세대로 나뉘어 있는데, 베르나노스가 극우로 떨어질 위험에서 멀어진 것이 페기를 읽었기 때문이었다고 한다. 베르나노스가 왕당파였던 데에 반해 페기는 사회주의자였다. 어쨌든 두 시인, 작가는 모두 진리와 정의와 민중에 대한, 열정적인 사랑으로써 당대의 문제에 적극적으로 참여했던 사람들이다: 베르나노스가 스페인 내전 때에 프랑코의 극우반동에 격렬한 분노를 터뜨렸다면, 페기는 드레이퓌스 사건을 두고 졸라 편에서 열렬히 그 재심을 요구했던 것이다.

까지 그 학생을 물리치지 않고 차분히 응대해 주었다. 마침내 강의실을 가득히 메운 다른 학생들이 참지 못하고 그 학생에게 입 닥치라고 소리쳐, 그제야 그 당돌한 장면은 끝나던 것이었다……. 그리고 그 장면은 또, 강의실을 가득 메운 수강생들의 열렬하다고나 할 만한, 그의 강의에 대한 열띤 호응을 말해 주는 것이기도 했다. 하기야 그는 아직 30대를 다 넘기지 않은 젊은 교수이기도 했지만.

그러니 그가 지난 세기 80년대에 내게 보내준, 국가박사학위 논문일 듯한 방대한 저서[3] 『다른 자아, 메리메 소설에 있어서의 환상과 환상적인 것』에 내게 주는 말을 이렇게 쓴 것은, 생각건대(나로서도) 나에 대한 그의 최고의 찬사였을 것이다: "선생님이 된 학생 곽광수 씨에게, 그의 옛 교수의 추억을 담아".

내가 처음으로 샤보 선생님을 만났을 때를 떠올리면, 지금도 빙그레 웃음이 지어진다. 약속된 시간 십여 분 전에 약속된 장소인 연구실 앞에 가니, 방문이 잠겨 있었다. 얼마 후 복도 저만큼 떨어진 데에 키가 크고 어깨도 떡 벌어진 분이 성큼성큼 걸어오는 것이 보였다. 가까이 오더니 "머시외 곽인가요?" 하고 물었다. 말소리도 그의 몸피에 맞춘 듯 웅숭깊다는 느낌을 준다.

내가 그렇다고 하니까, 책이 여러 권 들어 있는 듯 무거워 보이는

---

3 프랑스의 국가박사학위라는 것은 이젠 없어졌다고 하는데, 특히 문과대학 국가박사는 그 논문이 이른바 에뤼디시옹(érudition: 한 분야에 관계되는 자료, 전적, 사실 들에 대한 깊이 있고 완전한 지식)을 구현하는 것이므로, 오랜 시간과 노력, 많은 집필 양을 필요로 하기에, 대개 후보자가 노년에 접어 든 이후에 취득하게 된다. 그리고 반드시 심사위원들에게 간행된 책으로 논문을 제출해야 한다.

큼지막한 가방을 내려놓고, 열쇠로 방문을 열었다. 그가 방문을 미는 찰나, 나는 그의 가방을 들어 올렸다. 우리 세대의 어느 누가 스승과 함께 움직일 때, 스승의 가방을 들지 않겠는가?(요즘 젊은이들은 그렇지 않을지 모른다.) 그러자 그는 약간 당황한 듯 조금 높아진 목소리로:"세 타 무아, 머시외 곽(그것 내 것이에요)." 하며 두 손을 내밀어 내가 든 가방을 잡으려고 하는 게 아닌가? 나는 얼떨결에 가방을 돌려드리고, 그를 뒤따라 연구실로 들어갔다……

나는 이 에피소드를 귀국 후 두고두고 이야기하며 좌중들과 웃었는데, 이른바 문화충격이라는 걸 거라는 코멘트를 덧붙이곤 했다. 그러므로 문화충격이라는 말이 암시할 수 있듯이, 이 에피소드는 샤보 선생님 개인을 묘사하는 것은 아니다. 사실, 그 당시의 우리나라 대학 예절을 모르는 서양의 어떤 교수라도 그 상황에서 그런 반응을 보이지 않았겠는가?

그렇게 스승과 제자가 만나게 된 후로, 나는 그에게 첫 과제 리포트를 제출하기까지 그와 몇 번 만나 대담을 통해 내 논문에 대한 구상을 개괄적으로 설명했는데, 그는 내 바람을 대부분 수용해 주었다: 바슐라르에게서 얻어온 방법론으로써 베르나노스의 작품 세계가 이루고 있는 이미지 체계를 해명할 것인데, 이미지가 사상을 태어나게 하는 것이라는, 바슐라르 상상력 이론의 마지막 단계에까지 나아가, 그 이미지 체계로써, 이젠 상당히 밝혀진 베르나노스의 정신세계의 아직까지 남아 있는 난해한 데를 해명해 보이겠다는 것이 내 뜻이었고, 내가 더듬거리며 그런 구상을 말하는 것을 그는 끈기 있고 주의 깊게 들어 주었다. 한결 구체적으로, 우선적인 연구 대상으로 베르나노스의 소설에 가장 많이 나오는 물의 이미지들을 선택하기로 하고, 내가 선생님이 그런 구상에서 논문 제목을 지어 달라고 하니, 선뜻 지어 준 것이 'Les Images et les rêveries de l'eau dans les romans de Bernanos'이다. 우리나라에서 내 학위논문 제목을 써야 할 때에는 논문 제목에 흔히 쓰이는 '연구'라는 말을 넣어 『베르나노스 소설에 있어서의 물의 이미지 연구』라고 번역하지만, 불어 제목에 충실하게 옮기면, 『베르나노스 소설에 있어서 물의 이미지들과 몽상들』이 된다. 나는 이 제목에 아주 만족했다.

내가 더듬거리며 내 구상을 이야기하는 것을 끈기 있고 주의 깊게 들어 주던 그의 표정은 약간 긴장하긴 해도 온화했기에, 그 밑에 상당한 불안감이 감춰져 있었다는 것을 나는 몰랐다. 테마비평[4]에 관한 참고도서 몇 권의 목록을 내게 주면서 논문 방법론에 대한 첫 리포트를 써 오라는 그의 과제를 이행하고 그와 만났을 때, 나는 나에 대한 그의 태도가 이전과는 확연히 다르다는 것을 금방 느꼈다: 그 끈기와 주의가 드러내던 그 약간의 긴장이 완전히 없어지고, 나와의 대면을, 이를테면 마음 놓고 즐거워한다는 것을 잘 알 수 있었다. 그가 말했다: "머시외 곽, 글쓰기 쪽으로는 당신, 아무런 문제가

---

4 '테마'라는 말은 일반적으로, 되풀이되는 소주제를 가리킨다. 예컨대 말로 소설에서는 죽음이 문제되지 않는 작품이 없다. 이런 것이 소주제이다. 그러므로 제목으로 가리켜지는 '주제'가 그 작품이 개별적으로 나타내려는 것을 암시하는 것인 데에 반해 테마는 개별적인 작품을 넘어서서 나타나는 것이다. 바슐라르가 배태시킨 테마비평은 특별히, 되풀이되는 이미지를 소주제로 설정해서 고찰하는 연구방법이다.

먼 바다의 기억

없어요. 지금까지 당신이 더듬거리면서 말하는 것을 들으면서, 솔직히 좀 불안했지요." 그리고 즐겁게 웃었다.

프랑스에 도착한 지 몇 개월도 되지 않은 그때에 내가 불어로 쓴 글이 얼마나 제대로 된 것이었으랴? 「엑상프로방스 이야기」에서 나는 엑스에 갓 도착해 "난생처음으로 낯선 이국 도시에 홀로 떨어졌을 때 느끼게 되는 절망감과도 비슷한 불안"과 그것과 나란히 "대체 내가 이 나라 문학을 공부하여 그 박사라는 것을 해낼 수 있을까"라는 의념이 불러일으키는 불안을 이야기했는데, 그때까지 후자의 불안에 망연히 눌려 있던 상태였다. 그러니 샤보 선생님의 그 말이 내게 얼마나 큰 격려가 되었겠는가?…… 짐작건대 그 글은 정녕 샤보 선생님의 불안감을 지울 수 있을 정도로만 쓰인 글, 이를테면 문법적으로 딱 합격점이고, 필자의 의도가 그럭저럭 전달되는 정도의 글이었으리라. 나는 샤보 선생님에게 인도되기 전까지 만난 몇 명 교수들의 무관심한 반응들이 떠올랐다…….

그 후 상당한 시간이 흐르고, 그의 요구로 논문 계획서를 제출한 다음 우리들이 포낭의 아파트에서 만났을 때, 그는 이렇게 말했다: "문학 이야기를 할 때, 우리 서양인들은 동양인들에 대해 편견이 있어요: 우리들은 동양인들이 막연하고 되지도 않는 말을 늘어놓는다고 비판하는 경우가 많지요. 당신 논문 계획서를 보면, 정말 그게 편견이라는 생각입니다."

그런 비판이 단순히 편견만은 아닐 수도 있을지 모른다. 그가 학회나 세미나 등에서 보게 된 동양 학자들이나 학생들의 발표나, 그들이 없는 자리에서 프랑스인 교수들끼리 그들을 두고 주고받은 뒷

말들 등을 연상했을 수 있는 것이다. 그것이 편견이든 편견이 아니든, 어쨌든 그의 그 말은 내 연구 계획서에 대한 칭찬이니, 내게는 또 다른 큰 격려였다.

장학금 기한이 한 해를 앞둔 때, 나는 논문을 쓰기 시작했다: 삼사백 페이지의 양을, 그것도 외국어인 불어로 써야 하니, 일 년이라는 기간은 내 능력으로 충분하다기보다는 부족하다는 편일지 몰랐다. 먼저 종이에 펜으로 논문의 한 장(章)씩을 원고로 쓴 다음, 그것을 타자기로 타자하고(까마득한 옛날이야기이다. 마르세유로 타자기를 사러 간 일이 아련하다), 그 타자한 한 장분을 샤보 선생님에게 제출하는 식으로 일이 진행되었다. 그러면 선생님은 그것을 검토한 후, 우리들은 포낭에서 만난다. 놀라운 것은 선생님이 그 원고를 다 읽었다는 것이다. 그는 원고를 한 장, 한 장 넘기면서, 자기가 붉은 볼펜으로 B(좋음)나 TB(아주 좋음)로 표시한 부분을 잘 표현했다고 칭찬하고, X표로 표시한 부분은, 표현을 바꾸기를 권고하거나 자기의 이의가 있거나 한 곳으로서 후자의 경우에 내 설명을 요구한다……. 과연, 정녕 그는 좋은 교수였다: 학위논문을 지도하는 교수로서 그렇게 그 지도 논문을 다 읽어 주는 경우는 거의 없기 때문이다. 그래 나는 그때 선생님이 평가해 준 그 타자 원고 가운데, 내 논문에서 내가 가장 힘들여 쓴 서문(귀국 후 우리나라에서 발표된 「바슐라르와 상상력의 미학」의 토대가 된 논문 방법론 부분) 원고를 기념으로 가지고 와, 지금도 지니고 있다.

샤보 선생님의 논문 지도에 관해 내가 기념으로 지니고 있는 또 하나가 있는데, 지난 호에 언급된 장학금 기한 연장을 위한 청원장에 첨부한, 그가 써 준 추천장이다. 거기에 쓰여 있는 내 노력과 논문에 대한 칭찬은 청원의 수용을 가능케 하기 위해 과장된 면이 있겠지만, 내 마음에 쏙 드는 부분이 있어서, 추천장 원본을 복사해 놓았던 것이다. 그 부분은 다음과 같다: "곽광수 학생은 세밀하게, 또 안이하지 않게 글을 쓰고 있습니다: 자기 문체에 대해 까다롭기 때문입니다." 논문 작성 작업이, 글쓰는 일이 으레 그렇듯이 예정대로는 안 되어, 그 청원장을 제출할 때에 서문과 결론을 뺀 중심 부분을 겨우 끝내 가고 있는 상태였다. 글쓰기 쪽으로는 아무런 문제가 없다는 그의 말을 듣게 한 첫 리포트 이후로는 선생님은 그때까지 내 글 자체에 대해서는 어떤 말도 하지 않았는데, 추천장에 그런 뜻밖의 언급이 있으니, 나는 여간 기쁘지 않았다. 그러다가 새 학년도로 넘어와 서문과 결론을 끝내고 선생님의 검토를 받을 때, 그는 이렇게 말하는 것이었다:

"머시외 곽, 정말 놀라워요! 당신이 지난 한 해 동안 논문을 쓰는 가운데, 당신 글이 뒤로 오면서 좋아지는 속도가 점점 빨라졌어요. 서문과 결론은 아주 훌륭합니다."

지난번 추천장의, 내 글에 대한 그 칭찬이 그냥 과장만은 아님을 선생님 자신이 알려준 셈이었다….

내가 내 문체에 대해 까다롭다거나, 내 글이 훌륭하게 되었다거나 하는 샤보 선생님의 칭찬을 두드러지게 받아들였던 것은, 단순히 문학적 진리는 다분히 글 자체에 빚진다는 일반적인 사실 때문만은 아니다. 귀국 후 신문·잡지에 쓴 잡문 두세 군데에 나는 내 청소년기의 치기 어린 꿈 이야기를 한 적이 있는데, 그것은 불어로 소설을 써서 노벨문학상을 타겠다는 것이었다!…… 그 치기 어린 꿈은 아이러니를 담은 미소로써 바라보게 되었지만, 적어도 산문에 관한 한, 기회가 있으면 내 스타일의 훌륭한 불어로 글을 쓰리라, 라는 생각은 여전히 버리지 못하고 있는 것이(이 생각에 대한 약간의 아이러니도 여전하지만) 또 다른 그 이유이다. 불어 주간지 『한국통신』에 「프랑스인들의 추억」을 시작으로 여남은 편의 칼럼을 써 본 것도 그래서였고, 앞으로도 한국문학을 소개하는 책을 불어로 써 볼 기회를 찾아보려고도 하기는 하는데(이 나이에!?)……. 게다가 그런 칭찬을 하는 분이 샤보 선생님임에랴: 그는 글을 잘 쓰는 분인 것이다.

　정녕 그는 좋은 교수였다: 그의 친절은 이후로도 계속된다. 지난 호에서 이미 이야기한 것과 같이 논문 발표가 이루어진 후, 얼마 안 있어 샤보 선생님이 자기 집에서 사모님이 준비하실 점심을 같이하자고 알려 왔다. 논문을 끝내기까지 내가 고생했으니 지도교수로서 나를 위무한다는 뜻이었을까?… 「프랑스인들의 추억」에서 언급된 바 있지만, 더 나중에 귀이용 학장님으로부터 성공적인 내 논문 발표에 대한 축하 만찬에 초대를 받았는데, 그런 만찬 같은 것은 아니었다. 어쨌든, 우리나라에서 이루어지는 관행으로나 선생님에 대한 내 감정으로는 오히려 내가 감사하는 초대를 해야 하는 건데 하는 것이 내 생각이었으나, 그럴 형편도 못 되는 상황이었다. 내가 익히 잘 아는 조용하고 정갈한 포낭의 선생님 아파트의 부엌 겸 식당에서 그날 선생님 내외와 나, 이렇게 셋이 특별히 잘 차린 것이 아닌 여느 때 식사인 것 같은 점심을 나누며 즐거운 시간을 가졌다. 나는 내 장래 이야기도 하고, 사모님이 중등학교 중국어 교사인 것을 기화로 논어의 구절 "有朋自遠方來 不亦樂乎(유붕자원방래 불역락호)"를 글로 써 보이고 번역하여 아는 체하면서 떠들기도 하는 등, 나 쪽에서 더 많은 이야기를 했고, 두 분은 빙그레 미소를 띤 채 흥미 있게 듣고 있었다. 언젠가 한 번 본 적이 있는, 중학생인 두 따님이 있는데, 물론 그때에는 학교에 가고 없었다.

헤어질 때가 되어 아파트 건물 밖까지 나를 배웅해 준 샤보 선생님이 내게 종이 쪽지를 하나 건네며 이렇게 말했다:

"미셸 에스테브 씨에게 내가 당신 논문을 추천했어요. 이게 그의 파리 사무실 주소예요. 그에게 논문 한 부를 드리고, 이야기를 나눠 보세요."

이게 무슨 말인가? 나는 잠시 얼떨떨했다. 미셸 에스테브는 우선 라 플레이아드 총서[5]에서 지금까지 두 권 — 소설 1권, 정치평론집 1권 — 나온 베르나노스 작품집 가운데 소설 편의 편집에 참여한 분이다(샤보 선생님이 바로 정치평론집의 편집에 참여했다). 그리고 갈리마르사(社)의 작가 개인 소개 총서인 '이상(理想) 총서'의 한 권으로 간행된 『베르나노스』의 저자이고, 또 그 당시 현대문학이라는 출판사에서 부정기적으로 연속해서 간행하는 연구 논문집 『베르나노스 연구』의 편집자였다. 내 논문의 참고 서지목록에는 그때까지 나온 『베르나노스 연구』의 제 12호까지, 각 호마다 중심 쟁점이 제시되어 있

---

5   갈리마르사(社)에서 나오는 전집 총서. 인디아지로 권당 1500면 내외로 제책하여 몇 권이 되든, 한 작가의 모든 작품들을 수록하는 총서로, 그 작가의 전문가(학자, 비평가)들에 의한, 전문적인 소개 서문, 작가 연보, 주, 작가의 퇴고로 인한 이문(異文)들 등도 수록함. 이런 이유로 이 총서는 문학연구를 위한 고증본, 결정본 역할을 한다.

기에, 나열되어 있다. 물론 이 출판사의 이 논문집 기획은 베르나노스뿐만 아니라 현대의 중요한 시인·작가들을 포함하고 있는데, 예컨대 『말로 연구』, 『카뮈 연구』, 『베케트 연구』 등등이 있고, 그것들은 그것들대로 여러 호로 계속 나온다.

나는 곧 얼떨떨함에서 벗어나, 선생님에게 그렇게 하겠으며, 감사하다고 말하고, 우리들은 헤어졌다. 그래 나는 샤보 선생님은 좋은 교수라는 생각이 또 들었던 것이다. 그의 말로는 그냥 추천했다고만 하는데, 당연히 어떻게 추천했는지 나는 궁금했다. 내 논문의 한 장에 대해 『베르나노스 연구』에 게재 추천을 한 것일까? 아니면 현대문학사에서 간행하는, 작은 규모이나 알찬 작가 연구서들이 떠올라 생긴 더 큰 욕심으로는, 내 논문 전체를 책으로 간행하기를 현대문학사에 권고해 달라고 했을까? 물론 어느 경우라도 미셸 에스테브가 긍정적인 평가를 내려야 하겠지만, 그 이전까지 일의 추이를 따라가자고 생각했다. 나는 파리에서 앞서 언급된 적이 있는 친구 J에게 두어 주 기숙식(寄宿食)하다가 귀국하기 전에 그의 평가를 알고 싶어서, 그러기 위해 그에게 논문 한 부를 미리 우편으로 보내고, 파리에서 그를 만났을 때에는 그의 결정을 듣게 되기를 바랐다.

미셸 에스테브와의 상면에 관한 상세한 이야기는 생략하기로 하고, 사실 상세한 이야기를 할 수 없을 만큼 그때 딱 한 번 만난 그는 지금의 내 기억에서 지워져 있는데, 다만 핵심적인 이야기, ― 내 논문에서 「un Mauvais rêve」라는 작품을 다룬 제2부, 제2장이 지금까지 연구자들이 베르나노스의 작품 세계에서 주목하지 못한 점을 보여주고 있는 듯하므로, 그 장을 『베르나노스 연구』에 싣겠노라고 하는 이야기와, 학문적인 저술의 간행을 지원하는 기관에서 지원금을 얻을 수 있으면 문학세계사에서 내 논문 전체를 간행하도록 하겠다는 이야기를, 그가 두 손으로 제스처를 써 가며 말하는 광경이 흐릿하게 남아 있다. 그는 또 말하기를, 인물의 운명을 추적하는 것이 제2부의 취지인데, 제1부에서 해명된 베르나노스 소설의 이미지 체계를 모르면 독자들이 그 추적을 따라갈 수 없을 것인즉, 제1부의 내용을 설명하는 글을 이해가 되도록 좀 길더라도 새로 써서 『베르나노스 연구』에 실을 제2부, 제2장 앞에 첨부해 주어야 하고, 논문 전체의 간행의 경우에는 이미지들을 연계적으로이긴 하나, 하나하나, 따로 따로 설명하고 있는 제1부를, 그런 경계가 보이지 않도록 전체적으로 다시 써야 한다는 것이었다.

나는 귀국 후, 「프랑스인들의 추억」에서 언급된, 내 논문을 순전히 불어의 측면에서 읽어 준 미셸 레에게 쓴 첫 편지에서 이 사실을 알리고, 『베르나노스 연구』를 위해 내가 새롭게 쓸 부분을, 그리고 운이 좋을 경우 제1부 전체를 수정할 원고를 또 읽어 줘야겠다고 청했다. 이 글을 쓰면서, 그해 여름에 받은 그의 답신을 찾아서 보는데, 이 문제에 관한 부분을 여기에 옮기면 다음과 같다: "나는 특히 미셸 에스테브 씨가, 내가 보기에 호의적으로 너의 논문을 받아들였다는 사실에 여간 기쁘지 않아. 너의 논문에서 두 장이나 『베르나노스 연구』에 실린다는 것은 내가 보기에, 틀림없이 너를 아주 즐겁게 할 긍정적인 사건일 것 같아. 나 개인으로서는 그 두 장이 논문집들에 게재될 때, 절대로 놓치지 않고 그것들을 구해 읽겠고, 몇호, 몇 호를 사야 하는지 네가 알려 주기를 바라." 미셸의 편지에 의

하면 한 장이 아니라 두 장을 논문집에 싣겠다는 미셸 에스테브의 결정을 내가 들었던 모양인데, 각 호의 논문집이 쟁점 중심으로 편집되는 만큼, 내 논문의 다른 한 장이 다른 쟁점에서 그의 흥미의 대상이 되었던 것 같다는 게 지금의 내 짐작이다. 나로서는 한 장이든, 두 장이든 큰 기쁨이 한 덩어리로 내 잠재의식에 각인되어 있어서, 내가 두 장을 한 장으로 잘못 기억하고 있었을지 모른다. 위의 말을 뒤잇는 미셸의 말: "그 위에 내가 보기에는 너의 나라가 너의 논문 전체를 간행하는 데에 필요한 재정적 지원을 네게 해 줘야 할 거라고 여겨져. 미셸 에스테브 씨가 출판사에 너의 논문을 추천하기를 받아들이는 것은, 그것이 주목 받을 온갖 가능성을 가지고 있고, 그가 그것을 중요한 작업으로 간주하기 때문이지."

하기야 프랑스에는 그런 경우가 많다. 예컨대 바슐라르 연구서로 그때까지 나온 것들 가운데 과학철학과 문학연구를 포함하는, 가장 포괄적이고 훌륭한, 뱅상 테리앵의 『문학비평에 있어서의 가스통 바슐라르의 혁명』은 캐나다인 저자의 학위논문이 캐나다의 한 문화재단의 지원으로 간행된 것이었다. 그리고 일본 학생들의 학위논문들이 일본의 동일한 관계 기관의 지원으로 상당수 간행되어 FNAC 서점에 꽂혀 있는 것을 귀국 후 첫 파리 방문 때에 본 적도 있다. 어쨌든 나는 이리저리 알아보는 가운데 한 언론사의 고위직에 있던 친구로부터 자기 회사에 알아볼 여지가 있다는 이야기를 들었다.

그런데 그 확실한 가능성에 대한 그 친구의 하회를 듣기 전에, 또 그것이 불가능할 경우 『베르나노스 연구』에 실릴 내 논문 부분들에 첨부할 글에 착수하기도 전에, 그 모든 것이 허사가 되고 말았던 것

먼 바다의 기억

이다. 내 프랑스 유학 때에 아버님 사업이 파산했는데, 귀국 후 이 듬해에 파산으로 부도난 수표들 건으로 아버님이 사정당국에 검거되시고, 재판을 받으시고, 집은 은행에 넘어가고……. 이런 어려운 상황을 겪으며, 나는 내 논문에 관한 것은 모든 것을 내던져 버렸다……. 결과적으로 샤보 선생님의 친절을 저버린 셈이 되고 만 것이다. 그 이후 처음으로 내가 선생님을 만난 것은, 헤어진 지 10여 년 후 문예진흥원 일로 파리에 갔을 때였다. 그 기회에 엑스에 내려가 선생님을 포낭으로 예방했을 때, 그 옛날 추천 건을 입에 올렸던지 전혀 기억에 없다.

지금 생각하면, 그때만 해도 신규로 발령된 젊은 교수가 너무 많이 맡게 되는 강의 부담, 아버님의 파산에 따른 우리 집 경제 상태에 대한 불안스런 걱정, 이런 것들에 사로잡혀 내가 심리적으로 여유를 가지지 못했지만, 그렇더라도 『베르나노스 연구』에 실릴 내 논문의 두 장에 붙일 글은 어떻게 해서라도 썼더라면, 내 논문이 엑스대학 도서관에서만 갇혀 있지 않고 『베르나노스 연구』를 통해 많은 사람들에게 알려질 수도 있었을 텐데…… 라는 아쉬움이 남아 있다.

내가 마지막으로 선생님을 만났던 때가 언제였던가? 1990년에, 나는 대학에 교수로 임용된 지 20년 가까이 되어서야 처음으로 연구교수 기회를 얻어(이런 것도 옛이야기이지만) 파리에 1년 가 있게 되었다. 그해에 아내는 아내대로 하버드 옌칭연구소에 연구교수로 선정되었다. 그래 누나인 여자아이는 엄마가, 동생인 남자아이는 아빠가 각각 보스턴과 파리에 데리고 있기로 하여, 우리들은 이산 가정이 되었던 것이다.

그해 여름 늦게 나는 초등학교 1학년이던 아들아이를 데리고 테제베로 엑스에 내려갔다. 아이에게 옛날 아빠가 유학하던 곳을 보여 주고 싶기도 했지만, 무엇보다도 선생님을 예방하는 것이 주목적이었다.

선생님이 옛날 나를 늘 맞이해 주던 서재 겸 응접실에서 우리 둘이 이야기를 나누는 동안, 꼬마 아들아이는 내가 시키는 대로 선생님께 공손히 절을 한 다음 내 옆에 앉아 있다가, 어느새 자리를 빠져나가 응접실 여기저기를 살피며 돌아다니고 있었다. "얘야, 네 자리로 돌아와 좀 가만 있지 않을래?" 하는 좀 엄한 내 말에 제자리에 돌아와 앉아 있다가도, 워낙 호기심이 많은 아이라 또 제자리를 비우곤 했다. 선생님은 내 우리말을 물론 짐작하고는 "그냥 저 하는 대로 내버려 둬요." 하더니 "일 레 쉬페르브(그 녀석 참 대단하군)!" 하고 탄성을 발하는 것이었다……. 우리들이 선생님 댁을 나온 다음, 내가 선생님이 널 참 대단한 녀석이라고 하셨단다라고 하니, 그 말을 불어로 되풀이해 달란다. 저도 따라하고 싶어서이겠지. 일 레 쉬페르브! 하고 되풀이하는 내 말을 따라하는 일 레 쉬페르브!라는 아들아이의 말. 일 레 쉬페르브! 일 레 쉬페르브! 그래 그 말은 그 아이가 처음 배운 불어이다…….

그때 선생님은 미국의 어느 가톨릭계 대학에 초빙교수로 가게 될 것 같다는 말을 했다. 그 건이 성사되어 그 대학에 갔다 왔는지?… 그리고 언젠가는 엑스대학에서 장 지오노[6] 심포지엄이 있을 예정인

---

6 1930년대 4대 비극적 작가 — 조르주 베르나노스, 장 지오노, 앙드레 말로, 앙투안

데, 자기가 총무 일을 보고 있다면서, 내가 원한다면 연구 발표 초청장을 보내 주겠다는 연락을 해 주기도 했다. 그러다가 어느 때부터 피차에 모든 연락이 끊어져 버렸던 것이다.

이 엑스의 추억 산책을 시작하기 전에 선생님 댁으로 전화를 했으나, 메시지를 남기라는 녹음된 말만 들렸다. 내가 칠순인데, 선생님은 여든에 가까우리라. 그렇다면 이젠 은퇴한 상태이니, 포낭에 살지 않을지도 모른다: 학교와의 물리적 거리를 괘념할 게 없을 테니, 포낭보다 좀 더 나은 집으로 이사했을지도 모르는 것이다. 그리고 내가 지니고 있는 전화번호도 이젠 같은 주인의 것이 아닐지도 모른다…….

나는 포낭을 왼쪽으로 지나쳐 간다. 이 길을 끝까지 가면, 거기에서 주거지가 끝나고, 그 앞을 가로막는 고속도로를 그 위의 다리로 건너가면, 과수원들이 있는 들판이 펼쳐져 있다. 그 과수원들을 지나가면, 조그만 시내가 나타나는데, 나는 「새(新) 엑상프로방스 이야기」에서 개인적으로는, 옛날 내 모든 부정적인 상념들은 감싸 안아 주던 이 느린 유속의 희부연 초록색 시냇물이 미스트랄에 못지않게 내가 잊지 못하는 엑스의 이미지라는 말을 한 적이 있다. 나는 거기까지 갔다.(계속)

드 생텍쥐페리 — 의 한 사람. 네 작가들 가운데 우리나라에 상대적으로 가장 덜 알려져 있는데, 엑스에서 멀지 않은 마노스크를 평생 떠나지 않은 남불 작가로서 범신적인 자연을 묘사한 무정부주의자, 반전주의자, 평화주의자였다. 『나무를 심는 사람』의 저자이다.

김 경 동

트롯 예찬 | 인간주의 사회학의 인문학적 글쓰기

트롯 예찬

상냥한 직원의 인도에 따라 대강당의 육중한 문을 열고 들어간 순간 잔잔한 악기 연주 소리가 은은하게 울려 퍼지고 있었다. 오랜만에 방문하는 곳이지만 실은 여기가 구청의 문화예술회관으로 각종 공식 행사는 물론 정기적인 음악과 기타 각종 연예 프로그램을 개최하는 곳이다. 나도 이 지역 자원봉사센터의 회장 일을 보고 있을 때 매년 연말에 자원봉사의 날을 기념하여 수백 명의 봉사자들과 관련 기관 참가자들에게 한 해의 공로를 상찬하기 위한 시상과 감사장 수여 등을 진행하던 장소이기도 하다. 그날은 코로나–19 예방을 위한 백신 접종 차 여기에 온 참이었다. 이 회관 로비에 접종을 위한 공간을 마련하고 접종을 마치면 이상 증세 등 후유증을 확인하기 위해 20~30분의 대기 시간을 갖도록 하는 순서에 따라 이 대강당에 들어온 것이다.

일단 주어진 지정 좌석에 앉자마자 그 음악 소리가 어디서 나는

지부터 확인하려고 두리번거리는 내 눈은 강당 정면의 무대 우측 높은 벽면에 걸린 대형 전광판의 동영상에 멎었다. 그 음악은 어디서 많이 듣던 매우 익숙한 멜로디인데 분명히 서양의 클래식 곡은 아니라는 생각에 그날의 보호자로 동행하여 곁에 앉은 큰아이에게 "저게 무슨 곡이지?" 하고 물어야 했다. "저거 영탁의 '찐찐찐찐 찐이야' 아녜요." 하고 속삭이는 대답이 돌아왔다.

역시 어쩐지 무언가 아주 어색한 부조화가 그 연주를 즐기도록 내버려 두지 않는다는 생각이 나의 감상을 건드렸던 게다. 아니 그런 곡을 첼로라는 악기로 소화하려 한다는 생각 자체가 너무도 어처구니없었지만 그렇더라도 무슨 심각한 감성이라도 표현하려는 건지 눈을 지그시 감은 얼굴 표정에다 몸놀림마저 중후한 모습을 감추지 않으려는 듯한 제스처를 써 가며 느릿느릿하게 연주를 하는 것이 참으로 가관이었다. 이 노래는 TV조선에서 지난해 실시한 미스터트롯 경연대회에서 준우승을 차지한 영탁이라는 가수가 불렀을 때 그 첫 소절이 끝나기가 무섭게 청중석의 온 관객이 누가 시키지도 않았는데 모두가 저도 모르는 사이 찰나적으로 그냥 신바람이 나서 '찐찐찐찐 찐이야, 완전 찐이야, 진짜가 나타났다, 지금!'이라고 바로 따라 부를 정도로 흥을 돋우는 신나는 곡이다. 속도감과 경쾌함에다 그 가수의 특이한 명료하고 힘 있는 목소리로 노랫말 자체가 암시하는 시사풍자적인 요소를 토해내고 있었기 때문이었다. 그런데 그 첼로 연주는 너무나도 동떨어진 방향으로 흘러가서 혼란할 뿐만 아니라 좀 심하게 말해서 그 연주자가 곡 해석을 하는 수준이 저것밖에 되지 않나 하는 의구심마저 일게 했기 때문이다.

먼 바다의 기억

그래서 이 연주가 대체 어떤 계제에 펼쳐진 프로그램을 녹화한 건지를 알아보려고 그 영상의 여러 구석을 살피다가 상단에 밝힌 연주회의 명칭을 찾았다. 구청에서 매주 정기적으로 주민에게 선사하는 문화 프로그램, '금요 정기 음악회'였던 것이다. 그러니까 구청 문화회관의 기획자들이 정기 음악회를 준비하면서 요즘 한창 대중문화계를 뒤흔들고 있는 트롯 음악 연주로 관심을 끌어 보고자 했음이 분명해 보였다. 근자에 소위 크로스오버라는 명목으로 우리나라 고유의 대중음악과 서양의 클래식 음악을 컬래버 형식으로 혼성하는 프로그램이 유행처럼 일고 있는 문화 현상의 일환이라고 볼 수 있다는 말이다. 실은 여러 해 전에 서울대학교 음악대학의 유명 테너 교수가 대중가요 가수와 함께 정지용의 〈향수〉를 함께 불러서 큰 반향을 일으킨 사례가 아마도 그런 현상의 효시가 아니었나 싶다. 그 곡 자체는 우리나라 초기 현대문학사에서 가장 감동적인 시를 남긴 시인의 시를 현재 가요 분야에서 이름을 날리고 있는 김희갑 작곡가 부부의 대중가요곡 작품이었다는 것도 일종의 크로스오버라 할 것이다.

　　그날의 동영상은 첼로 연주에 이어 신나는 탭댄스를 잠시 선보이고 나서 다시 바리톤이 부르는 트롯곡 연주를 내보냈다. 그가 부른 노래 역시 예의 그 트롯 경연대회에서 우승한 임영웅이라는 가수가 부른 〈어느 60대 노부부 이야기〉였다. "곱고 희던 그 손으로 넥타이를 매어 주던 때, 어렴풋이 생각나오"로 시작해서 "여기 날 홀로 두고…… 여보 잘 가시게, 여보 안녕히"로 끝나는 이 노래를 그 젊은 트롯 가수가 부드럽고 아련한 목소리로 처량하게 불러 내려가자 청중석이 온통 눈물바다로 변해 버렸던 그런 음악이다. 하지만 이 동영상의 바리톤은 그 나름으로 얼굴 표정과 목소리를 조절해 가며 열심히 불렀지만 그날 나는 그 성악에서 아무런 감성적 감응을 얻지 못하고 오히려 "아니 저 가수가 저렇게 감상적인 노래를 저 정도도 못 부르지." 하는 반응만 짓고 말았다. 아까운 노래를 망쳤다는 느낌은 이 바리톤의 연주나 저 첼로 연주나 마찬가지였음이다.

여기서 트롯이라는 매우 특이한 한국적 정서를 가장 잘 효과적으로 표출하는 음악 장르를 서양의 클래식 음악과 대비하면서 어느 한쪽을 옹호하고 추켜올리고 칭찬하면서 다른 한쪽을 비하하고 멸시하고 배척하자는 뜻은 전혀 없다. 나로 말하면 어릴 때 가장 일찍 그리고 자주 접하기 시작한 음악은 찬송가, 즉 교회 음악이었다. 그런 다음 학교에서는 우리나라 가곡과 서양 음악을 동시에 배운 것이 거의 전부라 할 만하다. 가령 우리 고유의 판소리와 국악 악기로 연주하는 민요 등은 접할 기회가 한정적이었던 것도 사실이다. 성장하면서 클래식 음악과 서양의 대중가요를 가장 자주 접하며 즐겼던 것도 무시하지 못한다. 클래식이라 해도 오페라에는 크게 감동을 받은 기억이 드물고, 서양 대중음악에서도 뮤지컬이라는 형식의 연주도 즐기는 편이 아니다. 물론 전자의 아리아 중 대표적인 가곡이나 뮤지컬의 일부 노래를 즐겨 부르기도 하고 감상하기는 한다. 그래서 미국에서 공부할 때부터 통기타를 독학으로 배워 가끔 혼자 즐기기도 했고, 그 후 십 년 가까운 미국 생활 동안에는 LP음반을 수집하기 시작하여 상당한 분량을 지금도 지니고 있다. 하지만 거기까지다.

그 과정에서 소위 유행가라 부르는 대중가요는 일부 불러 보기도 했지만 역시 좀 회피하는 경향이 있었다. 특히 가사가 지나치게 저속하고 유치하다는 점이 못마땅했다. 하지만 나이가 들어 사회생활을 하면서 동창이나 직장 동료들의 회식이 있을 때는 자연히 그런 유치한 대중가요를 서로 나누며 시간을 보내는 자리가 많아졌다. 노래방 시대가 도래하면서 그런 기회는 더 늘었다. 이러한 경험을 하면서 또 다른 한편으로는 학문적인 관심을 가지게 된 면도 있다. 우리 사회의 역사를 이해하는 방법으로 일제강점기부터 현대에 이르는 기간에 유행한 대중가요의 가사를 내용 분석법으로 정리하여 시대적인 맥락에서 어떤 변화를 표현하는지를 분석하고 싶었지만 실행으로 옮기지는 않았다.

최근, 특히 지난 일 년 사이에는 코로나 사태를 맞아 집콕의 철장 속에 갇힌 몸이 되어 밤낮으로 일만 계속 할 수 없어서 여가 활용 내지 휴식을 위해 맛을 들이기 시작한 것이 주로 TV 채널이 방영하는 음악 프로그램이 되었다. 워낙 여러 채널에서 다양한 음악 프로그램을 운영하므로 그걸 깡그리 감상할 필요는 없고 해서 선택한 것이 첫째로 트롯 음악 프로그램과 둘째로 JTBC 방송이 지난 몇 해 사이 세 차례 방영한 남성 사중창 경연대회, 〈팬텀 싱어즈〉다. 이 둘 중에 우선 후자를 잠시 언급하고 나서 트롯 얘기에 집중하려고 한다.

남성 사중창은 그 어떤 음악 발표 형식보다도 감동을 쉽게 받을 수 있는 요소를 많이 지닌다. 가장 중요한 것은 네 사람의 남성이 뿜어내는 화음의 울림과 아름다운 감흥이다. 그리고 요즘 들어 이 프로그램에서도 역시 위에서 지적한 바 있는 크로스오버를 허용하여 서양 클래식 외에 한국의 가곡과 가요, 동서양 여러 나라의 국민음악 등 여러 장르를 선택적으로 공연하고 있어서 더 내용이 풍부해진 것만은 사실이다. 그런데, 이렇게 좋아하는 음악이지만 한 가지 별로 감동을 받기가 어려운 곡이 이탈리아 말로 부르는 그 나라 가곡이나 가요다. 물론 언어 불통이 한 가지 걸림돌이긴 하지만 그것만이 아니고 어쩐지 그 나라 노래는 나의 음악 식성에 맞지 않은 사례가 더 잦다. 이탈리아 말이라도 유명해서 즐겨 부르곤 하는 오페라의 유명 아리아 등은 기분 좋게 감상도 한다. 여하간 아마도 내게는 익숙하지 않은 그 나라의 문화적 취향에도 원인이 있을 법도 하다. 그래서 〈팬텀 싱어즈〉가 반가우면서도 이 이탈리아 노래라는 걸림돌이 나로 하여금 아쉬움을 갖게 한다.

그러면 지금부터 트롯 열풍에 관한 사회학도의 관찰을 엮어 보기로 한다. 먼저 이름부터 잠시 살펴보자. 우리나라의 유행가를 원래는 뽕짝이라고 부르던 것인데, 언제부턴지 트로트(혹은 트롯)라는 외래어가 이를 대체하기 시작한 것 같은데, 어느 쪽이 더 정확한지 아니면 적합한지는 언어학계가 외래어 표기법으로 결정할 문제지만, 영어로는 trot에 해당한다. 이 말은 속보, 구보 혹은 총총걸음을 뜻하고, 빠른 걸음으로 하는 산책, 또는 하루 종일 종종거리며 바쁘게 쉴 새 없이 일하고 움직인다는 의미로도 쓰인다. 이것을 노래와 관련해서 표현할 때는 '노래 한 곡조 불러 보인다'를 trot out a song이라고 한다. 말하자면 노래를 불러 자랑하는 행동을 가리키는데, 그것이 대체로 약간은 빠른 템포의 성질을 내포하며 가볍게 부르는 노래라는 말이다. 여담인데, TV조선에서 방영한 〈사랑의 콜센타〉 프로그램에서 하루는 미국에 거주하는 여성이 전화 통화의 주인공이 되었을 때, 콜센터 센터장(사회자) 김성주가 "지금 무슨 일 하시던 중입니까?"라고 물었는데, 그 여성이 "저 '미스터 츠롯' 보고 있었어요"라고 해서 출연자 모두의 웃음을 자아낸 일이 있다. 트롯의 미국식 발음은 더 정확하게 하자면 '츠롯'에 가깝다는 말이다.

　그 트롯이 왜 지금의 한국인의 가슴과 마음을 이리도 뜨겁게 휘저어 놓고 있는지 신기할 수밖에 없다. 음악학적으로 그 선율과 가락의 특성이 어떤 것이며 그 원류가 일본의 엔카인지 아니면 그 반대인지, 그도 아니면 상호작용의 결과인지 등 전문적인 논의는 이 글의 주관심사가 아니다(참고로 이런 문제와 관련해서는 김재은, 『떼창의 심리학: 한국인의 한, 흥, 정, 그리고 끼』(푸른사상사, 2021)를 참조하시기 바람). 나는 사회학도로서 이 현상을 이해하려고 할 따름이다. 그러자면 그러한 한국적 정서가 보편적이 된 이유를 풀이하는 사회학적 해석이 우선 필요하고, 그 다음은 이처럼 가히 전 사회적이라 할 만한 현상이 현재의 우리나라 사람들의 사회적인 삶에서 어떤 새로운 모습의 가능성을 보여주는지에 관한 성찰이 될 것이다.

　원래 트롯이라는 유행가는 민족적인 한풀이의 성격을 내포한다는 것이 정설이다. 한마디로 우리의 역사는 되풀이 한 외세 침략과 내적인 갈등으로 인한 끊임없는 한풀이로 점철되어 있다 해도 과언이 아니다. 특히 19세기 말, 20세기 초 근대화의 물결이 전 세계로 번져 나가던 시절, 망국의 서러운 한풀이는 권력 독점에 의한 지배층의 부패와 무능으로 백성의 삶을 황폐화한 데 저항하는 민중봉기와 항쟁의 빈발로 표출하였고, 뒤이은 일제강점기는 나라 잃은 인민의 무력감이 내면으로 응어리지는 한을 싹틔웠으며, 광복과 동시에 찾아온 민족 분단과 연이은 전쟁의 상흔은 또 더할 나위 없는 자괴감으로 한을 증폭시켰다. 전쟁의 폐허 속에서 가난과 싸우며 허덕이는 백성에게 다시 부패와 독재가 새로운 한을 심어 주었다.

그나마 그 한풀이는 온 국민이 떨치고 일어나 전무후무한 고도 경제성장을 일으킨 결실로 일단락 지었으나, 그 과정에서도 군부독재의 억누름이 새로 시작한 민주공화국의 밝은 장래를 기약하던 새로운 세대의 한을 정면으로 자극하고 말았다. 저항과 억압의 악순환 속에서 마침내 시민 봉기에 의한 민주적 이행을 이룩하는가 했더니, 이제는 그 시대 저항의 주체이던 세대가 권력 독점과 끝없는 탐욕에 젖은 내로남불의 몰염치로 국민의 예민한 정서를 몹시 뒤틀리게 하는 정황에까지 이르러 또 다른 한의 불씨가 타오르는 오늘에 이르렀다. 거기에 설상가상으로 전 지구적 차원에서 인류의 생존 자체를 저격하는 전염병의 확산이 들이닥쳐 시민의 삶이 송두리째 망가져 가는 형국이 전개하고 있는 중이다.

다행히도 정치적 민주주의를 억제한 가운데서도 급속한 공업화주도의 대외 수출 지향적 경제성장 전략이 먹혀들어 감히 세계 10대 경제대국이라는 호화로운 타이틀까지 거머쥐게 된 우리나라의 경제적인 삶은 누가 봐도 번영의 상징이 아니라 말하기 어려운 위치까지 점하고 있다. 그런데 그처럼 실로 역동적인 정치경제의 역사가 전개하는 동안 우리는 사회적인 삶의 세계가 어떻게 상처 입고 무너져 내리는지에 주목하지 못한 채 손 놓고 어영부영 하는 사이

먼 바다의 기억

이제는 자칫하면 돌이키기 어려울 수도 있는 심각한 상태에 놓이게 되었다. 무슨 일이든 너무 서둘러 한쪽으로 기울어진 변동을 추구하다 보면 반드시 어느 구석인가에는 전혀 예기치 않고 눈에 뜨이지도 않던 웅덩이가 생기게 마련이다. 한쪽으로 극에 달하면 반드시 되돌아오게 되어 있고, 성하면 반드시 쇠하게 마련이라는 것이 자연의 이치다.

무엇보다도 사회를 형성하는 기본인 인간관계에 금이 가기 시작했고 이로 말미암아 가족을 비롯한 공동체적인 삶이 알게 모르게 허물어지고 있다는 문제가 심상치 않다. 우리는 원래 가족을 중시하는 강력한 가족주의 내지 가족중심주의적 문화를 물려받은 민족이다. 이것이 지나치면 폐쇄적인 혈연에 기초한 특수주의 집단의식을 조장하여 혈연이라는 연고를 인간관계의 핵심 요소로 생각하는 경향을 지니게 된다. 그럼에도 불구하고 가족은 인간이 세상에 태어나 성숙한 사회적 인간으로 성장하는 기본적인 사회화(교육, 양육)를 경험하며 사회적 자아를 형성하는 기초집단이다. 비록 부부와 그 자녀만으로 구성하는 핵가족이 대세인 현대사회이기는 하지만 그래도 역시 가족이라는 원초적 집단은 인간의 정서적 성숙을 학습하고 '우리'라는 타인과 어울려 사회적 관계의 기본을 훈련받는 터전이다.

그러한 가족이 오늘날 서서히 무너지고 있다. 최근에는 나라의 입법기관인 국회가 동거인을 가족 구성원으로 인정하는 법안을 구상하고 있다는 소식을 듣고 있다. 실지로 오늘날 우리나라 가구의 평균 구성원 수는 2.39인이라는 통계가 나와 있다(2019년). 두 사람 반도 못 된다는 말이다. 그리고 전체 가구 중 30.2%가 1인 가구,

27.8%가 2인 가구다. 합치면 물경 58%가 2인 이하의 소규모 단출한 가구라는 그림이 나온다. 이 그림의 배경에는 또 다른 풍경이 떠오른다. 우리나라의 합계 출산율이 0.8인데 이 숫자는 지난 2017년부터 감소하여 2020년에 도달한 수치다. 여기서 0.8이란 한 여성이 평생 출산하는 자녀 수의 지표인데, 한마디로 한 집에서 한 자녀도 올곧게 출산하지 않다는 얘기다. 이 말은 한국이 세계에서 출산율이 가장 낮은 나라라는 뜻이고, 이렇게 가면 결국 한두 세대가 지난 시점부터 전체 인구는 반으로 줄어들기 시작한다. 인구를 현 상태로 유지하려면 2명의 남녀(이상적으로는 부부)가 적어도 2명의 자녀를 남겨 놓고 가야 한다는 계산 때문이다.

전문가적인 해석에 의하면 이런 통계가 가리키는 현상은 나라 전체의 절반을 상회하는 집은 가족이 아니라 그냥 가구라는 말인데, 그 이유는 사회학에서 가족이란 혼인한 부부와 그 자녀로 구성하는 기초 사회집단으로 규정하기 때문이다. 몇 해가 지난 조사지만, 15세의 청소년에게 '가족이 아닌' 사람들을 지목하라 했더니 77.7%가 자신의 조부모는 가족이 아니라 했다는 보고를 하였다. 그리고 혼자 사는 사람들은 고령자(독거노인)와 청년층이 주종을 이룬다. 문제는 독거노인인데 이들의 빈곤율과 자살률이 세계 최고이고 청년 자살률도 세계 최고다. 더구나 청년 독거 가구란 혼인도 하지 않겠다, 자녀 출산도 하지 않겠다는 사람들이다. 이쯤 되면 가족 해체, 가족 붕괴란 말이 나올 법도 하다.

이에 더하여 이웃사촌이라는 공동체적 관계도 이제는 거의 무의미한 세상이다. 특히 대형 아파트 단지가 주거의 절반을 넘긴 현재의 거주 형태가 이런 현상을 자아내는 데 절대적으로 기여한 셈이다. 가끔 여기저기 쓴 글에서 밝히기도 한 대로, 우리도 아파트에 사는데 바로 옆집과 우리 집의 현관문 사이의 거리는 1미터도 채 되지 않는다. 그런데 우리는 옆집에 사는 사람 이름과 성과 구성원의 성격과 직업과 기타 소위 개인정보는커녕 얼굴도 모르고 지금껏 20년 이상을 살아왔다. 이건 아무리 세상이 바뀌었다 해도 사람 사는 길이 아니다. 이 현관문이 철문이라는 점도 몹시 상징성이 강해서 마땅하다 여기지 않는데, 그 철문을 닫고 각자 집으로 들어가면 그때부터는 이른바 프라이버시라는 미명으로 이웃에 개방할 이유가 없다. 이 현상을 사회학에서는 일종의 자가밀폐(cocooning)라 지칭한다. 누에가 제 몸에서 뽑아낸 실로 스스로를 가두고 번데기로 변신하여 고치 속에 완벽하게 숨어 버리는 형국에 비유한 것이다.

이렇게 사람이 자신을 가두어 버리면 어떤 결과가 올까? 물론 집 안에는 자신의 식구가 있다. 그러나 요즘처럼 1인용 주택이 새로이 건설하는 주택의 대세를 이루는 시대, 혼자 사는 사람들은 다수가 외로움을 경험한다는 것이 과학적 연구의 보고다. 더군다나 지금은 코로나 팬데믹 탓에 집콕을 해야 하는 조건 때문에 많은 이가 고독을 느낀다는 조사 결과가 미국 학계에는 이미 일반 상식이고, 우리나라도 예외가 아니라, 20대 청년의 60%가 고독감을 호소한다는 최신 자료가 있다. 외로움은 심리적으로 정신건강에 여러 가지 부정적인 영향을 미친다는 연구는 허다하다. 특히 혼자 오래 지나다 보면 사고와 시각이 자기중심적으로 좁아지고 극도의 이기주의적 성향을 강화하게 된다. 게다가 약간의 과장을 허용하면, 종교 부문에서는 고독이 영혼의 황폐화를 초래한다고도 한다.

고독의 치유에 가장 효과적인 것은 타인과 맺는 인간관계의 연결망을 짓도록 하는 것이다. 이 논리는 실제로 그동안 수십 년에 걸친 행복 연구와 장수 연구 분야에서 정석이 된 결론이다. 우선 가족관계를 비롯하여 다른 사람과 관계로 연결 지어 서로 의지하고, 지지하고, 배려하고, 도와주고, 위로하고, 정도 나누고, 물질 자원도 나누고, 사랑하며 사는 삶이 행복을 조장하고 오래 사는 데 가장 긍정적인 요인이라는 것이다. 최근 미국의 심리학자가 밝힌 바에 따르면, "한 시간을 행복하게 보내고 싶으면 낮잠을 자라. 하루를 행복하게 살려면 낚시를 가라. 한 달을 행복하게 지내려면 결혼을 하라. 일 년을 행복하게 보내려면 집을 사라. 그리고 평생을 행복하게 살고 싶으면 남을 도와주며 살아라."[1]라는 것이다.

이 모든 거시적 사회변동 속에서 한 가지만 더 짚을 필요가 있다면, 그것은 근래 몇 년 사이에 우리나라 정치의 난맥상 속에 그동안 애써 가꾸어 온 민주정치와 아울러 경제 시스템이 허물어지기 시작한 데다 코로나가 들이닥쳐 더욱더 엉망이 되어 버렸다는 사실이다. 이 중에서도 특히 중소기업, 소규모 자영업, 청년 취업 등의 부문에서 충격이 지독하게 컸다. 하루가 멀다 하고 파업에 폐업, 멀쩡하게 대학 졸업한 취준생이 편의점 알바나 대리운전 아니면 택배 등 잡역에, 그것도 하루 두 탕, 세 탕을 잠도 못 자고 뛰어야 하는 등 암담한 경제 실정의 민낯이 우리사회를 아프게 하고 있다. 그런

---

1 한소원, "팬데믹이 키운 외로움, 국가적 문제다." 「조선일보」 2021. 5. 25: A33.

먼 바다의 기억

데도 내로남불만 외치며 다수의 횡포를 서슴없이 자행하는 위정자들의 뻔뻔한 몰염치는 엉뚱하게도 음주운전으로 살상하고, 어린아이를 학대하여 숨지게 하고, 제 자식을 굶겨 죽이고, 참으로 끔찍한 비인륜적인 묻지 마 범죄를 저지르고도 참회할 줄도 모르는 황폐한 영혼이 연출하는 문명사적 패착으로 전염하여 우리의 마음을 왜곡시키고 있다. 이 모든 복합적인 변혁의 과정이 우리 국민의 마음을 건드렸고 가슴속에 하늘을 찌르는 한을 품게 한 셈이다.

　더 해설할 내용은 얼마든지 있지만, 여기서 마무리하고 본론으로 돌아가 보자. 위에서 열거한 참혹한 현실 속에서 트롯이라는 하찮아 보이는 예술의 장르가 우리나라 사람들의 무너져 내리려는 정서를 달래는 봄빛인 양 다가온 것이 신기하다 할 수밖에 없다. 솔직히 말해서, 웬만한 학력을 갖추고 사회경제적 지위에 있는 한국인이 혹 술에 취하지 않은 상태에서 그 저속하게만 들리는 유행가에 솔깃하여 귀 기울이기라도 하리라 기대할 수 있었을지를 자문해 봄직한 현상이 지금 우리나라에서 벌어지고 있는 것이다. 나 자신도 어릴 때부터 가까운 사회적 환경에서는 평상시에 그 유행가를 흔하게 들어 본 기억이 없다. 아동기를 거쳐 중고등학교를 다니던 시절 우선 우리 집에서는 찬송가와 형이 즐겨 불던 관악기로 연주하는 서양음악 외에는 다른 장르를 접할 기회는 거의 없었다.
　대학 시절부터는 주로 우리나라 가곡, 통상 팝송이라 일컫는 미국 대중가요, 그리고 일부 서양 가곡 등을 부르는 데 재미를 붙였다. 그때만 해도 한국에서는 나와 동갑인 최희준이라는 서울대학교 법과 대학 출신이 미국 부대 안의 클럽 무대에서 노래를 부르면서 "인생은 나그네 길"로 시작하는 〈하숙생〉이라는 가요를 불러 대중의 인기를 한몸에 받던 시절이었다. 실은 내가 다니던 고등학교 출신 중에서도 솔로로 또는 남성 사중창 팀 멤버로 가요계에 진출한 선배와 동년배가 있었다. 그 뒤로는 어차피 나의 삶은 주로 대학이라는 외부와 물리적, 문화적으로 비교적 거리가 있는 환경에서만 보냈기에 일반 대중이 평소에 접하는 유행가와 같은 결의 문화와는 거리가 있었다. 다만 앞서 지나가며 언급한 대로 친구, 동료들과 회식하고 노래방 가는 기회가 생기고 나서야 유행가를 골라 부르는 데 약간의 취미를 갖게 된 것이 전부다. 슈베르트 등의 클래식 가곡이나 나의 18번 곡인 〈오 대니 보이〉 같은 서양 민요풍 가요 및 팝송 취향으로 음악 세계와 인연을 맺고 있었다. 물론 음악 감상의 주된 대상은 서양의 고전 클래식 심포니나 체임버 음악과 역시 팝송이었다.

그런데 지난해의 〈미스터 트롯〉 프로그램을 접하고 나서는 아예 트롯에 푹 빠지고 말았다. 물론 그 경연대회에서 입상한 소위 '탑 식스'나 '탑 세븐'의 노래 솜씨는 트롯 음악의 새로운 경지로 나를 이끌던 점도 주효한 것이 사실이다. 이들의 노래를 듣고 나서는 지금까지 어쩌다 슬쩍 구경 삼아 보다가 금세 채널을 바꿔버리는 KBS의 〈가요무대〉라든지 기타 케이블 방송의 각종 트롯 프로그램은 별로 매력을 느끼지 못하는 경지에 이르고 말았다. 그럼 무엇이 다른가? 우선 음악적 소양과 실력이 특출하다. 물론 목소리도 빼어나야 하지만 그 소리를 내는 특유의 발성법, 정확한 음정으로 뽑어내는 멜로디의 아름다움, 흐트러짐 없는 분명한 발음으로 전달하는 가

먼 바다의 기억

사가 전하는 신바람과 흥, 아니면 한과 슬픔, 박자와 리듬의 정교한 흐름, 거기에 트롯 특유의 미묘한 꺾기, 그리고 노래의 내용과 정서를 따라가는 얼굴 표정과 몸짓, 때로는 가벼운 퍼포먼스 등 어디 하나 흠잡을 데가 없는 음악을 그들은 창출하고 있기 때문에 감동하고 함께 눈시울을 붉히며 즐기고 감상하는 맛이 무어라 말할 수 없는 지경이다.

여기까지는 나의 트롯 예찬의 시작에 불과하다. 지금부터가 진짜 트롯의 사회학적 의미 해석의 본론이다. 이번의 〈미스터 트롯〉과 〈미스 트롯 2〉는 TV매체가 제작 방영한 어느 음악 프로그램에서도 시도하지 못한 전혀 새로운 특별한 사회문화 현상을 유감없이 창출했다는 점을 밝히고자 하는 것이고 칭찬해 마지않으려 하는 것이다. 그 내용은 이 두 프로그램의 시발 지점에서 경연 자체의 진행 과정 그리고 특별히 경연이 끝난 이후의 각종 행사를 포괄한다.

첫째, 경연 시초부터 이 행사는 인간의 깊은 내면을 비쳐 보이며 사람이 사람답게 생각하고 행동하는 모습의 단면을 실시간으로 보여 주고 있다는 데 주목하게 한다. 그 수많은 젊은이들이 삶의 한 가지 특정 목표를 찾았고 그 타깃을 향해 있는 힘을 다하는 진지한 장면들이 보는 이의 가슴을 찡하게 만들었다. 그런데 특히 놀라운 현상이 관찰자인 나에게 각별한 감동을 주었다. 그 힘든 노력을 쏟아내는 동안에 각자가 그냥 나 홀로가 아니고 함께 공동 목표를 향해 경쟁을 하는데도 서로의 어려움을 정서적으로 물리적으로 공유하고 보듬고 도우며 따뜻한 정을 나눔으로써 경쟁자들이 마침내 친구가 되고 형제가 되며 서로가 의지하는 새로운 아름다운 인간적인 관계를 형성해 가는 것이 신기하기만 했다. 그래서 이번의 트롯 행사는 우리 사회의 새로운 공동체 형성의 멋진 본보기가 되는구나 하는 안도의 느낌마저 들게 하였다.

둘째, 경연 자체가 진행하는 그 버거운 과정 속에서도 그러한 새로운 관계의 끈끈함을 더욱 키워 갔으면 갔지 치열한 경쟁이 불러 일으킬 수 있는 반목과 갈등 같은 모습은 전혀 드러난 바 없었다. 여기에서도 진 사람이면 사람인 이상 서운하고 분한 마음이 어찌 일지 않을까마는 이들은 그 감정을 삭이며 끝까지 서로 격려하고 축하하면서 눈물로 위로하고 감싸 안는 가슴 뭉클한 장면을 자연스레 표출하는 것이었다. 우리 기성세대가 어려운 역사적 과정을 견뎌 내면서 언제 이 새로운 세대에게 그와 같은 인간미가 넘치는 관계성의 가치를 제대로 가르친 적이 있었던가 스스로 반성하며 부끄럽고 가슴 벅차게 하는 경험이 아닐 수 없다.

셋째로, 마침내 경연은 끝났다. 그러면 뿔뿔이 제 갈 길을 가면 그걸로 이 참가자들의 관계는 일단락 짓고 말 거라는 평소의 예상은 일련의 후속 프로그램에서 유감스럽게도 빗나가도 아주 멋지게 빗나가고 말았다. 그리고 그 과정은 현재 진행 중이지만 앞으로도 반드시 이어지리라 믿고 그리 되기를 간절한 마음으로 바란다. 이제부터는 몇 가지 사례를 조금은 소상하게 해설하기로 한다.

〈미스터 트롯〉의 후속 프로그램은 크게 두 가지다. 하나는 소위 〈사랑의 콜센타〉이고 또 하나는 〈뽕숭아학당〉이다. 이 중에서 후자는 주로 6명의 우수 당선자, 일컬어 탑 세븐, 탑 식스라는 소규모 트롯의 우등생 집단이 함께 즐거운 시간을 보내면서 상호 간에 쌓은 인간적인 공동체를 지속하려는 취지로 진행하는 동시에 트롯이라는 음악 세계에서 두각을 나타낸 기성세대 가수들을 초청하여 그러한 관계의 폭을 더 널리 확장함으로써 이 음악 장르의 새로운 발전에 기여하고자 하는 의미가 있어 보인다. 거기서 끝나면 별로 특이할 바가 없을 것이나, 이 프로그램에서 또 다른 인간적이고 공동체적인 정 나눔의 감동적인 본보기가 드러나는 것이 있다.

이 프로그램에서는 몇 가지 보기가 그것을 잘 말해 준다. 한 가지는 저들이 학당이라는 명목으로 진행하는 프로그램에는 "노래해서 남 주자"라는 구호를 항상 내걸고 있다는 점이다. 왜 애써 노래하는지를 물었을 때 우선 인간은 자신의 즐거움과 한풀이가 주된 관심사일 터이고 그 결과 자신에게 특정 경제적인 보상이 따른다는 건 상식에 속한다. 그런데 이 프로그램에서는 이 우수 가수들이 부모님을 따로 모셔서 코로나로 자주 해후할 기회가 막힌 탓에 나누지 못한 가족 간의 끈끈한 정을 마음껏 표출하고 교환하는 시간을 따로 마련한 것을 첫째로 들 수 있다. 이 광경은 보는 이로 하여금 눈물 없이는 보지 못할 감동을 자아내고도 남았다. 자식들이 그 어려운 무명 가수 시절의 역경을 이겨내고 마침내 꿈을 이루게 된 걸 감격해하는 부모의 눈물과 그렇게 행복해하는 부모님의 격한 반응에 자신들도 눈물을 참지 못하는 장면은 요즘 같은 암울한 시절에 메말라 가는 인간적 정서를 여과 없이 교감하는 장면으로 또한 보는 이의 가슴이 먹먹해지는 감동을 안겨 주었다.

그리고 가장 최근의 프로그램은 '도란도란 디너쇼 테라스 콘서트'

라는 이름으로 진행하였다. 얼마 전 초여름 장대비가 쏟아지는 이른 저녁, 시골 어떤 숙박 시설인 듯한 건물 마당에 따로 설치한 무대에서 그 여섯 가수의 특별 콘서트를 개최한 것이다. 여기에는 특별히 추첨으로 초청한 팬들의 온 가족을 멋진 테라스가 있는 저택의 베란다의 독립 공간에 따로따로 정중히 모셔 놓고, 유명 셰프가 특별히 장만한 중화요리를 대접하면서 열창을 부르는 프로그램이었다. 여기서 전하고자 하는 메시지는 다름 아닌 팬들의 반응이다. 우선 이들이 입장하면서 자기네 우상의 인도를 받아 멋진 저택의 테라스로 이동하는 사이 이들은 이런 특별한 음악 행사에 초청받았다는 사실 자체에 감격한 울음 섞인 웃음이 이들 스스로 돌이켜 보아도 과연 얼마나 자주 있었을지를 의심하게 하지 않았을까 할 정도로 특별했다. 그리고 고급스런 음식에 감격하면서 할아버지부터 열 살도 안 되는 어린이까지 노래를 따라 부르며 또 웃고 울고 박수 치며 몸을 흔들어 감응하는 모습은 아마도 평생을 두고 잊지 못할 추억을 만들어 주었을 게 틀림없을 지경이었다. 솔직히 우리처럼 무덤덤한 일상을 보내며 사는 백면서생의 삶에 과연 이런 어린이 같은 천진난만한 감정을 아무런 거리낌이나 체면을 불고하며 표출할 기회가 있을까 싶었다.

그리고 〈사랑의 콜센타〉는 아주 성격이 특별하다. 여기에서는 그 우등생 선수그룹이 크게 두 가지 다른 목적의 공동체 운동을 펼친다. 첫째로 주된 목적은 전국, 아니 전 세계의 트롯 애호가들을 상대로 일종의 응모에 의한 추첨으로 특정 인사 내지 가정에 전화를 접속하여 그들이 선호하는 가수와 대화를 나누고 그의 노래를 들려

　　　　　　　　　　　　　　먼 바다의 기억

준 다음 그 가수의 노래가 획득하는 점수에 따라 상품을 추첨하여 대상 가정에 선물하는 일을 하는 것이다. 그런데 이 과정에서 소위 노래를 즐기는 팬들의 정말 예상 밖의 반응에 놀라움을 금치 못한다. 나이가 많고 적은 걸 초월하여 특히 여성 팬들은 자기가 통화의 대상으로 추첨 당선을 했다는 걸 알리는 순간 "와아아아아아……" 하는 비명을 질러 대며 기뻐하는 모습과 대개는 동시에 눈물을 훔치는 장면이 실로 뜻밖이다. 그리고 얼마나 자기가 그 가수를 좋아하고 노래가 나오면 놓치지 않고 감상하며 위로를 받는지를 하소연하듯 내뱉는다. 곁에서 함께 즐기면서 바라보는 배우자가 질투를 할 정도의 격한 반응이다. 어떤 가정에는 그 특정 가수의 사진이나 캐리커처가 온 벽면을 장식한 장면을 보여 주기도 한다. 이와 동시에 부모나 자신의 투병과 사별 또는 자녀의 취업 문제 등 어려운 사정을 하소연하는 것도 잊지 않는다. 한마디로 지독한 한풀이의 카타르시스를 털어놓는 것이다. 이런 양상을 보면서 우리 국민이 얼마나 한이 많은지 그리고 흥과 신바람이 격한지, 복합적인 감상을 금할 길이 없다.

〈사랑의 콜센타〉의 두 번째 기능은 역시 〈뽕숭아학당〉의 사례와 유사한 일종의 공동체 형성의 기능이다. 다중의 팬덤을 위로하는 목적 말고도 주로 대중음악의 여러 다른 장르에서 활약하는 가수들을 선별적으로 초청하여 자기들 탑 식스와 대결하는 음악 경연을 실시하여 대중에게 즐거움을 주는 것이다. 여기에서도 저들과 함께 격렬하게 경쟁을 하다가도 탑 식스가 승자가 되면 받는 모든 고가의 귀한 선물을 깡그리 상대편 가수 집단에다 선뜻 선사하는 인정미를 여지없이 발휘하는 점이 두드러진다. 경쟁은 경쟁이고 인정은 인정이다. 아까울 것이 없다는 말이다. 이런 대접을 받는 기성 가수들의 감격은 말할 나위도 없지만, 이런 것이 실로 가슴 뭉클하게 만드는 공동체적 인간관계의 표본이 아닐 수 없다.

이번에는 〈미스 트롯 2〉의 후속 행사가 아예 처음부터 공동체 회복을 목표로 하는 타이틀을 걸고 진행한다는 점이 특징이다. 일컬어, '내 딸 하자'다. 트롯 애호가들이 특정 가수를 딸로 삼겠다는 의미를 내포한 것이다. 그 방법은 두 가지다. 하나는 팬들을 대상으로 사연을 적어 내도록 하고 그중에서 선발하여 그들의 집이나 거주지 근방의 특정 장소에 비밀스럽게 방문하여 이른바 서프라이즈 미니 콘서트를 선사하며 사연을 보낸 이의 부모에게 딸 노릇을 하는 것이다. 그리고 또 한 방법은 사정에 따라서 직접 방문 대신 온라인으로 접속하여 그 사연 제출자의 부모나 조부모를 위한 노래를 스튜디오에서 불러 위로하는 식이다. 이 또한 반응은 엄청나다. 시장 한가운데서 자기가 좋아하는 가수가 갑자기 나타나 노래를 불러 주는 장면 같은 걸 보면 어머니들이 어쩔 줄을 모르고 얼싸안고 울며불며 고마워하는 것이다. 이 프로그램 중 눈에 뜨인 사례는 부산의 소아과 의원 원장이다. 중년의 점잖은 이 신사는 부인이 피아니스트고 자신도 바리톤 성악을 하는 의사인데, 트롯을 좋아하게 되어서 〈미스 트롯〉 진인가 선인가 하는 가수와 열 살 어린이 가수의 방문에 어색하면서도 기뻐하고 놀라워하는 모습이 신기하게 보였다.

같은 맥락에서 이 세 가지 경연 후속 프로그램에서 또 한 가지 공통적인 현상이 있다. 〈사랑의 콜센타〉나 〈뽕숭아학당〉은 물론, 〈미

먼 바다의 기억

스 트롯 2〉에서도 이러한 뒷풀이식 프로그램에 탑 식스나 세븐에서 탈락은 했지만 실력이 출중한, 말하자면 제2군이라 할 수 있는 가수들을 반드시 초청하여 함께 노래 경쟁을 비롯한 각종 공동체 운동에 참여하게 한다는 사실이다. 저들도 상당한 실력을 갖추었음에도 경연의 성격상 아쉽게 탈락해야 했지만 그들에게도 대중에 지속적으로 선보일 노출의 기회를 골고루 공유하겠다는 뜻으로 해석하면 가슴 따뜻하게 하는 배려라 할 것이다.

요컨대, 얼마 전까지만 해도 트롯은 그저 저급한 대중의 한풀이용 음악으로만 여겼었는데 갑자기 트롯 바람을 불러일으킨 데는 분명히 TV조선의 기발한 기획 정신이 큰 몫을 한 점은 인정해야 할 것이다. 그 후로는 거의 모든 TV 채널이 갖가지 트롯 경연과 연주 프로그램을 내보내고 있지만 이 글에서 제시한 사회학적 의미를 담아내는 데까지는 미치지 못한다. 그냥 우수한 가수들이 따로 모여서 음악 프로그램을 진행하는 정도로 후속 조치가 이루어질 뿐이다. 그럼에도 이제 트롯은 남녀노소, 사회적 지위 계층, 지역적인 벽 등을 넘어 한국인 모두의 음악으로 발돋움했고, 우리의 정서를 다스리는 중요한 힐링 기능을 충실히 수행하는 문화 현상으로서 새로운 가치를 누리고 있다.

그리고 매우 흥미로운 사례 하나만 언급하는 게 좋을 듯하다. 〈미스트롯 2〉의 경연에서 비록 탑 세븐에는 당선하지 못했지만 우수 가수 10인 안에 입선한 미국 아가씨 마리아 얘기다. 파란 눈, 옅은 브라운 두발색의 어여쁜 이 미국 여성은 한국에 유학차 왔다가 어떤 계기인지 트롯 음악에 빠져서 마침내 경연에까지 참여하여 입상을 한 인물이다. 키가 훤칠하고 피부색이 하얀 이 미국 색시는 만일 영상을 가리고 노래만 들으면 그냥 한국인이 부른다고 착각할 만큼 한국말이 거의 완벽하고, 평소에도 한국어는 너무도 자연스럽다. 그런 데다 트롯이라는 음악은 한국 고유의 가락과 특히 꺾기 같은 특이한 기교를 요하는데, 마리아의 솜씨는 그런 모든 것을 소화해 낸다. 물론 목소리도 매력을 풍긴다. 요즘같이 한국의 대중가요가 세계 무대에서 최우수 평가를 받고 있는 상황이라면 마리아의 특이한 관심과 실력은 특별한 일이 아니랄 수도 있겠으나, 어쩌면 트롯 역시 세계 대중음악 시장에서 빛을 발할 날도 멀지 않은 것은 아닌가 하는 기대까지 해 보게 된다.

어쩌면 이와 같은 문화 현상은 한국 사람의 독특한 한풀이 문화, 신바람 문화, 끼 문화가 이제 세계인에게도 통하는 문명사적 지평과 가까이 와 있다는 조짐일 수도 있다는 데까지 생각이 미치는 걸 공연히 순박한 기대라고 해야 할지도 모르겠다. 다만, 사회학도로서 한 가지 유감만은 꼭 언급해야겠다. 경연은 우열을 가리기가 당연한데, 최우수자 1인에게만 거액의 시상을 하는 이런 풍토는 재고를 요하는 문제점이다. 통상 연예계와 체육계에서 최우수 인물에게 거금을 제공하는 관행이 있는데, 물론 대중문화 시대에 그들이 끼치는 영향력의 범위를 생각하면 충분한 보상이라고 주장하겠지만, 그런 자본주의적인 차별을 적나라하게 표출하는 현상의 시정이 필요하다는 생각을 늘 하고 있다. 얼마 전 미국의 영화 아카데미 시상식에서 오스카상을 받은 배우 윤여정의 수상 소감이 많은 이의 심금을 울렸던 점을 상기시키고 싶다. 자본주의는 경쟁을 중시하고,

경쟁의 긍정적 기능은 인정하는 것도 맞다. 그러나 그 정도로 격차가 심한 경쟁의 결실은 사람들의 좌절감을 자극하고 상대적 박탈감으로 사회적 갈등을 일으킬 소지를 피할 수 없는 약점이 있다. 상을 주려면 잘하는 사람에게 주는 게 십분 타당하지만 기왕이면 한 사람에게만 그런 보상을 하지 말고 나머지 우수자들에게도 적절하게 나누어 시상하는 것도 생각해 봐야 한다는 말이다.

트롯의 사회적 기능을 생각하다 곁길로 나갔지만, 트롯 자체의 내용을 잠시 살펴봐도 우리 문화의 단면을 감동적인 매체로서 표현하는 특징을 읽을 수 있다. 먼저 그 제목이나 주제에는 산과 강, 바다라는 자연이 우리의 한과 깊은 관계를 연상케 하는 데 큰 몫을 한다. 그런가 하면 여기저기의 지명, 도시 이름, 심지어 기차역에 불교 사찰 이름까지 잔잔한 정서적 자극의 주체다. 그러다가 인간사로 넘어오면, 어머니가 가장 자주 등장하여 많은 이의 눈물샘을 건드리는 단어이고, 부모, 형제자매를 위시한 가족, 그리고 가족이 아니면 연인이 역시 으뜸이며, 이어서 친구다. 인간관계에서 제일 많이 나타나는 명사는 사랑, 이별, 불효, 배신 같은 정서적 측면으로 집중한다. 이 모든 내용이 표현하고자 하는 핵심적인 정서적 요소는 역시 한이다. 그리고 한 풀이의 방향은 원망과 미움으로도 지향하지만 또 다른 편에는 신바람과 흥으로 승화하기도 한다.

요즘 같은 우울한 시대에 이처럼 우리 문화의 미묘한 보석이라 할 수 있는 트롯이 있다는 게 행운이라면 행운이니 앞으로도 격조 높은 트롯은 계속 즐기고 싶다.

인간주의 사회학의 인문학적 글쓰기

    사실 이 글은 이번 호 『숙맥』의 서문과 관련이 있다. 소왈 '머리말 트라우마'라는 사전에도 없는 신조어까지 만들어서 변명 삼아 언급한 책이 『인간주의 사회학』이다. 그리고 어줍잖게 우리 동인지의 글쓰기에 장르 같은 칸막이를 거두자는 제안의 핑계를 그 책에 나오는 "사회학의 예술성: 인간주의 사회학의 방법론"이라는 제3장의 내용에다 빗대었다. 사회학이 어째서 예술과 관련을 짓는지에 관해서는 별도로 해명을 상세히 할 계제가 아닌 서문인지라 그냥 사회과학이라고 너무 과학적 객관성을 고집하지 말고 시적인 은유 같은 유연성을 살려 사회학적인 문서라도 읽는 이가 인간으로서 살아 있는 감동을 경험할 수 있다면 얼마나 멋질까 하는 생각을 전하기로 한 것이다. 아마도 우리나라 사회(과)학계에서는 비교적 생소한 관점일 것이다. 이 글에서는 이제 좀 본격적으로 그러한 색다른 사회학의 조류를 두고 '인간주의 사회학의 인문학적 글쓰기'라는 제하에 해명을 시도하려고 한다.

그 책에는 '예술 형식으로서 사회학(Sociology as an Art Form)'과 '사회학의 시적 은유(The Poetic Metaphors of Sociology)'라는 용어가 등장한다는 것을 머리말에서도 이미 밝혔으니 이해를 돕고자 약간의 보기를 들어 설명을 하고자 하는 것이다. 기실, 이런 움직임은 1950년대 풍요의 시대를 지나면서 실증주의적 방법론이 소위 표준 사회과학의 주종을 이루던 시절에 나타난 역사적 현상으로도 의미가 있기 때문이다. 서구 사회의 관료주의적 자본주의와 그 저변을 이루는 정통 계몽주의적 합리성의 여파로 드러난 갖가지 사회경제적 병폐에 신물이 난 세대와 계층이 이를 신랄하게 비판하며 일으킨 시민사회운동이 청년문화, 인권운동, 여성해방운동 및 프랑스의 68년 5월(May 68) 등 시민의 자기성찰적 의식화의 운동으로 번지던 상황적 맥락과 관련이 있다는 말이다.

계몽주의의 꽃으로 만사를 확실한 사실적 증거에 기초하여 가능하면 계량적인 자료까지 활용해서 파악하고 설명하는 데 몰입하던 과학으로서 사회학이 안으로부터 새로운 문화적 저항으로 볼 수 있는 일종의 반란을 하기 시작한 것이라 해도 좋을 것이다. 그 무렵에 사회과학도 이른바 과학다워야 한다는 굳은 신념으로 자연과학에 버금가는 과학으로서 기술지향적인 과학성을 최대한 확보하기 위해 안간힘 하던 태도로 예술·철학·문학 등의 인문주의적 성격과는 철저히 구분하는 것을 지향하던 소위 '두 개의 문화론'에 집착하며 학문의 '칸막이 콤플렉스'에 빠져 있을 때였다. 바로 이러한 콤플렉스를 극복하려는 새로운 사회학적 패러다임을 탐색해야 한다는 운동의 한 줄기가 바로 인간주의 사회학이다.

그러면, 인간주의(humanism)란 무엇인가부터 우선 잠시 고찰하고 다음 이야기로 이어 나가는 게 좋을 것 같아서 한마디 한다. 가장 간단하고 보편적인 정의는 "인간주의란 인간의 이해 관심, 가치 및 존엄성을 일차적으로 중시하는 사상이나 행위다." 사람에게 가장 유관하고 유의미하고 중요한 것에 몰두하는 성향이며, 무엇보다도 개인 하나하나에 관심이 있고, 인간의 표현과 창의성, 인간이 만들어 살아가는 사회 그 자체, 그 속에 개인이 사회화를 거쳐 한 떳떳한 구성원이 되는 과정, 그리고 인간의 존속과 번영 능력에 초점을 둔다. 한마디로 '인간 중심(people-centered)'의 사상이다. 다만 인간 중심적이라는 말에서 자칫 빠지기 쉬운 오해만 언급할 필요가 있는데, 그것을 철학에서는 'anthropocentrism' 혹은 'homocentrism'이라고도 한다. 이 용어는 인간이 지구상에서 지고지상의 존재이므로 나머지 생태계의 모든 생물·무생물은 인간이 마음대로 지배하고 조작할 수 있다는 시각을 함축하기 때문이다. 여기서 말하는 인간주의는 그런 배타적인 사상이 아니라 생태계의 모든 존재도 중시하는 공존의 가치를 강조하면서, 그중에서 인간에게 지고의 가치를 부여한다는 뜻에서 인간 중심이라는 관념을 말한다.

인간주의의 인간 중심성에서 존엄성을 인정함이란, 인생은 그 자체 목적이고 다른 어떤 목적을 위한 수단이 아니며, 단순한 대상물로 취급하지 말아야 할 인도주의적 요소를 내포한다. 동시에, 인도주의는 인간의 문제 해결은 인간 스스로 책임져야 한다는 도덕적 가치를 지목하므로 여기에는 모든 사람이 공동 책임을 진다는 연좌

의식도 포함한다. 아울러 인간 사유의 상상력, 관찰의 통찰력, 그리고 표현의 창의성을 중시하므로 인문주의적 요소도 담는다. 이 같은 기본 지향에 기초하여 인간주의 사회학의 가치는 사람이 살아가는 사회는 사람이 사람답게 사는 데 필요한 조건을 최대한으로 제공하고 구성원 개개인이 소중하다는 가치를 존중하는 사회를 표상하므로 이에 지장을 주거나 방해가 되는 요소는 되도록 억제해야 한다는 목표로 지향한다.

이런 사회학이라면 방법론적으로는 어떤 정신으로 연구에 임하며 어떤 방식으로 그 결과를 표현하는지를 밝혀야 우리의 주된 관심사인 인간주의적 글쓰기의 의미를 이해하게 된다. 그 출발점은 밀스(C.W. Mills)가 제창한 사회학적 상상력이다. 이 개념은 극단적인 실증주의를 표방한 사회과학의 자연과학주의 방법론은 추상적 경험주의를 낳았고, 거기에서는 살아 있는 인간의 모습이 생동력을 잃었다는 점을 염두에 두고 이를 극복하는 길로서 사회학적 상상력을 내세운다. 추상적 경험주의는 인간 개개인을 집합체로부터 추출(추상화)한 표본의 한 사례로 전락시켰고, 역동적인 사회적 과정에서 주관적으로 살아가는 인간이 조직적인 개념 구성, 척도, 지표 및 변수 등 계산 가능한 수지로 환원해 버렸으며, 원인과 결과도 통계적 상관관계 등 통계적 조작 분석의 틀 속에 강요함으로써 인간을 자연화, 물리화, 수량화하고 말았다는 것이다. 결국 인간주의 사회학은 이런 기존의 틀과 방법의 미궁 속에 파묻혀 질식하는 인간을 되살려 마땅히 차지해야 할 권리가 있는 자리로 다시 돌려보내려는 노력이다.

그러면 사회학적 상상력은 어떤 기능을 하는가? 그것은 우리 자신의 가깝고 친밀한 현실과 경험을 한층 더 넓은 범위의 사회적 현실과 경험에 관련시켜 주는 맥락에서 이해할 수 있도록 가장 극적으로 기약해 주는 마음의 자질이다. 이런 종합적 사고를 가능케 함으로써 현대문명의 번뇌를 예리하게 파고들 수 있게 되고, 여기서 우리가 사는 시대의 특징적인 여러 경향이 인간주의적인 가치 중에 어떤 것은 지지하고 혹은 위협하는지를 따져 볼 수 있게 된다. 사람들은 소중하게 여기는 가치를 실제로 위협받지 않는다고 느낄 때 주관적 안녕인 행복을 경험하지만, 그 가치가 위협받는다고 느끼면 위기를 겪는다. 그런가 하면, 존중하는 가치가 무엇인지 의식조차 하지 못하면 위협도 느끼지 못하고 그런 사회에는 무관심과 체념이 짙게 깔릴 뿐 아니라, 의시도 못 하면서 위협만이 무겁게 내리누를 때는 모두가 불안에 사로잡힌다. 따라서 이런 것을 가능케 하는 사회학적 상상력은 곧 인간의 가치에 직접 관여하는 인간주의, 인문주의적 상상력과 만난다.

이와 같은 인간주의적 사회학을 추구하려면 당연히 사회학의 공부하기와 글쓰기에서도 과학과 인문·예술의 두 개의 별개 문화 사이의 칸막이를 과감하게 걷어치우고 탁 트인 공간에서 상상력과 창의성이 마음껏 날개를 펼 수 있는 열린 마음을 갖추고 연구하며, 나아가 그러한 통찰로 얻은 사회의 현실은 예리하고 감동적인 생생한 언어와 시적 은유의 폭넓고 융통성 있는 문장을 빌려 표현하게 될 것이다. 그럴 때라야 딱딱하고 접근하기 어려웠다고 생각한 사회학도 읽는 사람에게는 자신의 살아 있는 경험의 보고를 접할 지적인 기회를 향유하게 될 것이며 이로써 가슴에 울리는 감동마저 경험할 수 있게 된다는 것이다. 내용이 다르면 그것을 담아낼 그릇도 바뀌어야 한다. 새 술은 새 그릇에 담아야 제 맛이 나는 법이다.

여기에 현존하는 주류 사회학의 언어의 특징을 잠시 더듬어 보고 이를 극복하는 열린 사회학의 언어로 옮아 가는 계기를 추적한다. 우선 좀 극단적인 표현을 빌리면, 현대 사회학의 주류에서 보이는 언어는 '반시적(反詩的) 투쟁 성향(antipoetic militancy)'이라는 과격한 용어가 등장한다. 그런데 바로 그와 같은 반시적 성향 자체가 실은 일종의 특수한 '시적 은유(poetic metaphor)'로서 위장하여 방어하려는 자세임을 지적한다. 그러한 현대 '과학적' 사회학의 독점적인 은유는 질서, 확실성, 객관성, 가치 초연성, 가치 판단 중립성, 기계적 재생산 가능성, 일반화 가능성, 비인격성 등으로 나타나고 그 정점을 이루는 은유는 바로 체계(system)이다. 그리고 이런 주장을 하는 사회학자 스타인(M.R. Stein)은 이를 두고, "학문의 역사는 체계의 무덤이다"라고 선포한 바 있다. 그러한 언어의 장벽을 넘어 칸막이가 거두어진 사회학의 언어는 문명, 기술사회, 공동체, 이성, 혁명, 변혁, 문화, 삶, 죽음, 어린 시절, '에로스,' '유토피아' 등으로 전이한다.

그러한 배경에서 사회학이 예술의 형식으로 다가가는 계기는 무엇인가를 고민하게 된다. 물론 사회학 등 과학이든 예술이든 우리가 사는 세계에 관한 이해를 얻는 방식으로서 지식의 기능을 하는 점에서는 공통점을 갖는다. 다만 현실에서는 과학은 지식을 얻는 과정과 형식에 더 주목하는 데 비해, 예술은 표현 형식에 더 관심을 갖는다. 여기에 예술의 특징에 관한 사회학자 리드(R. Read)의 언명을 소개한다.

예술의 본질은 (…) 그것이 종합적이고 조리 있는 세계를 창조하는 능력에서 찾을 것이다. 이 세계는 실질적인 욕구와 욕망의 세계도 아니며 꿈과 환상의 세계도 아니다. 이런 여러 모순적인 것들의 합성 세계다. 그것은 경험의 총체를 설득력 있게 표상하는 것이며 따라서 보편적 진리의 일면에 관한 개인의 지각을 상상하는 형식이다. 예술은 어떤 모습이든 간에 본질적으로 (…) 우주, 자연, 인간, 혹은 예술가 자신에 관해서 무언가를 얘기하려는 활동이다. (…) 인간이 환경에 관한 이해에 도달하는 다른 형식과 마찬가지로 예술의 기능도 지식의 한 형식임을 인정할 때 비로소 우리는 예술이 인류 역사에서 차지하는 의미와 중요성을 제대로 파악하기 시작할 수 있다.

사회학이 위에서 지적한 '체계의 은유'의 한계를 벗어나 상상력의 언어로 탈바꿈할 때는 그에 걸맞은 형식이 따라야 보람이 있는데, 그것이 바로 예술적인 은유다. 사회학적 주제와 사고의 스타일을 이러한 시적인 은유로 넓히게 되면 어떤 결과를 가져올지에 관해서 앞에 언급한 스타인은 이렇게 외친다.

말할 것도 없이 사회학자들 스스로의 어깨에는 새로운 짐을 져야 하게 마련이다. 인간적이고 인도적인 세계질서를 위한 조건을 밝히는 데 공헌할 책임을 나누어 져야 한다. 인간성을 향한 위협은 극치에 달하고 있으므로 이런 위협을 포착하고 이해하려면 지금까지 성행하던 사고형식은 과감하게 바꿔야 한다. 우리에게 필요한 것은 포괄적인 종합인데, 이런 종합은 여태껏 전문가적인 온건함과 중립성과 체계를 주장하던 사람들이 허용하는 것보다는 좀 더 인격적이면서 동시에 더 객관적이고, 좀 더 추상적이면서 또한 구체적이며, 좀 더 역사적이면서 시대감각이 더욱 투철하고, 좀 더 비판적인가 하면 또 더 건설적이며, 좀 더 현실적이면서 동시에 한층 더 이상적이고, 그리고 좀 더 유용하면서도 역시 즐거움을 느낄 수 있는 그런 것이 될 것이다.

너무 장황한 해설이 되고 말았지만, 이제부터는 그러한 이론적인 원리를 염두에 두고 나 자신이 추구하려 한 인간주의적인 인문학적 글쓰기에 의한 사회학 또는 시적 은유의 사회학에 관한 실천적인 사례를 몇 가지 구체적으로 예시하려 한다. 이와 관련하여 우선 한 가지 바로잡을 일을 밝힌다. 과거 고(故) 향천(向川) 형이 2009년의 『숙맥』 제3호 서문에서 나의 신참을 알리며 동인들에게 나를 소개하기 위해 "몇 권의 시집과 함께 풍자 소설의 한 보기가 되는 장편도 출간한 경력이 있다."고 말한 것을 정정해야 하기 때문이다. 실은 시집 두 권과 중편 및 단편 소설 각 2편씩을 발표한 것이 전부라는 게 정확한 정보다. 참고로 이들 작품의 제목만 소개하면 다음과 같다.

시집은, 『너무 순한 아이』(123면; 심설당 1987)와 『시니시즘을 위하여』(김경동 사회비평 시집: 169면; 민음사 2000)이고,

소설류로는, 중편으로 「광기의 색조」(『문학사상』 2005, 9월호: 104-158)와 「유산과 상속의 이름」(『문학저널』 2007, 2월호: 74-140), 그리고

단편은 「슬픈 코미디」(『문예중앙』 116호, 2006, 겨울: 129-152)와 「물고기가 사라진 텅 빈 어항」(『계성문학』 23: 2007: 228-254)이 전부다.

내친김에 황송하고 부끄럽지만 과분한 시집의 발문과 소설의 추천사 일부를 여기에 옮기려 한다. 외람되게도, 우리나라의 대표적인 문학평론가의 입을 빌려 나의 그러한 의도의 의미를 간접적으로 전달하고자 함이다. 이 부분도 좀 장황한 편인데, 그래도 정확한 의미 전달을 위해 일부를 그대로 옮기려 한다.

우선, 첫 번째 시집에는 고인이 된 친우 김윤식(金允植) 교수가 이런 말을 남겼다.

김경동 교수의 시가 권위 있는 문학계간지 『세계의 문학』(1982, 여름호)에 실렸을 때, 매스컴이 일제히 놀라더군요. 코넬대학 출신의 수재가, 또한 사회과학 교수가 시를 썼다고 말입니다. 그런데 불행하게도 놀라지 않는 족속들이 더러 있었는데, 저도 그런 족속의 하나입니다. 두 가지 이유 때문인데, 그 하나는 김경동 교수의 반짝이는 재능을 익히 알고 있음에서 왔습니다. 사회학과 출신이고 또 그 재미있는 학문을 하는 주제에 영어는 영문과 출신인 줄 착각할 정도이며, 무대에 올라서서 연기를 할 때엔 일급 배우의 성격보다 뒤지지 않았음을 주변 친구들은 모두 아는 터입니다. 60년대의 시인 김수영이 영국의 모더니스트에 속하는 시인 H. 오든을 두고 날렵한 모더니스트라고 지적한 것처럼 김경동 교수야말로 날렵한 사회과학자였던 것입니다. 그런 사람이 시를 썼다고 해서 어찌 놀랄 수 있겠는가. 또 하나의 이유란, 「너무 순한 아이」(『대학신문』, 1982, 5)를 보아 버렸음에서 왔습니다. 『대학신문』이란 교수, 학생, 누구의 글이나 싣는 곳이니까 거기에 교수의 시가 실렸다고 해서 무엇이 이상하냐고 할지 모르겠으나, 그런 일은 사실상 흔하지 않은 일입니다. 「너무 순한 아이」를 읽으면서, 저는 다음처럼 느꼈습니다. 아, 이 친구가 드디어 시를 썼구나라고, 말을 바꾸면 김경동 교수가 늙기 시작했다는 느낌이 강하게 왔습니다. 남들은 며느리나 손주 볼 나이인데, 집에 가면 아들놈이 레슬링이나 하자고 덤비는 사정을 두고 늦장가 들었음을 한탄한 모 선배 교수가 있었지요. 이 한탄의 순간이 시의 존재조건 아닙니까.

　　공부 잘하는 아이치곤 너무 순한
　　우리 집 큰딸 아이의
　　눈동자에 살아 있는
　　말간 하늘조각을
　　지긋이 바라보노라면…

　　김 교수의 큰따님은 국민학교 5학년짜리입니다. 김 교수를 시인이게끔 만든 계기 중의 하나는 바로 이 순한 따님이 아니었을까. 딸 자랑하는 방식의 하나로 선택된 행위가 시 짓기였다면 이처럼 부러운 일이 어디 또 있겠는가. 김 교수는 이젠 가족을 위해서도 계속 시인이어야 할 것입니다.

　　일단 시인이 되었으면, 시 그 자체가 지닌 체계랄까 질서 감각에 편입되지 않으면 안 됩니다. 시란 무엇이겠는가. 이런 물음에로 김 교수는 나아가지 않으면 안 되었던 것입니다. 그러나 시의 원론적인 물음은 별로 의미가 없음을 발견하게 될 것입니다. 「시인송」에서 결론적으로 시란 '思無邪'라고 적었습니다. 『논어』에 나오는 공자 말씀 아닙니까 … 김 교수가 말하는 思無邪란 과연 누구의 그것인가. 이 물음 앞에 김 교수가 서 있습니다. 그는 이제 교수의 자리에서 잠시 벗어나 시인의 자리를 옮아 오지 않을 수 없게 되고 말았는데, 이 사실은 그가 현실에 어떤 태도를 갖는가에 알게 모르게 관련되었음을 드러내는 것입니다. 이른바 역사의식에로 시를 단련시키는 길에 나서지 않을 수 없는 것입니다. 1982년 봄에서 1985년 봄까지, 3년 동안에 그는 그만큼 변모해 왔음을 보여주는 것이 이 시집의 의의라고 저는 생각합니다. … 김 교수는 지금 송욱 교수와 마주 서고 있습니다. 송욱 교수는 마당놀이도 대자보도 노래하지 않았지만 김 교수는 그것들을 노래했는데, 그 차이는 시의 思無邪에 대한 새로운 인식에 관련된 것입니다. 이 가난한 시대에 어째서 시인가… 이를 두고 가시밭길이라 할 수 있겠는데, 이 길은 따지고 보면 고도성장으로 인간성을 잃어가는 우리 사회의 산업화과정을 날카롭게 분석하는 사회학의 과제와 나란히 가는 것이기도 합니다. 그의 시와 사회학은 마침내 둘이 아닌 하나일 터입니다. 그가 아침이슬을 마당놀이와 결합하는 여유를 갖는다면 그를 위해서도 다행이겠지만 우리 문학을 위해서도 즐거울 것입니다. 그는 이미 그런 각오를 최근에 보여주고 있어 인상적입니다. 그 한 구절을 보이면 이러합니다.

> 나 언젠가는 살얼음 깨고
> 환생하는 그날
> 찬란한 아침 햇살 머금어
> 티없이 말간 풀잎에 구르며
> 사뿐사뿐 날 수 있을 때
> 지쳐 돌처럼 무거워진 시간을
> 씻어 주리라
> 씻어 주리라(「이슬」 일부, 1986, 6)

마침 사회학과의 고(故) 김채윤(金彩潤) 선배도 다음과 같은 축하 서문을 써 주어서 그것도 짧게 옮긴다.

먼 바다의 기억

빼어난 사회학자로서 聲譽를 누려 오던 如山이 수년 전 어느 날 홀연히 시인으로 또 하나의 비범함을 드러냈을 때 거기 대한 세상의 반응은 정말 대단한 것이었다. 그런데 그때 유독 나는 좀 다른 생각을 하고 있었던 것 같다. 나에게는 그것이 그렇게 생소한 일, 희한한 일이 아니라 다만 꽤 오랫동안 중단되었던 일이 如山에 의해서 再現된, 그리하여 몹시 흐뭇한 그런 일로만 여겨졌던 것이다. 아마도 그때 나에게는 1920년대 有名 文藝誌의 동인으로 시를 써 당대의 문인으로 자타가 공인하던 우리의 은사 想白 선생이 연상되었으리라. 나는 영어 잘 하고, 글 잘 쓰고, 그림 잘 그리고, 노래 잘 부르고, 기타 잘 치는 如山을 볼 때마다 가까이는 관심과 업적이 넓고 깊기로 유명한 想白 선생, 멀리는 말 잘 타고, 웅변 잘 하고, 시 잘 쓰고, 그리고 뚜렷한 전문 분야를 지닌 저 르네상스의 이른바 普遍人을 연상하기 일쑤다. 如山의 본업은 말할 것도 없이 사회학 교수다. 그는 이미 그의 키에 비길 만한 실로 방대한 저술을 한 바 있는 발군의 사회학자다. 如山은 사회학의 通說的 領域에 안주하지 않고 끊임없이 참신한 것, 독창적인 것을 추구해 왔다. 이를테면 그의 대표적 저작인 『인간주의 사회학』은 바로 그러한 그의 노력의 산물이라고 할 것이다. 如山의 시도 그의 학문, 그의 사회학과 불가분의 관계를 지닌다. 사실 그의 시는 그의 사회학 특히 인간주의 사회학의 일환이라고도 할 수 있을 만큼 우리의 사회적 현실과 깊게 연관되어 있다. 그것은 우리의 사회적 상황에서 문제를 찾고 그것을 재구성 요소의 인과관계로 분석·해석하고, 그 왜곡을 지적하고 그리고 그 시정을 처방하고 있는 것이다.

그리고 두번째 시집의 서두에는 향천의 긴 발문이 실려 있다. 주요 내용만 추리면 아래와 같다.

시인의 관을 쓰기 전 김경동 교수의 전공은 사회학이었다. 그 무렵
까지 그는 오랫동안 대학 강당을 차지한 사회학 교수였고 또한 그 분
야에서는 단연 높은 봉우리를 이룬 터였다. 전공 분야 관계의 논문만
도 여러 권의 책이 되었고 국제적인 명성도 획득한 연구자였다… 그
런 김경동 교수가 시인으로 등장했다. 어떻든 이것은 당시 우리 주변
의 화제가 되기에 족했다. 새삼 이를 것도 없이 지금은 전인 또는 완
인이 태어날 여지가 없는 시대다… 지금은 그런 낭만이 학살된 지 오
랜 계절이다. 이제 우리는 전공에만 매달려도 숨이 가쁜 시대를 산
다. 그럼에도 김경동 교수(정확하게는 시인이지만)는 이런 우리 시대의
기류와 딴판으로 시를 써서 시집을 내는 사회학자이다. 이것은 상당
히 에누리해도 독특한 정신 풍경이며 이색적인 일이 아닐 수 없다.

허두가 이색적이라는 말로 시작되었지만 김경동 교수의 이번 시집
은 그 내포도 또한 매우 유다른 데가 있다. 일찍 우리 주변에서 시란
대개 吟風弄月을 뜻했다… 이에 반해서 우리 선인들의 것으로 생활
현장이나 사회문제를 다룬 시는 상대적으로 아주 드물었다. 이런 사
정은 서구 수용과 함께 나타난 新詩, 또는 現代詩에 이르러서도 크게
달라지지 않았다… 이런 사태가 어느 정도 지양, 극복되기 시작한 것
은 60년대에 접어들고 나서다. 이때부터 경직된 이데올로기에서 벗
어나 인간과 그 현실, 역사를 노래하려는 시들이 본론화되었다. 그러
나 아직도 우리 주변에서 이들 유형에 속하는 시는 많지 못하다. 김
경동 교수의 이번 시집에는 이런 우리 시대의 빈터를 메울 작품으로
가득 차 있다. 이것은 이 시집이 이중의 의미에서 우리 시단의 이색
일 수 있음을 뜻한다.

김경동 교수와 나, 곧 우리는 몇 가지의 유사성을 함께한다. 우선
우리는 다 같이 영남 지방 북부의 한 고을에서 태어났다… 비슷한 나
이 또래요 문화 배경도 공통되는 점이 적지 않은 집안에서 자랐다.

먼 바다의 기억

그래서 나는 김경동 교수를 볼 때마다 정신적인 근친성 같은 것을 느낀다… 그러나 이런 이야기는 어디까지나 겉보기에 지나지 않는다. 정작 속내에 들어가면 김 교수와 나 사이에는 상당한 간격이 도사린다… 이야기가 중복되지만 김경동 교수는 어깨를 나란히 했다고 생각하는 순간 몇 발 앞서 있는 사람이다. 내가 품게 된 이런 생각은 이번 시집을 계기로 더욱 증폭될 수밖에 없다. 일찍 그가 문학소년이었듯 나도 청소년 때는 시를 지망한 적이 있었다. 그럼에도 나는 일찌감치 창작은 포기해 버렸는데 김경동 교수는 그 살뜰한 首丘初心을 끝내 버리지 않았다. 그 나머지 국제적인 학자가 되고 사회학에서 한국을 대표하는 교수가 된 후에 비로소 시집을 냈다. 이것은 내가 전공을 한국시를 택하고도 작품집 하나 남기지 못한 사실에 비추어 볼 때 천양의 차이다.

뿐만 아니라 김경동 교수의 시를 보고 나서도 나는 그런 생각을 저버리지 못한다… 우리 지방에서는 일상생활에서 말이 지나치게 다듬어지는 일, 예각적으로 쓰이는 일을 경계한다… 그리고 일상생활에서 김경동 교수는 이런 행동원칙에 매우 충실한 편이다. 그러나 그의 작품에 쓰인 언어는 이와 사뭇 다르다. 그 좋은 보기가 되는 것이 「맑은 얼굴」이다.

맑은 하늘 시원하게 펼쳐진 계절
맑은 하늘은 어디에도 없다.

이렇게 시작되는 이 작품의 두 줄은 기법으로 보아 역설에 속한다. 그리고 이 당돌한 반어법은 그 언술의 의도가 다음 부분에서 명쾌하게 나타난다.

하늘에선 물탄 연료 탓에 전투기가 곤두박질했단다
마음이 한눈 판 사이에 스며들었나 보다
병원에서 양잿물 탄 관장약이 내장을 좀먹었단다
마음이 딴 욕심 부리는 사이 섞여들었나 보다

김경동 교수는 그의 전공에 관계되는 담론에서는 풍자나 비판 등 예각적 언설을 삼가는 편이다. 그러나 시의 경우에는… 쌓이고 쌓인 비판의식을 집약해서 터뜨리고 그것으로 그의 시가 이루어진다… 그리하여 한 시대의 지성이 발산하는 정신의 풍경을 빚어내는 것이다. 그동안 우리 주변에서 제작된 시 가운데 이런 류의 작품이 아주 없지는 않았다. 그러나 김경동 교수처럼 다른 분야에서 얻어 낸 의식이나 감각을 시를 통해 표출한 예는 거의 없었다. 그런 의미에서 이번 시집은 매우 이색적이며 뜻 깊은 것이다. 이제 나는 이 시집 발간을 축하하는 자리에서 들 술잔을 생각하는 중이다.

여담으로 향천은 이 시집 출간을 기리는 모임에서 축사 겸 평론을 맡아 주었고 함께 술잔을 들었다.

다음은 생전 처음으로 문예지에 발표한 중편 소설을 두고 이어령 (李御寧) 선배가 황감하게도 다음과 같은 추천서를 써 주었다.

'인간주의 사회학'을 주창하며 한국 사회학계의 새로운 지평을 연 서울대 사회학과 김경동 명예교수가, 이번에는 소설이라는 새로운 형식의 글쓰기에 도전했다. 그의 첫 소설 「광기의 색조」는 격동의 한국 현대사 속에서 부침 많은 길을 걸을 수밖에 없었던 지식인들의 실존적 선택과, 그 선택이 그들 삶에 미친 파장을 치밀하고도 담담한 문체로 그려 내고 있다. 사회학자인 김경동 교수가 문학적 글쓰기

먼 바다의 기억

에 도전한 것은 이번이 처음이 아니다. 그는 이미 10여 년 전 사회학자로서의 정체성이 선명하게 드러난 '사회비평 시'라는 독특한 형식의 시로 문단에 적을 올린 시인이다. 이번에 발표되는 첫 소설 「광기의 색조」에서도 학자로서의 그의 정체성을 명징하게 읽을 수가 있다. '학문적 실천'이란 무엇인가라는 질문을 평생 업(業)으로 삼아야 했던 사회학자로서의 밀도 있는 고민이 작품 속에 고스란히 묻어나 있기 때문이다. 서양 현대문학사에서는 H. G 웰즈, 올더스 헉슬리, 종교학자 엘리아데 등 철학이나 과학을 기반으로 한 지식소설의 계보가 지금까지 탄탄하게 이어지고 있다. 그에 비하면 한국 문단에서는 지식인 소설의 기반이 취약한 것이 사실이다. 그런 의미에서 한국 대표 지성의 사회와 삶에 대한 깊은 통찰력이 드러나는 김경동 교수의 처녀 소설 「광기의 색조」는, 그 존재 자체만으로 한국 문단에 큰 자극과 중량감을 더해 줄 것이라고 생각한다.

이건 물론 과찬인 줄 잘 안다. 그런데 이 글과 함께 이 선배가 개인적으로 충고한 말이 나는 더 고무적이라 생각했다. "학자가 소설을 쓰든 시를 쓰든 누구 눈치 보지 말고 자기 소신대로 학문적인 내용까지 포함해서 쓰면 되는 거야"라고. 다만 우리 동인 중에서 청소년 시절 양가의 오랜 인연으로 가까이 자라서 글짓기를 좋아하던 나를 잘 아는 수정의 날카로운 비평의 눈은 피할 수가 없었다. 나의 첫 시집을 읽고 한 첫 마디가, "형은 시 쓰지 말고 소설 쓰세요"였고, 또 나의 첫 소설 독후감은 "형의 소설은 문장이 너무 페이스가 급해요"였다. 한 마디로 낙제라고 생각한 것이다. 그러나 나는 시나 소설을 문학의 형식과 표현방법을 차용한 사회학이라고 생각하기 때문에 그런 평가에 개의치 않는다. 시인으로 소설가로 소위 등단을 해서 정식 문인이 되겠다는 욕심 같은 건 없었으므로 문인협회, 시인협회 등의 문단 조직체에도 정식으로 등록하지 않았다. 그리고 어디 가서 나도 시인이다 소설가다 내세우지 않는다. 여기에 인문학과 사회과학 사이의 인위적인 칸막이를 시원하게 터 버리겠다는 나의 학문관이 스며 있음이다. 나는 학생들에게도 사회과학 글쓰기를 지나치게 경직한 언어로만 표현하지 않기를 권고한다.

써 넣고 보니 이 글은 논문도 회고록도 아닌 어정쩡한 잡문이 되었다. 과거 동인지에 회고록 같은 글은 안 쓴다는 뜻을 밝힌 적도 있듯이 무슨 자전적 회고로 자기자랑이나 하려고 쓴 것은 결단코 아니다. 오로지 글쓰기의 칸막이를 걷고 자유로운 표현을 권장하기 위해 나의 인간주의 사회학의 인문주의적 글쓰기가 좀 색다름을 알리려 한 것뿐이다.

정 재 서

사람과 대화하는 로봇의 탄생

인간은 오래전부터 인체와 기계장치의 결합을 통해 무한한 힘의 확장을 꿈꿔 왔다. 그리스 로마 신화를 보면 다이달로스와 그의 아들 이카로스가 양초로 접착시킨 날개를 양어깨에 달고 미궁의 감옥을 탈출한다는 이야기가 나온다. 이들은 최초의 사이보그라 할 만하다. 그러나 이카로스는 비행에 재미를 느껴 한없이 올라가다 태양열에 양초가 녹아 추락사한다. 이 신화는 테크놀로지에 대한 신뢰에 한계가 있다는 교훈으로 읽힌다.

고대 중국에는 최초의 로봇에 대한 이야기가 있다. 『열자(列子)』 「탕문(湯問)」편을 보면 주목왕(周穆王)이 곤륜산의 서왕모(西王母)를 만나고 중국으로 돌아오는 길에 언사(偃師)라는 한 유능한 장인을 만난다. 언사는 광대 인형을 만들어 바쳤는데 이 인형은 춤도 추고 노래도 부르고 사람과 똑같은 행동을 했다. 그러더니 참람하게도 황제의 후궁에게 윙크를 하는 등 유혹하려 했다. 대로한 황제는 언사가 진짜 사람을 데리고 와서 자신을 속인 줄 알고 그를 죽이려 했다. 놀란 언사가 급급히 인형을 해체해 보이니 가죽, 나무, 아교, 물감 등으로 만든 진짜 인형이었다. 감탄한 황제는 언사에게 후한 상을 내렸다고 한다. 이 이야기에는 테크놀로지가 본래의 의도를 벗어나 인간을 해칠 수도 있다는 메시지가 담겨 있다.

인조인간의 제작에 대해 일찍이 공자는 엄중한 경고를 내린 바 있다. "처음 인형을 만든 자는 아마 후손이 없을 것이다(始作俑者, 其無後乎)."[『맹자(孟子)』, 「양혜왕(梁惠王)·상」]라는 언급이 그것이다. 당시 유행했던 인형 순장(殉葬)에 대해 가했던 비판인데 그 어느 것도 존엄한 인간을 대신할 수 없다는 인문주의자 공자의 철학이 강하게 느껴진다.

그럼에도 불구하고 동서양 모두에서 인조인간의 제작에 대한 열망은 식지 않았다. 메리 셸리(Mary Shelly)의 공상과학 소설 『프랑켄슈타인』은 과학의 진보에 대한 낙관이 절정에 달했던 근대 서양의 과학만능주의를 꼬집는다. 프랑켄슈타인 박사가 만든 인조인간은 불완전할 뿐만 아니라 결국 모두를 불행에 빠뜨리는 괴물이기 때문이다. 흥미롭게도 중국에서는 인조인간을 서양처럼 외부에서가 아니라 인체 내부에서 수련을 통해 만들어 내고자 했다. 도교에서는 복식호흡, 명상 등을 통해 자신의 몸속에서 완전한 개체를 만들어 낼 수 있다고 믿었는데 이렇게 다시 태어난 존재가 슈퍼맨인 신선이다. 신선은 사실 테크놀로지보다 정신력의 산물이다.

사이보그, 안드로이드, 로봇 등 수십 년 전부터 공상과학 소설이나 영화에 출현했던 존재들이 머지않아 우리의 실제 생활에 등장

할 것으로 전망된다. 최근 영국에서 한 컴퓨터 인공지능이 사상 처음으로 심사위원을 속여 인간으로 간주되는 데에 성공했다고 한다. 이 밖에 일본에서도 사람과 감정을 나누고 대화를 할 수 있는 로봇을 개발했다고 하니 이쯤 되면 소설이나 영화 속에서나 보았던 로봇과의 사랑도 곧 실현될지 모른다.

이 방면의 과학자들은 이러한 진전에 대해 상당히 고무적이다. 심지어 일부 과학자는 뇌 과학, 인공지능의 발전에 따라 로봇의 진화는 필연적인 추세라고 낙관하면서 공상과학 소설가들이나 인문학자들의 우려는 호들갑에 불과하다고 일축한다. 과연 그럴까? 테크놀로지의 발전에 상응하는 정신의 고양(高揚) 없이 인간이 행복할 수 있는지에 대해 고대의 교훈들은 결코 낙관적이지 않았다. 이 점을 잊지 말아야 한다.

창조적 모방 설파한 『논어』

　　요즘 중년 이후 세대에서는 고전 읽기가 붐이다. 인문학의 도래를 말하는 사람도 있지만 나이 들어 읽어야 체득하게 되는 고전의 깊은 맛 때문이 아닌가 한다. 이와 관련하여 공자는 저술과 전통에 대한 자신의 생각을 다음과 같이 밝힌 바 있다. "그대로 서술하되 새로 짓지 않으며 옛것을 믿고 좋아한다(述而不作, 信而好古)."[『논어』 「술이(述而)」]. 공자는 창작에 대해 신중한 입장을 취했던 것이다. 이 간략한 언급이 이후 동아시아에서는 마치 『성경』의 한 구절처럼 금과옥조(金科玉條)가 되었음은 물론이다.

　　이 말은 사상, 역사 분야뿐만 아니라 문학, 예술에 대해서도 깊은 영향을 미쳐 새로운 창작보다는 옛것을 모방하는 풍조를 형성하였다. 한(漢)나라의 문인이자 사상가인 양웅(揚雄)은 공자의 이러한 취지를 적극적으로 실천한 사람이다. 그는 『논어』를 모방하여 『법언(法言)』을 짓고 『주역』을 본따 『태현(太玄)』을 짓는 등 모의의 대가로서 이후 의고문학(擬古文學)의 길을 열어 놓았다.

당(唐)나라는 거지도 시를 지었다 할 정도로 시의 황금시대였다. 이러하니 이백, 두보 등 그 엄청난 시의 유산을 눈앞에 둔 송(宋)나라의 시인들은 자신의 정체성이나 독창성을 표현하는 데에 상당한 부담을 느꼈던 것 같다. 바로 블룸(Harold Bloom)이 말한 바, 훌륭한 선배 작가들로부터 비롯된 '영향의 불안' 같은 것이었다. 송나라 시인들이 이러한 곤경에서 탈출하는 방법은 한 가지였는데 그것은 결국 창조적 모방이었다. 송대 시단을 장악했던 강서시파(江西詩派)의 창립자 황정견(黃庭堅)은 이렇게 말했다. "그 뜻을 바꾸지 않고 말을 만드는 것을 환골법이라 하고, 그 뜻 속으로 몰래 들어가 그것을 묘사하는 것을 탈태법이라고 한다(不易其意而造其語, 謂之換骨法. 窺入其意而形容之, 謂之奪胎法)."[석혜홍(釋惠洪), 『냉재야화(冷齋夜話)』]. '환골탈태(換骨奪胎)'란 원래 도교 용어로 수련을 통해 평범한 몸을 불로불사의 몸으로 변화시킨다는 의미를 지닌 말인데 황정견은 시학에서 선인들의 시상이나 시구를 세련되게 모방하여 좋은 시를 짓자는 뜻으로 활용하였다. 그러고 보니 엘리엇(T.S. Eliot)도 비슷한 얘기를 한 적이 있다. "훌륭한 작가는 훔치고, 열등한 작가는 베낀다."고.

우리는 창작, 창조, 창의 등 '창' 자가 들어간 말에 큰 가치를 부여하는 경향이 있다. 문학사에서도 이른바 창의성이 돋보이는 작품은 고평(高評)하고 의고문학에 대해서는 폄하하곤 했다. 그러나 "태양 아래 새로운 것은 없다"는 말도 있듯이 창작과 모방의 경계는 사실 애매하다. 지금도 그런 경향이 없다고는 할 수 없지만 초창기의 우리 TV 프로그램이 가까운 일본이나 미국의 그것을 거의 모방해서

편성됐다는 것은 대부분 아는 사실이다. 그런데 우리의 드라마가 이제는 전 세계에서 그 독특한 구성과 내용, 그리고 재미로 사랑받고 있는 것을 보면 모방의 과도적 유효성을 인정해야 하지 않나 하는 생각도 든다. 무엇보다 괄목해야 할 것은 이른바 '짝퉁 대국'으로 전 세계에서 제품의 질과 수준을 무시당했던 중국의 무서운 부상이다. 당장 샤오미(小米)의 스마트폰이 삼성과 애플을 위협하고 있지 않은가? 섣부르게 창작하지 말라던 공자님의 말씀이 바야흐로 그 위력을 발휘하기 시작한 것인지도 모르겠다.

먼 바다의 기억

상상력은 자유롭지 않다

요즘 상상력의 중요성이 부각되고 있다. 처세나 경영을 다룬 서적에서 특히 창조적 아이디어를 강조할 때 꼭 빠뜨리지 않는 언급이 상상력에 관한 이야기이다. 아동 교육에서는 상상력을 길러 줘야 한다는 당부가 필수적이라 할 정도이다. 모두 지당한 의견들이라 하겠다. 그러나 '상상하는 동물'로서의 인간이 주목을 받게 된 것은 불과 얼마 전의 일이다. 과거에는 상상력보다는 냉철하고 합리적인 사고를 하는 사람이 더 바람직하게 여겨졌다. 이제 바야흐로 이성보다는 감성, 논리보다는 상상력을 중시하는 시대로 접어든 것이다.

그런데 이러한 시류에 맞추어 '상상하는 동물'이 되고자 할 때 한 가지 의문이 든다. 흔히들 상상력은 자유롭다고 하는데 과연 그러한가? 하는 문제이다. 내가 마음대로 머릿속에서 그리고 꿈꾸는 것이 자유롭지 않으면 무엇이 자유롭단 말인가? 머리를 열심히 굴리면 내가 모든 것을 상상할 수 있으니 바로 이것이 상상력의 자유로움을 말하는 것이 아니고 무엇인가? 당연히 이렇게 생각할 수 있을 것이다. 그러나 이는 순진한 생각이다. 상상력에도 정치학과 경제학이 작동한다. 상상력은 이제 중요한 산업적 자원이 되었다. 기발하고 재미있는 상상력을 담은 스토리를 가공하여 게임, 영화, 애니메이션, 만화, 드라마 등을 만들어 내는 산업, 이른바 문화산업은 오늘날 유망한 국가 성장 동력 산업 중의 하나로 손꼽힌다.

이 문화산업은 상상력에 대한 우리의 순진한 생각을 뒤집어 놓는다. 가령 세계를 지배하는 할리우드 문화산업은 글로벌 시대에 접어들면서 백인 소녀의 우상인 백설공주만으로 더 이상 전 세계 소녀의 환심을 사기 어렵다는 것을 깨닫는다. 그렇게 해서 내놓은 작품이 〈뮬란〉이다. 뮬란은 늙은 아버지를 대신하여 남장하고 종군했다는 중국의 효녀이다. 디즈니사는 이 작품을 만들어 아시아권뿐만 아니라 전 세계적으로도 흥행에서 큰 성공을 거두었다. 하지만 〈뮬란〉에서 디즈니사는 신령스러운 용을 하찮은 도마뱀 정도로 묘사하고 중국 처녀 뮬란을 백인 남성들이 좋아하는 일본 게이샤 이미지로 바꾸어 놓았다. 다시 말해서 동양의 상상력을 자신들 서양의 스타일로 재가공해서 역수출한 것이다. 이렇게 변조된 상상력은 막강한 할리우드 문화산업의 영향력에 의해 그 작품을 즐겁게 감상하는 우리에게 저항 없이 주입된다. 〈반지의 제왕〉, 〈해리 포터〉 시리즈 등 서양 상상력의 대작들도 마찬가지이다. 서양의 신화나 전설에서 용은 줄곧 사악하거나 별 볼 일 없는 동물인데 이러한 인기 높은 대작들 속에서 부정적으로 묘사된 용에 대한 이미지는 가뜩이나 일찍부터 그리스 신화와 안데르센 동화에 길들여진 우리 아이들의 뇌리에 여지없이 각인되는 것이다. 그래서 요즘 아이들 중 일부는 용이

나쁜 동물이라고 상상하게끔 되었다.

상상력의 전도(轉倒)라 할 이런 현상은 참으로 우려할 만한 일이 아닐 수 없다. 상상력이 마냥 자유롭지만은 않구나! 하는 깨달음에서 한걸음 더 나아간다면 차제에 상상력의 정체성 문제를 고민해야 할 것이다. 이 문제는 요즘 유행하는 판타지 문학의 내용을 살펴보면 그 실상이 드러난다. 상상력의 결정이라 할 판타지에도 민족별 정체성이 존재하고 그것이 뚜렷할수록 문화산업에서도 두각을 나타낸다. 즉 서양 판타지에서는 마법이나 기사에 대한 상상력이, 동양 판타지에서는 중국의 경우 도술이나 무협에 대한 상상력이, 일본의 경우 요괴에 대한 상상력이 각기 독특한 내용과 분위기를 표현하고 있다. 그런데 안타깝게도 우리의 판타지는 아직 고유한 특성을 구현하고 있지 못하다. 대부분 서양 마법담이나 중국 무협담, 일본 요괴담의 내용과 분위기의 범주에서 크게 벗어나지 못한 실정이다. 이것은 우리의 상상력이 문화산업에서 우위에 있는 서양이나 일본, 그리고 엄청난 전통문화의 자원을 지닌 중국의 영향으로부터 자유롭지 못함을 분명히 보여 준다.

앞에서 용을 나쁜 동물로 상상하는 아이들이 생겨나고 있다고 하였다. 그럼에도 아직까지 어른들은 용꿈을 꾸기라도 하면 당장 복권을 사러 갈 것이다. 그러나 앞으로 상상력이 자유롭다는 미신에 사로잡혀 우리 상상력의 정체성을 찾으려는 노력을 게을리 한다면 지금의 아이들이 어른이 되어 용꿈을 꿀 때 복권을 사러 가기는커녕 "재수 없다"고 할 날이 반드시 올 것이다.

(『서울신문』 2013.7.26.)

한국문학, 북방을 상상하라

　종교학자 엘리아데(M. Eliade)는 인간은 어디서든 자신이 세계의 중심에 거주한다는 생각을 한다고 말한 바 있다. 바로 이 자기중심의 지리학(Imaginative Geography) 때문에 유럽인의 지리 관념을 기준으로 우리는 졸지에 세상의 동쪽 끝, 곧 극동에 사는 주민이 되고 말았다. 아무튼 유럽인이든 동양인이든 모두 지니고 있는 자기중심의 생각에서 동서남북 사방에 대한 방위 관념이 비롯한다. 가령 은나라는 사방에서 불어오는 바람을 구분하여 각각의 풍신(風神)에 대해 제사를 드렸고 이후 중국에서는 자신이 있는 중앙을 포함한 오방 개념이 성립하여 오방신, 오악, 오행설 등이 유행했다. 우리나라의 경우 고구려 고분에 사신도를 그려 넣은 것, 백제에서 전국을 5부로 구성한 것 등도 이러한 방위 관념에 의거한 것이다. 다시 말해 사방혹은 오방의 방위 관념은 자신을 중심으로 한 완벽한 세계의 추구와 관련이 있다.

그런데 이 중 오늘의 한국에서 결여된 것이 북방 의식이다. 우리에게 북방은 어떠한 의미인가? 북방은 우리의 시초이자 원천이다. 『원조비사(元朝秘史)』를 보면 하늘이 낳은 푸른 이리와 흰 사슴이 짝을 지어 등길사(騰吉斯)강을 건너 알난(斡難)강의 근원인 불아한(不兒罕) 산 앞에 이르러 파탑적한(巴塔赤罕)이라는 아이를 낳았다는 신화가 나온다. 등길사를 퉁구스강으로, 알난을 압록강으로, 불아한을 불함산(不咸山), 곧 백두산으로 본다면 현재의 압록강과 백두산은 훨씬 북방에 있었던 것이 되고 민족 이동에 따라 지명이 남하한 것이라는 견해도 있다.

이러한 거친 추측이 아니더라도 우리 문화의 기원에 대해서는 남방설보다 북방설이 대세인 것은 부인할 수 없는 사실이다. 그런데 고구려, 발해의 멸망 이후 북방이 축소된 데다가 설상가상으로 현대 이후 남북이 분단되면서 우리의 방위 관념에서 북방은 상당히 약화되지 않았나 싶다. 이것은 문학 상상력에서 뚜렷이 그 징후를 드러낸다.

가령 근대까지만 해도 이광수의 『유정』을 보면 북방의 정경이 실감나게 표현되어 있다. "믿는 벗 N형! 나는 바이칼호의 가을 물결을 바라보면서 이 글을 쓰오. (…) 부랴트족인 주인 노파는 벌써 잠이 들고 석유 등잔의 불이 가끔 창틈으로 들이쏘는 바람결에 흔들리고 있소. 우루루탕 하고 달빛을 실은 바이칼의 물결이 바로 이 어촌 앞의 바위를 때리고 있소." 바이칼 호반으로 사랑의 도피를 한 주인공 최석의 편지글이다. 아울러 김동환, 백석, 이용악 등의 시인들은 함경도, 평안도, 만주 등 북방의 풍정과 역사를 시에 담아 식민지의 암울한 현실 혹은 이상향에 대한 소망을 노래했다. 그러나 오늘 엄혹한 분단 대립의 상황 아래 실재를 상실한 북방은 우리의 상상력에서 잘 작동되지 않는다.

　방위 관념의 약화는 상상력의 빈곤을 초래한다. 따라서 "사라지고 잊혀진 북방 의식을 회복하고 한반도와 그 북쪽 일원을 조망하는, 민족의 온전한 상상력을 되찾는 일이 긴요하다."(곽효환, 『한국 근대시의 북방의식』) 다행히 지금은 탈영토의 글로벌 시대이다. 상실한 북방은 네트워크로 회복될 수 있다. 과거 정부의 '철의 실크로드 구상', 현 정부의 '유라시아 구상' 등이 언젠가 실현된다면 한국은 그때쯤 오방의 완벽한 세계 구상을 실현할 수 있을 것이다. 기회는 도둑같이 오리니 우리는 곧 도래할 북방의 시대에 대비해야 한다. 시원(始原)의 웅혼(雄渾)한 상상력을 기대하며.

먼 바다의 기억

섣달 그믐날 밤의 추억

어렸을 때 섣달 그믐날 밤이 되면 할머니가 아이들에게 당부하는 말이 있었다. 즉 "애들아, 잠자면 안 된다. 잠자면 아침에 눈썹 희어진다."라는 말이었다. 그 말대로 잠을 안 자는 아이도 있었겠지만 대부분의 아이들은 조금 버티다가 졸려서 결국 자게 된다. 그런 아이들한테는 할머니나 누나가 눈썹에 밀가루를 발라 놓는다. 아침에 일어나면 가족들이 눈썹 희어졌다고 놀려 댄다. 거울을 보니 정말 그렇게 된 것 같아 낙담했던 기억이 있다.

고려 시대 이전부터 오랫동안 전해 내려왔던 이 습속은 도교의 사명(司命) 신앙으로부터 유래한 것이다. 도교에서는 사람이 죄를 짓고 그 죄가 쌓이면 죽는다는 전제하에 조왕신(竈王神)과 삼시충(三尸蟲)이 우리의 죄를 해마다 천상에 보고해서 인간이 죽음을 면치 못한다고 설명하였다. 조왕신은 부뚜막 신 곧 부엌의 신으로 집안에서 생기는 모든 일을 알기 때문이고 삼시충은 모든 사람의 뱃속에 있는 기생충과 같은 존재인데 우리가 몰래 저지르는 소소한 잘못까지 다 알고 있기 때문이다.

여기에서 흥미로운 존재는 삼시충이다. 전해 오는 그림을 보면 세 마리의 기생충인데 두 마리는 흉측한 괴물 모습이고 한 마리는 사람처럼 생겼다. 이놈들은 회충, 요충처럼 실물의 기생충이 아니라 눈에 보이지 않는 무형의 존재들이다. 이놈들의 궁극적인 목적은 자신들의 숙주인 인간이 빨리 죄를 많이 짓고 죽어서 그 제삿밥을 얻어먹는 데에 있었다. 그래서 이놈들은 인간이 가급적 죄를 많이 짓도록 뱃속에서 우리의 감정을 부추기고 충동질하였다. 옛사람들은 우리가 어떤 때 참지 못하고 '욱'하고 성을 내거나 일을 저지르는 경우 그것을 뱃속에 있는 삼시충의 소행으로 생각하였다. 다시 말해 삼시충은 우리를 충동하여 죄를 짓도록 하는 것이다.

집 안의 모든 죄를 알고 있는 조왕신과 숨겨 놓은 모든 잘못을 알고 있는 삼시충은 경신일(庚申日)이나 섣달 그믐날에 하늘로 올라가 그동안 우리가 지은 죄를 고해바쳐 수명을 깎도록 한다. 특히 삼시충은 사람이 잠들 때 몸속에서 빠져나갈 수 있었다. 영악한 우리 인간은 바로 이 점을 알고 섣달 그믐날 밤에 잠을 자지 않았다. 그러면 삼시충이 천상에 올라갈 수 없고 죄를 고해바칠 수 없게 되어 수명이 깎이지 않는다고 생각했던 것이다. 삼시충은 인간의 잘못이 주로 충동에 의해 저질러진다고 파악한 데서 생겨난 존재이다. 옛사람들은 일찍부터 충동이 인간 행위에 미치는 중요성을 실감하고 이러한 신화적 스토리텔링을 통해 스스로의 마음을 다잡고 매사에 조심하고자 했던 것이다. 아이들에게 잠을 자지 않도록 하는 습속

　　　　　　　　　　　　　　　　　　먼 바다의 기억

에도 은연중 욕망을 억제하고 인내하는 힘을 길러 주기 위한 의도가 있었으리라.

오늘도 우리는 집을 나서자마자 각종의 충동에 휩싸인다. 특히 한국에서는 운전대를 잡으면 제아무리 성인군자라도 어느 순간 제어할 수 없는 충동에 사로잡힌 자신을 발견하기 십상이다. 한국에서의 운전은 단순한 교통 행위가 아니라 자신의 전 존재와 인격을 건 자존심 싸움이라고 해도 과언이 아닌 행위이다. 많은 사람들이 매번 순간을 참지 못하고 본의 아닌 거친 언동을 한 후 자괴감에 빠지게 되는 것은 그놈의 삼시충, 아니 충동 때문이다. 정말 "모래야, 나는 얼마나 작으냐?" 하는 김수영의 시구가 그렇게 실감 나게 다가올 수가 없다.

살인, 강도, 강간 등 강력범죄의 직접적 동기에 대한 통계는 대부분의 경우 순간적, 우발적 충동이 범행으로 이어졌다는 것을 보여 준다. 아울러 최근 층간 소음, 사소한 언쟁 등이 살인으로 번진 일련의 사건들은 우리의 심성이 그 어느 때보다 충동에 취약한 상태에 놓여 있는 것이 아닌가 하는 우려를 낳고 있다. 물론 이러한 상태는 단순히 심성만의 문제가 아니라 심층적으로는 장기간의 경제 불안, 양극화 등 바람직하지 못한 사회 상태로부터 기인한 바 크겠으나 충동 조절이 이제 개인의 문제를 떠나 사회적 문제가 된 것은 분명하다.

출판계의 힐링 서적 붐은 우리 마음의 취약한 현실을 반증하는 것이 아닌가? 이러한 시점에서 충동을 삼시충이라는 뱃속의 기생충으로 상징화하고 구성진 스토리를 만들어서 그놈을 제어하는 기술을 은연중 아이들에게 가르쳤던 고인(古人)들의 지혜가 새롭게 음미된다. 상징화는 신화시대부터 충동을 다스려 온 가장 검증된 방법이다.

타나토스의 시대를 어찌할 것인가?

이제는 사라진 여신이 되었지만 동양의 여신 서왕모는 양면성을 지녔다. 그녀는 마귀할멈과 같은 모습일 때는 죽음의 여신이지만 아름다운 여인의 모습일 때는 불사약을 지닌 생명의 여신이었다. 신화를 상징으로 풀면 이것은 우리 자신에 내재하는 삶과 죽음의 양면성이라 하겠다. 프로이트도 우리에게는 삶의 본능인 에로스적인 충동과 죽음의 본능인 타나토스적인 충동이 공존하고 있다고 하지 않았던가?

최근 한국의 자살률이 세계 1위를 기록하고 있다고 한다. 유명 인사의 자살 이후 이를 모방하는 이른바 베르테르 신드롬, 과거에는 듣도 보도 못 했던 자살 공유 사이트라는 것의 존재, 꽃 같은 나이의 학생들이 서슴없이 목숨을 버리는 안타까운 실정 등을 볼 때 확실히 타나토스적인 충동이 목전의 한국을 지배하고 있는 것이 아닌가 하는 생각이 들 정도이다.

스스로 목숨을 끊는 행위가 상황에 따라, 소신에 따라 정당화되고 때로는 찬미되기도 하는 경우가 있긴 하다. 시엔키에비치의 『쿼바디스』를 보면 로마의 현인 세네카가 총애하는 여종의 시중을 받으며 우아하게 자기 손으로 생을 마감하는 장면이 있다. 신미양요 때의 미 해병대 측 기록을 보면 강화도전투에서 패배한 조선군이 포로가 되지 않으려고 스스로 죽음을 택해서 그 투혼에 감동했다는 대목이 있다. 을사늑약 체결 이후 충정공 민영환은 음독하여 순국한 자리에서 대나무가 자라났다는 충절의 일화를 남기고 있거니와 오백 년 조선 시기를 통하여 여성들이 정절 이데올로기에 의해 목숨을 버린 경우는 또 얼마나 많은가?

과거에는 자살이라 하지 않고 자진(自盡)이라는 우회적인 표현을 썼다. 그러나 나라가 망할 때 명분에 죽고 사는 노론계의 인물들은 즉각 자진하는 방식을 택하는 경우가 많았지만 지행합일(知行合一)을 추구하는 소론계의 인물들은 죽을 때 죽더라도 끝까지 저항하는 방식을 택하여 투쟁을 지속하는 경우가 많았으니 그 어떤 충절의 행위라 해도 자진이 미사(美事)로만 여겨진 것은 아니었다.

근래의 비극적인 사건 중 필자로서 가장 가슴 아팠고 지금까지 뇌리에 깊이 남아 있는 것은 무명의 한 젊은 주부와 한때 화려한 은막의 스타였던 최진실 씨의 자살이다. 특히 최진실 씨의 경우는 친인척의 잇따른 자살로 인해 많은 사람들에게 충격과 슬픔을 주었던 사건이었지만 필자는 좀 다른 각도에서 비극의 본질을 생각해 보고자 한다.

무명의 한 젊은 주부. 남편은 떠돌이 노동자였다. 아이들을 기르기 위해 갖은 고생을 했지만 이제는 손 벌릴 곳도 없는 그녀는 생활고를 못 이겨 어린 두 아이를 데리고 아파트 옥상에 올라가 투신하였다. 아이 때문에 산다고 했는데 그런 이유마저도 존재하기 어려운 막다른 골목에 몰렸을 그녀를 생각하니 가슴이 아팠다. 그녀가 구원 받기를 포기하고 어린 두 아이와 더불어 자살을 감행한 극한의 상황에 이르기까지 이 사회는, 우리는 무엇을 했던가?

최진실 씨는 불우한 환경을 딛고 일어나 최고의 스타로 발돋움한 입지전적인 여성이었다. 그녀는 평등하고 자유로운 이 나라에서 누구든지 노력하면 성공할 수 있다는 가능성의 표본인 것처럼 보였다. 그러나 대중은 그녀를 그냥 두지 않았다. 인터넷에서의 갖은 음해와 비방은 결국 그녀를 좌절하게 만들었다. 근대의 불우한 여성 작가 김명순이 절망한 '독한 세상'을 감내하지 못하고 죽음을 택한 그녀의 모습은 이 사회가 약자의 부상에 대해 얼마나 가혹한지를 보여 주는 것 같아 참담한 심정을 금할 수 없다. 그녀는 고립무원의 상태에서 이 '독한 세상'을 얼마나 원망하며 죽어 갔을까? 실로 슬픈 일이 아닐 수 없다.

국민소득이 3만 불로 향하고 한류가 세계를 석권한다 할지라도 자살률 1위의 국가라면 결코 행복하고 자랑스러운 나라가 아니다. 금수강산, 한강의 기적, IT 강국, K-팝 등 그 모든 찬사도 죽음 앞에서는 의미가 없으며 유구한 역사와 문화를 자랑하는 한국의 존재도 빛이 바랜다. 자살률 1위라는 이 불행한 현실은 젊은 날의 '아픔'이나 누구나 겪는 삶의 '무게' 정도로 진단하고 치유할 수 있는 단계를 훨씬 벗어났다. 무명의 한 젊은 주부와 최진실 씨의 비극적인 사례에서 보았듯이 그것은 설사 개인의 '아픔'이나 '무게'에서 출발했을지라도 궁극적으로 이 사회가, 우리가 껴안고 책임질 일이었다. 황지우의 시구를 넓게 인유하자면 우리 모두 "아픈 세상으로 가서 아프자"는 마음가짐이 절실한 시점인 것이다.

먼 바다의 기억

명재상이 그리운 시대

총리 인준 문제로 온 나라가 소연(騷然)하다. 역사를 훑어보면 임금이 좋은 정치를 이룩할 때는 반드시 뛰어난 재상이 보필했음을 알 수 있다. 정치에도 콤비 플레이가 있어야 한다는 얘기인데, 가령 당태종(唐太宗) 시절을 예로 들어 보자. 태종은 치열한 골육상쟁 끝에 황제의 자리를 차지한 야심가였다. 위징(魏徵)은 그의 라이벌 편에 서서 한때는 태종을 제거하는 데 앞장섰던 사람이었지만 투항한 후 현신(賢臣)이 된다. 그가 하도 직언을 자주하여 태종은 스트레스를 많이 받았으나 덕분에 중국 역사상 태평성대로 기록되는 '정관(貞觀)의 치(治)'를 이룩했다. 위징 사후 고구려 정벌을 시도했다가 실패한 후 생전의 충간(忠諫)을 못내 그리워했다고 한다. 위징과 비슷한 인물로 춘추 5패(覇) 중 한 사람인 제환공(齊桓公)의 재상 관중(管仲)이 있다. 관중 역시 처음에는 왕위 쟁탈전에서 제환공의 반대편 왕자를 지지했다. 심지어 그는 제환공을 겨냥하고 활을 쏘아 혁대를 맞추기도 했다. 그런 관중을 포용해 재상으로 삼았기에 제환공은 패업을 성취할 수 있었다. 관중은 뛰어난 전략가임과 동시에 경제통이어서 제나라를 부강국으로 만들었다. 사치스러운 데다 개인적 결함도 많았지만 공자는 "관중이 없었다면 우리는 모두 야만인이 되었을 것이다(微管仲, 吾其被髮左衽矣)."[『論語』「憲問」]라고 칭송했다.

우리나라에는 관중, 위징 같은 현신이 없었는가? 있었다. 조선 오백 년을 통하여 최고의 재상으로 손꼽히는 황희(黃喜) 정승이 바로 그다. 황희 역시 처음에 세종이 형인 양녕대군을 제치고 임금이 되는 것을 반대했다는 점에서 앞의 두 사람과 묘하게 닮았다. 만화 『조선왕조실록』은 균형을 잃지 않은 논평이 일품인데 박시백 작가에 의하면 황희의 의견은 항상 원칙과 현실 사이의 적절한 지점에 있어서 세종이 신뢰했다고 한다. 그는 재산과 아들 문제로 시비도 많았지만 24년간 영의정 자리에 있었다.

재상은 정확한 판단과 실무 능력도 중요하지만 비범한 정신적 자질도 요구되었다. 소론의 명재상인 남구만(南九萬)이 그런 사람이었다. 친구가 평안감사로 갔다가 두옥(斗玉)이라는 기생을 총애했는데 서울로 승진해 가면서 그녀를 버렸다. 배신감에 임진강 물에 빠져 죽은 두옥의 귀신이 친구 아들을 괴롭혔더니 남구만이 한눈에 알아보고 퇴치했다는 야담이 있을 정도였다. '두옥이 귀신'에서 '두억시니'라는 말이 생겼다.

도력을 지니기로는 남인의 영수였던 허목(許穆)도 타의 추종을 불허한다. 초야의 선비로서 과거를 거치지 않고 재상에 선임되었던

먼 바다의 기억

허목은 예학의 대가였지만 아버지로부터 단학파(丹學派) 도인의 수련 전통도 이어받은 인물이었다. 그가 삼척부사 재직 시 해일 피해가 심한 것을 보고 비문을 지어 신비한 전서체(篆書體) 글씨의 비석을 세웠더니 바다가 잠잠해졌더라는 일화가 전한다. 일명 '퇴조비(退潮碑)'라는 그 비석은 지금도 남아 있다. 일국의 재상이 되려면 무언가 완벽해야 한다는 여망에서 비롯된 설화들이 아닌가 싶다.

　문득 "집이 가난하니 좋은 아내가 그리워지고, 나라가 어려우니 어진 재상을 생각하게 된다.(家貧思良妻, 國難思賢相.)"는 구절이 떠오른다. 과연 당대의 어진 재상은 어디에 있는가?

철새 유감

    원시 인류에게 자연은 경외의 대상이었고 그것은 동물 숭배로 표현되었다. 동물 숭배는 공포와 선망의 두 가지 감정에서 유래한다. 용의 기원에 관한 중국 학계의 일부 가설에 의하면 고대에 중국 대륙의 기후가 온난했을 때 양자강(揚子江)에는 악어가 살았고 이것에 대한 공포에서 용 숭배가 발생하였다고 한다. 이와는 달리 동방의 동이계(東夷系) 종족들은 조류를 숭배하였다. 샤머니즘을 신앙하는 그들은 새가 천계를 왕래한다고 믿어 그것의 비상(飛翔) 능력을 선망한 나머지 봉황을 숭배하기에 이르렀다. 무서운 파충류와는 달리 선망의 존재이었던 조류는 고대부터 가까운 일상에서 자주 감정이입의 대상이 되었다. 동아시아 문학의 출현을 알리는 최초의 앤솔러지인 『시경(詩經)』 첫 장이 조류와 인간의 아름다운 교감으로 장식되고 있는 것은 우연한 일이 아니다. "꾸룩꾸룩 물수리는 황하의 모래톱에서 노니는데, 아리따운 아가씨는 군자의 좋은 짝일러라(關關

雎鳩, 在河之洲. 窈窕淑女, 君子好逑)."이 시는 결혼 적령기의 한 청년이 한 쌍의 다정한 새들을 보고 자신의 짝을 갈망하는 심정을 그려 내었다.

옛사람들은 일찍이 조류의 암수컷이 애정이 깊음에 주목하였다. 원앙은 그리하여 부부 간 애정의 상징이 되었다. 우리 한시에도 예외 없이 조류에 애정을 빗댄 작품이 있다. 유명한 「황조가(黃鳥歌)」가 그것이다. "펄펄 나니는 저 꾀꼬리는 암수컷이 다정한데, 외로운 이내 몸은 뉘와 함께 돌아갈꼬?(翩翩黃鳥, 雌雄相依. 念我之獨, 誰其與歸)" 질투심으로 맹렬히 다투는 두 후궁 사이에서 번민하는 유리왕(瑠璃王)의 심정을 그려 낸 시이다. 그런데 왜 꾀꼬리인가? 『산해경(山海經)』「북차삼경(北次三經)」을 보면 꾀꼬리는 질투심을 없애 주는 새라고 하였으니 유리왕의 처지로서는 이 새가 부럽기 그지없었던 것이다.

인근의 텃새보다도 가을이면 때맞추어 먼 곳에서 찾아들었다 다시 미지의 곳을 향해 떠나는 철새는 경이의 대상이었을 것이다. 『장자(莊子)』「소요유(逍遙遊)」에는 등허리가 태산과 같고 날개는 마치 하늘에 드리운 구름과 같은 큰 새 붕(鵬)이 나온다. 붕새는 회오리바람을 타고 구만 리나 올라가 남쪽 바다로 날아간다고 했다. 절대의 경지를 우화적으로 표현한 이 붕새에 대한 힌트를 장자는 아마 철새에서 얻었을 것이다.

먼 길을 떠나는 철새는 먼 곳으로부터의 소식을 뜻하기도 한다. 한무제(漢武帝) 때에 흉노(匈奴)에 사신으로 갔던 소무(蘇武)는 바이칼호 근처에 억류되어 19년이나 양을 치고 살았다. 후일 한나라에서 송환을 요구하자 흉노의 왕은 그가 죽었다고 거짓말했는데 황제가 상림원(上林苑)에서 포획한 기러기의 발에 묶여진 소무의 편지를 보았다고 말하자 풀어 주었다는 이야기가 『한서(漢書)』「이광소건전(李廣蘇建傳)」에 나온다. 이후 먼 곳에서 온 편지를 '안신(雁信)'으로 일컫게 되었다. 1960년대 가요인 안다성의 〈사랑이 메아리 칠 때〉에서 "가을밤에는 기러기 편에 소식을 보내리라"고 노래한 것은 이 때문이다.

요즘 조류 인플루엔자가 철새를 통해 전염된다고 하여 철새에 GPS를 부착해 그들의 이동에 따라 일희일비(一喜一悲)하는 상황이 되었다. 어쩌다 철새가 사람을 구했던 메신저가 아니라 재앙의 전령이 되었는지 하 수상한 시절을 탓할 따름이다.

별에서 온 그대와의 사랑, 낯설지 않다

18세기 무렵에 작성된 〈천하도〉라는 고지도를 보면 땅보다 우리의 마음을 보는 것 같다. 이 지도에서는 당시 중국과 조선의 중심부는 실제 지리 상황이지만 사방의 먼 곳은 모두 이상한 인종들이 사는 나라로 그려져 있다. 이를테면 여자들만 사는 여인국(女人國), 이가 검은 사람들이 사는 흑치국(黑齒國), 외눈박이들만 사는 일목국(一目國), 인어들이 사는 저인국(氐人國) 같은 나라들로 배치되어 있는 것이다. 에드워드 사이드(E. Said)는 이러한 현상을 두고 "거리가 차이를 극화시키는" 상상지리학(Imaginative Geography)이라고 명명했다. 동진(東晉)의 유명한 신비주의자로 『수신기(搜神記)』의 저자 간보(干寶)의 다음과 같은 언급은 상상지리학이 틀리지 않은 가설임을 입증한다. "중국에 성인이 많은 것은 조화로운 기운이 교류해서이고 먼 곳에 괴물이 많은 것은 이상한 기운 탓이다(中土多聖人, 和氣所交也. 絕域多怪物, 異氣所産也)." 중화주의의 기미가 보이지만 유럽도 마찬가지였다. 중세의 박물지들을 보면 유럽 이외의 세계는 개머리를 한 인간, 흡혈 인간 등 온갖 괴인들로 가득하다. 움베르토 에코 (U. Eco)는 이에 대해 "정상적인 유럽인을 위해 비정상적인 비유럽인이 필요했던 것"으로 해석했다. 그러나 이들 이방인을 대하는 태도에 동양과 서양은 차이가 있다는 느낌을 받는다.

동양에서는 이상한 존재들이 그다지 위협적으로 그려져 있지 않다. 고 김현은 그의 『행복한 책 읽기』에서 온갖 귀신과 요괴가 출현하는 중국의 신화집 『산해경(山海經)』에 대해 "아름다운 시보다도 더 많은 꿈을 꾸게 하는 책"이라고 극찬했다. 그리스 신화에서 미노타우로스, 메두사 등의 괴물들이 한결같이 사악한 존재이고 속죄양이 주로 이방인으로 충당되었다는 서양 고대의 타자 인식과 대조되는 부분이다.

이러한 생각을 우주의 이방인인 외계인에까지 확대해 보면 어떨까? 서양의 경우 일부 예외가 없는 것은 아니지만 〈에일리언〉, 〈브이〉 같은 영화에서 보듯이 괴물 같고 적대적인 외계인이 지구를 멸망시키려 한다는 생각이 우세하다. 동양은 어떠한가? 한대(漢代)에 생겨나 지금까지 중국인들이 좋아하는 「동영우선(董永遇仙)」 설화를 보면 효자 청년 동영이 아버지의 장례비가 없어 부잣집 종으로 들어가자 직녀성이 내려와 아내가 되어 열심히 베를 짜서 빚을 갚아주고 도로 하늘로 올라간다. 동양에는 이처럼 외계에서 온 사람과의 미담이 많다. 영웅과 미인은 대부분 죄를 지어 별에서 지상으로 적강(謫降)한다. 강감찬(姜邯贊) 장군의 이야기도 그 한 예이다. 송나라의 사신이 고려에 와서 장군에게 절을 하며 "문곡성(文曲星)이 중국에서 오래 안 보여 어디 갔나 했더니 여기 계셨군요."라고 했다는 유명한 설화다. 문곡성은 학문을 관장하는 별이다.

　서양도 점성술이 있지만 동양의 별에 대한 신앙 곧 성수(星宿) 신 앙은 이처럼 유별나다. 한국의 인기 드라마 〈별에서 온 그대〉를 두 고 서양 언론이 별에서 온 외계인과 사랑을 나눈다는 황당한 얘기 에 온 중국이 들썩인다고 다소 의아해했다고 한다. 그러나 중국이 나 한국에서 〈별에서 온 그대〉는 역사적으로 부지기수다. 이상할 것 하나도 없다. 〈대장금〉이 삼강오륜이라는 한중 양국의 유교적 공감대를 바탕으로 성공을 거두었다면 〈별에서 온 그대〉는 성수 신 앙이라는 도교적 집단상상에 호소하여 대중적 감동을 이끌어 낸 것 이라고나 할까?

섬, 시와 삶이 만나는 곳

육지에 사는 사람들에게 섬은 묘한 매력을 발산한다. 고립되어 있는 그곳은 무언가 신비를 간직한 듯싶기도 하고 시끄러운 세상으로부터 도피할 수 있는 조용한 안식처 같기도 하다. 섬은 유토피아의 이미지를 지녔다. 중국의 동방에 있다고 믿어온 삼신산(三神山)은 사실 산이 아니라 봉래(蓬萊)·방장(方丈)·영주(瀛洲)라고 불린 3개의 섬이었다. 전설에 의하면, 이 섬들에는 금과 은으로 만든 궁궐이 있고 신선들이 날아다닌다고 하였다. 우리나라에도 이어도라는 환상적인 섬에 대한 전설이 있다. 제주도 남쪽 먼 바다에 있다는 이 섬 역시 물산이 풍부한 낙원으로 상상되었던 것이다. 그런데 뭍과 제주도와 이어도와의 관계를 생각해 보면 흥미 있는 결론이 나온다. 뭍에서 볼 때 제주도는 영주라고 불린 낙원이었다. 그런데도 제주도 사람들은 이어도라는 꿈의 섬을 또다시 빚어냈다. 이렇게 보면 섬에 대한 낙원의 이미지는 다분히 일방적으로 주어진 것임을 알 수 있다. 다시 말해서 섬은 육지 사람들의 소망이 투영된 장소인 것이다. 왜 홍길동과 허생은 율도국(栗島國)이나 낯선 섬에 가서 이상 국가를 건설하고자 했는가? 섬, 그것은 미완의 욕망의 대상이 아닐 수 없다. 그러나 섬에 대한 상상력을 이렇게 욕망의 심리학으로만 환원하는 것은 온당치 않다. 세속으로부터 격절되었기에 간직할 수 있는 수려한 풍광, 기이한 사물, 순박한 인심 등은 뭍의 욕망과는 상관없이 섬 자체가 지닌 아름다운 자산이고 이 자산은 우리에게 조건 없는 동경을 불러일으킨다. "그 섬에 가고 싶다"는 바람, 이 바람 속에서 섬에 대한 상념은 마침내 시가 된다.

이생진 시인의 산문집 『걸어다니는 물고기』(책이 있는 마을, 2000)를 읽는 즐거움은 여느 문학작품을 감상할 때와 다르다. 여기에서는 시와 산문과 그림, 그리고 섬이 하나로 녹아 있다. 섬에 대한 우리의 온갖 상상은 시인의 독특한 안광(眼光)을 통해 시로, 산문으로, 그림으로 다시 빚어진다. 고희(古稀)를 이미 넘긴 노시인은 충청남도 서산의 바닷가에서 태어나 평생 섬과 섬을 떠돌며 시를 써 왔다고 한다. 브르통은 "걷기는 세계를 느끼는 관능에로의 토대다."라고 갈파한 바 있지만 이 시인은 일찍이 이러한 이치를 터득했다. 스스로 말하길 "걸어 다닐 때 진짜 삶을 느낀다."는 그는 언제나 화첩을 가지고 섬 여행을 한다. "섬에 가면 시가 보이"기 때문이다. 그의 섬에 대한 편력은 모든 섬의 고향이요 어머니인 제주도로부터 물에 뜬 배처럼 흔들리는 가의도, 호화 여객선처럼 들떠 있는 흑산도, 역사가 살아 숨 쉬는 거문도 등을 거쳐 한 편의 시 또는 영화 같은 청산도에 이르러 멈춘다.

서해 바다의 섬들은 중국과 관련된 전설을 많이 담고 있다. 내가 알기로 태안군의 가의도는 한(漢)나라 때의 명신 가의(賈誼) 혹은 그의 후손이 왔었다는 전설이 있고 가끔 일기예보에 '먼 바다'로 등장하는 격렬비열도는 산동반도에서 개 짖는 소리가 들릴 정도로 중국에 가깝다는 곳이다. 어렸을 적 이러한 소문들을 들었을 때 서해의 이 외딴섬들에 대한 아득한 동경으로 얼마나 마음이 설레었던가! 시인은 가의도에서 3년 전에 묵었던 민박집 내외가 여전한 것을 기뻐하고 술을 끊기 위해 꽃을 심는다는 팔십 노인을 찾아간다. 항아리 속처럼 조용한 가의도의 달밤을 보내며 시인은 이렇게 노래한다. "한밤에 혼자 나와 오줌독 앞에서 달을 본다/어느 여인의 얼굴이 저리 고울까/'예뻐라' 하는 소리 누가 들었을까/바닷바람 모두 좁은 대밭에서 잔다." 서해의 끝에 있는 격렬비열도는 고독의 섬이다. 일제 때 중국으로 가는 배를 얻어 타기도 했다는 이 섬은 이제 무인도가 되어 등대만이 외롭게 지키고 있다.

시인은 이 섬에서 사강의 고독과 카뮈의 실존을 떠올리며 삶과 문학의 의미를 궁구(窮究)한다. 시인의 발걸음은 다시 역사의 섬 거문도로 향한다. 거문도의 아이들은 예의바르고 인사성이 좋다. 누구의 가르침인가? 거문도가 낳은 한말의 유학자 귤은(橘隱) 김유(金瀏) 선생과 김양록(金陽祿) 선생의 학문은 오늘에까지 그 힘을 미친다. 다시 시인은 요절 시인 김만옥을 잉태한 여서도에 들러 남다른 감회에 젖는다. "바닷가에서 시를 쓰다가 그렇게 누워 누운 채로 죽는 것이 소원"이라는 지론의 시인은 가난에 부대끼다 못해 음독한 김만옥의 단끼(短氣)를 나무라며 못다 핀 그의 재기(才氣)를 안타까워

한다. 『걸어다니는 물고기』, 이 책은 실로 섬으로서 시를 말하고 시로서 섬을 말하면서 노시인의 삶과 문학을 풀어 나간다. 곳곳이 배치된 시인 자신이 그린 담박한 풍경의 스케치 또한 시인의 소탈한 의경(意境)을 말해 주는 듯하다.

고산(孤山) 윤선도(尹善道)는 귀양길에 아름다운 섬 보길도를 발견한다. 후일 귀양에서 풀리자 그는 보길도를 자신만의 낙원으로 만들었다. 부용동과 금쇄동에 그림 같은 집과 정원을 짓고 음풍영월(吟風詠月)을 즐기면서 주옥같은 작품을 남긴 것이다. 그러나 언젠가 보길도를 방문했을 때 뜻밖에도 흔적만을 겨우 남긴 그의 유적을 보며 섬사람들에게 과연 윤선도는 어떤 존재였을까? 하는 의문을 품은 적이 있었다. 평화롭게 살던 그들에게 서울의 권세가는 날벼락이 아니었을까? 아마 윤선도의 낙원을 조성하기 위해 그들은 힘든 노역을 감당해야 했을 것이다. 낙원 같은 보길도 앞의 노화도라는 섬의 별칭이 노아도(奴兒島) 곧 노예섬이라는 사실은 묘한 아이러니이다.

섬, 그것은 우리에게 쉽게 낭만과 환상을 불러일으킨다. 그러나 그에 비례해서 섬이 지닌 삶과 현실의 두께를 감지해 내기란 쉽지 않다. 이 책은 흔치 않게 이 두 가지 측면을 감동 깊게 보여 준다.

(중앙일보 2002. 6. 8.)

먼 바다의 기억

김명렬 김상태 김재은 김학주 이상옥
이상일 이익섭 정진홍 곽광수 김경동 정재서